dtv

Bei einem Klassentreffen wird der Lehrer Eric Janson auf der Schultoilette erschlagen. Auch nach Befragung der zahlreichen Teilnehmer des Treffens, Exschüler wie Lehrer, haben Kommissar Vegter und seine Kollegen noch keine heiße Spur. Doch sie können sich allmählich ein Bild von dem Toten machen: Er war zwar fachlich kompetent, jedoch anmaßend und eitel, stellte Schüler und Kollegen gern bloß. Grund genug, ihn umzubringen? Oder ist der Täter in Jansons Familie zu suchen? Seine Frau hatte sich vor langer Zeit von ihm getrennt, seine Exgeliebte erpresste ihn offenbar. Womit? – Auch Eva Stotijn war bei dem Klassentreffen. Ihr hatte Janson als Schülerin Schreckliches angetan. Ihr einstiger Mitschüler David, dem Eva auf dem Klassentreffen wiederbegegnet ist, nutzt sein Wissen darüber aus, um sie immer mehr unter Druck zu setzen ...
»Ein Musterbeispiel für einen intelligenten Krimi.« (Het Parool)
»Spannung, raffiniert ausgearbeitete Figuren und ein eleganter Stil zeichnen diesen Krimi aus.« (GPD)

Lieneke Dijkzeul hat bereits mehrere Romane veröffentlicht und gilt als eine der herausragenden Krimiautorinnen der Niederlande. Bei dtv ist bisher erschienen: ›Vor dem Regen kommt der Tod‹ (dtv 24855).

LIENEKE DIJKZEUL

Schweigende Sünde

Kriminalroman

Aus dem Niederländischen
von Christiane Burkhardt

Deutscher Taschenbuch Verlag

Von Lieneke Dijkzeul
ist im Deutschen Taschenbuch Verlag erschienen:
Vor dem Regen kommt der Tod (24855)

Ausführliche Informationen über
unsere Autoren und Bücher
finden Sie auf unserer Website
www.dtv.de

Deutsche Erstausgabe 2012
Deutscher Taschenbuch Verlag GmbH & Co. KG,
München
© 2006 Lieneke Dijkzeul
Titel der niederländischen Originalausgabe:
›De stille zonde‹ (Ambo/Anthos Uitgevers, Amsterdam 2006)
© 2012 der deutschsprachigen Ausgabe:
Deutscher Taschenbuch Verlag GmbH & Co. KG,
München
Umschlagkonzept: Balk & Brumshagen
Umschlaggestaltung: Wildes Blut, Atelier für Gestaltung,
Stephanie Weischer unter Verwendung eines Fotos von
plainpicture/anneKathringreiner
Satz: Greiner & Reichel, Köln
Gesetzt aus der Scala 9,75/12,5
Druck und Bindung: Druckerei C. H. Beck, Nördlingen
Gedruckt auf säurefreiem, chlorfrei gebleichtem Papier
Printed in Germany · ISBN 978-3-423-21356-1

I

Der Körper war vollkommen entspannt, so als schliefe er. Er lag mehr oder weniger auf der rechten Seite, das linke Bein halb angezogen und auf das Knie gestützt, das rechte gestreckt. Der Kopf ruhte auf dem leicht angewinkelten rechten Arm, der linke Arm auf der Hüfte, die Hand berührte kurz vor dem Bauch den Boden.

Die ideale Schlafhaltung für eine hochschwangere Frau. Aber hier handelte es sich um den Körper eines Mannes.

Er wirkte gepflegt. Die im Nacken ein wenig zu langen Haare waren dick, leicht gewellt, silbergrau und frisch gewaschen, die Nägel kurz geschnitten und poliert, der Siegelring am linken Ringfinger war von guter Qualität.

Es war kein junger Körper, ja im Grunde nicht einmal mehr der eines Mannes mittleren Alters. Aber er war gut in Form und modisch gekleidet. Er trug einen anthrazitfarbenen Nadelstreifenanzug, ein hellblaues Hemd und eine Krawatte mit silbernen Streifen, die die Haarfarbe noch zusätzlich betonten.

Nur die Schuhe passten nicht: Braun, zu plump und mit sportlichen Nähten. Wanderschuhe. Die Socken dagegen stimmten wieder. Sie waren nicht schwarz – Busfahrer tragen schwarze Socken –, sondern einfarbig dunkelgrau. Das linke Hosenbein war hochgerutscht, sodass ein Teil seiner blassen, dunkel behaarten Wade zu sehen war.

Das nackte Bein bildete einen merkwürdigen Kontrast zu der Kraft und Autorität, die der Körper ausstrahlte. Es ließ ihn verletzlich, ja beinahe obszön wirken. Hätte sich derjenige, dem dieser Körper gehörte, sehen können, hätte er das Hosenbein sicherlich nach unten gezogen, die Krawatte zurechtgerückt und die Hände gewaschen. Er hätte einen prüfenden Blick in den Spiegel geworfen und wäre sich mit einem Kamm durchs Haar gefahren. Doch auch der Kamm hätte weder die Delle in der rechten Schläfe noch die aufgeschürfte Haut verbergen können.

Es hätte ihn geärgert, dass er so unelegant im Weg lag, direkt vor der Tür, sodass niemand hereinkonnte.

Aber das machte nichts. So, wie die Dinge lagen, spielte das keine Rolle mehr. Außerdem gab es niemanden, der hereinwollte. Und bislang auch niemanden, der ihn vermisste.

2

Eva sah Irene, kaum dass sie den Bahnsteig betreten hatte. Sie erkannte sie sofort: Sie hatte die Hände in die Hosen gesteckt und eine vollgestopfte Tasche umgehängt. Ihre Haare waren zu einem lässigen Knoten hochgesteckt, und die Jacke saß vorne schief, als hätte man sie falsch zugeknöpft.

Instinktiv wich Eva einen Schritt zurück. Musste das jetzt schon sein? Wie geht es dir, und was machst du so? Und dann dieses peinliche Schweigen und verzweifelte Suchen nach einem anderen Thema. Sie hätte doch das Auto nehmen, die Fenster schließen, das Radio anmachen und den Gurt anlegen sollen, der sie fest an ihrem Platz hielt. Doch dann gab sie sich einen Ruck. Sie hatte es so gewollt, sie hatte sich darauf vorbereitet. Sie klopfte Irene auf die Schulter.

»Irene Daalhuyzen, richtig?«

Kurzes Staunen, doch dann legten sich zwei Hände auf ihre Schultern. »Eva!«

Drei Küsschen auf die Wangen. »Du hast dich kein bisschen verändert!«

»Du dich auch nicht.« Eva öffnete den obersten Knopf von Irenes Jacke und schob ihn durch das richtige Knopfloch.

Es war die richtige Geste. Irenes Lachen schallte über den

ganzen Bahnsteig. Gehorsam knöpfte sie auch die anderen Knöpfe richtig zu.

»Ich sah dich direkt wieder vom Schulhof radeln, mit deiner Tasche, die schon fast vom Gepäckträger fiel«, sagte Eva entschuldigend.

»Und mit Hosenklemmen.« Leicht wehmütig betrachtete Irene die überschlanke Gestalt vor ihr, das dunkle, glatt auf die Schultern fallende Haar, die gut sitzende Hose, den Hauch Lipgloss und das Gesicht, das sonst keine Schminke nötig hatte. »Als ich losging, war ich fest davon überzeugt, gut auszusehen.«

»Das tust du auch.«

Irene strich über ihre Hüften. »Das Gesetz der Schwerkraft hat sich inzwischen bestätigt. Nach drei Kindern bin ich ganz schön aus der Form gegangen.«

»Gleich drei!«

»Und ein Hund. Aber der ist gekauft. Und einen Mann habe ich natürlich auch noch.«

»Ist der auch gekauft?« Eva grinste.

»Im Grunde schon«, sagte Irene frech. »So wie alle Männer. Wie schön, dich zu sehen! Da kommt die U-Bahn.«

»Du siehst glücklich aus.« Eva musterte Irene, die ihr gegenübersaß. »Zufrieden.«

»Du meinst bieder.« Irene nahm die Spange aus ihren Haaren und zog nacheinander einen Duploriegel, eine geschälte Apfelhälfte, eine Packung Taschentücher und eine gestreifte Kindersocke aus ihrer Tasche, bis sie den Kamm fand, den sie suchte. »Diese Tasche ist so etwas wie die Büchse der Pandora. Man dürfte sie eigentlich gar nicht öffnen. Und, was hast du in der Zwischenzeit alles so gemacht?«

»Ich habe Psychologie studiert, aber aus den falschen

Motiven heraus – das wäre also abgehakt. Jetzt habe ich einen Job und ein Kind.«

»Aber keinen Mann?«

»Nein. Es hat nicht funktioniert.«

Irenes Blick wurde weich. Das war ein heikles Thema. Sie verstaute den Kamm und zog den Reißverschluss ihrer Tasche zu. »Ich weiß auch nicht, warum es bei uns klappt. Du kennst mich ja: Nach den Gesetzen der Logik hätte sich Joost längst verkrümeln müssen, und zwar mit einer feschen Blondine, die alles vorweisen kann, was ich nicht habe.«

»Mit Gesetzen scheinst du dich ja noch gut auszukennen.«

»Ein ganz oder teilweise in eine Flüssigkeit getauchter Körper ...«

Sie lachten.

Eva ließ die Schultern kreisen, und ihre Anspannung ließ etwas nach. Das war eine gute Übung für später. Außerdem lief es besser als erhofft. Andererseits war Irene schon immer sehr umgänglich gewesen.

»Arbeitest du?«

»Meine Kinder sind zwei, vier und fünf«, sagte Irene. »Also nein. Obwohl es gehen würde, wenn ich es unbedingt wollte. Aber komischerweise will ich gar nicht. Ich bin nicht faul, das nicht – mit den drei Nervensägen habe ich alle Hände voll zu tun. Aber im Moment habe ich gar nicht das Bedürfnis, mich da rauszuwagen. Auch wenn ich das auf Joosts Geburtstags- und Personalfeiern niemals zugeben würde. Dort behaupte ich, dass ich meine Kreativität auslebe.«

»Und dann?«

»Dann nicken alle, und jeder denkt sich seinen Teil. Wusstest du, dass Lantingh tot ist?«

Hinter der zynischen Fassade verbarg sich so etwas wie Feingefühl.

»Nein«, sagte Eva, dankbar dafür. »Das ist mir neu. Ich hätte ihm gern erzählt, dass das Einzige, woran ich mich noch erinnern kann ...«

»... die Schlacht bei Nieuwpoort ist«, ergänzte Irene. »Er hatte vor wenigen Monaten einen Herzinfarkt. Ich weiß es von Bob. Er war gerade erst in Pension gegangen, hatte sich im Garten ein Gewächshaus gebaut und wollte Fuchsien züchten. Vielleicht waren die sein Untergang.«

Dieser Ton war Eva vertraut. »Wie geht es Bob? Siehst du ihn öfter?«

»Er ist Fotograf geworden, genau wie er es wollte. Ich bin ihm vor ein paar Wochen zufällig begegnet. Er trägt die Haare immer noch lang.«

»Und Springerstiefel?«

»Und Springerstiefel. Der wird noch von sich reden machen, sobald er den richtigen Auftrag bekommt. Er hat nach dir gefragt.«

»Ich werde ihm gleich höchstpersönlich hallo sagen.«

Irene lachte und stand auf. »Wenn du wirklich dorthin willst, musst du jetzt aussteigen.«

Ihre Jacke hatte hinten einen Fleck, genau zwischen den Schulterblättern, und der Saum war an zwei Stellen eingerissen. Wie vertraut sie ihr doch war, dachte Eva. Ihre Stimme, ihre Gestik, der fein gezeichnete Amorbogen ihrer Oberlippe, die Art, wie sie beim Nachdenken den Kopf abwandte. Ganz so, als wären keine dreizehn Jahre vergangen. Vielleicht waren die anderen genauso leicht wiederzuerkennen und ganz sie selbst geblieben. Vielleicht war sie die Einzige, die sich verändert hatte oder sich zumindest hatte verändern wollen.

*

»Ich verstehe nicht, warum ich nicht mitdarf«, sagte Mariëlle. »Und das an einem Samstag! Wir hätten etwas trinken oder shoppen gehen können. Oder erst shoppen und dann was trinken gehen.«

Sie betrachtete ihre Nägel. Am rechten Zeigefinger blätterte der Lack ab. Der neue Oberlack war nicht so gut, wie man es bei dem Preis erwarten durfte. Sie fuhr mit ihrem Daumen über den Nagel. Eingerissen war er außerdem. So viel zum Thema Maniküre.

»Jetzt fang nicht wieder davon an!«, sagte David gereizt. »Was willst du denn dort? Du kennst da doch niemanden. Ich würde dich auch nicht begleiten wollen. Zu einem Klassentreffen geht man allein.«

»Und danach hätten wir noch irgendwo etwas essen gehen können«, sagte Mariëlle. »Aber falls du nicht allzu lange bleibst, klappt es ja vielleicht trotzdem noch. Wir könnten den neuen Thailänder ausprobieren. Laut Cis ist er gut.« Sie schaute zwischen ihren Knien hindurch unters Sofa, zog eine Handtasche hervor und wühlte darin herum auf der Suche nach einer Nagelfeile.

David trank sein Glas aus und knallte es auf den Tisch. »Keine Ahnung, wie lange ich bleibe. Das hängt ganz davon ab, wer alles da ist und ob es gemütlich wird.«

Sie deutete mit der Feile in seine Richtung. »Ich hätte nie gedacht, dass du das Wort ›gemütlich‹ auch nur in den Mund nimmst! Du hasst Gemütlichkeit.«

»Geh doch mit Cis zum Thailänder.« Er stand auf. »Dann kannst du auch endlich den Anzug aus der Reinigung holen. Der hängt schon seit einer Woche dort.«

Damit war das Gespräch beendet. Das Wochenende beendet. Mariëlle warf die Nagelfeile zurück in die Handtasche und schob diese mit dem Fuß wieder unters Sofa. »Ich werde mit Cis shoppen und etwas essen gehen.«

»Tu, was du nicht lassen kannst.« Er stand schon im Flur.

Ein Klassentreffen. Wer um Himmels willen ging noch auf Klassentreffen? Männer mit weißen Socken und Sandalen, die dort Schulfreunde trafen, die noch immer den typischen Studentenzopf hatten, obwohl sie längst zu alt dafür waren.

Sie konnte sich nicht zwischen der engen Hüftjeans und der neuen weißen Leinenhose entscheiden, die angenehm weit war und tiefe Taschen hatte. Auf diese Weise konnte man die Schlüssel nicht verlieren und sie sogar noch finden, wenn man angetrunken vor der Haustür stand.

Sie zwängte sich in die Jeans und betrachtete sich im Spiegel. Er ging doch bloß dorthin, weil es für ihn das erste Mal war. Wenn er zurückkam, würde er sarkastische Anekdoten über seine spießigen Mitschüler erzählen. Er hatte nach wie vor eine ausgezeichnete Beobachtungsgabe. Als sie ihn kennenlernte, hatte sie ihn für seine gehässigen Imitationen bewundert.

Sie drehte sich und zog den Bauch ein. Konnte sie diese Hose noch anziehen? Natürlich. Sie könnte sogar den schwarzen bauchfreien Pulli dazu tragen. Aber es fühlte sich nicht gut an.

Sie schlüpfte aus der Hose, warf sie aufs Bett und zog die weiße an. Dazu passte der schwarze Pulli ebenfalls. Vielleicht sogar noch besser. Sie zog ihr T-Shirt aus, schob einen BH-Träger nach unten und betrachtete den Einschnitt, den dieser in der Haut hinterlassen hatte. Komisch, dass einem der Büstenhalter zuerst zu eng wurde. Sie hakte ihn auf und fuhr sich über die juckenden Brustwarzen. Das Kind war doch im Bauch, was hatten die Brüste damit zu tun? Und was hieß hier Kind: Noch war es ein undefinierbarer Zellhaufen, der kaum etwas Menschliches hatte. Der aber verdammt schnell wuchs. Jetzt war der Haufen schon um ein Vielfaches größer als noch vor wenigen Wochen.

Sie zog einen neuen BH aus der Schublade. Er war eigentlich ein Fehlkauf gewesen, weil schlichtweg zu groß, aber jetzt saß er wie angegossen. Sie musste es David sagen, hätte es ihm schon längst sagen müssen.

Sie setzte sich auf die Jeans, pulte an ihrem eingerissenen Fingernagel herum und fragte sich, warum sie zig Euro für Nägel ausgab, die ohnehin nie aussehen würden, wie sie es sich vorstellte. Sie könnte ihr Geld sinnvoller ausgeben, Babys waren teuer.

Kurz entschlossen ging sie ins Bad, um die Schere zu holen. Weg mit den Raubtierkrallen! Sie schnitt die Nägel so kurz, dass sich ihre Fingerkuppen merkwürdig nackt anfühlten. Zufrieden betrachtete sie ihre Hände. Krankenschwesterhände. Zupackende Hände.

Im Wohnzimmer klingelte das Telefon. David war das ganz bestimmt nicht. David unternahm nie Versöhnungsversuche, das überließ er ihr. Sie ließ es läuten. Dann stand sie auf, zog den schwarzen Pulli an und griff nach ihrer Handtasche samt dem Hausschlüssel.

*

»Zieh dich um, Robert, es wird langsam Zeit.«

Robert Declèr betrachtete seine sandfarbene Hose und das karierte Hemd. »Eigentlich sehe ich nicht ein, warum ich nicht bleiben kann, wie ich bin. Es ist schließlich kein offizieller Anlass.«

Seine Frau lächelte. »Aber offiziell bist du immer noch Rektor. Außerdem ist da ein Grasfleck auf deinem Knie.«

»Die Pfingstrose kränkelt«, sagte er besorgt. »Vielleicht habe ich sie doch zu tief eingepflanzt. Sie hätte längst Knospen bekommen müssen.«

»Sagtest du nicht, dass sie sich erst an ihren neuen Standort gewöhnen muss?«

»Ja, aber doch keine drei Jahre!« Er erwiderte ihr Lächeln, erfreut über ihr Interesse, wusste er doch, dass sie sich nichts aus Gärtnern machte. »Pfingstrosen sind oberflächliche Geschöpfe, die müssen nicht tief in die Erde gesetzt werden.«

»Womit sie viel mit uns Menschen gemeinsam haben.« Sie berührte ihn an der Schulter. »Ich habe an den grauen Anzug gedacht und dir eine Krawatte rausgelegt.«

Er erhob sich gehorsam. »Und du? Kann ich dir irgendwie behilflich sein? Bei einem sexy Reißverschluss zum Beispiel?«

»Wenn du nicht mal merkst, dass ich bereits umgezogen bin, hätte ich mir die Mühe sparen können.« Sie schob ihn aus dem Zimmer. »Nur bei der Perlenkette. Ich bekomme den Verschluss nicht zu.«

Er ging vor ihr die Treppe hoch ins Bad. Anfangs hatte er noch auf sie gewartet, bis er merkte, dass sie es hasste, sich gezwungen zu fühlen, mit ihm Schritt zu halten.

Während er die Hände wusch, hörte er ihre langsamen Schritte im Flur.

»Ich hätte dir die Perlenkette auch bringen können.«

»Ja.« Sie betrat das Schlafzimmer. Die Schiebetür des Einbauschranks klapperte, als sie sie aufschob. Am Tag nach seiner Pensionierung würde er mit Schraubenzieher und Schmierfett durchs Haus gehen. Dann würde er dafür sorgen, dass alle klemmenden Schubladen wieder leicht auf- und zugingen, quietschende Scharniere geölt würden und man bei dem Sofa endlich wieder die Rückenlehne verstellen könnte.

Er trocknete sich die Hände ab, sah in den Spiegel und betrachtete seine Tränensäcke. Seine Frau würde bald sterben, aber bis es so weit war, suchte sie noch Anzüge für ihn aus und legte ihm Krawatten heraus.

Und was würde er tun, bis es so weit war? Er würde Unkraut jäten, den Rasen abstecken und die Terrasse erhöhen. Aber als Erstes würde er die Wege verbreitern, damit sie rollstuhlgeeignet waren. All das würde er tun, weil sie wusste, dass er Spaß daran hatte, und es nicht so aussähe, als täte er es für sie. Aber das Haus ... das Haus würde so lange wie möglich bleiben, wie es war. Ohne Komfort, aber doch komfortabel, weil es genau so war, wie sie es sich vorstellte. Ein Haus mit der Grandezza des beginnenden zwanzigsten Jahrhunderts. Geräumige Zimmer mit hohen Decken, ein eichenvertäfelter Flur mit Marmorboden, ein Buntglasfenster über der breiten Haustür, eine elegante Treppe mit einem kupfernen Handlauf über den gedrechselten Säulen und ein großer Garten. Janna war hier geboren worden und hatte das Haus nach dem Tod ihrer Eltern geerbt. Sie meinte, das Haus müsse eigentlich Sonnenwende heißen, und hatte alle seine Versuche, es zu modernisieren, abgeschmettert. Wenn sie abends ausgingen, ließ sie überall Lichter brennen, damit sie beim Nachhausekommen sagen konnte: »Schau, es strahlt uns an!«

Er spritzte sich kaltes Wasser ins Gesicht und griff erneut zum Handtuch. Seine Wangen fühlten sich schon wieder stoppelig an, und er musterte unentschlossen die Tube Rasierschaum. Immer öfter ertappte er sich dabei, dass ihn die alltäglichen Handgriffe nervten.

»Robert.«

»Ich komme.«

Er ließ den Verschluss der Perlenkette einschnappen und knipste die Sicherheitsöse zu. »Also kein Reißverschluss?«

»Alter Bock.«

Seine Lippen glitten über ihren Hals. »Junges Gemüse.«

Sie reichte ihm die Krawatte, die er sich wie ein zum Tode Verurteilter umhängte, der selbst mit dem Strick hantieren darf. »Du bist in dieser Woche ganz schön braun geworden, Janna.«

»Nur an den Armen.« Sie griff zu ihrer Tasche. »Als du dich heute Mittag mit deinen Pfingstrosen abgemüht hast, fiel mir wieder ein, dass ich früher um diese Zeit immer Angst hatte, nicht gleichmäßig braun zu werden. Nahtlos, meine ich.«

»Ach ja?«, fragte er verblüfft.

»Nach der Geburt der Kinder musste ich mich schwer beherrschen, nicht auf dem Rasen eine Brücke zu machen.« Sie lachte über sein erstauntes Gesicht. »Frauen wollen keinen braunweißgestreiften Bauch.«

»Eine Brücke machen.« Er band einen Krawattenknoten und fühlte sich wie beschenkt. »Das hast du mir gar nie erzählt.«

»Weil es damals mein Geheimnis war.« Sie zog die Krawatte zurecht. »Lass mich kurz schauen, ob sie richtig unterm Kragen sitzt.«

»Sollen wir zu Fuß gehen oder mit dem Auto fahren?«, fragte er, während er ihr in die Jacke half.

»Jetzt würde ich gern zu Fuß gehen. Aber zurück will ich mit dem Auto.« Sie lachte. »Wie lösen wir das Problem?«

»Auf dem Rückweg nehmen wir einfach ein Taxi. Dann kann ich auch ein Glas Wein trinken. Die Organisatoren haben versprochen, dass diesmal was Anständiges ausgeschenkt wird.« Er klopfte sich auf die Taschen.

»Deine Schlüssel liegen auf dem Tisch. Hast du die Gartentüren zugemacht?« Beidhändig zog sie die Haustür auf.

Er machte hier und da eine Lampe an, eilte zurück in den Flur, schloss die Haustür ab und betrat den Gartenweg, auf dem sie stehenblieb, um eine frühe Rose zu bewundern. Auf dass er die klemmende Klinke des Gartentors bediente.

*

»Hast du es ihm schon gesagt?« Cis griff zu ihrem Wodka Lime und drückte gleichzeitig ihre Zigarette in dem vollen Aschenbecher aus. »Ich rauche zu viel.«

Mariëlle musterte sie kritisch. »Du trinkst auch zu viel. Das ist schon dein drittes Glas. Und zum Essen bestellst du Wein. Ich dachte, du wolltest abnehmen. Alkohol macht nämlich dick.«

»Und grobe Poren, geplatzte Äderchen und Leberzirrhose.« Cis saugte genüsslich an dem Zitronenschnitz. »Gleich gehen wir essen, versprochen. Es ist gerade mal halb sieben. Du hast es ihm also noch nicht gebeichtet?«

»Wer sagt das?«

»Du, weil du meine Frage nicht beantwortet hast. Willst du es überhaupt?«

Mariëlle sah sich in der Kneipe um, in der das typische Samstagnachmittagspublikum saß. Frauen, die alle die angesagte Leinenhose und ein kurzes Top anhatten, während der flotte Blazer lässig über der Lehne hing. Die Männer trugen Polohemd und Freizeithose. Der Barmann fing ihren Blick auf und zeigte fragend auf ihre Gläser. Sie schüttelte den Kopf.

»Nicht?«, fragte Cis erstaunt. »Warum bist du dann in Gottes Namen schwanger?«

»Das meinte ich nicht. Und ja, ich will es schon.«

Sie machte sich nicht länger vor, noch keine Entscheidung gefällt zu haben. Die vergessene Pille war ein »Freud'sches Vergessen«.

»Und wenn sich David querstellt?«

»Dann ist es eben aus.« Sie hielt ihre Hand über das Glas, weil der Barmann doch eine Kellnerin an ihren Tisch geschickt hatte. Sie hatte keine Lust, noch einmal alles mit Cis durchzukauen. Die war nur sensationslüstern und suhlte sich gern in Beziehungsproblemen, wenn sie nicht selbst davon betroffen war.

Cis setzte einen skeptischen Blick auf. »Ich kann mir dich gar nicht hinter einem Kinderwagen vorstellen. Und David erst recht nicht.«

Mariëlle schob den stinkenden Aschenbecher beiseite. David hatte nichts gegen Kinder, er stand ihnen völlig gleichgültig gegenüber. Sie hatten mal in einem Straßencafé gesessen, wo ein paar Kleinkinder um ihren Tisch getollt waren. Ohne das Gespräch zu unterbrechen, hatte er sie mit einer knappen Geste verscheucht, so als handelte es sich um Fliegen. Sie hatte ihn anschließend darauf angesprochen, doch er hatte bloß die Stirn gerunzelt: »Sie waren lästig.« Ihr war nur die instinktive Reaktion der Kinder aufgefallen. Sie tollten weiter umher, mieden aber ihren Tisch. Sie konnte sich noch genau daran erinnern, was ihr in diesem Moment durch den Kopf gegangen war: Wie es wohl war, selbst mit so einem Zwerg hier zu sitzen? Es war das erste Mal gewesen, dass sie so etwas dachte, und der Gedanke hatte eine Unruhe in ihr ausgelöst, die einfach nicht mehr verschwunden war. Sie war einunddreißig, die berühmte biologische Uhr begann zu ticken. Noch nicht laut, aber doch. Erst vor Kurzem hatte ihr Vater scherzhaft erwähnt, dass er bald Zeit hätte, ein Enkelkind zu hüten, woraufhin ihre Mutter süffisant bemerkt hatte: »So weit ist

David noch nicht.« Ihre Mutter konnte David nicht leiden, obwohl er all seinen jungenhaften Charme eingesetzt hatte, um sie umzustimmen.

»Im wievielten Monat bist du jetzt?« Cis nahm den letzten Schluck und stellte ihr Glas etwas zu laut ab.

Die muss ich gleich nach Hause fahren, dachte Mariëlle.

»Fast im zweiten Monat.«

Es würde ein Winterkind werden. Ein Nikolausgeschenk. Etwas von der ursprünglichen Freude kehrte zurück, vertrieb die nervöse Unsicherheit. Sie trug etwas mit sich herum, sowohl im eigentlichen als auch im übertragenen Sinne. Etwas, worüber sie allein entscheiden konnte. Worüber sie bereits entschieden hatte – eine der wenigen selbstständig getroffenen Entscheidungen des letzten Jahres.

Ein Stuhl wurde grob gegen den ihren geschoben, und sie sah sich um. Ein langer Lulatsch, der seine beginnende Glatze dadurch zu verbergen suchte, dass er das Haar knapp über dem Ohr gescheitelt hatte, grinste entschuldigend und legte eine große, warme Hand auf ihre Schulter. Nicht auf ihren Pulli, sondern auf die nackte Haut.

Auf einmal wollte sie nur noch weg und konnte die Kneipe kaum noch ertragen – die laute Musik, die Stimmen, die versuchten, einander zu übertönen, den Rauch, die Hitze. Sie schüttelte die Hand ab und stand auf.

»Gehen wir essen?«, fragte Cis enttäuscht. Sie griff erneut nach ihrem Glas, drehte sich halb zur Kellnerin um und taxierte dabei den langen Lulatsch, der gerade zur Tür ging. Ihre Kopfhaut schimmerte weiß unter den kurz geschnittenen Haaren hindurch, die nach dem letzten Färben etwas zu rot geworden waren.

Sie muss alles übertreiben, dachte Mariëlle verärgert. Zu viel Schminke, zu viel Nikotin, zu viel Alkohol, zu viele Männer.

»Nein, ich gehe nach Hause.« Sie schlüpfte in ihren Blazer.

»Das sind die Schwangerschaftshormone.« Cis blieb sitzen, mit der typischen Sturheit einer Beschwipsten.

»Wahrscheinlich. Außerdem habe ich Kopfschmerzen. Tut mir leid, Cis.« Sie küsste Cis flüchtig auf die Wange. »Nimm ein Taxi.«

Federwolken standen am violetten Himmel, und über der Gracht hingen Nebelschleier. Die Bäume flirteten mit ihrem Spiegelbild im glatten Wasser.

Mariëlle fröstelte in der kühlen Abendluft. Jetzt schnell nach Hause und in den kuscheligen Jogginganzug schlüpfen, den David so hasste. Nicht nachdenken, nicht nachrechnen, sich einfach mit einer Tiefkühlpizza und der Wochenendzeitung aufs Sofa lümmeln. Sie zog die Autoschlüssel aus der Hosentasche. Kurz glitt ihre Hand über den flachen Bauch. Zwei Gläser Wein. Nichts, weswegen man ein schlechtes Gewissen haben musste.

3

Die Schule sah noch genauso aus wie vor dreizehn Jahren, aber die Ahornsetzlinge davor hatten sich zu riesigen Bäumen entwickelt. Die Doppeltür des Haupteingangs stand einladend offen. Eva warf einen Blick auf den Fahrradschuppen. Irene bemerkte ihren Blick und lachte.

»Dort habe ich meinen ersten Joint geraucht. In der großen Pause, wohl gemerkt.«

»Wie alt warst du da?«

»Vierzehn. Daraufhin wurde mir speiübel, denn ich hatte nichts gefrühstückt. Der Rest des Tages ist wie ausgelöscht.«

Sie liefen durch den vertrauten Vorraum, am Hausmeisterglaskasten und dem Sekretariat vorbei. Dann bogen sie nach links in den Flur und sogen den typischen Schulgeruch in sich ein: nasse Jacken, Kreide und Schweiß. Die Türen der Klassenräume, an denen sie vorbeikamen, waren zu, und als Eva eine Klinke hinunterdrückte, war das Zimmer abgeschlossen.

»Das ist schon in der Vorschule meines Sohnes so«, meinte Irene lakonisch. »An Schulen wird wahnsinnig viel geklaut. Wie abweisend das alles wirkt!«

Durch die Flurfenster sahen sie hochgestellte Stühle und

Wischspuren auf dem abgenutzten Linoleum. Das Regal war eingestaubt, der Mopp lag auf dem Boden, und vor einem der Fenster hing windschief eine Jalousie. Das einzig Moderne waren die Computer, die am hinteren Ende des Raumes aufgereiht waren.

»Ganz schön deprimierend«, sagte Irene. »Wenn das die Auswirkungen der neuesten Schulreform sind, kann ich gut verstehen, dass es Beschwerden gibt. Würdest du dich vor so eine Klasse stellen wollen?«

»Nicht um alles Geld der Welt.«

»Ich auch nicht.«

Irene lachte. »Höchstens vor eine Grundschulklasse. Die hat noch was Gemütliches. Hast du die Schule gehasst?«

»Nicht die Grundschule. Und auch nicht die Mittelstufe, zumindest nicht am Anfang. Ehrlich gesagt war ich damals lieber in der Schule als zu Hause.«

Irene nickte, sagte aber nichts darauf.

Jetzt fragt sie sich bestimmt, warum ich das erwähnt habe, dachte Eva. So, wie sie sich bestimmt schon gefragt hat, warum ich nicht mehr von mir erzähle, wo sie doch ihr Innerstes nach außen gekehrt hat. Ich weiß, wo sie wohnt, welchen Beruf ihr Mann hat, welche Probleme es mit den Kindern gibt. Bis auf ihr Liebesleben weiß ich alles über sie. Und das ist auch der einzige Grund, warum alle zum Klassentreffen kommen – pure Neugier: Wir wollen wissen, wer dick, früh alt oder unglücklich geworden ist. Wir wollen unseren sozialen Status miteinander vergleichen und hoffen, mehr erreicht zu haben als die anderen. Aber morgen haben wir uns wieder vergessen, denn ein echtes Interesse besteht nicht mehr füreinander. Ein befreiender Gedanke!

»Meine Eltern haben sich damals scheiden lassen, und meine Mutter hat sehr darunter gelitten. Im Grunde tut sie das immer noch.«

»Ich erinnere mich vage. Aber ich weiß nicht mehr genau ...«

»Sie führten keine gute Ehe, aber als mein Vater in Betrügereien verwickelt wurde, war es endgültig aus. Meine Mutter konnte es nicht ertragen, die Frau eines Gefängnisinsassen zu sein.« Sie lachte. »Aber das musste sie auch nicht, denn noch bevor er verurteilt wurde, war sie auch schon von ihm geschieden.«

»Du musst mir das nicht ...«, hob Irene an. Sie legte ihre Hand auf Evas Arm. »Jetzt erinnere ich mich wieder, aber wenn du es nicht erwähnt hättest, wäre es mir völlig entfallen. Damals war es das Thema schlechthin, ungefähr eine Woche lang. Danach hat sich kein Schwein mehr daran erinnert, während du ... Ich fand es schon immer komisch, dass du dich so von uns distanzierst hast. Du warst beliebt, und das nicht nur bei den Jungs. Aber als wir Abitur gemacht haben, warst du nur noch ein Schatten deiner selbst.« Sie musterte Eva aufmerksam. »Bist du deshalb so nervös? Denn das bist du, das sehe ich.«

Eva zuckte die Achseln. »Es kommt vieles wieder hoch, das ist alles.«

»Lass uns was trinken!«, sagte Irene. Sie schob Eva vor sich her. »Vorausgesetzt, es gibt was. Wenn nicht, hauen wir ab und setzen uns in eine Kneipe.«

Es war überraschend voll. Überall ins Gespräch verwickelte lachende Leute mit einem Glas in der Hand, begeisterte Ausrufe und großes Hallo. Die schweren dunkelroten Vorhänge waren zugezogen, um für etwas Intimität zu sorgen. Schälchen mit Teelichtern standen herum, Ballons hingen von der Decke, und es spielte eine Band.

»Im Grunde ist alles beim Alten geblieben«, sagte Irene zynisch. »Die Wünsche sind nach wie vor größer als das

Budget.« Sie reckte den Hals. »Cas spielt Schlagzeug, siehst du ihn? Er hat sich kein bisschen verändert.«

Eva nickte. Wie oft sie das heute Nachmittag noch hören würde? Sie sah zu Cas hinüber, der damals Drummer in der Schulband gewesen war. Er saß noch genauso lässig hinter seinem Schlagzeug wie früher, während ihm die Locken an der Stirn klebten und er die Ärmel seines Hemds hochgekrempelt hatte.

Irene deutete auf die improvisierte Bar. »Ich sehe Weinflaschen. Warte, lass mich das machen.« Sie zwängte sich durch die doppelte Reihe der Wartenden. »Bart! Gib mir zwei Gläser Weißwein!«

Der langsam kahl werdende Dreißiger hinter der Bar sah auf. »Irene!« Er breitete theatralisch die Arme aus. »Wo hast du bloß all die Jahre gesteckt? Ich habe die ganze Zeit auf dich gewartet.«

»Dann hast du zu lange gewartet.« Sie zeigte ihm den Ring an ihrer rechten Hand, beugte sich über den Tresen und küsste ihn auf die verschwitzten Wangen. »Wie geht es dir, Bart?«

Er strich über sein gut gepolstertes T-Shirt. »Ausgezeichnet.«

»Was machst du?«

»Gaststättengewerbe.« Er grinste. »Ich habe heute einen ganz normalen Arbeitstag.« Geschickt zapfte er ein paar Biere und schenkte zwei Gläser Wein ein.

»Hast du den Laden von deinem Vater übernommen?«

Er nickte. »Obwohl ich das eigentlich nie gewollt habe. Doch jetzt bin ich doch dort gelandet.«

»Es sieht nicht so aus, als ob du darunter leiden würdest.«

»Nein, das tue ich auch nicht.« Er nahm einen Schluck Cola. »Aber dafür habe ich mit dem Trinken aufgehört.«

»Im Ernst?«

»Im Ernst. Es war einfach zu viel.« In der Zwischenzeit spülte er routiniert mehrere Gläser, wischte über den Tresen und trocknete sich die Hände an einem Geschirrtuch ab. »Sonst wäre es mir ergangen wie meinem Vater, Gott hab ihn selig.«

»Ist dein Vater ... das kann doch nicht sein?« Sie stellte die Gläser wieder ab.

»Doch, leider.« Das Grinsen kehrte sofort zurück.

»Bart!« Jemand winkte mit einem Glas.

»Ich bin mit Eva hier«, sagte Irene. »Wir sprechen uns später.«

Er nickte. »Ich habe sie schon entdeckt. Sie ist immer noch rappeldürr. Hat aber nach wie vor ein schönes Gesicht.«

»Bart!«

Er beugte sich über die Bar. »Ronald, altes Haus, wie geht's?«

Eva unterhielt sich mit einem hochgewachsenen Mann, den Irene erst erkannte, als er ihr das Gesicht zuwandte.

»Meneer Declèr!« Sie gab Eva ihr Glas.

Er brauchte nur eine Sekunde. »Irene.«

Sie schüttelte seine Hand, betrachtete das erschöpfte Gesicht, die dicken Tränensäcke unter den Augen. »Wie geht es Ihnen?«

»Ausgezeichnet. Und dir?«

»Verheiratet, drei Kinder.« Sie hielt den Kopf schräg. »Ich hoffe, Sie haben nicht allzu große Erwartungen in mich gesetzt.«

»Eine schönere Karriere ist gar nicht vorstellbar«, sagte er galant.

Sie lachte. »Das sollte ich meinen hart arbeitenden Freundinnen erzählen!«

»Du arbeitest nicht nebenher?« Er zupfte an seiner Krawatte. »Ich bin altmodisch genug, um das zu schätzen zu wissen. Auch wenn mir klar ist, dass es oft gar nicht anders geht«, sagte er mit einem Blick auf Eva.

»Und Sie?«

»Das ist mein letztes Schuljahr. Ende Juni gehe ich in Pension.«

»Um das Leben zu genießen.«

Ein Schatten fiel auf sein Gesicht. »Schön wär's.«

»Aber dem ist nicht so?«

Er lachte herzlich. »Es freut mich, dass du noch immer so direkt bist wie früher.« Er sah über sie hinweg. »Ah, da ist ja meine Frau.«

Irene drehte sich um. Sie hatte die Frau des Rektors als elegante, distinguierte Erscheinung in Erinnerung. Sie besaß jene Aura, die Selbstvertrauen und altem Geld geschuldet ist. Die Frau, die jetzt auf sie zukam, lief mit steifen, weit ausholenden Schritten wie ein Roboter. Sie trug ein Seidenkostüm, dessen Jackett schlecht saß, weil sie einen Buckel hatte.

Irene versuchte, sich ihr Mitleid nicht anmerken zu lassen.

»Janna.« Der Rektor legte kurz den Arm um sie. »Du kannst natürlich nicht mehr alle kennen, aber an Irene und Eva erinnerst du dich bestimmt noch.«

»An Irene, ja.« Sie besaß ein charmantes Lächeln. »Aber nicht an ihren Nachnamen.«

»Daalhuyzen.« Irene lächelte zurück.

»Natürlich. Und Eva ist Eva Stotijn.« Das Lachen bekam etwas Triumphierendes. »Manche Namen bleiben eben hängen.«

Evas Gesicht erstarrte, dann streckte sie die Hand aus. »Mevrouw Declèr.«

»Habe ich etwas Falsches gesagt, mein Kind?« Mevrouw Declèr hielt ihre Hand fest.

»Nein, nein.« Eva entspannte sich. »Ich bin nur über Ihr Gedächtnis erstaunt.«

»Stotijn war doch ein bekannter Name«, sagte Mevrouw Declèr nachdenklich. »Ich weiß nur nicht mehr, warum.«

Irene mischte sich ein. »Ihr Mann hat mir soeben erzählt, dass er Ende nächsten Monats in Ruhestand geht.«

»Dann kann er sich ganz auf seinen Garten konzentrieren.« Mevrouw Declèr zwinkerte. »Und auf mich.«

»Ich weiß nicht, worauf ich mich mehr freue.« Er sah sich um. »Wir müssen noch ein paar Hände schütteln, Janna. Sonst fühlen sich die ehemaligen Schüler vernachlässigt.«

»Das dürfen wir auf keinen Fall zulassen.« Sie nickte zum Abschied. »Wir sehen uns bestimmt noch.«

»Was fehlt ihr?«, fragte Irene.

Sie lehnten an der Wand. Der Raum war proppenvoll, die Band hatte noch einen Zahn zugelegt, und die Gespräche wurden schreiend geführt. Eva hatte sich eine Zeit lang mit Bob unterhalten, während Irene bei ein paar Lehrern die Runde machte. Mevrouw Declèr saß an einem Tischchen ganz in ihrer Nähe und hatte sichtlich Mühe zu lächeln.

»Sie hat MS.« Eva hob den Vorhang und stellte ihr Glas auf die Fensterbank. Sie hätte etwas zu Mittag essen sollen. Zwei Gläser Wein, und schon drehte sich alles. »In einer sehr aggressiven Form. Das hat mir Bob erzählt.«

»Der Typ ist wirklich ein wandelndes Klatschblatt. Deshalb sieht Declèr so mitgenommen aus.«

»Du meinst sie.«

»Ja, sie natürlich auch. Aber ich bin erschrocken, dass

er so alt geworden ist. Er wirkt irgendwie mutlos. Jetzt verstehe ich auch, warum. Das ist wirklich traurig.«

Eva nickte. »Bob zufolge sitzt sie in einem halben Jahr im Rollstuhl.«

Sie schwiegen eine Weile.

»Ich habe Lamboo gesehen«, sagte Irene. »Er ist dick geworden und wahnsinnig spießig. Und Etta Aalberg wirkt total langweilig, obwohl sie früher immer so eine geheimnisvolle Aura um sich hatte wie eine französische Chansonsängerin. Und Horsman ist schon Opa. In den war ich mal verknallt, weißt du noch? Er sah aus wie Clint Eastwood. Apropos alte Lieben: David ist auch da.«

»David?«

»David Bomer, er war eine Klasse über uns, erinnerst du dich nicht mehr an ihn?«

Eva überlegte. »Groß und dunkel?«

»Genau der.« Irene lachte. »Wir gingen gerade mal in die achte Klasse, und ich stand noch gar nicht wirklich auf Jungs. Ich konnte mit dem Gefummel hinter dem Fahrradschuppen einfach nichts anfangen.«

»Ich habe Lydia gesehen«, sagte Eva. »Und Trudy und Martine. Aber es sind wahnsinnig viele Leute da, mehr, als ich gedacht hätte. Von den Lehrern habe ich noch niemanden gesprochen. Ach so, doch, Mevrouw Landman. Die ist schon in Pension. Sie trägt immer noch schwungvolle Sommerkleider.«

»Ter Beek kannst du vergessen.« Irene schüttelte den Kopf. »Was für ein Miesepeter der geworden ist! Der kann sich kein einziges Lächeln abringen. Er unterrichtet nicht mehr.«

»Was macht er dann?«

»Er koordiniert«, sagte Irene vage. »Das ist wahrscheinlich besser so. Er konnte schon damals nicht für Ordnung sorgen, und so, wie er sich jetzt benimmt, werden sie ihn in Kürze in Frühpension schicken. Wusstest du eigentlich schon, dass Lisa wegen Drogenschmuggel gesessen hat? Sie ist nicht da, aber ich weiß das von Eddy. Das hätte ich nie von ihr gedacht, aber wenn man ihm Glauben schenkt, ist ein echt wildes Mädchen aus ihr geworden. Und Eddy ...« Sie musste lachen. »Er hat angeberisch mit dem Schlüssel eines dicken BMWs aus dem Bestand seines Escortservices gewinkt. Kannst du dir das vorstellen? Ich hätte gern noch ein Glas Wein. Wollen wir danach noch mal eine Runde drehen?«

»Geh ruhig.« Eva griff nach ihrer Tasche. »Ich habe Kopfschmerzen und muss mal kurz vor die Tür. Außerdem habe ich Lust auf eine Zigarette.«

»Davon gehen die Kopfschmerzen bestimmt nicht weg.« Irene winkte erneut einem Bekannten. »Du siehst blass aus. Hast du Aspirin dabei?«

»Ja. Bis gleich.«

»Ich habe dir eine Cola gebracht.«

Alle hatten sich um die Bühne geschart. Die Band spielte den Schulsong, und es wurde lauthals mitgesungen. Neben Irene stand Bart, er hatte den Arm um ihre Schultern gelegt.

Eva nahm ihr das Glas ab. »Danke.«

»Ich dachte, das ist bestimmt besser als noch ein Glas Wein. Geht es wieder?« Irene hatte Mühe, sich verständlich zu machen.

»Nein, eigentlich nicht.« Eva zeigte auf die Bühne. »Ich gehe nach Hause, mir reicht's.«

»Ich bleibe noch ein bisschen.« Irene war ein wenig angetrunken. Die Haare waren teilweise aus der Spange gerutscht, ihre Augen glänzten.

»Ihr seid mit der U-Bahn da, stimmt's?«, fragte Bart. Er ließ Irenes Schulter los. »Irene meinte, dass es dir nicht gut geht. Soll ich dich kurz zum Bahnhof bringen?«

Eva schüttelte den Kopf. »Ich habe das öfter. Eine Art Migräne. Die frische Luft wird mir guttun, hier ist es so stickig. Und du musst wieder hinter die Bar.«

Irene gab ihr einen Kuss. »Lass uns mal zusammen mittagessen gehen. Ich rufe dich an.«

Die Band ließ einen dröhnenden Schlussakkord hören, und es wurde wild applaudiert. In die darauffolgende Stille drang helle Aufregung. In der Türöffnung der Aula standen zwei Männer, zwischen sich eine junge Frau, die hysterisch weinte.

»Meine Güte!«, sagte Bart. »Was ist denn da los?«

Die Frau machte ein paar schwankende Schritte in den Saal. »Er ist tot! Ich habe gesehen, dass er tot ist! Warum tut denn niemand was?«

4

Paul Vegter lag in der Badewanne und hörte ein Klavierkonzert. Mozart, KV 467. Er hatte die Wiederholungstaste des CD-Players gedrückt und ließ sich schon zum zweiten Mal von der Wehmut des Andante gefangen nehmen. Er fröstelte trotz des warmen Wassers. Er hätte es eigentlich besser wissen müssen: Diese Art Masochismus konnte er sich noch nicht erlauben. Trotzdem blieb er liegen und betrachtete seine Brustbehaarung, die wie ein graues Vogelnest auf dem Wasser trieb.

Johan kam herein, schnupperte an seinen Pantoffeln und legte sich auf sie. Vegter griff nach der Flasche auf dem Wannenrand und nahm einen Schluck von seinem mexikanischen Bier. Er hatte gedöst, und das Bier war lauwarm und schal. Höchste Zeit, dass er sich um die Zimmerlinde kümmerte, die schon wieder ein gelbes Blatt hatte.

Er setzte sich auf und zog den Stöpsel heraus. Geistesabwesend beobachtete er den Strudel unweit seiner Füße, bis seine Zehen rosig und runzlig aus dem Wasser ragten. Das Blatt würde abfallen, so viel stand fest. Es war schon das fünfte innerhalb weniger Wochen, und so langsam sah die Pflanze aus wie ein aufgespannter Regenschirm. Es musste doch eine Erklärung dafür geben! Er nahm ein

Handtuch von der Stange und trocknete sich ab – Brust, Bauch, Po. Es gab deutlich mehr Vegter als noch vor einem Jahr. Vielleicht sollte er kochen lernen. Eine Ernährung, die aus Tiefkühlmahlzeiten und Spiegeleiern mit Speck bestand, hätte Stef einseitig genannt. Auf jeden Fall musste er weniger trinken.

Er kämmte sich durchs Haar, das umgekehrt proportional zu seinem Gewicht weniger wurde, warf das Handtuch in den Wäschekorb, vertrieb Johan von seinen Pantoffeln und schlüpfte in den schweren Baumwollbademantel. Stefs Pflanzenratgeber musste irgendwo im Regal stehen.

Er nahm ein frisches Bier mit ins Wohnzimmer. Johan saß vor der Fensterbank und wartete auf Hilfe, also hob er ihn hoch. Der Kater lag schwer in seinem Arm. Er ist genauso energielos wie ich, dachte Vegter. Wir sind ein Jahr weiter und haben unseren Rhythmus immer noch nicht wiedergefunden. Er setzte Johan auf die Fensterbank und ging das Bücherregal durch, von oben nach unten und von links nach rechts. Er wunderte sich, was er alles mit umgezogen hatte: Vestdijk, Blaman, Kerouac, den er damals für einen arroganten Flegel gehalten hatte, von dem Stef aber schwer beeindruckt war. Sie hatte ihm Spießertum vorgeworfen, und er ihr Pedanterie. Das war damals, als sie noch glaubten, den andern ändern zu können. Sein Blick glitt über die moosgrünen Buchrücken der Gesamtausgaben von Couperus. Kosinski, Koolhaas, Multatuli. Über eine Reihe mit Krimis, deren Protagonisten ausnahmslos zu viel tranken und Beziehungsprobleme hatten. Über Stefs Gedichtbände. Das alles stand wild durcheinander.

Als er das zweite Bier zur Hälfte geleert hatte, verlor er den Mut. Wie sah dieses verdammte Buch bloß aus? Für Stef war es die Pflanzenbibel gewesen, er musste sie Hunderte Male gesehen haben. Vage erinnerte er sich an einen farbigen Umschlag – blau oder orange. Er beschloss, das methodische Vorgehen aufzugeben und den Blick willkürlich über die Regalfächer schweifen zu lassen. Und dann stand es da auf einmal, schwarz, mit orangefarbenem Rücken. Triumphierend setzte er sich damit aufs Sofa.

Johan sprang sofort von der Fensterbank, zog sich an seinem Bademantel hoch und ließ sich auf seiner Schulter nieder.

Vegter schlug das Buch auf. Zettel fielen heraus, Kärtchen mit Pflanzennamen. *Dieffenbachia*, *Rhaphidophora* und ein paar handschriftliche Anmerkungen von Stef. Nicht hinschauen, vielleicht später. Er verstaute sie wieder und betrachtete den Einband. G. Kromdijk, *Das neue Zimmerpflanzenbuch*. Eine junge Frau goss lächelnd mehrere prächtige Pflanzen. Das Buch stammte von 1967. Stef musste es irgendwann auf dem Flohmarkt gekauft haben.

Vegter blätterte so lange, bis er darauf stieß: *Sparmannia africana*. Er bewunderte die abgebildete Zimmerlinde, die von oben fotografiert worden war, damit die großen Blätter besonders gut zur Geltung kamen, und begann zu lesen.

Für eine Zimmerlinde benötigt man einigen Platz, denn sie kann zu einem riesigen Strauch heranwachsen.

Er betrachtete sein Exemplar, das nicht einmal halb so hoch wie das Regal war. Alle anderen Pflanzen hatte er weggeworfen, aber die hier war die letzte, die Stef gekauft hatte. Die Pflanze gefiel ihm, weil sie so bescheiden wirkte. Sie hatte schlichte, hellgrüne Blätter, die einem klar erkennbaren Stamm entsprossen, und einen Namen, der an Treibhäuser und Butler in Nadelstreifenjacketts erinnerte. Als Stef sie gekauft hatte, war sie ein mickriges Pflänzchen in einem zu kleinen Topf gewesen. »Ich ziehe sie groß«, hatte sie hoffnungsvoll gesagt. Und das hätte sie auch, wenn kein Lieferwagen dazwischengekommen wäre.

Sollte sie tatsächlich zu groß werden ...

Das Telefon klingelte. Johan verzog sich gehorsam auf die Rückenlehne des Sofas. Das Telefon klingelte erneut, schrill und fordernd, und Vegter wusste, dass sich sein freies Wochenende damit erledigt hatte. Es war niederschmetternd, dass ihn das eher erleichterte als enttäuschte.

Er ging dran und lauschte. »Sag den anderen Bescheid. Ich bin schon unterwegs.«

Beim Auflegen warf er einen Blick auf die Uhr und anschließend aus dem Fenster. Draußen war die Sonne soeben hinter dem gegenüberliegenden Wohnblock untergegangen. Auf seinem kleinen Balkon betrachtete ein älterer Mann seine Geranien, die vorsichtig Farbe bekannten. Vegter erinnerte sich an den herben Geruch ihrer Blätter und dachte an ihren Garten zurück. Dort hatte zu jeder Jahreszeit etwas geblüht, was er nicht namentlich kannte, und die Terrasse war voller Blumentöpfe gewesen.

Jetzt saß er manchmal auf seinem kahlen Balkon, auf den gerade ein Stuhl und ein Kasten Bier passten, mit dessen Hilfe er die Füße hochlegte. Aber er hätte es nicht ertragen, allein im Garten zu sitzen. Mal ganz abgesehen davon, dass der völlig verwildert wäre.

In der Küche saß Johan neben seinem Fressnapf. Vegter schüttete ein bisschen Trockenfutter aus der Packung, und der Kater kauerte sich nieder und begann gierig zu fressen. Seine Hüftknochen standen hervor wie der Radkasten eines Autos.

Was mache ich bloß falsch?, fragte sich Vegter, während er sich anzog. Ein Kater und eine Topfpflanze. Es sollte nicht weiter schwerfallen, beide am Leben zu erhalten. Der Kater war alt, hatte aber nie gesundheitliche Probleme gehabt und kam jetzt kaum noch nach draußen. Er müsste eigentlich dicker werden statt dünner.

Er griff zu seinem Autoschlüssel und nahm die Jacke von der Garderobe. Vielleicht sollte er einen Termin beim Tierarzt vereinbaren.

Als er auf dem Schulhof parkte, sah er zig Neugierige hinter den Fenstern. Zwischen den Streifenwagen erkannte er den Kombi des Polizeifotografen und den kleinen blauen Peugeot Renées. Er hatte sie von unterwegs aus angerufen und war erstaunt, dass sie bereits da war. Bis ihm wieder einfiel, dass sie ganz in der Nähe wohnte.

Vor dem Haupteingang stand ein Beamter. Vegter nickte ihm zu und betrat die große Halle, in der Renée neben einem großen, gebeugten Mann in einem lose sitzenden anthrazitfarbenen Anzug auf ihn wartete. Der sah aus, als hätte er in letzter Zeit abgenommen. Sie trug eine Jeansjacke und eine tief ausgeschnittene schwarze Bluse zu einer weiten schwarzen Hose. Das kupferrote Haar fiel ihr in einem dicken Zopf über den Rücken. Nase und Dekolleté waren sonnenverbrannt. Bestimmt hatte sie in der Sonne gelegen und war nach Vegters Anruf hastig in ein paar Kleider geschlüpft.

»Inspektor, das ist der Rektor, Meneer Declèr.«

Der Rektor drückte ihm kraftlos die Hand. »Ich zeige Ihnen den Weg.«

Vegter hielt ihn auf. »Erst wüsste ich gern, was passiert ist.«

Der Rektor sah Renée an. »Das habe ich bereits Mevrouw Pettersen erzählt.« Er zupfte an seiner Krawatte, die bereits schief saß und jetzt noch schiefer hing. »Also, in meiner Schule findet gerade ein Klassentreffen statt, weshalb so gut wie alle Lehrer anwesend sind. Einer von ihnen, Eric Janson, wurde von einer ehemaligen Schülerin auf der Toilette gefunden. Er lag auf dem Boden, und die Schülerin dachte zunächst, ihm sei schlecht geworden. Sie ist auf den Flur geeilt, um Hilfe zu holen, und dort auf zwei weitere Schüler gestoßen. Zu dritt haben sie versucht, Janson wiederzubeleben, bis das Mädchen ...« Er lächelte entschuldigend. »... die junge Frau, meine ich, Panik bekam und in die Aula rannte. Sie hat dort ziemlichen Aufruhr verursacht. Ich habe zunächst selbst nach Janson gesehen, während einer meiner Lehrer den Arzt und einen Krankenwagen gerufen hat. Der Arzt ist noch hier.« Er zeigte in den Flur. »Er stellte fest, dass Janson ... tot war, und hat den Krankenwagen wieder weggeschickt. Er bat mich, die Polizei zu verständigen.« Er schwieg kurz. »Das ist alles«, sagte er unbeholfen.

»Danke.« Vegter setzte sich in Bewegung, und der Rektor lief ihm voraus.

»Sind schon Leute gegangen?«, fragte Vegter im Gehen.

Der Rektor wandte sich halb zu ihm um, lief aber wie im Krebsgang weiter. »Sie meinen, seit ...? Soweit ich weiß, nicht. Aber es herrschte natürlich eine ziemliche Aufregung, obwohl wir versucht haben, die Leute in der Aula zu halten. Dort sind sie jetzt alle, auch die Lehrer.«

Im Vorbeigehen warf Vegter einen Blick in die Klassenräume, die wie ausgestorben aussahen. Er versuchte sich zu erinnern, wann er das letzte Mal eine Schule von innen gesehen hatte. Ingrid war jetzt achtundzwanzig, also musste es zehn Jahre her sein. Mit einem schlechten Gewissen dachte er daran, dass meist Stef zu den Elternsprechstunden gegangen war. Er selbst hatte die Schule immer gehasst, die autoritären Lehrer, die Fächer, die ihn nicht interessierten, die er aber trotzdem belegen musste, die Disziplin. Obwohl man bei der Polizei erst recht Wert auf Disziplin legte, dachte er amüsiert.

Der Rektor blieb abrupt stehen. »Hier ist es.«

Vegter sah in das erschöpfte Gesicht. »Sie müssen nicht

mit hineinkommen. Vielleicht kann Ihnen jemand eine Tasse Kaffee organisieren.«

Declèr lachte laut auf. »Ich könnte jetzt eher einen Schnaps gebrauchen.«

Die Tür stand einen Spalt offen, und Vegter drückte sie mit seiner Schulter auf.

Die Leiche lag dummerweise direkt hinter der Tür, sodass er über sie hinwegsteigen musste. Sie bot keinen schönen Anblick, aber er hatte schon Schlimmeres gesehen. Er nickte den anderen zu, die sich dicht in der Ecke zusammengedrängt hatten, um den Polizeifotografen in dem relativ kleinen Raum nicht bei der Arbeit zu behindern.

Der Fotograf sah grinsend auf. »Diesmal war ich doch tatsächlich schneller.« Er begann seine Ausrüstung zusammenzupacken.

»Du bist echt flott.«

»Ich war zufällig in der Nähe.« Er wies auf die Leiche. »Sie haben ein wenig an ihm herumgefuhrwerkt, insofern weiß ich nicht, ob die Fotos was taugen.«

»Morgen?«

Der Fotograf seufzte. »Ich bin für heute Abend verabredet.«

»Die Arbeit geht vor, das Mädchen muss warten.« Vegter ging auf den einzigen Mann der Gruppe zu, den er nicht kannte, und gab ihm die Hand. »Vegter.«

»Korenaar.« Die Hand war kühl und trocken. »Ich bin Hausarzt und habe heute Abend Notdienst.«

Es war ein junger Mann, der trotzdem schon etwas gesetzt wirkte. Freundliche braune Augen hinter einer Nickelbrille. Vegter bemerkte erstaunt, dass er ein Tweedjackett mit Lederflicken am Ellbogen trug. Dass es so etwas überhaupt noch gab!

»Sie haben ...«

»Er war bereits tot, als ich kam.« Der Arzt zeigte auf den Kopf. »Ich habe ihn nicht weiter untersucht, aber auf den ersten Blick würde ich sagen, dass er gestürzt ist. Oder aber ...« Sein Blick wanderte zu der Krücke, die zwischen zwei Waschbecken schräg gegen die Wand gelehnt war.

»War er gehbehindert?«, wollte Vegter von Renée wissen.

»Ich werde es erfragen.«

Er drehte sich zum Fotografen um. »Ich nehme an, du hast alles?«

»Alles drauf.« Der Fotograf hob grüßend die Hand und stieß mit dem Fuß die Tür auf. »Guten Abend allerseits.«

Vegter kniete sich hin. »Sorg dafür, dass dieser Flur gesperrt wird«, sagte er zu Renée. »Ich möchte auch nicht, dass die Leute nachher durch den Seiteneingang verschwinden. Wurde der heute Nachmittag eigentlich benutzt?«

»Dem Rektor zufolge schon. Zumal man durch ihn auf den Parkplatz gelangt.«

Vegter überlegte. »Corné, schau dich dort zuerst um.«

Brink nickte und hielt Renée galant die Tür auf.

Die Leiche lag auf dem Rücken, der rechte Arm war zur Seite gestreckt, die Linke ruhte auf dem Bauch. Hatte der Mann auf der Seite gelegen?

Ohne ihn zu berühren, betrachtete er den Kopf. In der rechten Schläfe befand sich eine Delle. Die Haut war aufgeschürft wie das Knie eines Kindes. Blut war kaum zu sehen. Die Augen waren beinahe geschlossen, der Mund stand halb offen, und er erhaschte einen Blick auf Goldkronen. Die Wangen waren glatt rasiert. Volle Lippen, eine fleischige Nase, kräftige Kiefer, ein Doppelkinn. Ein herrschsüchtiges Gesicht. Ich wüsste gern, wie beliebt er bei seinen Kollegen war, dachte Vegter.

Die Hände waren gepflegt, die Nägel sauber. Am linken

Ringfinger steckte ein Siegelring, etwas zu groß und zu schwer für Vegters Geschmack. In den schwarzen Stein war ein Monogramm eingraviert. Der Nadelstreifenanzug war unversehrt, es fehlten keine Knöpfe, und auch das Hemd steckte ordentlich in der Hose. Die Seidenkrawatte war zur Seite gerutscht und berührte mit der Spitze den Boden. Aber auch sie war makellos sauber.

Renée kam wieder herein und ging neben ihm in die Hocke. Sie zeigte auf die groben braunen Wanderschuhe. »Dem Rektor zufolge hatte er sich beim Skifahren einen Bänderriss zugezogen. Daher die Krücke.«

»Skifahren? Es ist schon Mai!«

Sie lachte. »Anfang Mai. In vielen Gegenden kann man bis Ende März Ski fahren, manchmal sogar noch länger. Er war ein paar Wochen zu Hause und kam erst seit dieser Woche wieder zur Schule. Er hat übrigens nicht mehr Vollzeit gearbeitet. Er ist achtundfünfzig und hatte deshalb ein Anrecht auf weniger Stunden.«

Der Arzt räusperte sich. »Brauchen Sie mich noch?«

Vegter schüttelte den Kopf. »Nein. Und vielen Dank fürs Kommen.«

Der Arzt nahm seine Tasche und ging zur Tür.

»Eine Frage noch«, sagte Vegter. »Der Polizeiarzt wird ihn noch untersuchen, aber ich wüsste das auch gern von Ihnen: Ist da was dran an der Geschichte von dünnen Schädeln?«

Korenaar lachte. »Durchaus.«

Vegter warf einen skeptischen Blick auf den kräftigen Körper.

»Ich müsste das Röntgenfoto sehen«, sagte Korenaar. »Aber die Schädeldicke hat nichts mit dem Körpergewicht zu tun.«

Vegter nickte, und der Arzt tat es dem Fotografen gleich, stieß die Tür mit dem Fuß auf und verschwand.

Vegter erhob sich und klopfte sich die Knie ab.

»Können wir?«, fragte der Mann von der Spurensicherung.

»Leg los.« Vegter sah sich nach den Beamten um, die wie ungezogene Jungen immer noch in der Ecke standen. »Organisiert ein paar Räume, damit wir anfangen können. Und sagt mir Bescheid, wenn Heutink da ist. Wo bleibt der eigentlich?«

»Der hat noch zu tun«, sagte einer der Beamten. »Eine Messerstecherei.«

Der Rektor stand immer noch im Flur.

»Wir sind gleich bei Ihnen«, sagte Vegter und ging mit Renée nach draußen, bis sie außer Hörweite waren. Vor der Tür der Damentoiletten blieben sie stehen.

»Was haben Sie für einen Eindruck?«, fragte Renée.

»Und selbst?«

Sie zuckte die Achseln. »Er kann gestürzt sein. Vielleicht ist er ausgerutscht und mit dem Kopf aufgeschlagen. Oder gegen eines der Waschbecken geknallt. Er hatte nicht umsonst eine Krücke. Und der Boden ist nass. Da sind ein paar Hundert Leute in der Aula, auf den Toiletten herrschte bestimmt Andrang.«

»Gummisohlen«, sagte Vegter. »Mit Profil. So leicht rutscht man damit nicht aus.«

»Nein. Aber es gibt keine Kampfspuren. Und wenn er die Krücke gegen die Wand gelehnt hat, um sich die Hände zu waschen, hatte er keinen Halt mehr. Vielleicht hat er eine falsche Bewegung gemacht.« Sie runzelte die Stirn. »Wenn er sich die Hände waschen wollte oder sie gewaschen hat, heißt das, dass er bereits auf der Toilette war. Die Kabinen sind klein, weshalb er die Krücke kaum mit hineingenommen haben wird. Also musste er wohl oder übel ein paar

Schritte ohne Krücke machen, um an die Waschbecken zu kommen.«

Vegter nickte. »Ich hätte gern gesehen, wie er ursprünglich dalag. Na gut, gleich werden wir mehr wissen.«

Renée sah auf ihre Uhr. »Ich habe mich erkundigt, es waren etwa vierhundert Personen anwesend. Ein paar werden schon gegangen sein, weil das Fest um vier Uhr anfing und die Meldung erst kurz nach sechs einging. Aber es bleiben noch verdammt viele übrig. Wollen Sie die alle noch heute Abend verhören, obwohl wir gar nicht wissen, ob ...« Sie ließ den Satz unbeendet.

»Die Delle gefällt mir nicht«, sagte Vegter. »Keine Ahnung, was Heutink dazu sagt. Aber er liegt mehr als einen Meter von den Waschbecken weg. Wäre er mit dem Kopf dagegengeschlagen, hätte er darunter liegen müssen.«

»Er wurde angefasst.«

»Ja, aber sie werden ihn kaum durch die Gegend geschleift haben. Sein Anzug sitzt gut und er ist trocken. Der Boden ist nur bei den Waschbecken nass. Und es ist ein schwerer Bursche.«

Sie gab sich geschlagen. »Wahrscheinlich haben Sie recht.«

Er grinste. »Dann wollen wir mal den Rektor erlösen.«

5

Die Band hatte die Instrumente eingepackt, die Teelichte waren ausgeblasen. Jemand hatte die Vorhänge aufgezogen, damit die tief stehende Sonne hereinschien.

Menschen standen in Grüppchen zusammen und unterhielten sich flüsternd. Die Lehrerschaft hatte sich hinter ein paar zusammengeschobenen Tischen verschanzt.

Man wartete, auch wenn man nicht genau wusste, worauf.

»Wie lange das wohl dauern wird?« Irene musterte ihr Glas, das sie nach wie vor in der Hand hielt. »Dürfen wir telefonieren?«

»Ich wüsste nicht, was dagegen spricht«, sagte Bart.

»Meine Kinder und Joost ...« Sie leerte das Glas und zog eine Grimasse. »Eigentlich ist das schlechter Wein.« Mit nervösen Fingern suchte sie nach ihrem Handy.

Bart war pikiert. »Das war der beste, den man für das Budget bekommen konnte.«

Sie saßen an einem Tisch vor einem der Fenster: Eva, Irene und Bart sowie Eddy und David, die sich zu ihnen gesellt hatten. Streifenwagen waren wie Boulekugeln über den Schulhof verstreut. Vor dem Haupteingang war ein Beamter postiert, der die Hände auf dem Rücken verschränkt hatte. Irgendjemand hatte erzählt, dass der Seiteneingang ebenfalls von der Polizei bewacht wurde, aber das konnte man von der Aula aus nicht erkennen.

»Da kommt der Leichenwagen!«, sagte Eddy.

Andere bemerkten ihn auch. Die Gespräche gerieten ins Stocken, und die Lehrer standen auf, wie um ihm die letzte Ehre zu geben. Schweigend sahen sie zu, wie die Heckklappe geöffnet und eine Rollbahre herausgeschoben wurde.

Es dauerte nur wenige Minuten, bis die Männer zurückkehrten und die Bahre, auf der nun ein graues, formloses Bündel lag, wieder im Wagen verstauten. Die Heckklappe wurde geschlossen, die Männer stiegen ein.

Ein Seufzen ging durch den Saal, während der Leichenwagen langsam vom Schulhof fuhr und sich ordnungsgemäß blinkend in den Verkehr einfädelte.

»*Elvis has left the building*«, sagte Bart.

»Verdammt!« Eddy strich sich über den Schädel, der von höchstens millimeterlangen Haaren bedeckt war.

»Er ist also wirklich tot.« Irene steckte ihr Handy in die Tasche, ohne es benutzt zu haben.

Eddy zog die Brauen hoch. »Was dachtest du denn? Hätte er eine bloße Ohnmacht erlitten, wäre hier nie so viel Polizei angerückt.« Er klapperte mit den Autoschlüsseln in seiner Hosentasche. »Was für eine blöde Art zu sterben. Ich fand ihn eigentlich ganz okay.«

»Ich nicht«, sagte Irene.

»Du nicht?«

Sie schüttelte den Kopf. »Der konnte einen unglaublich bloßstellen.« Sie wurde puterrot und wirkte auf einmal sehr jung. »Aber das sollte ich jetzt eigentlich nicht sagen.«

»Über Tote soll man nur Gutes reden.« David lachte. »Und du, Eva?«

Eva zuckte die Achseln.

»Bart?«

»Ich hatte nie Probleme mit ihm. Aber ich war früher ja auch eher zurückhaltend. Ich wollte die Schule nur so schnell wie möglich hinter mich bringen.«

»Weiß einer von euch, was genau passiert ist?« Eddy sah auf seine Uhr aus massivem Gold, die nicht dicker war als eine Zweieuromünze. Das dazugehörige Lederarmband befand sich nicht hinter, sondern vor dem Handgelenk. »Sie haben uns hier vor einer Stunde eingesperrt, und ich habe inzwischen erfahren, dass er wahlweise niedergestochen, erschossen wurde oder einen Herzinfarkt hatte.«

Niemand sagte etwas.

»Kommt schon!«, sagte Eddy ungeduldig. »Er liegt nicht von ungefähr im Leichenwagen. Wer war die Hysterikerin, die ihn gefunden hat?«

»Die hat ihn nicht gefunden«, sagte David. »Er lag in der Herrentoilette.«

»Woher wusste sie dann, dass er tot war?«

»Einer der beiden Typen scheint auf dem Flur Alarm geschlagen zu haben. Da ist sie bestimmt nachschauen gegangen.«

»Ich wünschte, wir könnten hier weg«, sagte Irene.

»Sie werden uns erst ein paar Fragen stellen wollen.«

»Aber wir wissen doch nichts! Alle waren hier!« Sie sah mit großen Augen zu ihm auf.

»Alle bis auf einen.« Eddy lachte.

»Die Leute sind durch die ganze Schule gelaufen«, sagte David. »Du weißt ja, wie das ist. Ich habe vorhin ebenfalls eine Runde gemacht.«

»Also ...« Irene sah sich in der gut gefüllten Aula um. »Wenn das so weitergeht, sitzen wir um Mitternacht noch immer hier.« Sie stand auf, kehrte ihnen den Rücken zu und telefonierte.

»Hat einer von euch eigentlich mit ihm gesprochen?«, fragte Bart.

»Ich«, sagte Eddy. »Aber nur ganz kurz.« Er zeigte auf eine Ecke. »Er saß dort. Er hatte was am Knöchel. Gebrochen, verstaucht, was genau, habe ich vergessen. Auf jeden Fall hatte er den Fuß hochgelegt. Und auf seinem Tisch lag ein Blatt Papier, auf dem in Großbuchstaben ›Skiunfall‹ stand. Er meinte, er habe keine Lust, hundertmal erklären zu müssen, was ihm fehle.« Er fuhr sich mit beiden Händen über das Gesicht. »Mist, ich brauche einen Schnaps. Du hast nicht zufällig irgendwo Cognac versteckt, Bart?«

»Ich habe nichts Stärkeres als Wein.« Bart lachte. »Es gab hier mal ein Klassentreffen, das ziemlich aus dem Ruder gelaufen ist.«

»Kann ich euch etwas mitbringen?«

Irene kam zurück und reichte ihm ihr Glas. »Eigentlich sollte ich nichts mehr trinken. Ich bekomme langsam Hunger. Aber das Büfett können wir jetzt natürlich vergessen. Ist das arg unsensibel von mir?«

»Und du, Eva? Willst du irgendwas?«

»Nein, danke.« Sie massierte sich die Schläfe. »Ich will nur noch nach Hause.«

»Joost holt mich ab, wenn es spät wird«, sagte Irene. »Er spricht sich dann mit der Nachbarin ab. Fahr doch mit uns mit!«

»Das ist nicht nötig«, sagte David. »Ich fahre euch schon nach Hause.« Er sah Eddy nach, der sich hinter der Bar zu schaffen machte. »Ist er mit dem Auto da?«

Irene ließ ein nervöses Lachen ertönen. »Na logo!«

»Bart?«

»Ich wohne ganz in der Nähe.«

Eddy kam mit zwei Gläsern Wein zurück. In dem Moment, als er sie auf den Tisch stellte, gingen endlich die Türen auf. Der Rektor kam herein. Er hatte einen kräftigen, grau werdenden Mann in einer altmodischen Windjacke und eine junge Frau in Jeansjacke und schwarzer Hose im Schlepptau.

Als der Rektor die Bühne erklomm und zum Mikrofon griff, wurde es still.

»Meine Damen und Herren, ich werde mich kurz fassen. Wie Sie inzwischen bestimmt schon gehört haben, ist Eric Janson ... ums Leben gekommen.« Das Zögern war kaum merklich. »Wie das geschehen konnte, wissen wir noch nicht. Deshalb möchte die Polizei Ihnen allen ein paar Fragen stellen.« Er zeigte auf den Mann in der Windjacke. »Das ist Inspektor Vegter. Soweit ich weiß, dürfen Sie anschließend gehen. Das stimmt doch, Inspektor?«

Der Grauhaarige nickte.

»Der Inspektor wird Sie in meinem Zimmer vernehmen. Ich gehe davon aus, dass Sie noch alle wissen, wo das ist.«

Hie und da wurde ein heimliches Grinsen sichtbar. Mevrouw Declèr lächelte breit.

Der Rektor sah den Inspektor fragend an. »Möchten Sie dem noch etwas hinzufügen?«

Vegter wandte sich an den Saal. »Sie wollen bestimmt möglichst schnell nach Hause, aber ich bitte um Verständnis, dass das noch ein wenig dauern kann. Übrigens sitzen im Lehrerzimmer einige Kollegen, die uns zur Seite stehen werden, sodass Sie vielleicht doch nicht allzu lange warten müssen. Als Erstes möchte ich Sie fragen, ob Ihnen etwas Ungewöhnliches aufgefallen ist.«

Die Aula wirkte wie ein riesiges Wartezimmer, in dem die Patienten einer nach dem anderen aufgerufen wurden. Doch jetzt, wo sich endlich etwas tat, war die Atmosphäre bereits deutlich entspannter. Außerdem leerte sich der Saal überraschend schnell.

»Zum Glück dauert es nicht so lange.« Irene warf einen Blick nach draußen, wo die Sonne inzwischen untergegangen war. Die Ahornbäume hoben sich schwarz vom Abendhimmel ab. Sie fröstelte. »Wenn ich daran denke, dass ich mich so darauf gefreut habe!«

»Wie lange es wohl gedauert hat, bis er gefunden wurde?«, fragte Eddy.

»Bestimmt nicht lange«, meinte Bart. »Er lag in der Toilettenkabine, und alle haben hier Bier gesoffen, als wäre es Limonade.«

»Hast du eigentlich was gesehen, Eva?« Irene sah Eva an, die mit dem Rücken zu ihr am Fenster stand.

Eva drehte sich um. »Nein. Ich bin nach draußen gegangen, um eine Zigarette zu rauchen, als ich merkte, dass ich doch kein Aspirin dabeihabe.«

»Du hättest mich fragen können!«

»Das wäre sinnlos gewesen.« Eva hatte tiefe Ringe unter den Augen. »Gegen die Art Kopfschmerzen hilft das nicht. Ich habe eine Runde um die Schule gedreht und bin zurückgekommen. Wir haben uns doch noch draußen unterhalten!«, sagte sie zu Eddy.

Er nickte. »Das stimmt. Wir haben im Fahrradschuppen eine geraucht, wie in den guten alten Zeiten. Ich könnte übrigens glatt einen Mord begehen für eine Zigarette.«

Bart lachte.

»O Gott!« Eddy klimperte mit seinen Schlüsseln. »Ich meine ...«

»Halt den Mund!« Irene warf ihm einen vorwurfsvollen Blick zu. »Du machst es nur schlimmer.«

»Na, ja«, sagte er gereizt. »Diese verdammte Antiraucher-Mafia. Vor fünf oder zehn Jahren wäre hier auf so einem

Fest noch alles in eine blaue Dunstwolke gehüllt gewesen. Gemütlich, wie in der Kneipe. Und jetzt spielen alle den Gesundheitsapostel. Aber saufen wie ein Dreilitermotor!« Er schob brüsk seinen Stuhl nach hinten. »Ich will hier weg, verdammt! Wenn es noch lange dauert, haue ich ab.«

David sah sich um. »Gehen sie eigentlich alphabetisch vor?«

»Dann wärst du längst dran gewesen«, bemerkte Bart scharfsinnig.

Die Türen öffneten sich erneut, und ein Finger zeigte in ihre Richtung. Eddy und Irene standen gleichzeitig auf.

»Geh du ruhig!« Irene setzte sich wieder.

Eddy verschwand ohne ein Wort des Abschieds.

6

Schweigend verließen sie den beinahe leeren Parkplatz. Irene saß neben David auf dem Beifahrersitz, Eva auf der Rückbank. Irene sah sich nach dem hell erleuchteten Schulgebäude um.

»Dort setze ich nie mehr einen Fuß über die Schwelle.«

David machte das Radio an, suchte einen Musiksender und drosselte die Lautstärke. »Das verdirbt einem bestimmt die Erinnerung an die Schule. Andererseits: Bis dahin war es ein schönes Klassentreffen.«

»Warum bist du gekommen?«, fragte sie neugierig. »Du warst eine Klasse über uns, und ich weiß nicht mehr genau, ob du die Schule gehasst hast oder nicht.«

Er hielt vor einer Ampel, und seine Finger trommelten aufs Lenkrad. »Wahrscheinlich aus demselben Grund wie alle. Man will wissen, was aus den anderen geworden ist.«

»Nun, jetzt wissen wir's«, sagte sie nüchtern.

»Heißt das, dass du zu niemandem Kontakt halten willst?«

Die Ampel sprang auf Grün, und er fuhr los. Es war ein kleines Auto und nicht das neueste, aber David fuhr so geschmeidig wie ein Taxifahrer.

»Zu Eva schon. Wobei mir einfällt ...« Sie drehte sich um. »Ich habe deine Nummer noch gar nicht. Hast du einen Festanschluss oder nur das Handy?«

»Beides. Aber ich werde dich anrufen.« Evas Gesicht war ein blasses Oval im Dunkeln.

»Ich will mich nicht aufdrängen ...«, hob Irene an.

»Das meine ich nicht. Aber ich habe in den kommenden Wochen sehr wenig Zeit.«

»Vielleicht sollten wir auch erst etwas Abstand gewinnen.« Irene zog die Jacke enger um ihren Körper. »Sonst reden wir doch bloß darüber. Am liebsten würde ich dieses schreckliche Klassentreffen vergessen. Meine Güte, bin ich froh, dass ich ihn nicht gefunden habe! Hat er eigentlich wieder geheiratet? Soweit ich weiß, war er geschieden.«

»Bart zufolge war er zum zweiten Mal geschieden.«

»Er hatte Kinder«, sagte Irene nachdenklich. »Zwei Töchter, glaube ich.«

»Stimmt.« David fuhr auf die Ringstraße und fädelte sich ein. »Die Älteste war eine Zeit lang bei uns auf der Schule.«

Irene lotste ihn durch das Neubauviertel und ließ ihn vor einem Reihenhaus mit einem briefmarkengroßen Vorgarten halten.

»Danke, David.« Sie küsste ihn flüchtig auf die Wange und stieg aus.

Eva stieg ebenfalls aus, um sich nach vorn zu setzen. Irene legte ihr die Hand auf die Schulter. »Und du rufst mich wirklich an?«

Eva nickte.

Hinter ihnen ging eine Tür auf, und Irene eilte den Gartenweg entlang. Eva stieg ein, und das Auto fuhr vom Bordstein.

»Wohin jetzt?«

Sie nannte ihm die Adresse und schwieg, bis sie vor dem Wohnblock standen. David drehte sich zu ihr um.

»Ich begleite dich.«

Sie lächelte. »Das Viertel ist sicherer, als es aussieht.«

Er stieg trotzdem aus und schloss das Auto ab.

In dem ausgebleichten Lift standen sie sich schweigend gegenüber. Auf dem Treppenabsatz zog Eva ihre Schlüssel aus der Tasche. David betrachtete die abweisende Reihe von Wohnungstüren.

»Ich weiß, dass es dir nicht gut geht, aber wir könnten noch irgendwo was trinken gehen. Vielleicht ist das besser, als im Bett Trübsal zu blasen.«

Sie schüttelte den Kopf und steckte den Schlüssel ins Schloss. »Ich bin zu müde.«

»Das war ein Schock, was? Obwohl ich zugeben muss, dass er mir unsympathisch war.«

Sie drehte sich zu ihm um. »Warum sagst du das?«

»Weil es die Wahrheit ist.« Er lachte und fuhr ihr mit seinen Lippen über die Haare. »Ich rufe dich morgen an, ob du willst oder nicht!«

*

Das Taxi hielt vor dem Gartenzaun. Sie schauten auf das Haus und bemerkten beide, dass die Außenbeleuchtung kaputt war.

»Ich tausche gleich morgen die Lampe aus«, sagte er, bevor sie auch nur den Mund aufmachen konnte.

Sie stieg aus, während er zahlte. Sie sahen dem Taxi nach, das mit hoher Geschwindigkeit die Straße hinunterfuhr. Er nahm ihren Arm und öffnete das Gartentor.

Sie fröstelte. »Heute strahlt es uns nicht an.«

»Es strahlt immer, Janna«, sagte er nachdrücklich.

Sie entgegnete nichts, sondern ging ihm auf dem Gartenweg voraus.

Im Haus zog er die schweren Vorhänge zu und machte alle Lampen an, sodass das große Zimmer hell erleuchtet war.
»Möchtest du noch etwas trinken?«
»Ich brauche etwas Hochprozentiges«, sagte sie. »Einen Whisky. Ohne Eis.«
Er zog die Brauen hoch, schenkte ihr aber kommentarlos einen Fingerbreit Whisky ein. Nach einem kurzen Zögern gönnte er sich die doppelte Menge.
Sie hatte die Schuhe ausgezogen und versuchte, es sich auf dem Sofa bequem zu machen.
Er schob ihr ein Kissen hinter den Rücken. »Du brauchst mich nur zu bitten!«
»Das werde ich auch. Aber noch nicht jetzt.« Sie prostete ihm zu.
»Worauf willst du trinken?«, fragte er ironisch.
»Auf das Leben«, sagte sie. »Oder auf den Tod. Im Grunde kommt es auf dasselbe raus.«
Er ließ sich schwer in einen Sessel fallen und lockerte seine Krawatte. »Mit so etwas habe ich wirklich nicht gerechnet.«
»Aber Robert«, sagte sie mahnend, »wo bleibt deine Fantasie?«
»Dich wundert also nicht, dass einer meiner Lehrer ermordet wurde?«
»Doch, natürlich. Andererseits ...« Sie nippte an ihrem Whisky.
»Andererseits?«
»Komme ich mir vor wie in einem Film von Agatha Christie. Es ist zu absurd, um wahr zu sein.«
»Ich kann dir versichern, dass er wirklich tot ist.« Er

öffnete den obersten Hemdknopf und kippte den Whisky auf einmal hinunter. »Das war wirklich kein schöner Anblick.«

»Der Polizist wollte mir nichts sagen.« Sie drehte das Glas in den Händen. »Was genau ist eigentlich passiert?«

Er zuckte die Achseln. »Sein Kopf ... Es klebte kein Blut daran, beziehungsweise nur sehr wenig. Dafür hatte er eine Delle an der rechten Schläfe.«

»Ein Schlag?«

»Sieht ganz so aus.«

»Kann er nicht gestürzt sein? Oder ausgerutscht? Du weißt, wie der Boden um ein Waschbecken aussehen kann. Die Leute waschen sich die Hände, spritzen mit Wasser ... Außerdem hatte er Probleme mit seinem Knöchel. Vielleicht ist er mit dem Kopf gegen das Waschbecken geknallt.«

Er stand auf, um sich nachzuschenken. »Die Polizei sieht das anders.«

»Eric hatte also Feinde«, sagte sie leise. »Das wundert mich nicht. Aber dass ihn jemand so gehasst hat, hätte ich nicht gedacht.«

»Feinde«, murmelte er. »Hass. Es kann auch ein Einbrecher gewesen sein. Was, wenn Janson ihn auf frischer Tat ertappt hat?«

»In der Toilette? Was hat denn dort ein Einbrecher zu suchen? Wenn es wenigstens die Garderobe gewesen wäre!«

»Ein Einbrecher, der sich in der Schule nicht auskennt. Urteilst du nicht etwas vorschnell? Eric war manchmal schwierig, aber im Grunde ein netter Kerl.«

»Ich fand ihn ... mitleidslos.«

Er brach in Gelächter aus. »Ich kann mich nicht erinnern, dass du dieses Wort je in den Mund genommen hast.«

»Aber es stimmt«, sagte sie stur.

»Übertreibst du nicht ein bisschen? Ich habe noch nie erlebt, dass er sich nicht korrekt verhalten hat.«

Sie schaute ihn an, wie nur verheiratete Frauen schauen können.

»Jetzt verkauf mich nicht für blöd!«, sagte er gereizt.

»Frauen sehen andere Dinge als Männer.« Ihre Stimme war gefasst, aber sie wirkte nach wie vor so, als würde ihre Geduld auf eine harte Probe gestellt. »Beziehungsweise sie sehen die Dinge anders als Männer. Und ziehen auch andere Schlüsse daraus.«

»Und die sind automatisch richtig?«

»Jetzt wirst du aber gehässig!«, sagte sie. »Nein, die sind nicht automatisch richtig. Aber auch nicht automatisch falsch. Der Unterschied zwischen Männern und Frauen besteht darin, dass ...«

Er seufzte, und sie lachte.

»Der Unterschied zwischen Männern und Frauen besteht darin, dass Frauen ihren Gefühlen trauen. Und Männer nur rationalen Erwägungen.« Sie fuhr sich über die Stirn und schloss die Augen. »Ich bin zu müde, um mich klar auszudrücken.«

Er stand lautlos auf, um nach der Flasche zu greifen. Er trank zu viel in der letzten Zeit. Andererseits, dachte er nicht ohne Zynismus, hatte er auch allen Grund dazu. Genauso lautlos setzte er sich wieder, nippte am Whisky und wartete. Es kostete ihn jeden Tag mehr Kraft, in dem weißen, eingefallenen Gesicht das Mädchen zu erkennen, in das er sich einst verliebt hatte. Dort lag eine Frau, die eine Fremde hätte sein können. Jemand, mit dem er nichts gemeinsam, nichts geteilt hatte. Jemand, deren Gedanken er nicht lesen konnte und mit deren Körper er nicht mehr vertraut war. Er sah, wie sie den Mund verzog, und wusste, dass sie seinen Blick spürte.

»Mitleidslos«, sagte er beschämt.

Sie öffnete die Augen und nickte. »Ein mitleidloses Kind.«

»Auf der Heimfahrt habe ich darüber nachgedacht«, sagte er. »Er ist vierundzwanzig Jahre lang an meiner Schule gewesen, war stets ein loyaler Kollege. Er war natürlich arrogant, aber da ist er nicht der Einzige.« Seine Neugier gewann die Oberhand. »Warum ein mitleidloses Kind?«

Sie lächelte fast triumphierend. »Ein Kind deshalb, weil er jede Sekunde nach Aufmerksamkeit verlangte. Ein mitleidloses Kind, weil er diese Aufmerksamkeit rücksichtslos einforderte. Er gehörte zu jenen Leuten, die achtlos auf den Gefühlen anderer herumtrampeln.« Sie schob das Kissen in ihrem Rücken zurecht und änderte die Haltung ihrer Beine.

»Warum gehen wir nicht ins Bett?«

»Weil wir ohnehin nicht schlafen könnten.« Sie hielt ihm ihr Glas hin. »Ich möchte noch einen kleinen Schluck Whisky.«

»Du darfst keinen ...«

»Nein, das darf ich tatsächlich nicht. Aber heute Abend schon.«

Er schenkte ihr ein, zog einen Couchtisch vor das Sofa und stellte das Glas darauf ab. »Er war ein kompetenter Kerl, darin sind wir uns doch wohl einig. Er hatte keine Disziplinprobleme, beherrschte seinen Stoff, hat den Unterricht gut vorbereitet. Und was die Aufmerksamkeit betrifft: Er war sich nie zu gut dafür, auf Schulfesten und bei Theateraufführungen mitzumachen und sich dabei in einem Kleid der Lächerlichkeit preiszugeben.«

»Aber selbst dann!«, sagte sie ungeduldig. »Siehst du das denn nicht? Er hat sich nicht der Lächerlichkeit preisgegeben. Weil das alle lustig und mutig fanden. Weil er die

Lacher auf seiner Seite hatte und am Schluss die meisten Komplimente bekam. Es würde mich nicht wundern, wenn er bei den Schülern beliebt gewesen wäre. War er das?«

»Ja und nein«, sagte er langsam. »Er konnte wahnsinnig sarkastisch sein, und das verunsichert die Schüler. Andererseits ... Auf Sportfesten war er beliebt. Da hat er sich enorm verausgabt und überall mitgemacht. Obwohl das in den letzten Jahren immer weniger geworden ist. Dieses Jahr hat er sogar ganz darauf verzichtet«, stellte er überrascht fest.

»Das Alter«, sagte sie nüchtern. »Schlechtere Leistungen und somit weniger Erfolg.«

Er stellte sein Glas auf den Tisch, betrachtete die Flasche, überlegte es sich jedoch anders. »Hat er denn in deinen Augen gar nichts getaugt?« Dann stand er doch auf, um die Flasche zu holen. »Er war ein attraktiver Mann, das ist sogar mir aufgefallen.«

»Wenn man auf solche Männer steht.«

»Und auf welche Männer stehst du?«

Sie tätschelte seine Hand. »Du flirtest mit mir! Er war der Typ mit der sonoren Stimme und dem intensiven Blick. Der Typ, den jede Frau, die noch einigermaßen bei Verstand ist, auf Anhieb als unzuverlässig entlarvt. Der ewige Schönling. Aber in dieser Rolle war er gut, die beherrschte er perfekt. Frag doch mal deine Lehrerinnen!«

»Er hat natürlich was mit Etta gehabt«, sagte er nachdenklich. »Zumindest gab es damals Gerüchte.«

Sie machte den Mund auf und schloss ihn wieder.

»Was weißt du, das ich nicht weiß?«, fragte er aufmerksam.

Sie schüttelte den Kopf. »Das ist jetzt auch egal. Von der Affäre mit Etta wusste jeder außer dir. Vergiss nicht, dass du der Rektor bist. Das schafft Distanz. Und Frauen reden miteinander, zwischen ihnen herrscht eine größere Vertrautheit als zwischen Männern. Auch an den Bridgeabenden hier, an denen du dich über dein schlechtes Blatt aufgeregt hast.«

»Hattest du je Schwierigkeiten mit ihm?«

»Früher.« Sie lachte über die Eifersucht in seiner Stimme. »In letzter Zeit natürlich nicht mehr. Er liebte die Perfektion.« Sie betrachtete sein Glas und stand auf, um die Flasche wegzuräumen.

Er sagte nichts dazu, und um die Atmosphäre zu entspannen, bemerkte sie: »Worüber man richtig gut mit ihm reden konnte, war Literatur, aber das weißt du ja. Das hat mich immer erstaunt. Dass er diesbezüglich stets seriös war. Er war außerordentlich belesen, hatte ein gutes Urteilsvermögen und konnte wunderbare Sprache aufrichtig genießen.« Sie warf einen flüchtigen Blick auf das Bücherregal. »Wir haben uns ausgiebig darüber unterhalten. Aber das ging nur, wenn keine anderen Frauen in der Nähe waren.« Sie erhob sich erneut. »Ich gehe jetzt ins Bett.«

»Muss ich das der Polizei erzählen?«

Überrascht drehte sie sich um. »Warum denn das, um Himmels willen?«

Er zuckte wie ein kleiner Junge die Achseln. »Das hat etwas Beunruhigendes. Aber vielleicht auch nur, weil ich es nicht wusste.«

»Dann solltest du es bleiben lassen. In Italien hätte man Eric wahrscheinlich als galant bezeichnet.«

Sie verließ das Wohnzimmer, und er stand auf, um die Flasche zurückzuholen. Mit oder ohne Whisky: Er würde ohnehin kein Auge zutun.

*

»Hat uns jemand etwas Besonderes mitzuteilen?«, fragte Vegter. Die Namensliste lag vor ihm. Vierhundertachtundzwanzig ehemalige Schüler hatten sich zu dem Klassentreffen angemeldet, sieben waren nicht erschienen. Von den übrigen vierhunderteinundzwanzig hatten sie mit vierhundertzwölf gesprochen. Neun waren bereits gegangen, bevor man Janson gefunden hatte. An die Liste war eine kürzere geheftet, auf der die Namen der anwesenden Lehrer standen: einunddreißig einschließlich des Rektors und seiner Frau. Vierhundertdreiundvierzig Personen. Vielleicht konnte er die fünf Bandmitglieder streichen und die Frau des Rektors. Er seufzte.

Das ganze Team hatte sich im Lehrerzimmer um einen großen runden Tisch versammelt. Das Gebäude war leer und ruhig, nur noch im Flur brannte Licht. Alle wollten nach Hause.

»Und?« Er blickte in die Runde, bei der Streifen- und Kripobeamte zwei getrennte Gruppen bildeten. Komisch, dass sie sich nie vermischten.

»Der Seiteneingang«, sagte Brink. »Es handelt sich um eine Holztür mit Glaseinsatz und einer ganz normalen Klinke. Im Lack ist ein frischer Kratzer zu sehen. Aber wie frisch er genau ist, weiß ich nicht. Und die Tür geht nur schwer auf, man muss sich ziemlich dagegenstemmen.«

»Ist das alles?«

»Ja.«

»Wurden Fingerabdrücke genommen?«, wollte er von Renée wissen.

Sie nickte.

»Der junge Mann, der ihn gefunden hat«, sagte Vegter, »hat sich ganz schön erschreckt. Er hat ihn auf den Rücken gedreht, weil er einen Herzinfarkt oder so etwas vermutete. Aber das war, nachdem er die beiden anderen dazugeholt hatte. Sie wollten, dass er ihn liegen ließ, aber er bestand auf einer Mund-zu-Mund-Beatmung. Aber als sie dann die Delle sahen, hat er wieder Abstand davon genommen. Auch, weil das Mädchen ausflippte.«

»Er lag also auf der rechten Seite?«, fragte Renée.

Vegter nickte anerkennend.

Talsma hatte sich eine Selbstgedrehte angezündet und suchte nach einem nicht vorhandenen Aschenbecher. »Ich habe nichts Verdächtiges gehört«, sagte er in seinem trägen friesischen Dialekt. »Einige waren zu diesem Zeitpunkt in der Schule unterwegs, haben allerdings nichts gehört oder gesehen. Eine Frau auf der Damentoilette glaubte einen Schuss vernommen zu haben. Sie kam später extra noch einmal darauf zurück, weil es vielleicht auch ein Türenknallen, eine Fehlzündung oder ein platzender Luftballon gewesen sein könnte. Mehr Möglichkeiten waren ihr noch nicht eingefallen. Bisschen eine Wichtigtuerin.«

Renée blätterte in ihrem Notizbuch. »Ich habe einen ziemlich nervösen Kerl vernommen. Einen gewissen Eddy Waterman, Gastronom von Beruf. Aber als ich weiterfragte, kam heraus, dass er einen Escortservice betreibt.«

Alle grinsten.

»Warum war er nervös?«

»Einkommenseinbußen«, sagte einer der Beamten.

Sie zuckte die Schultern. »Das war einfach mein Eindruck. Er fluchte, trotz der kurzen Vernehmung, und wollte bloß weg. Er war zum Tatzeitpunkt draußen und hat vor dem Fahrradschuppen eine Zigarette geraucht. Und zwar zusammen mit ...« Sie blätterte weiter. »... Eva Stotijn. Die konnte das bestätigen. Eva Stotijn hatte Kopfschmerzen und wollte an die frische Luft. Sie hat eine Runde um die Schule gedreht und sie eigentlich nur noch einmal mit der Absicht betreten, sich zu verabschieden, als Janson gefunden wurde.«

»Ich habe mit einem gewissen Ter Beek gesprochen.«
Brink blätterte ebenfalls in seinen Notizen. Er hatte die langen Beine ausgestreckt und sich die Lederjacke um die Schultern gehängt. »Er gehört zu den Lehrern und unterrichtet Englisch. Besser gesagt, er hat Englisch unterrichtet. Jetzt kümmert er sich um andere Aufgaben. Ein Neurotiker.«

»Bei so einem Job wundert mich das nicht«, sagte Talsma. »Tag für Tag mit zwölfhundert Ekelpaketen eingeschlossen zu sein ...«

»Ein unangenehmer Bursche. Er hatte über alles und jeden was zu meckern«, sagte Brink ungerührt.

»Auch über Janson?«

»Nein. Aber das eher aus Pietätsgründen. Dafür hat er eine gehässige Bemerkung über ältere Männer gemacht, die unbedingt noch Skifahren müssen. Und er ließ auch nicht unerwähnt, dass er für Janson hatte einspringen müssen, während der auf Krücken herumhumpelte.«

Talsma drückte seinen Zigarettenstummel in einem Blumentopf aus und gähnte. »Davon werden wir auch nicht schlauer. Das wird ein Scheißfall, das habe ich jetzt schon im Urin. Natürlich hat niemand etwas bemerkt. Alle haben tüchtig gesoffen. Und vielleicht ist er ja doch bloß hingeknallt.«

»Laut Heutink nicht«, sagte Vegter. »Aber gut, warten wir den Obduktionsbericht ab.«

Draußen stand ein einsamer Pressefotograf.

»Du kommst zu spät, mein Lieber«, sagte Vegter freundlich.

»Ich warte hier schon seit Stunden«, jammerte der Fotograf. »Was nutzt einem ein Funkgerät im Auto, wenn Sie mir nichts erzählen?«

»Fahr nach Hause«, sagte Vegter. »Geh was trinken. Es ist Wochenende.«

*

Johan saß neben seinem Fressnapf, der schon wieder leer war. Vegter warf eine Handvoll Trockenfutter hinein, und der Kater begann schnurrend zu fressen.

Vegter zog die Schuhe aus und machte den Kühlschrank auf. Er betrachtete das einsame Ei in der Tür und den Kartoffelsalat in der Plastikschale. Dann wunderte er sich über den Fischgeruch, bis er die Büchse Lachs sah, die er vor drei Tagen aufgemacht hatte. Er warf den Lachs weg und beschloss, dass er keinen Hunger hatte. Er griff nach der Geneverflasche und schraubte sie auf.

Mit dem Schnapsglas in der Hand ging er ins Wohnzimmer und stellte sich ans Fenster. *Something is nagging at the back of my mind.* War das nicht ein Songtitel?

Auf der gegenüberliegenden Seite waren die meisten Fenster dunkel, aber in einer der Wohnungen fand gerade eine Party statt. Die Gäste liefen durch die Zimmer, und auf dem Balkon beugten sich ein Mann und eine Frau über das Geländer. Die Zigarette des Mannes glühte auf, als er sie in die Dunkelheit warf. Er drehte sich zu der Frau um und schlang die Arme um sie. Als hinter ihnen die Tür aufging, hörte Vegter Musik.

Wer verpasst jemandem eine Delle mit einer Krücke und lehnt diese anschließend wieder ordentlich an die Wand? Aber vielleicht war es gar nicht die Krücke gewesen. Vielleicht hatte der Täter selbst etwas dabeigehabt: Einen schönen altmodischen Totschläger, einen Knüppel, eine Eisenstange. Aber wer geht mit einem Schlagstock auf ein Klassentreffen? Dem Rektor zufolge lebte Janson allein. Warum hatte man ihm dann nicht vor seinem Haus aufgelauert und ihm dort eins übergezogen? Da wäre das Risiko, erwischt zu werden, deutlich kleiner gewesen. Andererseits: Jetzt gab es mehr als vierhundert Verdächtige. Aber warum nur ein Schlag? Von außen kann man nicht erkennen, ob jemand einen dünnen Schädel hat. Vielleicht war es auch zu einer Auseinandersetzung gekommen, die dann eskaliert war. Es gab allerdings keine Kampfspuren. Einmal abgesehen von der Delle in der Schläfe sah Janson aus, als hätte er sich freiwillig hingelegt.

Er trank seinen Genever aus und ließ den Rollladen herunter. Die weiße Farbe glänzte steril im Licht der Deckenleuchte. Ingrid hatte recht gehabt, er hätte Vorhänge aufhängen sollen.

Er versuchte, das Zimmer mit ihren Augen zu sehen. Da war das schwarzlederne Sofa, dessen Kauf er bereute, weil das Leder so kühl war. Der kleine Esszimmertisch, den er an die Wand geschoben hatte, weil sowieso nur einer daran saß. Der verkratzte hölzerne Couchtisch, den er spontan auf dem Flohmarkt gekauft hatte, in der Hoffnung, das Holz würde das Zimmer etwas wärmer wirken lassen. Die kahlen Wände. Seine Bücher waren der einzige Farbfleck im ganzen Raum.

Wie machten das eigentlich Frauen? Sie stellten Blumenvasen auf, Dinge, die man nicht brauchte. Er hatte keine Möbel aus dem Haus mitnehmen wollen, aus Angst, sie könnten ihn zu sehr an Stef erinnern. Zum ersten Mal wurde ihm klar, dass es Ingrid vielleicht getröstet hätte, hier ein wenig von der elterlichen Atmosphäre wiederzufinden.

Der Pflanzenratgeber lag noch aufgeschlagen auf dem Tisch, und er stellte ihn zurück ins Regal. Die *Sparmannia africana* musste noch eine Weile allein zurechtkommen.

Als er im Bett lag, konnte er nicht einschlafen. Seit einem Jahr kam dies öfter vor, und nachdem er sich eine halbe Stunde sinnlos hin und her gewälzt hatte, machte er die Nachttischlampe an und griff nach seinem Buch. Hemingway. *Paris – Ein Fest fürs Leben.*

Um vier Uhr früh wurde er wach – das Buch lag auf seiner Brust, und die Lampe brannte noch. Mit geschlossenen Augen tastete er nach dem Schalter und stieß gegen den Fotorahmen, der klirrend umfiel. Vegter fluchte und schlug das Buch erneut auf. Nach zwei Sätzen wusste er, was ihn wach gehalten hatte.
Krücken.
Brink hatte von Krücken gesprochen. Aber es hatte nur eine neben dem Waschbecken gestanden.

*

Als die Haustür ins Schloss fiel, löschte Mariëlle die Nachttischlampe, legte die Zeitschrift auf das Nachtkästchen und drehte sich resolut auf die Seite. Am besten, sie tat so, als schliefe sie. Das würde ihr eine Auseinandersetzung ersparen. Manchmal war David am nächsten Morgen besserer Laune. Sie sah auf den Wecker. Nach halb zwölf. Bestimmt war er nach dem Klassentreffen noch mit ein paar weiß besockten Mitschülern etwas trinken gegangen. Sie zog die Knie bis unters Kinn. Im Wohnzimmer wurde der Fernseher an- und gleich wieder ausgemacht. Ein Küchenschrank wurde geöffnet und geschlossen, Eiswürfel klirrten in einem Glas. An den gedämpften Geräuschen merkte sie, dass er nicht angetrunken war. David war selten angetrunken, er vertrug keinen Alkohol und verlor nur ungern die Kontrolle. Sie hörte, wie er auf und ab ging, danach das

Quietschen der Balkontür. Stuhlbeine schrammten über den Beton, woraufhin ihr wieder einfiel, dass sie vergessen hatte, den Balkonstuhl hereinzuholen. Was hatte er bloß auf dem Balkon zu suchen? Es war sicherlich kühl draußen, denn es wehte ein ziemlicher Wind. Sie dachte daran, aufzustehen, aber ihr fiel kein Gesprächsthema ein. Mit einer Ausnahme. Aber über dem Nachdenken schlief sie ein.

Als er mit seinen langen, kalten Beinen neben sie glitt, wurde sie wieder wach. Sie drehte sich zu ihm um und sah, dass er mit hinter dem Kopf verschränkten Armen auf dem Rücken lag.
»Wie war's?«
»Außergewöhnlich.«
»In welcher Hinsicht?«
»In mehrfacher Hinsicht.«
Ihre Hand tastete nach ihm, aber er schien es zu spüren.
»Lass uns morgen darüber reden, ich bin müde.«
Sofort wandte sie sich ab. »Ganz wie du willst.«
Aber jetzt war sie hellwach, und während sie auf die umspringenden Ziffern des Weckers starrte – es war 0 Uhr 24 – und sich darüber wunderte, dass er so lange auf dem Balkon geblieben war, sagte sie: »Ich bin schwanger.«
Er rührte sich nicht, und sie wagte es nicht, sich wieder zu ihm umzudrehen.
»Meine Güte!«, sagte er leise. »Wie kannst du nur.«
Sie starrte weiterhin auf den Wecker, 0 Uhr 25, 0 Uhr 26, 0 Uhr 27 ... Als die Ziffern miteinander verschwammen, atmete sie durch den Mund ein, damit er nicht hörte, dass ihre Nase zuging. »Ist das alles, was du dazu zu sagen hast?«
»Was hättest du denn gerne, dass ich sage?« Er sprach mit der Zimmerdecke. »Du weißt, was ich davon halte.«
»David ...«

»Jetzt bitte keine Vorwürfe, Mariëlle. Und erst recht keine Tränen oder hysterischen Anfälle.« Er schlug die Bettdecke zurück und stand auf.

»Was machst du?«

Er ging zum Schrank, und seine Silhouette hob sich deutlich von den hellen Vorhängen ab. »Ich werde woanders schlafen.«

»Die Decke liegt im ...«

»Nicht hier. Woanders.«

Und dann sagte er, was sie befürchtet hatte: »Morgen hole ich meine Sachen.«

Sie machte die Nachttischlampe an und setzte sich auf. Ihre Brüste fingen unverzüglich an zu jucken. Warm und schwer hingen sie an ihr herab, die Warzenhöfe groß und dunkel im gedämpften Licht. Brüste wie unbekannte Wesen, die nicht zu ihr gehörten.

»Das kannst du nicht tun, David!« Sie hasste die Panik, die in ihrer Stimme mitschwang und die ihm bestimmt nicht entging. Es war erniedrigend. »Wir müssen reden.«

Er nahm ein sauberes Hemd vom Stapel, schüttelte es auf und zog es an. »Da gibt es nichts zu reden. Wenn du ein Kind willst, bitte sehr! Aber ohne mich.«

Er nahm seine Hose, zog sie an und steckte das Hemd sorgfältig hinein.

»Aber für das Kind bist du doch auch verantwortlich!«

Er lachte. Sie konnte kaum fassen, was sie da hörte.

»Da täuschst du dich!«, sagte er fast freundlich. »Du warst für die Verhütung zuständig. Ich dachte, ich kann mich darauf verlassen. Aber wenn du über eine Abtreibung nachdenkst, bezahle ich die gern.«

Sie sah zu, wie er seine Socken und Schuhe anzog, wie er sie sorgfältig schnürte, so als hätte er einen langen Marsch vor sich.

»Du kannst nicht einfach so gehen.« Ruhig jetzt, ganz ruhig. Alles ist in bester Ordnung. Du bist bloß schwanger, und dein Freund rennt davon, sobald er davon erfahren hat, mehr nicht. »Und wenn ich es abtreiben lasse? Die Kosten übernehme ich übrigens selbst«, sagte sie hasserfüllt. »Ich verdiene mehr als du.«

Sie sah die Erleichterung in seinen Augen. Er zahlte nicht gern für Dinge, die ihm nicht unmittelbar zugutekamen.

Er steckte seinen Geldbeutel in die Gesäßtasche. »Ich habe es ehrlich gesagt geahnt. Du wusstest von Anfang an, dass ich meine Freiheit nicht aufgeben will. Du warst damit einverstanden, aber jetzt stellst du mich vor vollendete Tatsachen. Und du denkst überhaupt nicht daran, abzutreiben.«

»Woher willst du das wissen?«

»Ich habe deine Blicke gesehen. Sie bleiben an jedem Kinderwagen hängen.« Er schlüpfte in seine Jacke.

»Und deshalb haust du jetzt ab.« Sie schrie, sie konnte nicht anders. »So wie du vor jedem Problem davonläufst, vor allem, was dir nicht passt.«

»Mariëlle, Babys sind hirnlose Geschöpfe, mit denen sich kein vernünftiger Mensch abgeben will.«

»Sie bleiben aber keine Babys!« Sie leckte eine Träne aus dem Mundwinkel. Lass ihn gehen. Lass ihn gehen. Aber was, wenn er wirklich ging?

»Danach wird es nur noch schlimmer«, sagte er so geduldig, als spräche er mit einer Schwachsinnigen.

»Stell dich nicht so an!« Noch am Nachmittag hatte sie behauptet, dass sie Schluss machen würde. Aber das war nur so eine Fantasie von ihr gewesen, um ihr Selbstbild zu schönen und das Bild einer unabhängigen, selbstbewussten Frau zu zeichnen. Und hier saß sie nun – ein Rotz und Wasser heulendes Etwas, das sich aufführte wie eine schlechte Schauspielerin im Schlussakt eines miserablen Theaterstücks. Aber an der bestehenden Schwangerschaft wollte sie nichts ändern. In diesem Punkt hatte er recht. Das in ihr heranwachsende Kind, von dem sie noch keinerlei Vorstellung hatte, das sie noch nicht als eigenständige Persönlichkeit wahrnahm, war ihr Herzenswunsch gewesen. Doch dann fiel ihr die Binsenweisheit wieder ein, dass man vorsichtig mit seinen Wünschen umgehen sollte, denn sonst gingen sie noch in Erfüllung.

»Mariëlle, erspare mir diese Szene. Ich kann mir nicht vorstellen, Vater zu werden, und damit basta. Wir können über die eine oder andere finanzielle Regelung nachdenken, obwohl ich mich eigentlich nicht in der Verantwortung sehe.«

Sein Blick glitt über sie, kühl und leicht angewidert. Plötzlich wurde sie sich ihrer roten, geschwollenen Nase und ihrer Wimperntusche bewusst, die sie vorhin nicht entfernt hatte. Jetzt klebte sie ihr in Krümeln in den Wimpern und lief ihr in schwarzen Schlieren über die Wangen. Ihre Haare hingen strähnig herab.

Finanzielle Regelung. Verantwortung.

Ihr Kampfesmut kehrte zurück und damit ihr Stolz. Was für ein Arschloch! Er arbeitete erst seit wenigen Monaten bei der Versicherungsgesellschaft – der dritte vielversprechende Job, seit sie sich kannten –, und schon hatte er sich den Jargon zu eigen gemacht. Zur Hölle mit ihm!

Sie zog die Bettdecke hoch, damit sie ihm nicht mehr so schutzlos ausgeliefert war. Jetzt, wo ein Fremder aus ihm geworden war, ein Eindringling, der nichts mehr in ihrem Schlafzimmer mit dem gemütlichen Chaos aus Kissen und Decken zu suchen hatte, musterte sie ihn, als sähe sie ihn zum ersten Mal. Und im Grunde war es auch so.

Er fühlte sich unwohl unter ihren Blicken, aber sie ließ

sich nicht aus der Ruhe bringen. Aufmerksam betrachtete sie die dunklen Haare, die im Licht der Lampe glänzten.

Da stand jemand, mit dem sie nicht das Geringste verband, dessen Gedanken, Träume und Wünsche sie kaum kannte, weil er sich weigerte, sie mit ihr zu teilen. Verwundert fragte sie sich, wovor sie eigentlich Angst hatte. Vor dem Alleinsein? Sie war schon seit anderthalb Jahren allein. Sie hatte anderthalb Jahre neben einer schönen Hülle gelebt. Denn schön war er wirklich, wie er so dastand, ein Bein leicht angewinkelt, in dem gut sitzenden Jackett, die Daumen in die Gürtelschlaufen gesteckt. Ein Bergsteiger, ein Tennisspieler, ein Segler, der gnädig für eine Hochglanzzeitschrift posiert. Vom Äußeren her war er absolut ihr Traummann.

»Ich möchte, dass du mir die Schlüssel dalässt. Ich werde deine Sachen zusammenpacken.« Sie hatte ihre Stimme wieder unter Kontrolle.

Er runzelte die Stirn. »Das würde ich lieber selbst erledigen.«

Sie schüttelte stur den Kopf, fest entschlossen, ihn zu verletzen. »Es ist ja nicht viel.« Während sie dies sagte, stellte sie fest, dass es stimmte. Auch in dieser Hinsicht war er ein Leichtgewicht.

»Vergiss auf jeden Fall den Teppich nicht.«

»Den Teppich?« Sie verstand nicht ganz. »Was für einen Teppich?«

»Den violetten.«

Für einen Moment verschlug es ihr die Sprache. »Aber den habe ich gekauft!«

Er zog die Brauen hoch. »Der war mein Geburtstagsgeschenk.«

»Von wegen! Wir haben ihn gemeinsam ausgesucht, weil du den alten nicht schön fandest.«

Es war ein herrlicher Teppich aus dunkelvioletter Wolle, und er hatte recht gehabt, als er meinte, dass er fantastisch zu dem cremefarbenen Ledersofa passen würde. Auch das hatte sie nur gekauft, weil er darauf bestanden hatte, dass sie ihr altes Sofa ersetzte. An seinem Geschmack gab es nichts auszusetzen. Sie wusste noch genau, was der Teppich gekostet hatte, der Preis hatte ihr Budget bei Weitem überstiegen.

»Zu deinem Geburtstag hast du eine Taucheruhr bekommen, weißt du noch?«

Er reagierte nicht auf ihre sarkastische Bemerkung. »Lass uns ein andermal darüber streiten«, sagte er, als ob sie sich unmöglich aufführte. »Ich organisiere morgen einen Transporter für das Sofa und die Fotos. Ich hole sie dann später ab.«

Sie riss die Brauen hoch und äffte ihn nach: »Das Sofa habe ebenfalls ich angeschafft. Nur die Fotos gehören dir.«

»Und die Stereoanlage. Ehrlich gesagt auch die Bettdecke.«

Die Bettdecke. Die Daunendecke, die sie als Ersatz für die alte Synthetikdecke gekauft hatte, unter der er nicht schlafen konnte, weil er Kunstfaser verabscheute. Lieber würde sie sie in Stücke schneiden, als sie ihm zu überlassen! War dieses absurde Gefeilsche alles, was noch von ihrer Beziehung übrig war? Und wenn ja, war es der Rest überhaupt wert gewesen? Auf einmal hielt sie es nicht länger aus. »Würdest du jetzt bitte gehen?«

»Gern«, sagte er förmlich. Und dann: »Wir werden uns schon einigen.«

Sie brach in Gelächter aus. Das schien ihn kurz aus der Fassung zu bringen. Dann nickte er und schloss die Schlafzimmertür hinter sich. Sie hörte die Badezimmertür und anschließend das Klicken der Haustür. Sie konnte erst aufhören zu lachen, als seine Schritte nicht mehr im Treppenhaus widerhallten.

Sie schlüpfte aus dem Bett und zog ihren Jogginganzug an. Auf Socken lief sie in die Küche und machte sämtliche Lichter an. Hell und freundlich musste es werden, denn genauso fühlte sie sich jetzt. Sie holte die Rolle mit Müllbeuteln aus dem Küchenschrank, riss einen ab und öffnete ihn.

Sie begann mit dem Bad. Rasierschaum, Aftershaves, Deo, Kamm, Rasiermesser, Rasierpinsel – methodisch räumte sie seine Hälfte der Waschbeckenablage frei. Als sie den großen Badezusatzflakon in den Beutel warf, klirrte es und und verbreitete einen penetranten Aftershave-Geruch. Sie stopfte den Bademantel dazu und die großen blauweiß gestreiften Handtücher, die er beim Einzug mitgebracht hatte. Hatte sie noch etwas vergessen? Seine Zahnbürste. Sie ließ sie in den Beutel fallen und musste erneut lachen. Frau entfernt Zahnbürste ihres treulosen Geliebten – ein Klassiker. Aber vielleicht war das gar keine Tragödie, vielleicht war das sogar eine Komödie mit Happy End.

Sie schaute im Schränkchen unter dem Waschbecken nach, aber wie erwartet fehlte der Kulturbeutel mit seinen Sachen. Da erinnerte sie sich daran, dass sie die Kühlschranktür gehört hatte. Bestimmt hatte er auch den Insulinflakon mitgenommen. Ihr fiel der Autounfall in Frankreich wieder ein, bei dem sie Zeuge gewesen waren. Sie waren auf einer schmalen, schlecht asphaltierten Straße unterwegs gewesen. Es hatte geregnet, und der Straßenbelag war glatt. Der Fahrer vor ihnen war ins Schlingern geraten und mit dem Heck seines Wagens gegen einen Baum gefahren.

David hatte vorbildlich reagiert. Während sie zitternd

neben dem verbeulten Wagen stand, hatte er dem älteren Ehepaar herausgeholfen und es an der Böschung Platz nehmen lassen. Er hatte ihnen Wasser angeboten und mit dem Handy den Krankenwagen gerufen. Anschließend hatte er auf seine Uhr gesehen und sich seelenruhig sein Insulin gespritzt. Der Diabetes war der einzige Fleck auf seiner ansonsten weißen Weste, und er sprach nie darüber. Als er zum ersten Mal bei ihr übernachtet hatte, hatte sie ihn im Bad mit einer Spritze überrascht. Sie war erschrocken und hatte ihn verdächtigt, sich Heroin oder sonst etwas zu spritzen. Er hatte es ihr erklärt, sich danach aber geweigert, das Thema noch einmal anzuschneiden. Er hatte sich auch nie in ihrem Beisein gespritzt und es ebenfalls vermieden, in ihrer Gegenwart den Blutzuckerspiegel zu kontrollieren.

Sie nahm den Beutel mit ins Schlafzimmer und machte mit der Kommode weiter. Weil seine Socken und Unterhosen nicht mehr hineinpassten, lief sie zurück in die Küche, um noch mehr Müllbeutel zu holen.

Sie brauchte noch drei für seine Jacketts und Hosen. Auf den letzten musste sie sich setzen, bis sie den Drahtverschluss zubekam. Allein die Hemden nahmen den halben Beutel ein, und weil er Verschwendung hasste, füllte sie ihn mit Schuhen und seiner Winterjacke. Er würde ein Bügeleisen brauchen. Sie stellte die Beutel nebeneinander in den Flur. Nachdenklich betrachtete sie die Haustür, schloss dann von innen ab und schob den Riegel vor.

Im Wohnzimmer nahm sie die zwei riesigen Kunstfotografien von der Wand, ohne darauf zu achten, ob sie Tappser auf dem Glas hinterließ. Sie stellte die Fotografien hinter die Müllbeutel.

Wieder im Wohnzimmer, sah sie sich um. Die Stereoanlage. Bis auf die Lautsprecherboxen hatten sie sie gemeinsam ausgesucht und bezahlt, aber sie beschloss, großzügig zu sein. Irgendjemand würde ihr bestimmt eine alte Anlage leihen. In den nächsten Monaten würde sie sparen und ihr Gehalt für die Babyausstattung ausgeben müssen. Es würde sich gut anfühlen, Geld für Dinge auszugeben, die wirklich zählten.

Sie holte den Verstärker aus dem Regal, zog sämtliche Kabel heraus und steckte ihn in einen Müllbeutel. Obendrauf kamen der CD-Player und das Radio. Aufgrund der Kabel sah das Ganze ziemlich chaotisch aus, aber er war nicht ungeschickt und würde schon daraus schlau werden.

Sie riss einen neuen Müllbeutel für seine CDs von der Rolle, ging vor dem großen Regal in die Hocke und zog die Reiseliteratur heraus: Chatwin, Theroux, einen Kunstband über Andy Warhol, ein paar Bergführer, Krakauer – *Auf den Gipfeln der Welt: Die Eiger-Nordwand und andere Träume*, Boukreev – *Der Gipfel: Tragödie am Mount Everest*. Kurz hielt sie sie in den Händen. Sie kannte ihn gut genug, um zu wissen, dass er diese Männer bewunderte, ihre Rücksichtslosigkeit, ihr Durchsetzungsvermögen. Dass er sie um ihren Ruhm beneidete und eifersüchtig auf ihren ungewöhnlichen Lebensstil war. Während er ständig den Job wechselte und nervös darauf wartete, dass ihm irgendetwas oder irgendwer den Weg zum Erfolg ebnen würde.

Wie traurig es doch war, nicht tun zu können, wovon man träumt, weil man einfach nicht das Rückgrat dafür hat. Zum ersten Mal war sie stolz darauf, dass sie sich die Schwangerschaft ertrotzt hatte, auch wenn es da nicht viel gab, worauf sie stolz sein konnte.

Sie fand einen Stapel mit europäischen Wanderkarten und im obersten Regalfach ein Buch über Tiefseetauchen. Tauchen war das Einzige, wozu er sich wirklich aufgerafft hatte. Ein Kurs hatte ihm die notwendigen Kenntnisse vermittelt, die ihm das befriedigende Gefühl gaben, etwas Besonderes zu tun.

Sie holte den Koffer mit der Taucherausrüstung aus dem Flurschrank. David hatte eine eigene Taucherbrille, eigene Flossen und Handschuhe. Den Taucheranzug und die Sauerstoffflaschen mietete er, weil er es unpraktisch fand, sie überall mit hinzuschleppen.

Der Flur war mittlerweile voll, aber nicht so voll, dass es kein Durchkommen mehr gab. Das Wohnzimmer war so gut wie unverändert. Ein rollender Stein setzt kein Moos an. Sie musste laut lachen und ging in die Küche, um eine Flasche Wein zu holen. Sie machte den Fernseher an, zappte zu einem Musikkanal und stellte den Ton leise. Jetzt fehlte nur noch eines, irgendetwas Symbolisches, bevor sie die Flasche vollständig leeren würde.

Sie ging ins Schlafzimmer, holte das Monet-Poster aus dem Schrank und hängte es an den Nagel über dem Sofa. Dort hatte es gehangen, bis es von David verbannt und durch eine der Kunstfotografien ersetzt worden war. Morgen würde sie den Geburtstagskalender zurück ins Klo hängen, den Holzelefanten auf die Fensterbank stellen, die goldbestickten türkischen Kissen aufs Sofa legen, die dort überhaupt nicht hinpassten, und die kleine gläserne Penderluhr aus Paris wieder auf den Schrank stellen. Sie würde wieder von ihrer eigenen Wohnung, von ihrem eigenen Leben Besitz ergreifen.

Der Wein hinterließ einen schlechten Nachgeschmack, wärmte aber tröstlich von innen. Sie legte eine Hand auf ihren Bauch. »Tut mir leid, Kleines, aber ab morgen werde ich für den Rest meines Lebens Rücksicht auf dich nehmen.«

*

Eva übergab sich, bis nur noch Galle kam. Sie hatte so wenig gegessen, dass sie nichts putzen musste. Abziehen, fertig. Genau wie früher.

Im Schlafzimmer zog sie sich aus, ohne sich die Mühe zu machen, das Licht einzuschalten. Das Bett war abweisend kühl und nicht dazu angetan, ihr Hände und Füße zu wärmen. Mit dem Kissen im Nacken wartete sie, bis das Dröhnen in ihrem Kopf nachließ. Sich nicht mehr bewegen, sich nie mehr bewegen. Aber vorher musste sie noch jemanden anrufen.

Ihre Mutter ging nach dem ersten Klingeln dran. »Du rufst spät an! Bist du nach dem Klassentreffen noch ausgegangen? Ich habe auf dich gewartet.«

»Ist alles gut gegangen?«

»Natürlich. Ich habe ihr grüne Bohnen gekocht und sie anschließend ins Bett gebracht.«

»Ich hatte ihr Pommes mit Apfelmus versprochen.«

»Die hat sie beim letzten Mal bekommen. Ein Kind muss anständig essen. Warum meldest du dich so spät? Ich wollte eigentlich ins Bett.«

»Du kannst das Telefon doch mitnehmen.«

»Ja, aber du weißt doch, wie schwer es mir fällt, anschließend wieder einzuschlafen. Darauf hättest du ruhig Rücksicht nehmen können.«

Eva umklammerte das Telefon, bis ihre Knöchel weiß wurden. Zum x-ten Mal nahm sie sich vor, sich endlich nach einem professionellen Babysitter umzusehen. Andere Leute griffen auch darauf zurück.

»Wann holst du sie ab?«

»Gegen zehn?«

»Sie soll also noch bei mir frühstücken? Das hätte ich gern vorher gewusst. Ich habe keine Milch im Haus.«

»Dann muss sie eben ausnahmsweise mal auf ihre Milch

verzichten. Aber ich kann auch früher kommen, wenn du das möchtest.«

»Nein, schlaf dich mal lieber aus.« Es klang wie ein Vorwurf.

Unruhig lag sie im Dunkeln da und ließ die Zeit verstreichen. In irgendeinem Stockwerk über ihr wurde lautstark gefeiert. Monotone Rapmusik, schrille Mädchenstimmen, die versuchten, die dröhnenden Bässe zu übertönen, das laute Krachen, mit dem eine Bierkiste auf dem Balkon abgestellt wurde.

Es wurde spät. Das Fest ging weiter, bis die letzten Gäste verschwanden und die Musik verstummte. Türenschlagen, Schritte auf dem Treppenabsatz, eine Männerstimme, die rief: »Hör auf, du Depp!«

Das Summen des Lifts, Gelächter auf der Straße, wildes Gehupe zum Abschied. Danach vernahm man nur noch die Geräusche der Nacht.

Um fünf Uhr meldeten sich zögernd die ersten Vögel. Eva schlüpfte aus dem Bett, fand auf der Kommode ihren Morgenmantel und zog den Gürtel stramm.

Im Zimmer ihrer Tochter setzte sie sich mit gefalteten Händen auf das schmale Bett und wartete, bis mit dem grauen Morgenlicht die Farben zurückkehrten. Das fröhliche Rot-Weiß der gestreiften Vorhänge, das Schwarz der Schultafel auf der Staffelei, das Knallgelb des Hockers.

Sie stand auf und strich die Bambi-Überdecke glatt, schüttelte das dünne Kissen auf. Halb unter dem Bett lag eine Socke. Sie hob sie auf und schnupperte daran. Mit der Socke in der Hand ging sie ins Bad und drehte die Dusche auf.

7

Vegter war schon früh auf dem Revier. Er nahm einen Becher mit schwarzem Kaffee in sein Büro, hängte seine Jacke an den Schrankknauf und beschloss, als Erstes den Pathologen anzurufen.

»Ich habe ihn mir noch nicht angesehen«, sagte der mürrisch. »Bei mir liegt einer auf dem Tisch, der erst mal ausgegraben werden musste. Glauben Sie, ich arbeite rund um die Uhr?«

»Sie haben also noch gar keinen Blick auf ihn geworfen?«

»Nur im Vorübergehen«, gab der Pathologe zu.

»Und?«

»Was, und?«

»Kann es ein Unfall gewesen sein?« Vegter gelang es nicht, neutral zu klingen.

»Haben Waschbecken gezackte Ränder?« Der x-te Beweis für seine Unentbehrlichkeit tat dem Pathologen sichtlich gut.

»Ich meine, ist er gestürzt, oder hat er einen Schlag bekommen?«

»Beides«, sagte der Pathologe, dessen Sinn für Humor nicht gleich jeder auf Anhieb nachvollziehen konnte. »Allerdings in der umgekehrten Reihenfolge.«

»Es könnte also auch eine Krücke gewesen sein.« Insgeheim war Vegter erleichtert. Er hatte den ganzen Zirkus nicht umsonst in Gang gesetzt.

»Oder ein Stuhlbein«, sagte der Pathologe. »Eine Eisenstange, ein Knüppel. Das alles würde zu der Delle passen. Außerdem habe ich die Krücke noch nicht gesehen.«

»Die suchen wir noch. Aber wir haben die andere.«

»Dann bringt sie mir, sobald ihr sie untersucht habt. Haben Sie eigentlich seinen Kopf gesehen?«

»Nein, wieso?«

»Er ist darauf gefallen.« Die Laune des Pathologen hob sich deutlich während seiner Witzeleien. »So richtig gut fühlt sich der nicht an, vor allem der Hinterkopf. Es würde mich nicht wundern, wenn er einen Schädelbasisbruch hätte. Der Kerl scheint einen Kopf wie eine Eierschale gehabt zu haben. Ein Wunder, dass er überhaupt so alt geworden ist. Aber bitte vergessen Sie nicht, dass das nur eine erste Einschätzung ist.«

»Das hilft mir schon weiter«, sagte Vegter dankbar.

»Sie hören von mir.«

Er legte nicht auf, bis Vegter begriff, warum.

»Danke.«

Er trank seinen Kaffee am Fenster und blickte auf die sonntagsstille Straße hinaus. Bei den meisten Häusern waren die Vorhänge noch zugezogen. Vor dem Straßencafé gegenüber waren die weißen Plastikstühle aufeinandergestapelt. Die Kette, die durch die Armlehnen gezogen war, führte zu einem schwarzen Eisenring in der Hausmauer. Renée aß manchmal dort. Ihrzufolge schmeckte es dort besser als in vergleichbaren Lokalen. Vielleicht sollte er es auch mal ausprobieren. Es würde guttun, wieder einmal etwas Warmes zu essen, das er nicht selbst zubereiten musste.

Ein älteres Ehepaar bog um die Ecke. Es hatte sich steif untergehakt – sie mit einer Tasche am Arm, er in einem biederen Regenmantel, dessen Gürtel zu hoch saß. Kirchgänger.

Stef war katholisch erzogen worden, hatte ihren Glauben jedoch abgelegt, als sie volljährig war. Seine eigenen Eltern waren überzeugte Sozialisten gewesen, die jede Religion abgelehnt hatten. Auf Urlaubsreisen hatte er die eine oder andere Kathedrale besichtigt, aber nur aus Neugier oder wegen der beeindruckenden Architektur. Stef hatte sich heftig gesträubt mitzukommen, weil sie laut eigenem Bekunden genug von diesem Humbug hatte.

Aber in Italien waren sie einmal vor der mörderischen Hitze in eine kleine Kirche geflüchtet. In die Chiesa della Santa Maria. Wie so viele Touristen hatten auch sie den falschen Zeitpunkt gewählt, um das Dorf zu besichtigen. Als sie dort ankamen, war alles geschlossen gewesen. Durstig hatten sie auf den Treppen gesessen, bis die Sonne sie in das Kirchlein getrieben hatte. Darin war es schattig und angenehm kühl gewesen. Aus dem Weiß der Wände war im Laufe der Jahre ein warmer Ockerton geworden. Die Heiligenbildchen waren verblasst, die groben Bodenplatten ausgetreten. Eine arme kleine Kirche in einem armen Dorf. In ihrem Inneren kniete ein junger Priester. Er sah nicht auf, als sie hereinkamen, und das Licht, das durch das einzig vorhandene Buntglasfenster fiel und den gesenkten Kopf streifte, verlieh ihm einen goldenen Heiligenschein. Stef hatte ihn schweigend betrachtet und dann draußen gesagt: »Wenn man so etwas sieht, will man gleich wieder auf die Knie gehen.«

Er hatte sie damit aufgezogen und gemeint, mit den vom Glauben Abgefallenen sei es genauso wie mit den Exrauchern: Die würden auch für den Rest ihres Lebens Raucher bleiben, die nicht rauchten.

Und was machten sie selbst am Sonntagmorgen? Meist wachte er schon früh auf. Während Stef noch schlief, machte er Kaffee, presste Orangensaft und kochte Eier.

Im Sommer frühstückten sie im Garten, im Winter saßen sie am Küchentisch unter der hellen Lampe, unterhielten sich, hörten ein Konzert in ihrem alten Transistorradio an, schlugen die Wochenendzeitung auf und stritten sich um die Beilage.

Jetzt frühstückte er im Stehen in der Küche oder nahm seinen Teller mit ins Wohnzimmer und starrte von dort aus auf die erwachende Straße.

Hinter ihm ging die Tür auf, und erleichtert drehte er sich um.

»Zwei Krücken?«, sagte Talsma. »Verdammt! Es wird uns nicht leichtfallen, die andere zu finden. Die Schule ist schließlich kein Ferienhäuschen.«

»Wer sagt denn, dass sie überhaupt noch dort ist?« Renée schob Vegter einen Zettel zu. Aus dem Zopf vom Vortag war ein glänzender Pferdeschwanz geworden, der über ihrem Rücken wippte. »Das sind die Telefonnummern, um die Sie mich gebeten haben.«

»Und wer sagt, dass sie nicht mehr dort ist?« Corné Brink sah aus wie ein Windhund am Start.

Vegter überlegte. Wenn jemand die Krücke finden würde, dann Talsma. Mit ruhiger Hartnäckigkeit würde er das Gebäude durchkämmen. Aber Vegter nahm ihn gern mit, wenn er ein schwieriges Gespräch führen musste. Angesichts seines vertrauenswürdigen Blondschopfs und seiner freundlichen friesischen Stimme entspannten sich die Leute sofort, sodass er mehr aus ihnen herausbekam, als ihnen lieb war. Brink war zu jung und zu ungeduldig.

Die Exfrauen würden ihm bestimmt nicht groß nachtrauern – sie hatten sich schließlich nicht umsonst scheiden lassen. Aber bei den Töchtern war das etwas anderes. Und eben weil es alles Frauen waren, sollte er vielleicht doch lieber Renée mitnehmen.

Exfrau Nummer eins war verbittert. Sie hatte nicht wieder geheiratet und wohnte in einem tristen Arbeiterviertel. Vegter hatte ihr am Telefon nur gesagt, dass es um ihren ehemaligen Mann ginge, und sie hatte sich geweigert, ihn zu empfangen, bis er den eigentlichen Grund genannt hatte.

Kampfeslustig stand sie in der Tür – eine kleine, dürre Frau in einem braven Pulli und einer zu weiten Cordsamthose. Ihr schulterlanges, glattes Haar war grau. Sie lief barfuß und sah älter aus, als sie war.

Renée informierte sie mit taktvollen Worten, und sie war für einen Moment sprachlos.

»Wir würden Ihnen gern einige Fragen stellen«, sagte Vegter.

»Ich ... Ja, natürlich.« Sie machte die Tür weiter auf, und sie drängten sich in dem kleinen Flur, in dem nur eine Garderobe Platz hatte, an der ein kurzes Jackett hing, mehr nicht. Die Wände waren kahl, und der Boden war aus Laminat.

Wenn man nicht weiß, was man nehmen soll, oder kein Geld hat, nimmt man Laminat, dachte Vegter. In seiner eigenen Wohnung lag auch welches, aber eigentlich fand er das Zeug grässlich. Es wirkte leblos und besaß keinerlei Seele.

Das Wohnzimmer war ein schmaler Schlauch, und das gesamte Mobiliar bestand aus einem Sofa, über dem eine große Decke lag, einem Couchtisch und einem kleinen Esstisch mit vier schlichten Flechtstühlen. Gegenüber dem Sofa stand auf einem dickbauchigen Schränkchen ein Fernseher. Auch hier lag Laminat. Das einzig Freundliche in dem Raum waren die Pflanzen, die sich auf der Fensterbank den Platz streitig machten.

Die Frau deutete auf das Sofa. »Setzen Sie sich.«

Das Sofa bog sich unter ihrem Gewicht, und Vegters Knie befanden sich mit einem Mal auf Ohrenhöhe. Er rutschte so weit vor, bis er ungemütlich vorn auf der Kante saß. Renée schien keine Probleme damit zu haben. Sie legte ihre Jeansjacke neben sich und schlug die Beine übereinander. Die Frau zog einen der Stühle neben den Fernseher.

»Er ist also tot.«

Sie schien sich wieder gefasst zu haben, aber als sie sich eine Zigarette aus der Schachtel auf dem Couchtisch anzündete, sah Vegter, dass ihre Hände zitterten.

Renée nickte. »Aber die Umstände seines Todes erfordern, dass wir die Sache näher untersuchen.«

»Was wollen Sie damit sagen?«

»Er kam gewaltsam ums Leben.«

Die Frau riss die Augen auf. »Er wurde ermordet?«

Renée legte ihr den Sachverhalt dar.

Sie schlug die Hände vors Gesicht, und Vegter dachte kurz, sie würde weinen. Doch dann sah er, dass sie sich bemühte, ein Lachen zu unterdrücken. »Dieser Eric! Beinahe hätte ich gesagt: Es gibt doch noch so etwas wie Gerechtigkeit.« Sie riss sich zusammen. »Bitte entschuldigen Sie.«

»Gerechtigkeit?«, sagte Vegter. »Darf ich fragen, was Sie damit meinen?«

Sie war sofort auf der Hut, und er spürte, dass er aggressiv wirkte, weil er dasaß wie ein Versicherungsvertreter, der glaubt, jemanden übervorteilen zu können. Er lehnte sich zurück, bis er eine fast liegende Position eingenommen hatte, und beschloss, den Mund zu halten. Er hatte Renée schließlich nicht umsonst mitgenommen.

»Sie hatten keine gute Ehe?«, fragte Renée.

Sie nickte, drückte die halb gerauchte Zigarette aus und zündete sich sofort eine neue an.

»Können Sie uns das etwas näher erläutern?«

»Das könnte ich schon, aber warum sollte ich?« Ihre Wangen wurden hohl, so gierig sog sie den Rauch ein.

»Weil uns das unter Umständen weiterhilft. Wir versuchen, uns ein Bild von Ihrem ...«

»Es war von Anfang an ein Irrtum.« Sie stellte ihre Füße auf die Stuhlstrebe und sah aus wie ein altes kleines Mädchen.

»Trotzdem haben Sie zwei gemeinsame Kinder.«

»Das heißt nicht, dass es kein Irrtum war. Fast jede dritte Ehe scheitert. In wie vielen davon gibt es Kinder?«

Sie war nicht dumm, dachte Vegter. Und sie drückte sich gewählt aus. Er fragte sich, warum sie in solchen Verhältnissen lebte.

Renée schien genau dasselbe zu denken. »Sie haben sich nach der Scheidung gemeinsam mit Ihren Töchtern ein neues Leben aufgebaut?«

Sie machte eine spöttische Geste, die das ganze schäbige Zimmer miteinschloss. »Wie Sie sehen ... Aber die Mädchen haben sich gut gemacht, trotz allem.«

»Haben sie ...« Renée suchte nach den passenden Worten. »... unter der Scheidung gelitten?«

»Kein bisschen.« Es brach förmlich aus ihr heraus, fast wie ein Fauchen. »Die Scheidung war das Beste, was ihnen passieren konnte.«

»Sehen sie das selbst genauso?«

»Und ob!« Ihre Kiefer mahlten, und ihr linkes Auge zuckte.

»Können wir daraus schließen, dass sie keinen Kontakt mehr zu ihrem Vater hatten?«

»Genau.«

»Und Sie?«

»Ich ganz bestimmt nicht.«

»Darf ich fragen, als was Sie arbeiten?«

»Ich bin Krankenschwester. Als die Kinder kamen, habe ich halbtags gearbeitet.«

»Und das blieb auch nach der Scheidung so?«

»Das war unter den damaligen Umständen nicht mehr möglich.«

»Warum nicht?«

»Weil meine Töchter mich brauchten.« Ihre Abneigung war mit Händen zu greifen.

»Ich muss Sie fragen, wo Sie gestern Abend waren«, sagte Renée.

»Zu Hause.«

»Kann das jemand bestätigen?«

»Nein.«

Renée sah zu Vegter hinüber, der sich aus seiner liegenden Position hocharbeitete. Die Frau stand ebenso hastig wie erleichtert auf. Sie reichte ihm gerade mal bis zur Schulter.

»Gut möglich, dass wir Sie noch einmal belästigen müssen«, sagte er. »Falls Ihnen noch etwas einfällt, das uns weiterhelfen könnte, rufen Sie uns bitte an!«

Sie nickte, aber Vegter wusste, dass sie das niemals tun würde.

Sie begleitete sie zur Tür, gab ihnen aber nicht die Hand.

»Da ist vieles schiefgelaufen«, sagte Renée auf der Fahrt zur zweiten Ehefrau.

Ich wüsste zu gern, was, dachte Vegter. Er betrachtete ihre Hände, die ruhig auf dem Lenkrad lagen. Die Handrücken waren von kleinen Sommersprossen bedeckt. Mädchenhände. Sie fuhr gern Auto, während er es hasste.

»Weißt du, wo es ist?«, fragte er.

Sie nickte. »Ich kenne die Gegend. Sie ist besser als die, in der Ehefrau Nummer eins wohnt.«

»Vielleicht hat die Ex Nummer zwei einen Job.«

»Sie hat auf jeden Fall einen neuen Mann.«

»Komisch, dass sie nach der Scheidung nicht mehr gearbeitet hat«, sagte er nachdenklich. »Soweit ich weiß, gibt es für Pflegekräfte immer Bedarf. Und sie wird Geld gebraucht haben.«

»Die Kinder waren noch klein.«

»Ja, aber so klein nun auch wieder nicht. Sie waren damals zehn und dreizehn.« Sie mussten jetzt also in Ingrids Alter sein, die Älteste war sogar noch älter. Stef war wieder arbeiten gegangen, als Ingrid acht war. Zwar nur halbtags, aber trotzdem. Einmal in der Woche hatte Stefs Mutter Ingrid von der Schule abgeholt, und einmal seine Eltern. So lange, bis sie in der Mittelstufe gewesen war und ihnen zu verstehen gegeben hatte, dass sie keine Aufpasser mehr brauchte.

»Sie könnte auch jetzt noch arbeiten«, sagte Renée. »Die Töchter sind natürlich längst aus dem Haus, und ich glaube nicht, dass sie Alimente von ihm genommen hat. Sie wird Sozialhilfe beziehen.«

»Vielleicht hat sie irgendeine Krankheit.«

Sie schwiegen, bis sie die Umgehungsstraße verließ und in ein Viertel einbog, dessen Straßen angenehm breit waren und in dem alle Häuser über eine Auffahrt samt Garage verfügten.

Sie parkte vor dem Haus, und noch während sie die Auffahrt betraten, öffnete sich die Haustür.

Die Frau, die ihnen entgegenkam, war das genaue Gegenteil von Exfrau Nummer eins. Sie war sonnenbankgebräunt, hatte eine lässige, aber teure Frisur, trug eine modische

Jeans und einen sandfarbenen V-Pulli. Die Ärmel waren bis zum Ellbogen hochgestreift, damit die zwei goldenen Armreifen zur Geltung kamen. Sie war stark geschminkt. Zu stark, dachte Vegter, während sie ihr in ein großes, helles Wohnzimmer folgten.

Die Armreifen klimperten, als sie auf ein riesiges weißes Ecksofa zeigte. »Setzen Sie sich! Kann ich Ihnen etwas anbieten? Kaffee, Tee?«

Sie lehnten ab.

»Stört es Sie, wenn ich ...?«

»Kein bisschen«, sagte Vegter höflich.

Während sie in der Küche mit Tassen klapperte, sahen sich Vegter und Renée um. Das weiße Sofa stand auf einem tiefschwarzen, glänzenden Natursteinboden. Die Flügeltüren zum Garten waren einen Spaltbreit auf, cremefarbene Vorhänge flatterten in der leichten Brise. In einer Ecke stand eine riesige Zimmerlinde, und Vegter stellte zu seiner Zufriedenheit fest, dass die untersten Blätter gelb waren.

Sie kam mit einer Tasse Tee zurück und nahm ihnen gegenüber auf einem ebenfalls weißen Sessel Platz.

»Mein Mann ist auf Geschäftsreise, das ist doch hoffentlich kein Problem?« Ihre Stimme war etwas zu hoch.

Renée schüttelte den Kopf. »Wie bereits erwähnt, geht es um Ihren Exmann, und ich nehme nicht an, dass Ihr heutiger Mann und Eric Janson sich kannten?«

»Nein.« Sie lachte nervös. Dann wurde ihr bewusst, dass Renée in der Vergangenheitsform sprach. »Sie meinen ...«

»Eric Janson ist gestern Abend bei einem Klassentreffen an seiner Schule ums Leben gekommen.«

»Er ist tot?« Sie stellte die Tasse ab, griff jedoch gleich wieder danach, als müsste sie sich an etwas festhalten. »Wie ...« Sie führte die Tasse mit beiden Händen zum

Mund, nahm einen Schluck und verbrannte sich an der heißen Flüssigkeit.

»Er kam gewaltsam ums Leben«, sagte Renée. »Daher hat die Polizei Ermittlungen eingeleitet. Es wäre gut, wenn wir etwas mehr über seinen Hintergrund wüssten. Da Sie ein Teil davon sind oder zumindest waren ...«

Etwas, das wie Angst aussah, erschien in ihren schwarz umrandeten Augen. »Aber ich habe Eric schon seit Jahren nicht mehr gesehen!« Sie fuhr sich mit einem Finger über die schmerzende Unterlippe. »Was soll ich Ihnen sagen? Ich weiß nicht einmal, wo er wohnt.«

»Wir versuchen, uns ein Bild von ihm zu machen«, erklärte Renée. »Davon, was für ein Mann er war. Das könnte uns Hinweise auf das Motiv des Täters geben.«

»Was für ein Mann war er.« Ihre Züge verhärteten sich, und nicht einmal mehr die Schminke konnte die Falten um ihren Mund verbergen. »Ich kann es kurz machen: Aus meiner Sicht war er ein Halunke.«

»Können Sie uns das näher erklären?« Renée sprach ganz neutral, aber Vegter hörte, wie schwer ihr das fiel.

»Wir waren ein Jahr verheiratet, als ich feststellte, dass er ein Verhältnis mit einer Kollegin hatte.« Der Hass war ihr deutlich anzuhören. »Die Beziehung bestand wohlgemerkt schon vor unserer Ehe.«

»Und dann?«

»Was glauben Sie?«

»Ich glaube gar nichts«, sagte Renée freundlich. »Ich warte, bis Sie es mir erzählen.«

»Das Ding war gerade mal zwanzig!« Ihre Stimme wurde schrill. »Und ich war achtunddreißig. Gegen die Frische der Jugend kam ich nicht an, zumindest hat mir Eric das so erklärt.«

»Was haben Sie getan?«

»Ich habe die Blitzscheidung erfunden.«

Vegter konnte ein Grinsen nicht unterdrücken, was auch ihr nicht entging. Ihre Anspannung ließ etwas nach.

»Ach, wissen Sie, das ist alles lange her. Aber damals dachte ich, es ist der Weltuntergang.«

»Aber dem war nicht so?«

»Ich habe spät geheiratet. Natürlich hatte ich schon vorher Beziehungen, aber ...«

Sie starrte in die Tasse, als lägen in ihr die Worte, nach denen sie suchte. »Eric war anders, zumindest dachte ich das. Er war aufmerksam, höflich, er interessierte sich nur für mich. Er konnte einem das Gefühl geben, etwas Besonderes zu sein. Bis ich dahinterkam, dass das bloß ein Trick war.« Sie sah auf. »Sie würden staunen, wie viele Frauen darauf hereingefallen sind.«

Renée nickte verständnisvoll. Vegter rührte sich nicht. Talsma wäre an dieser Stelle aus der Haut gefahren, dachte er amüsiert.

»Um also Ihre Frage zu beantworten ...« Sie stellte die Tasse wieder auf den Tisch. »Nein, es war nicht der Weltuntergang. Letztendlich habe ich begriffen, dass ich vor allem in meinem Stolz verletzt war. Mich erniedrigt fühlte. Anschließend war ich nur noch erleichtert, dass es vorbei war.«

»Aber es trifft sie noch immer.«

»Auch Narben können wehtun.« Doch plötzlich lachte sie. »Im Grunde habe ich das alles Eric zu verdanken.« Sie machte eine weit ausholende Geste. »Ich habe beschlossen, noch einmal ganz von vorn anzufangen. Ich habe gekündigt und an meinem neuen Arbeitsplatz meinen heutigen Mann kennengelernt.«

»Und jetzt sind Sie glücklich verheiratet?«

»Sehr.«

Renée sah Vegter an. Er stand auf und sagte den Satz auf, den er stets von sich gab, wenn auch nur selten mit Erfolg.

»Falls Ihnen noch etwas einfällt, das uns vielleicht weiterhelfen könnte ...«

»Natürlich.«

Im Flur fragte sie: »Darf ich wissen, wie er gestorben ist?«

Er sagte es ihr, woraufhin sie nickend und stumm die Tür hinter ihnen schloss.

*

Mariëlle wachte auf, weil es klingelte. Einen kurzen Moment wusste sie nicht, wo sie war, doch dann fiel es ihr wieder ein. Der Streit. Und anschließend der Wein. Ihre Zunge klebte am Gaumen, und hinter ihren Augen drehte sich langsam eine Betonmischmaschine. Die Menge Sulfit in ihrem Blut dürfte reichen, um ein Mäusenest auszurotten. Erst nach mehreren Gläsern hatte sie gesehen, dass es ein billiger Supermarktwein war, den sie sich in einem plötzlichen Anfall von Sparsamkeit gekauft haben musste. Aber die Phase, in der ihr das noch etwas ausgemacht hätte, war zu jenem Zeitpunkt längst überschritten.

Es klingelte erneut, ein gellendes Geräusch.

David.

Sie wollte ihn nicht sehen. Aber das musste sie auch nicht – er konnte nicht rein, die Tür war verriegelt. Das Tageslicht kratzte wie Sand an ihren Lidern. Wasser, sie brauchte Wasser, sie würde eine ganze Badewanne austrinken. Und danach ginge sie wieder ins Bett, David hin oder her. Er würde schon wieder gehen, denken, dass sie nicht zu Hause wäre. Nein, das würde er nicht, schließlich war die Tür verriegelt. O Gott, ihr Kopf!

Sie setzte sich auf und stellte vorsichtig die Füße auf den

Boden. Übelkeit stieg in ihr hoch, und ohne sich die Mühe zu machen, in Morgenmantel oder Pantoffel zu schlüpfen, wankte sie aus dem Schlafzimmer, um es gerade noch ins Bad zu schaffen.

Sie übergab sich ins Waschbecken und roch Tomaten und italienische Kräuter. Sie legte die Stirn auf das kühle Porzellan. Pizza. Wie bekam sie das jetzt wieder aus dem Abflusssieb? Nicht daran denken.

Das Schrillen der Klingel wich Hämmern an der Haustür.

»Mariëlle! Mach auf!«

Das letzte Glas hatte sie auf die Idee gebracht, Davids Sachen bereits ins Treppenhaus zu stellen. Sie war sehr stolz auf sich gewesen, nachdem sie die Müllbeutel nach draußen geschleift hatte. Inzwischen war es schon nach drei gewesen, sodass die Chance, dass jemand damit hätte abhauen wollen, äußerst gering war. Und wenn doch, was sollte es?

»Mariëlle, verdammt, mach auf!«

Sie richtete sich auf, wobei sie vermied, ins Waschbecken zu schauen. Mit abgewandtem Kopf füllte sie das Zahnputzglas mit Wasser und trank es vorsichtig aus. Sie wartete kurz, ob sie es bei sich behielt.

»Mariëlle!«

Vorsichtig schlurfte sie wieder ins Schlafzimmer. Während sie ihren Morgenmantel anzog, hörte sie, wie David ausflippte. Damit hatte sie in ihrer Alkoholeuphorie nicht gerechnet. Vielleicht sollte sie ihm doch aufmachen, bevor er noch das ganze Haus aufweckte. Sie nahm Kurs auf den Flur.

Es wurde gegen die Haustür getreten. Mariëlle blieb stehen und wusste nicht, was sie tun sollte.

»Mach auf, verdammt noch mal, ich weiß, dass du zu Hause bist!«

Es folgte ein weiterer krachender Tritt. Sie bekam es mit

der Angst zu tun. Er würde noch die Tür aus den Angeln treten, falls der Riegel nicht ohnehin schon nachgab.

»Mach auf, du Schlampe!« Wieder ein Tritt.

Sie hatte die Unbeherrschtheit, die sich hinter seinem kühlen Äußeren verbarg, bereits kennengelernt. Trotzdem hätte sie nie gedacht, dass er dermaßen ausflippen konnte. Er durfte sie nicht sehen, sonst würde er ihr noch etwas antun. Aber sie konnte nirgendwo hin. Das Bad? Wenn er diese Tür auftreten konnte, war so eine Wohnungstür eine Kleinigkeit für ihn. Da fiel ihr die Glasöffnung in der Haustür ein. Er hatte sie ausgelacht wegen des Riegels, gesagt, dass es sinnlos wäre, den Riegel direkt unter einer Glasöffnung anzubringen. Noch während sie das dachte, schlug er sie ein. Scherben klirrten auf den Flurfliesen.

David schrie erneut – ein unartikuliertes Brüllen. Danach war es eine Zeit lang still.

Die Polizei. Lautlos lief sie ins Wohnzimmer zu ihrer Tasche.

Im Treppenhaus wurden Stimmen laut. Mit ihrem Handy in der Hand blieb sie stehen. Eine Männerstimme, die nicht David gehörte, und die einer Frau. Sie spitzte die Ohren. Die Frau zischte irgendetwas.

»*Fuck off!*« Das war David.

Etwas Schweres fiel gegen die Tür. Kampfgeräusche. Die Frau schrie.

Mariëlle wählte die 112.

Sie erzählte dem Beamten, was vorgefallen war. Die anderen Polizisten waren mit David verschwunden. Erst danach hatte sie es gewagt, die Tür aufzumachen. Die Beutel waren noch da. An der Haustür befanden sich Blutspuren, im Treppenhaus waren blutige Fußabdrücke zu sehen.

Der Beamte war blutjung. So jung, dass das Wort

»Mevrouw« aus seinem Mund wie ein rechtmäßiger Titel klang. Aber seine Augen waren alt. Ungerührt notierte er, was sie ihm erzählte, und nickte nur, als sie sagte, dass David nun keine Adresse mehr hätte, zumindest keine, die ihr bekannt wäre. Sie reichte ihm den Pappkarton mit Davids Papieren – Kontoauszügen, einer Versicherungspolice, seinem Pass –, und er fragte, ob sie ihn anzeigen wolle. Als sie verneinte, versuchte er nicht, sie umzustimmen.

»Der Mann«, sagte sie. »Und die Frau ...«

»Die wollten zu den Nachbarn über Ihnen.« Zum ersten Mal erschien ein Lächeln auf seinem Gesicht. »Der Herr erstattet wohl Anzeige.«

»Aber was ist, wenn er zurückkommt?«, wandte sie ein.

»Wir können erst einschreiten, wenn etwas passiert.« Er klappte sein Notizbuch zu. »Natürlich können Sie uns dann anrufen.«

Sie begleitete ihn in den Flur.

Er warf einen Blick auf den Riegel, dessen Schrauben sich aus dem splitternden Holz gelöst hatten. »An Ihrer Stelle würde ich den Schlüsseldienst rufen.«

»Und seine Sachen? Ich will sie nicht mehr in meiner Wohnung haben.«

Er seufzte. »Können Sie die irgendwo zwischenlagern?«

Cis fiel ihr ein, aber die konnte sie nicht damit belästigen. »Nein«, sagte sie. »Ich wüsste nicht, wo.«

»Und das gehört alles dem Herrn?«

Sie nickte.

»Dann lagern wir es für ihn ein, und er bekommt die Rechnung.«

Sie lachte nicht mit. »Nehmen Sie gleich alles mit?«

»Ja.«

»Ich helfe Ihnen.« Sie hörte selbst, wie kindisch das klang.

Er musterte sie kurz. Den Morgenmantel. Die Pantoffeln.

Unwillkürlich fasste sie sich an den Mund. Sie hatte doch hoffentlich keine Pizzabröckchen im Gesicht?

»Das brauchen Sie nicht. Aber das Treppenhaus ...« Er fuhr sich übers Kinn.

»Ach so, natürlich«, sagte sie hastig. »Das bringe ich in Ordnung.« Beim Gedanken an das heiße Wischwasser, das sich mit dem vielen Blut vermischen würde, meldete sich ihr Magen zurück. Erst einen Tee. Und durfte man eigentlich Aspirin nehmen, wenn man schwanger war?

*

Sie waren kurz aufs Revier zurückgekehrt und wollten anschließend im Straßencafé etwas zu Mittag zu essen. Brink und Talsma waren noch nicht wieder da. Vegter überlegte, den Pathologen anzurufen, aber der mochte es gar nicht, gehetzt zu werden. Im Grunde glaubte Vegter nicht, dass er viel Neues erfahren würde. Außerdem hatte er Hunger und wollte sich nicht von Details wie Mageninhalt und Gehirnschädigungen den Appetit verderben lassen.

Auf seinem Schreibtisch lag eine E-Mail: An Jansons Krücke befanden sich ausschließlich Jansons Fingerabdrücke. Der Rest wurde noch untersucht.

Während sie das Revier verließen, wurde ein wütender junger Mann hereingeführt, dessen Linke dick bandagiert war. Vegter sah, wie Renées Augen interessiert aufleuchteten. Er drehte sich um. Ein hübscher Kerl, das schon, aber er hätte nicht gedacht, dass er ihr Typ wäre. Zu glatt. Aber was wusste er schon von ihr?

Die laminierte Speisekarte versprach eine tagesfrische Suppe, und er bestellte ungerührt einen Strammen Max dazu. Ein Strammer Max konnte heikel sein, denn schon oft hatte man ihm eine glibberige Substanz serviert mit einer vertrockneten Gurkenscheibe und langweiligen Alfalfa-Sprossen obendrauf.

Die Bedienung war freundlich, und er nahm sich vor, wiederzukommen, falls der Stramme Max etwas taugte.

»Ob er sie misshandelt hat?« Renée hatte sich eine ihrer seltenen Zigaretten angezündet und lehnte sich entspannt in ihrem Stuhl zurück.

Nicht zum ersten Mal dachte Vegter, dass sie Talent hatte. Mehr als Brink. Das blieb auch Brink nicht verborgen. Der versuchte, seinen Groll mit Imponiergehabe zu kaschieren, was ihm zu Vegters heimlichem Vergnügen allerdings nicht gelang.

»Wer?«

Wie erhofft, zog sie in gespielter Verwunderung ihre blonden Brauen hoch. »Ehefrau Nummer eins.«

»Sie oder die Töchter. Oder sie und die Töchter.« Er warf der Bedienung, die gerade durch die Schwingtür kam, einen erwartungsvollen Blick zu. Aber die tagesfrische Suppe war anscheinend zu frisch, um schon fertig zu sein. »Obwohl das nicht zu Nummer zwei passt. Die ist nur sauer, weil er ihr untreu war. Und sie wirkt aufrichtig.«

»Ist er vorbestraft?«

Vegter schüttelte den Kopf. »Nichts, nur ein paar unbedeutende Verkehrsdelikte.«

»Mich hat nur gewundert, dass Nummer zwei so anders ist als Nummer eins. Andererseits ist die zweite Frau rein äußerlich derselbe Typ, sodass man sich fragt, wozu die Mühe?« Sie schwieg. »Sie muss einmal eine schöne Frau gewesen sein.«

Er wusste, dass sie von der ersten Ehefrau sprach. »Eine gescheiterte Ehe, eine gescheiterte Karriere – vielleicht ist sie einfach verbittert.«

Sie sah ihn überrascht an. »Ich wusste gar nicht, dass Sie so empfindsam sein können!«

Auf einmal wurde er verlegen und platzte daher plötzlich mit etwas heraus, worüber er schon länger nachgedacht hatte. »Warum sagst du nicht Paul und du?«

Sie antwortete nicht gleich darauf, sondern drückte ihre Zigarette fein säuberlich im Aschenbecher aus, bis nur noch Krümel davon übrig waren.

Es war ein Fehler gewesen. Sie war höchstens dreißig. Was war bloß in ihn gefahren? Normalerweise hielt er die Hierarchieebenen ein. Nicht einmal Talsma sagte Paul zu ihm. Talsma nannte ihn Vegter, ihm zufolge war das in Friesland eine ganz normale Anredeform. Hätte Brink ihn geduzt, hätte er dies als Gehorsamkeitsverweigerung betrachtet. Renée war sogar noch jünger. Aber deutlich erwachsener. Brink schien das Leben wie ein Spiel zu betrachten. Keine schlechte Auffassung, aber eine, die es ihm erschwerte, sich in andere hineinzuversetzen. Lag es daran, dass sie eine Frau war? Frauen hatten so etwas Vertrauenerweckendes und handelten intuitiv. Er hatte sich oft gewundert, wie leicht Stef andere durchschaute. Während er noch dabei war, sich anhand der Fakten eine Meinung zu bilden, hatte sie längst ihre Schlüsse gezogen. Die sich nur allzu oft bewahrheitet hatten.

»Da kommt deine Suppe«, sagte Renée und lächelte, als er sich erfreut in seinem Stuhl aufrichtete.

*

Eva hatte beschlossen, das Rad zu nehmen. Vielleicht würde die frische Brise ihren Kopf durchlüften.

Obwohl es nicht weit war, bereute sie es auf halber Strecke. Sie hatte nichts gefrühstückt, denn allein der Gedanke an etwas Essbares war ihr zuwider. Jetzt hing sie wie eine Radrennfahrerin, die eine Proviantstation verpasst hatte, über dem Lenker. Das letzte Stück schob sie das Rad. Ihr war schwindelig, und sie war ganz wackelig auf den Beinen.

»Mama!« Maja rannte auf sie zu. Sie bekam zwei klebrige Küsschen. »Hast du mich vermisst?«

»Das weißt du doch.« Eva vergrub ihr Gesicht an dem warmen kleinen Hals.

»Nicht so fest!«

Eva folgte ihr ins Wohnzimmer. Ihre Mutter hatte eine großzügige Wohnung, ruinierte die schön geschnittenen Zimmer jedoch mit ihrem schweren Mobiliar. Eva bekam Beklemmungen, sobald sie die Räume betrat: Die Auslegeware, auf der noch ein Perserteppich lag. Die Stühle, die wie Soldaten in Reih und Glied standen. Die Tapete mit ihrem aufdringlichen Muster in Moosgrün und Gold. Die Vitrinenschränke mit der Porzellansammlung. Drei Uhren, die laut tickend miteinander wetteiferten, die richtige Zeit anzuzeigen.

Eva hatte sich immer gefragt, warum jemand, für den die Zeit schon seit Jahren stillstand, so scharf darauf war, sie zu kontrollieren. Sie hatte mal mit einem Psychiater darüber gesprochen, aber der hatte auch keine Antwort gehabt.

Ihre Mutter saß vor dem Erkerfenster am Esstisch. Sie hatte ein Kissen im Rücken und die Hände in den Schoß gelegt. Alles wies darauf hin, dass sie litt.

Eva drückte einen Kuss auf die ihr hingehaltene Wange.

»Du kommst früh.«

»Zu früh?«

»Nein, sie war schon vor sieben wach. Ich habe dich kommen sehen. Hast du einen Platten?«

»Es hat mir gutgetan, ein Stück zu laufen.« Eva zog einen Stuhl zu sich heran. »Hattet ihr es schön?«

»Die Oma hat mir erlaubt, etwas zu zeichnen.« Maja legte ein Blatt Papier auf den Tisch. Darauf war mit Filzstift ein Männchen gekritzelt.

»Ich habe frischen Kaffee da.«

Sie wollte schon ablehnen, als ihr einfiel, dass sie drei Löffel Zucker hineintun konnte. Dann würde sie den Heimweg schaffen. »Gern.«

Ihre Mutter stützte sich schwer auf den Tisch und stand auf.

»Hast du Rückenschmerzen?«, fragte Eva gehorsam. Normalerweise hätte sie das Theater ignoriert, aber im Moment war sie zu mürbe dafür.

»Ach.«

»Wann musst du wieder zur Physio?«

»Der Physiotherapeut hat mir doch glatt abgesagt.« Ihre Mutter hielt nichts von modischen Abkürzungen. »Er hatte vergessen, dass er in Urlaub fährt.«

»Ja, so was kann vorkommen.«

»Mama, schau mal!«

»So was kann vorkommen? Findest du? Der Mann muss doch Rücksicht auf seine Patienten nehmen. Was soll ich denn jetzt tun? Er bleibt zwei Wochen weg, und ich kann mich kaum rühren.«

»Mam!«

Eva griff nach der Zeichnung. »Schön, wirklich! Wer ist das?« Sie hatte es sich abgewöhnt zu raten.

»Na, die Oma natürlich!« Ein molliges Fingerchen klopfte mit Nachdruck auf das Blatt. »Schau nur, das ist die Brille von ihr.«

»Das ist ihre Brille«, verbesserte Eva sie automatisch. Sie griff nach der Hand und küsste sie.

Maja entzog sie ihr ungeduldig. »Oma konnte mir keine Milch geben, weil du nicht gesagt hast, dass ich hier frühstücke.«

Eine Tasse Kaffee. So lange musste sie noch durchhalten.

Der Kaffee wurde vor sie hingestellt, daneben die Zuckerdose. »Bedien dich, ich weiß nie, wie du ihn trinkst.«

Sie löffelte Zucker in die Tasse und rührte um. Ihre Mutter setzte sich vorsichtig und starrte auf die nächstliegende Uhr.

Eva trank den Kaffee in kleinen Schlucken. Wenn sie zu kurz bliebe, würde ihr das verübelt. Bliebe sie zu lang, würde mit stets mehr Nachdruck auf die Uhr geschaut.

»Wie war dein Klassentreffen? Waren viele da, die du kanntest?«

»Ich habe mich mit einigen ehemaligen Mitschülern unterhalten.« Morgen würde es bestimmt in der Zeitung stehen. Gott sei Dank las ihre Mutter die kaum. Allerdings würde auch ihr die Geschichte zu Ohren kommen. Aber nicht jetzt, nicht im Beisein Majas. »Obwohl auch viele da waren, die ich nicht kannte.«

In den Augen ihrer Mutter stand Erleichterung. Revolutionen waren ausgebrochen, Kriege geführt worden, Millionen Menschen waren verhungert, aber für ihre Mutter zählte nur, dass der Anstand gewahrt wurde. Sogar jetzt noch, wo ihre Welt auf einen überarbeiteten Hausarzt und einen Physiotherapeuten zusammengeschrumpft war.

»Ich kann trotzdem nicht verstehen, warum du da unbedingt hinwolltest.« Ihre Mutter spielte mit einer Tischdeckenfranse. »Letztlich haben deine Schwierigkeiten dort erst begonnen.«

Deine Schwierigkeiten. Eine beschönigende Bezeichnung für Evas Magersucht, an der sie schwer gelitten hatte und deretwegen sie lange in Behandlung gewesen war. Sie hatte erst damit aufgehört, als ihr Psychiater mit einer Regressionstherapie begonnen hatte. Mit ihrem Erinnerungsvermögen war alles in Ordnung.

»Die hatten nichts mit meinen Mitschülern zu tun.« Eva verschanzte sich. Sie konnte diesen Kampf sowieso nicht gewinnen, aber deswegen musste sie sich noch lange nicht geschlagen geben. Manchmal verschaffte ihr der Versuch, eine Bresche in diese Mauer aus Selbstzufriedenheit zu schlagen, eine zynische Genugtuung.

Ihre Mutter bezog ihre übliche Stellung und gab einen neuen Schuss ab. »Du kannst mir nichts vorwerfen! Ich habe getan, was ich konnte, allen Umständen zum Trotz.«

»Ich habe auch nie das Gegenteil behauptet.« Der Zucker klebte an ihrem Gaumen. Ein schaler Geschmack, der genau wiedergab, wie sie sich fühlte: nicht mutig genug, nie mutig genug, um es zum Bruch kommen zu lassen.

»Ich stand schließlich ganz alleine da.« Ihre Mutter justierte das Visier. »Im Grunde wurde mir alles genommen. Aber du hattest dein Leben noch vor dir, während ich ...«

Nach dem Betrugsskandal hatten sie aus der großen luxuriösen Villa ausziehen müssen. Kurz nach der Scheidung war Evas Vater gestorben, und ihre Mutter hatte eine großzügige Lebensversicherung ausbezahlt bekommen. Das Geld hatte gereicht, um diese Wohnung zu kaufen. Ihr fehlte nichts, nur Sozialkontakte. Ihr ständiges Selbstmitleid hatte sämtliche Freunde vergrault. Eva konnte sich kaum noch daran erinnern, wie ihr Leben vor dem Betrug und der Scheidung ausgesehen hatte. Dafür sah sie klar vor sich, wie ihre Mutter die Tage verbrachte, nämlich indem sie die Vergangenheit und ihre Leiden pflegte, sich in Erinnerungen verlor.

Sie stellte die Tasse ab. »Mama, das sind doch alles alte Kamellen.« Sie nickte Maja zu, die sich mit Omas Nähkästchen zurückgezogen hatte und mit Knöpfen symmetrische Muster auf den Teppich legte. »Das ist jetzt nicht der richtige Moment, sie mir wieder aufzutischen.«

Maja ließ ihre Knöpfe im Stich. »Streitet ihr?«

»Nein, natürlich nicht. Hol ruhig schon mal deine Jacke und deine Tasche, dann radeln wir gemütlich nach Hause.«

Das Kind hopste zur Tür.

Der Mund der Mutter war nur noch ein schmaler Strich. »Wenn es nach dir geht, gibt es dafür nie einen richtigen Moment. Da bist du genauso wie dein Vater. Der hat auch nie begriffen, was das für mich bedeutet hat.« Sie zwang sich zu einem tapferen Lächeln. »Ich dachte, jetzt, wo du endlich erwachsen bist ... Aber auf Kinder ist nun mal kein Verlass. Weder, wenn sie klein sind, noch, wenn sie groß sind.«

Eva dachte an die Monate im Krankenhaus, in denen sie zu erschöpft gewesen war, um noch länger zu kämpfen. Vierunddreißig Kilo wog sie damals, und wenn sie die Zähne geputzt hatte, musste sie gleich wieder ins Bett. Die Hilfe ihrer Mutter hatte in dicken Pullis bestanden. Nicht, weil Eva ständig fror, sondern »damit die Leute nicht sehen, dass du so mager bist«.

Ihre Mutter erhob sich betont langsam und schwerfällig. »Ich leide darunter. Wenn du nie darüber reden willst, wirst du niemals Fortschritte machen.«

»Und wenn du dauernd darüber redest, auch nicht.« Eva nahm ihre Jacke vom Stuhl. »Hör endlich auf damit, Mam! Das Thema ist längst gestorben. Und zwar schon seit sechzehn Jahren, genau wie Papa.«

»Die Leute haben ein gutes Gedächtnis.«

Eva lachte. Ihr Gesicht fühlte sich an wie aus Papiermaché, aber sie lachte. »Ich habe gestern gemerkt, welch gutes Gedächtnis die Leute haben. Der Name Stotijn sagte niemandem was.«

An der Tür feuerte sie ihren letzten Pfeil ab. Pfeile waren primitiver als die raffinierten Waffen, die ihre Mutter benutzte. Aber dieser hier würde ihr eine Verschnaufpause von mindestens zwei Wochen verschaffen. »Warum rufst du nicht ein paar alte Freunde an? Du musst endlich wieder anfangen zu leben.«

Auf dem Heimweg, auf dem Maja munter hinter ihr plapperte, kamen sie an einem Ballonverkäufer vorbei, der sich an einer windigen Ecke tief in seine Jacke zurückgezogen hatte. Die Ballons tanzten wie exotische Schmetterlinge über seinem Kopf.

Sie kaufte zwei, und Maja suchte sich den roten aus. Den gelben befestigte sie an ihrem Lenker.

Maja klopfte ihr auf den Rücken. »Bist du nicht zu alt für einen Ballon, Mam?«

»Nein«, sagte Eva. »Für etwas, das einem Spaß macht, ist man nie zu alt.«

*

Die Töchter hatten dieselbe Adresse. Diese befand sich in einem Dorf, das die Stadt noch nicht verschlungen hatte. Sie nahmen die alte Landstraße, immer am Kanal entlang. Früher konnte man über die Felder schauen, soweit das Auge reichte, aber inzwischen waren Windkrafträder Teil der Aussicht, und viele alte Bauernhöfe wurden von reichen Städtern bewohnt. Vegter erinnerte sich an die Bauerngärten mit den dicken Hortensien, an die Kieswege, die zu selten benutzten Vordertüren führten. Der Kies war inzwischen durch Steinfliesen ersetzt worden, und in den

Gärten wuchsen Pflanzen, die nicht in diese Landschaft gehörten.

Die Sonne kam durch, und er ließ das Fenster herunter. Renée fuhr gelassen hinter einem Traktor her, den sie locker hätten überholen können. Vegter lächelte in sich hinein.

Das Dorf tauchte vor ihnen auf, und als er auf dem Dorfplatz neben der Kirche einen Lebensmittelladen entdeckte, an dessen Fassade in stolzen Lettern das Wort Spar prangte, hob sich seine Laune sofort. Daneben stand ein altmodischer knallroter Briefkasten. Sie bogen in eine ungepflegte Seitenstraße ein, die aus dem Dorf hinausführte. Das Haus war das letzte in der Straße – im Grunde waren es zwei aneinanderklebende Tagelöhnerhäuschen, bei denen man die Zwischenmauer durchgebrochen hatte. Seitlich davon stand eine Regentonne, und vor den Fenstern hingen Blumenkästen mit blühenden Geranien. Nicht so mickrige wie die gegenüber seines Balkons, sondern eine üppige, hellrote Pracht. Das Wort Idylle fiel ihm ein. Eine Idylle, die er zerstören würde.

Renée parkte auf dem Grundstück. Ein schwarzer Labrador stand auf, und ein paar Hühner flohen gackernd hinter einen baufälligen Schuppen.

Der Hund bellte kurz auf.

»Lex, ab!«

Von hinter dem Haus kam eine junge Frau auf sie zu. Sie war noch kleiner als ihre Mutter, und die Jeans, die sie trug, wirkte wie eine Kindergröße.

Der Hund legte sich hin. Seine Pfoten waren ausgestreckt und die Ohren gespitzt. Sie bückte sich und strich ihm über den Kopf. »Platz!«

Sie gab ihnen die Hand und sah sie mit den Augen ihrer Mutter an. »Gwen.«

Eine Abkürzung von Gwendolyn?, überlegte Vegter. Ihr

Vater war immerhin Englischlehrer gewesen. Sie hatte seine Nase, die in ihrem kleinen Gesicht jedoch zu kräftig wirkte

Aus den beiden Wohnzimmern hatte man einen großen Raum gemacht, indem man ein Stück aus der Zwischenwand gebrochen hatte. Auf den alten Holzdielen lag eine Bastmatte, die Wände waren geweißt, und die schrägen Decken ruhten auf echten Balken.

Ein solches Haus könnte er sich doch auch kaufen. Mit dem Auto bräuchte man nur eine Viertelstunde in die Stadt. Er könnte sich einen Hund anschaffen und bei Spar einkaufen. Und Johan würde Mäuse fangen.

Er könnte das immer noch tun, wieso eigentlich nicht? Aber dann müsste er erneut mit Maklern verhandeln und noch einmal umziehen. Und vielleicht waren inzwischen selbst solche Häuschen unbezahlbar. Die Töchter hatten es sicher gemietet.

Gwen zeigte auf die Sitzecke, die aus zwei zusammengeschobenen, nicht zueinanderpassenden Sofas bestand. »Meine Schwester muss jeden Moment nach Hause kommen. Sie bringt nur einen Brief zur Post.«

»Neben dem Spar«, sagte Vegter lächelnd. Er entschied sich für den Sessel, der mit der Lehne zum Fenster stand, damit er ihr Gesicht sehen konnte.

»Das ist kein Spar mehr.« Sie lachte kurz. Ihre Augen folgten jeder seiner Bewegungen. »Obwohl sich das Sortiment wahrscheinlich nicht groß geändert hat.« Sie saß jetzt kerzengerade da und hatte die Füße ordentlich nebeneinandergestellt. Die Haare, die bei ihrer Mutter grau waren, waren bei ihr dunkelbraun. Der Haarschnitt war mehr oder weniger derselbe. »Darf ich fragen, weshalb Sie kommen?«

»Wie Sie wissen, geht es um Ihren Vater«, hob Renée an. Die junge Frau sah überrascht zur Seite, als hätte sie nicht erwartet, dass Renée das Gespräch eröffnete. »Ich habe Ihnen schon am Telefon gesagt, dass ich keinen Kontakt zu ihm habe. Schon lange nicht mehr.«

Sie richtete ihre Worte an einen Punkt zwischen ihnen. »Dasselbe gilt für meine Schwester.«

Renée nickte. »Leider müssen wir Ihnen mitteilen, dass Ihr Vater gestern Abend ums Leben gekommen ist.«

Gwen rührte sich nicht. Ihre Hände blieben in ihrem Schoß liegen, ja sie blinzelte nicht einmal mit den Augen. Sie schien nur in sich zusammenzusinken und noch kleiner zu werden, als sie ohnehin schon war.

Renée warf Vegter einen Blick zu, der unmerklich den Kopf schüttelte. Draußen fuhr ein Traktor vorbei, vielleicht derselbe von vorhin. Die Hühner gackerten. Auf dem Grundstück knirschten Fahrradreifen, aber die junge Frau rührte sich nach wie vor nicht. Vegter ließ sie nicht aus den Augen, und irgendwann schien sie seinen Blick zu spüren. Sie ließ die Schultern hängen und lehnte sich zurück, als wäre sie zu müde, um noch aufrecht sitzen zu können.

»Es ist also vorbei.«

»Was ist vorbei?« Eine etwas ältere Ausgabe der jungen Frau kam herein. Sie hatte rote Wangen vom Fahrradfahren.

»Papa«, sagte Gwen. »Er ist tot.«

»Nicht gerade zu einem Klönschnack aufgelegt, die beiden!«, sagte Renée. Sie hatten das Dorf soeben verlassen und nahmen die Landstraße.

Vegter lachte. »Man hört, dass du oft mit Talsma unterwegs bist.«

Sie lachte nicht mit. »Ich fand sie fast ...«

Ein entgegenkommendes Auto wich einer über die Straße laufenden Ente aus, und sie trat kräftig auf die Bremse. »Idiot!«

»Was wolltest du sagen?«, fragte Vegter, als sich sein Adrenalinspiegel wieder normalisiert hatte.

»Ich fand sie fast unheimlich.« Sie warf einen Blick auf sein nach wie vor heruntergelassenes Fenster und fröstelte. Er kurbelte es hoch. »Hast du *The Shining* gesehen, mit Jack Nicholson in der Hauptrolle? Darin kommen zwei Mädchen vor, Zwillinge. Sie tragen hellblaue Kleidchen, und wenn ich mich nicht täusche, kommen sie Hand in Hand die Treppe herunter, während hinter einer Art Vorhang Blut hervorquillt. Daran haben sie mich erinnert. An kleine, lächelnde, schweigende Mädchen.«

Er wollte gerade sagen, dass sie übertrieb, aber eine Steilfalte erschien zwischen ihren Brauen, und ihre Kiefer mahlten. Im Grunde hatte sie recht.

»Sie haben ihren Vater nicht gerade verteidigt«, sagte er.

Sie schüttelte den Kopf. »Sie verteidigen sich selbst. Vielleicht auch ihre Mutter. Man kann sie verhören, so lange man will, und wird trotzdem nichts aus ihnen herausbekommen.«

»Nein.« Er betrachtete eine kleine Yacht, die mit gestrichenen Segeln auf dem Kanal unterwegs war. »Komisch, dass es sie überhaupt nicht interessiert hat, wer der Täter ist.«

»Sie haben den Vater völlig aus ihrem Leben verbannt«, sagte Renée. »Und jetzt sind sie erleichtert, dass er tot ist. Wahrscheinlich werden sie nicht mal auf seine Beerdigung gehen. Komisch finde ich nur, dass ihnen die Mutter nicht Bescheid gesagt hat. Sie hätte sie nach unserem Besuch anrufen können. Ob sie wohl gehofft hat, dass wir ihre Töchter außen vor lassen?«

»Du weißt nicht, welches Verhältnis sie zueinander haben. Die Mutter und die Töchter haben ihn gehasst, aber keine der drei wusste, dass er tot ist. Diesbezüglich täusche ich mich bestimmt nicht. Wenn sie seinen Tod gewollt hätten, hätten sie längst etwas unternommen, und wenn, dann höchstwahrscheinlich auch auf eine andere Art und Weise. In so einem Fall verlässt man sich nicht auf einen einzigen Schlag. Und auch den teilt man mit Sicherheit nicht während eines gut besuchten Klassentreffens aus.« Er schwieg. »Wir haben es mit einem Opfer zu tun, das viele Menschen gekannt hat. Janson hat vierundzwanzig Jahre lang an ein und derselben Schule unterrichtet. Es muss Leute geben, die etwas gegen ihn hatten. Im Grunde wissen wir erst sehr wenig über ihn. Ich möchte mich auf jeden Fall noch einmal mit dem Rektor unterhalten und auch mit den Kollegen, die ihn am besten kannten.« Er seufzte. »Ich hätte gern mehr Personal. Schade, dass die Messerstecherei dazwischengekommen ist.«

Sie nahm die Umgehungsstraße. »Schauen sich Talsma und Brink heute auch noch in seiner Wohnung um?«

»Wenn sie mit der Schule fertig sind. Aber ich glaube nicht, dass uns das groß weiterbringen wird.«

In Vegters Büro fläzte sich Brink breit in seinem Sessel und ließ die Füße auf einer offenen Schreibtischschublade ruhen. Talsma saß auf der Fensterbank und spielte an der Jalousie herum, die Vegter heruntergelassen hatte.

»Das ganze Zeug muss also raus«, sagte Talsma.

Brink stand hastig auf und machte die Schublade zu.

»Was muss raus?« Vegter hängte seine Jacke an den Schrankknauf und nahm hinter seinem Schreibtisch Platz. Der Sessel war noch warm, was er verabscheute.

»Meine Zähne. Ich sagte gerade zu Corné, dass ich das Gebiss eines Kriegskinds habe.«

»Ich dachte immer, dass Friesland im Hungerwinter das reinste Schlaraffenland war.

Talsma wirkte verärgert. »Da muss ich Sie enttäuschen, Vegter. Es stimmt zwar, dass wir keine Tulpenzwiebeln, sondern Rüben hatten, aber satt wird man von denen nicht wirklich. Meine Mutter hat ihr gesamtes Silber bei den Bauern gelassen, und selbst dann bekam sie nur mit viel Anstrengung ein Stück Speck.«

Vegter hatte manchmal das Gefühl, dass Talsmas Niederländisch nichts anderes als übersetztes Friesisch war. Seine Frau hieß Akke – eine kleine, drahtige Person, mit der Miene eines Radfahrers bei Gegenwind. Talsma hatte mal erwähnt, dass sie zweimal die Elfstädtetour geschafft hatte.

»Du bist doch erst nach dem Krieg geboren, oder?«, sagte Renée.

»Sonst säße ich nicht mehr hier.« Er grinste. »Aber noch bevor es wieder was Anständiges zu essen gab ... Außerdem war ich das achte Kind.«

Brink ließ seine blendend weißen Zähne sehen. »Und, bekommst du jetzt dritte Zähne?«

Talsma nickte.

»Warum lässt du keine Kronen machen?«, fragte Renée erstaunt.

»Ich habe mir einen Kostenvoranschlag geben lassen«, sagte Talsma. »Für das Geld bekomme ich schon einen schicken Gebrauchtwagen. Dann lieber dritte Zähne.«

Vegter ließ seinen Sessel quietschen.

»In Südafrika heißen die gekaufte Zähne«, verkündete Talsma.

»Und, irgendwas gefunden?«, fragte Vegter.

Sie schüttelten den Kopf.

»Die Krücke befindet sich nicht in der Schule«, sagte Talsma ruhig, aber bestimmt.

»Und was ist mit der näheren Umgebung?«

»Darauf haben wir die Jungs angesetzt. Auf das Schulgelände und die Straßen drum herum.« Er zuckte die Achseln.

»Sie ist nicht gerade eine Nadel im Heuhaufen.«

»Außer, wenn es ein richtig großer Heuhaufen ist.« Talsma war nicht so schnell aus der Fassung zu bringen. »Sie kann auch in einem Auto mitgenommen worden sein. Die Schüler sind mittlerweile übers ganze Land verstreut. Genauso gut kann sie in einem Müllcontainer liegen oder in irgendeinem Kanal.«

Vegter wusste, dass er recht hatte, trotzdem war er genervt. Das war kein Mord, der von langer Hand geplant worden war. Aber der Täter hatte insoweit einen klaren Kopf behalten, als er eine mehr als einen Meter lange Krücke hatte verschwinden lassen.

»Wissen wir schon mehr über ihr Gegenstück?«, fragte Brink.

»Darauf sind nur seine Fingerabdrücke.«

Brink war enttäuscht. »Scheiße, äh, Verzeihung.«

»Wie war es in seiner Wohnung?«

»Ordentlich«, sagte Brink. »Sorgfältig geordnete Papiere, ein aufgeräumtes Arbeitszimmer, eine geputzte Küche, ein geputztes Bad und viele Bücher.«

»Und die Frauen konnten uns auch nicht weiterhelfen?« Talsma verschob die Lamellen. »Darf ich ein Fenster aufmachen, Vegter?«

Das war eine verkappte Frage, rauchen zu dürfen. Vegter nickte geistesabwesend.

»Die Exfrauen haben ihn beide gehasst, aber aus unterschiedlichen Gründen. Die Töchter ebenfalls. Letztere wirkten regelrecht erleichtert über seinen Tod.«

»Ihre Mutter hat von Gerechtigkeit gesprochen«, rief ihnen Renée wieder ins Gedächtnis.

»Meine Güte!«, sagte Talsma.

Brink pfiff durch die Zähne. »Aber wir wissen nichts Konkretes?«

»Nichts.«

Talsma holte seinen Tabak hervor. »Vielleicht finden wir etwas über seine Kollegen heraus.«

»Jetzt weiß ich es!« Renée richtete sich kerzengerade auf.

»Was? Wie's geht?« Brink wollte gerade eine obszöne Geste machen, riss sich aber zusammen, als er Vegters Blick sah.

Renée beachtete ihn nicht weiter. »Der junge Mann, der vorher aufs Revier gebracht wurde. Das ist einer der ehemaligen Schüler, mit denen ich gesprochen habe.«

»Der mit der verbundenen Hand?« Vegters Laune verbesserte sich schlagartig. Er hatte sich doch nicht getäuscht: Der Kerl war nicht ihr Typ.

»Ja.« Sie griff zum Telefon.

»Was war mit ihm?« Brink beugte sich neugierig vor.

»Das haben wir gleich.« Vegter fuhr seinen Computer hoch.

Schweigend warteten sie, bis er das Protokoll gelesen hatte.

»Eine im Streit beendete Beziehung. Sie hatte seine Sachen vor die Tür gestellt und ließ ihn nicht mehr in die Wohnung. Da hat er versucht, die Haustür aufzubrechen. Er hat das Fenster eingeschlagen und sich ein paar Schnittwunden zugezogen. Anschließend wurde er einem Paar gegenüber handgreiflich, das ihn beruhigen wollte.«

»Ein kleiner Choleriker«, bemerkte Talsma. »Ist er noch hier?«

Vegter schüttelte den Kopf. »Man hat ihn nach Hause geschickt.«

»Aber es wurde Anzeige gegen ihn erstattet?«

»Das Ehepaar hat ihn angezeigt, aber nicht die Freundin.«

»Ich würde ihn gern noch mal sprechen«, sagte Renée nachdenklich.

»Hast du ihn noch vor Augen?«

»Hmmm. Ein ziemlich cooler Typ. Im Vergleich zu den anderen wirkte er wenig beeindruckt.« Sie grübelte. »Aber das meine ich nicht. Mist, ich kann mich nicht mehr genau erinnern.« Sie erhob sich. »Ich bin gleich wieder da.«

Sie legte ein Protokoll aller Vernehmungen des Vorabends auf Vegters Schreibtisch.

»So schnell?«

»Ich habe es gleich anschließend zu Hause geschrieben, eben damit nichts in Vergessenheit gerät.« Sie lachte. »Ich habe nur versäumt, es Ihnen zu geben.«

Er verspürte einen Stich der Enttäuschung. Während des Mittagessens und danach hatte sie ihn ein paarmal geduzt. Dann dämmerte ihm, dass er sie in eine heikle Lage gebracht hatte. Er hatte sie gezwungen, sich zwischen dem Vorschlag eines Vorgesetzten, den sie schlecht ablehnen konnte, und der Loyalität ihren Kollegen gegenüber zu entscheiden. So gesehen hatte sie eine elegante Lösung gefunden. Die Enttäuschung wich Erleichterung, denn das Revier war eine Brutstätte für Klatsch und Tratsch.

»David Bomer«, sagte Renée. »Die Adresse scheint also seit gestern Abend nicht mehr zu stimmen. Zweiunddreißig Jahre alt, Abitur, keine weitere Ausbildung. Im Moment macht er irgendwas mit Versicherungen. Er hat sechs Jahre Englisch bei Janson gehabt und fand ihn arrogant.« Sie sah auf. »Letzteres gilt meiner Meinung nach auch für ihn selbst.«

»Das ist doch alles unwichtig«, sagte Brink ungeduldig. »Was ist dir vorhin eingefallen?«

Er war einer von der schnellen Truppe, dachte Vegter. Bloß nicht lange überlegen, schnell ein Ergebnis produzieren.

»Darauf komme ich gleich.« Sie blätterte um. »Er meinte, er hätte eine Runde durch das Schulgebäude gedreht, wahrscheinlich zum Zeitpunkt des Mordes.«

Brink zuckte die Achseln. »Da war er nicht der Einzige.«

»Gedulde dich einen Moment, denn jetzt kommt's: ›So gesehen bin ich verdächtig.‹«

»Hat er das wortwörtlich gesagt?«

»Ich habe mir eine Notiz dazu gemacht. Nicht, dass er es sagte, sondern *wie* er es sagte.« Genervt streich sie die Haare zurück, die aus dem Haargummi gerutscht waren. »Wenn es nicht so absurd wäre, würde ich sagen, dass er amüsiert wirkte. Wie dem auch sei, der Typ war aalglatt.«

»Idioten, die solche Vorfälle genießen, gibt es immer.« Brink ließ die Knöchel knacken.

»Ich würde mich gern mal mit der Freundin unterhalten«, sagte Talsma nachdenklich.

Vegter nickte. »Das muss ein heftiger Abend für ihn gewesen sein.«

»Warum hat sie ihn vor die Tür gesetzt?«, fragte Brink.

Vegter warf einen Blick auf seinen Bildschirm. »Das steht da nicht.«

Talsma warf seinen Zigarettenstummel aus dem Fenster und sah sich die Adresse an. »Das ist ganz bei mir in der Nähe. Ich schau heute Abend kurz bei ihr vorbei.«

Brink wollte schon etwas sagen, aber Renée kam ihm zuvor. »Wenn du nach acht hingehst, komme ich mit.«

Pünktlich wie immer wartete Talsma bereits, als Renée ihren Wagen auf dem einzigen freien Parkplatz des Wohnblocks abstellte. Nieselregen schlug ihr ins Gesicht, als sie ihm entgegenging. Der Wind wehte eine Plastiktüte gegen ihre Beine; sie wirbelte hoch und blieb laut flatternd an der Antenne eines alten Opels hängen.

»Wartest du schon lange?«

»Ich bin gerade erst gekommen.« Er trug eine Regenjacke und hatte die Kapuze aufgesetzt. Die Kordel war etwas zu kurz, sodass sie über sein Kinn gespannt war und er aussah wie ein englischer Bobby. Er zeigte auf eines der erleuchteten Fenster. »Ich glaube, sie ist zu Hause.«

Sie drückten die verkratzte Tür auf, deren Schloss schon vor langer Zeit aufgebrochen worden war. Die Betonstufen im Treppenhaus wirkten unheimlich im Schein der einzigen Lampe. Renée wollte schon so etwas erwähnen, überlegte es sich aber anders. Talsma wohnte zwei Straßen weiter in einem ähnlichen Gebäude.

Im dritten Stock sah man große nasse Flecken auf dem Boden, und bei einer der beiden Haustüren war der Glaseinsatz durch ein Stück Pappe ersetzt worden.

Talsma grinste. »Da wären wir.«

Die junge Frau, die ihnen aufmachte, hätte man schön nennen können, wenn sie etwas gepflegter gewesen wäre. Sie trug einen verwaschenen Jogginganzug, der unten in ein Paar dicke Socken gestopft war. Die Hose hatte kahle Flecken an den Knien, und der Reißverschluss des ausgeleierten Oberteils war bis obenhin zugezogen. Sie sah, wie sie auf die Sicherheitskette starrten, die sie geöffnet hatte, und auf die nagelneuen Schlösser.

»Bitte seien Sie mir nicht böse, aber ich hatte Angst, dass ... Treten Sie ein.«

Das Wohnzimmer war eine merkwürdige Mischung aus Designerlook und Gemütlichkeit. In einem offenen weißen

Regal befanden sich zwei leere Fächer. Ein staubiges Rechteck verriet, dass bis vor Kurzem noch etwas dort gestanden hatte.

»Wir wollen nicht lange stören«, hob Talsma an.

Sie nickte.

»Soweit wir wissen, ist ein Streit zwischen Ihnen und Herrn Bomer derart eskaliert, dass Sie beschlossen haben, die Beziehung zu beenden. Läuft die Wohnung auf Ihren Namen?«

»Er hat bei mir gewohnt.«

»Uns interessiert nur, warum Meneer Bomer so wütend wurde, dass er, äh ...«

»Ich hatte seine Sachen vor die Tür gestellt und wollte ihn nicht reinlassen. Aber das habe ich bereits alles der Polizei erzählt, also verstehe ich nicht, warum ...«

»Darauf kommen wir gleich«, sagte Renée. »Hatten Sie schon länger Probleme?«

Sie zögerte. »In gewisser Weise, ja.«

»Und das ging auch mit Gewalt einher?«

Diesmal schwieg sie länger.

»Er hat mich nie geschlagen«, sagte sie schließlich. »Aber wenn er erst mal ausflippt, ist er ...« Sie zögerte erneut. »Gefährlich ist vielleicht übertrieben. Aber doch sehr unbeherrscht.«

»Wir ermitteln in einem Fall, in den Meneer Bomer am Rande verwickelt ist«, sagte Renée. »Aber nicht in dem Sinne, dass er kriminell geworden wäre. Vielleicht kann er uns dabei weiterhelfen. Allerdings wissen wir nicht, wo er steckt, da er bei unserem Verhör diese Adresse hier angegeben hat.«

»Ich weiß auch nicht, wo er jetzt wohnt. Ich kann Ihnen allerdings gern die Adresse seines Arbeitgebers nennen.«

»Und warum haben Sie ihn vor die Tür gesetzt?«

Sie legte ihre Hand auf den Bauch. Es war eine instinktive Geste, und Renée wusste, was sie antworten würde. Man kann es auch schon sehen, dachte sie. Noch nicht an ihrer Figur, aber an den prallen Wangen und dem Hals. An der Haut, die rosiger schimmerte, als das bei ihrem Typ normalerweise der Fall war, und die mehr Feuchtigkeit zu speichern schien.

»Er hat sich nicht gerade gefreut, dass ich schwanger bin.« Jetzt, wo sie das große Wort ausgesprochen hatte, redete sie in schnellen, kurzen Sätzen weiter. »Er war auf einem Klassentreffen. Als er nach Hause kam, lag ich schon im Bett. Er blieb noch lange auf dem Balkon sitzen. Inzwischen war ich eingeschlafen. Als er endlich ins Bett kam, wurde ich wach. Er wusste noch nicht, dass ich schwanger bin. Da habe ich es ihm erzählt.«

»Er war also nicht damit einverstanden?«

»Nein, er mag keine Kinder. Außerdem fand er nicht, dass auch er Verantwortung dafür trägt.«

»Und Sie sahen das anders?«

Sie lachte kurz. »Nein, eigentlich nicht. In dieser Hinsicht hatte er recht. Aber das habe ich erst später eingesehen.«

»Warum wurden Sie schwanger?«, fragte Renée behutsam. »Obwohl Sie wussten, dass er keine Kinder will?«

»Es war Absicht«, sagte sie aufrichtig. »Ich möchte gern ein Kind. Ich bin einunddreißig, und ich hatte unser Leben satt.«

»Wie sah dieses Leben aus?«

»Sieben Abende die Woche ausgehen oder Leute einladen. Alles Freunde, die genauso leben und oberflächliches Zeug reden. Die Klamotten kaufen, weil man sich das leisten kann, aber ohne sich wirklich daran zu freuen. Es ist mindestens ein Jahr her, dass ich ein Buch gelesen habe. Ich wollte gern umziehen, aber irgendwie haben wir es nie geschafft, etwas zu sparen.« Sie wirkte hilflos. »Ich weiß nicht, ob ich mich klar genug ausdrücke.«

Renée lächelte. »Sie drücken sich sogar sehr klar aus. Sie fanden es hohl.«

Sie nickte.

»Das Klassentreffen«, sagte Talsma. »Haben Sie darüber gesprochen?«

»Ich wollte wissen, wie es war.«

»Und was hat er gesagt?«

Sie überlegte kurz. »Er meinte, es sei außergewöhnlich gewesen.«

»Sagte er das wortwörtlich?«

»Ja. Ich wollte wissen, in welcher Hinsicht, und da sagte er, in mehrfacher Hinsicht.«

»Und dann?«

»Dann nichts. Er wollte nicht darüber reden. Er meinte, er wäre müde und hätte keine Lust, davon zu erzählen.«

»Kein netter Bursche«, sagte Talsma.

Renée ließ die Haustür hinter sich zufallen. »Verstehst du jetzt, was ich meine? Da wurde er aus nächster Nähe Zeuge eines Mordes, und das Einzige, was er seiner Freundin davon erzählt, ist, dass der Abend außergewöhnlich war.«

»Es gibt schon merkwürdige Menschen.« Talsma setzte die Kapuze wieder auf.

»Die Schwangerschaft ... Ob sie weiß, was sie sich da zumutet?«

»Das weiß man auch nicht, wenn man ein Kind adoptiert.«

»Was machen wir jetzt mit ihm?«

»Morgen rufe ich ihn an seinem Arbeitsplatz an, und dann bestelle ich ihn aufs Revier. Vegter hat vermutlich auch noch einige Fragen an ihn. Aber jetzt gehe ich nach Hause. Akke war ein bisschen sauer, dass ich schon wieder wegmusste.« Er ging mit hochgezogenen Schultern davon; der Regen glänzte auf seiner Jacke.

*

Eva goss kochendes Wasser auf den Teebeutel in ihrem Becher, als es klingelte.

Sie war mit Maja im Park gewesen, wo sie Enten gefüttert, die Narzissen bewundert und einem frühen Jongleur zugeschaut hatten. Sie hatten Pommes mit Apfelmus gegessen, und anschließend war es Zeit für *Kikis Abenteuer* gewesen, für die Geschichte des Entchens mit der Brille. Das Entchen wollte keine Brille, aber als Opa Ente auch eine zu brauchen schien, hatte es das mit seinem Los versöhnt.

»Das macht nichts mit der Brille«, sagte Maja zufrieden. »Oma findet es auch nicht schlimm, stimmt's, Mam?«

Jetzt lag sie unter ihrer Bambidecke, zwei Stofftiere neben ihrem Kopfkissen bewachten ihren Schlaf.

Eva drückte den Teebeutel aus und warf ihn in den Müll. Jetzt bloß keinen Besuch! Im Schlafzimmerschrank hatte sie eine Schachtel Schlaftabletten gefunden, deren Haltbarkeitsdatum längst abgelaufen war. Davon würde sie eine, zur Not auch zwei einnehmen. Das musste reichen. Aber es klingelte, und da das Küchenfenster auf den Laubengang hinausging, war sie gezwungen aufzumachen.

Auf dem Weg zur Haustür fiel ihr Blick zufällig in den Flurspiegel. Vielleicht sollte sie sich morgen krankmelden.

Er stand schon in der Wohnung, noch bevor sie irgendwie reagieren konnte. Sofort fiel ihr seine verbundene Hand auf.

»David!«

»Wenn ich ungelegen komme, gehe ich gleich wieder. Aber ich hatte es versprochen, und was ich verspreche, halte ich auch.« Er zauberte einen Blumenstrauß hinter seinem Rücken hervor und streckte ihn ihr mit einem jungenhaften Grinsen entgegen. »Auf den Schock hin.«

»Wie nett von dir, danke.« Sie hatte ihn schon wieder vergessen gehabt, kaum dass die Wohnungstür hinter ihr zugefallen war. Aber hier stand er nun, und sie verfluchte ihre Wohlerzogenheit, die sie zwang, ihm eine Tasse Kaffee anzubieten.

Sie versuchte, die Schultern zurückzunehmen, und ging vor ihm ins Wohnzimmer. Er musterte die Stofftiere auf dem Sofa, Majas Stempelkissen auf dem Tisch und die über der Stuhllehne hängende Kinderjeans, bei der ein neuer Knopf angenäht werden musste. Er zog die Brauen hoch.

»Meine Tochter«, sagte sie knapp.

Sie hatte die Sachen bewusst nicht weggeräumt, um sich an der sichtbaren Gegenwart des Kindes zu erfreuen.

»Wie alt?«

»Vier.«

»Das Schlimmste hast du also hinter dir.« Sein Lächeln sollte ihr zeigen, dass das ironisch gemeint war.

»Was ist mit deiner Hand passiert?«

»Ein Missgeschick bei einer Reparatur.« Er blieb mitten im Wohnzimmer stehen, aber seiner Körpersprache war zu entnehmen, dass er sich setzen wollte.

»Möchtest du eine Tasse Kaffee?«

»Nur, wenn du auch einen mittrinkst.«

»Ich hatte mir gerade einen Tee gemacht.«

»Dann nehme ich Tee.« Er zog seine Jacke aus und legte sie aufs Sofa.

»Ich stelle deine Blumen ins Wasser.«

In der Küche schüttelte sie den Kessel. Es war noch genug heißes Wasser für einen Becher darin. Danach würde er gehen müssen. Mit der Küchenschere schnitt sie mehr schlecht als recht die Stängel an und stopfte die Blumen in eine Vase. Rosa Rosen. Das war bestimmt Absicht: weiße bei einem Trauerfall, rote für die Frau, die man liebt, und rosafarbene für alles dazwischen.

Er stand vor dem kleinen Bücherregal. Als sie die Becher auf den Tisch stellte, drehte er sich um. »Zeig mir deine Bücher, und ich sage dir, wer du bist.«

»Höchstens, wer ich war«, bemerkte sie trocken. »Die meisten sind uralt.«

»Und, wer warst du?«

»Eine der vielen Gymnasiastinnen, die du gekannt hast.«

»Und wer bist du jetzt?«

»Eine berufstätige Frau mit Kind.« Sie trank ihren Tee, schnell und mit großen Schlucken. Sie fühlte sich zu alt für solche Spielchen. Und auf jeden Fall zu müde.

»Das ist bestimmt nicht immer leicht.« Er hatte seinen lockeren Umgangston abgelegt.

»Nein.«

Er musterte sie eindringlich, während er sorgenvoll die Stirn runzelte und den Becher auf dem Knie balancierte.

»Man gewöhnt sich daran«, sagte sie. »Wir sind gut aufeinander eingespielt. Und sie ist ein liebes Kind.«

»Wer passt auf sie auf, wenn du arbeitest?«

»Sie geht in den Hort. Und sonst zu meiner Mutter.« Sie stellte den Becher ab und versuchte, nicht auf die Uhr zu schauen.

»Dort war sie also auch gestern?«

Sie nickte. »Sie hat bei ihr übernachtet, weil ich nicht wusste, wann ich nach Hause komme.« Sie lachte kurz.

»Ich habe mich noch mit ihm unterhalten«, sagte er. »Mit Janson.«

»Ach, ja?«

»Du nicht?«

Sie schüttelte den Kopf.

»Ich konnte ihn schon damals nicht leiden. Aber das habe ich gestern Abend schon gesagt.« Er trank seinen Becher aus und stellte ihn auf den Tisch.

Mehr bekommst du nicht, dachte sie. Du bist bloß hier, um die Sache noch mal durchzuhecheln, um dich daran zu weiden. Sie sagte nichts darauf.

»Er hatte sich kein bisschen verändert«, sagte David. »Oder aber ich habe mich nicht verändert. Wie dem auch sei, ich mochte ihn nach wie vor nicht. Noch immer diese Eitelkeit, noch immer diese Späße auf Kosten anderer. Und immer hat er den Charmeur raushängen lassen.« Er schüttelte den Kopf. »Er hat mit allem geflirtet, was einen Rock anhatte. Kannst du dich noch an Anne erinnern?«

»Nein.« Sie bereute es, den Becher weggestellt zu haben, und steckte die Hände in die Taschen ihres Pullis.

Er tippte an seine Schläfe. »Ach so, das kannst du auch gar nicht, denn sie ging in meine Klasse. Absolut schüchtern, unsicher, eines von den Kindern, die förmlich danach schreien, gemobbt zu werden. Janson fand es geistreich, sie aufzurufen und ihr die Bedeutung des Wortes *tender* zu demonstrieren. Und wie er das tat, war so gar nicht kindlich.«

»Das wusste ich nicht.«

»Hattet ihr auch Englisch bei ihm?«

Sie nickte.

»Vielleicht gab es bei euch in der Klasse niemanden, der

sich so vorführen ließ. Anne war natürlich ... Na ja, das sagte ich bereits. Aber nicht hässlich, das nicht. Ich bin ihr später noch mal begegnet, und da war sie richtig aufgeblüht.«

Eva sah auf die Uhr. Sie kam sich vor wie ihre Mutter, aber sie konnte nicht anders. Er musste jetzt gehen, damit sie die Tabletten nehmen und bis zum Morgen schlafen konnte.

Er stand sofort auf. »Ich sehe, dass du müde bist, und bleibe trotzdem sitzen«, sagte er entschuldigend.

Im Flur blieb seine verbundene Hand in seinem Ärmel stecken, und er zerrte ungeduldig daran, bis die Hand zum Vorschein kam.

»Ist es schlimm?«, fragte sie, wie um etwas gutzumachen.

»Eine Schnittwunde. Die sehen schlimmer aus, als sie sind.« Wie schon am Vorabend beugte er sich über sie, bis seine Lippen ihre Haare berührten. »Schlaf gut.«

In der Tür drehte er sich noch mal um. »Ich finde es ... schön, dich wiedergesehen zu haben.« Er fuhr sich durchs Haar. »Darf ich ein anderes Mal wiederkommen, wenn es dir besser passt?«

Sie musste lächeln über die verlegene Unbeholfenheit, mit der er dies fragte.

»Du musst mir nicht sofort darauf antworten«, sagte er erfreut.

*

Vegter hängte seine Jacke an die Garderobe und holte ein Bier aus dem Kühlschrank. Johan strich ihm um die Beine, und er bückte sich, um ihn zu streicheln. Aber der Kater entwand sich ihm und bezog neben seinen leeren Näpfen Stellung.

Habe ich vergessen, ihm Wasser zu geben?, fragte sich Vegter. Mit schlechtem Gewissen füllte er die Näpfe. Johan schlabberte gierig das Wasser mit seiner Zunge auf.

Im Wohnzimmer blinkte das Lämpchen des Anrufbeantworters.

»Hallo Pap«, sagte Ingrid. »Ich dachte, du hast ein freies Wochenende. Ich wollte fragen, ob du zum Essen kommst. Aber so wie es aussieht, hebe ich dein Steak bis morgen auf.«

Er nahm eine CD aus dem Regal und setzte sich in den Sessel, der zwischen den Lautsprechern stand. Schumanns zweite Sinfonie brandete über ihn hinweg. Johan kletterte über sein Knie auf die Rücklehne, und Vegter rutschte nach unten, bis sein Kopf gerade noch den Katzenkörper berührte. In Gedanken machte er eine Liste mit den Dingen, die er am nächsten Tag erledigen wollte. Aber die Musik lenkte ihn zu sehr ab, sodass er schließlich die Augen schloss und sich ihr ganz überließ.

Als er aufwachte, lag das Wohnzimmer im Dämmerlicht. Steif setzte er sich auf und knipste die moderne Bogenlampe an – einen der wenigen Gegenstände, die er aus dem alten Haus mitgenommen hatte.

Sein Magen konnte sich nicht mehr an die tagesfrische Suppe und den Strammen Max erinnern, aber der Kühlschrank hatte nur noch das Ei, den langsam schlecht werdenden Kartoffelsalat und ein Stück Käse zu bieten, das an den Rändern bereits vertrocknet war. Ihm fiel ein, dass er am nächsten Tag Steak essen würde, und das heiterte ihn dermaßen auf, dass er sich die Mühe machte, ein Stück Brot aufzutauen und es mit Käse zu belegen. Ganz hinten im Kühlschrank entdeckte er noch ein Glas Gurken und eine Tube Mayonnaise. Er schnitt zwei Gürkchen klein, klebte diese mithilfe der Mayonnaise auf den Käse und klappte das Butterbrot zu. Er aß es im Stehen vor der Anrichte. Danach hatte er immer noch Hunger, aber keine Lust, das Ritual zu wiederholen.

Johan hatte sich bereits an seinen festen Schlafplatz in der Sofaecke zurückgezogen, und im Fernsehen liefen nur Sportsendungen und Talkshows. Vegter beschloss, mit Hemingway zu Bett zu gehen. Als er die Lampe löschte, sah er, dass das gelbe Blatt der Zimmerlinde abgefallen war.

8

Das Wetter gab sein Bestes, dem Ruf eines grauen Montagmorgens alle Ehre zu machen. Aus bleigrauem Himmel prasselte Dauerregen, ein rauer Wind fegte ein junges Blatt von der einen einsamen Kastanie an der Parkplatzzufahrt. Vegter eilte ins Warme, begrüßte den diensthabenden Beamten und beschloss, lieber die Treppe zu nehmen als den Lift.

In seinem Büro roch es nach Rauch. Auf seinem Schreibtisch lag ein Stapel Berichte. Er öffnete das Fenster, und die Jalousien begannen zu klappern wie eine Morsetaste. Der Gestank der Stadt wehte herein – es roch nach Abgasen, Müll, verbranntem Fett. Er betrachtete die nass glänzenden Dächer der Autos, die wie Käfer durch die Stadt krochen. Ein Flugzeug flog über ihn hinweg, stieg immer höher, bis es in den Wolken verschwand. Er sollte ein Flugticket kaufen und irgendwohin fliegen, wo es warm war und die Menschen keine Eile hatten.

Er machte seine Schreibtischlampe an, drehte den Stuhl so, dass er seine Füße auf die unterste Schublade legen konnte, griff nach den Berichten und begann zu lesen.

Talsma kam, ohne anzuklopfen, herein, nahm sich einen Stuhl und setzte sich.

»Ich habe den Burschen zu einem Gespräch aufs Revier gebeten. Möchten Sie dabei sein, Vegter?«

»Welchen Burschen?«, fragte Vegter ohne aufzusehen.

»Diesen Bomer. Ich habe ihn an seinem Arbeitsplatz angerufen. Er hatte keine große Lust, herzukommen, aber als ich ihm anbot, ihn zu besuchen, konnte er sich auf einmal doch in der Mittagspause frei machen.«

Vegter legte die Unterlagen weg. »Wann?«

»Um zwölf.«

»Dann bring ihn ruhig her. Was hat die Freundin gesagt?«

»Dass er nicht in dem Sinn gewalttätig war, dass er sie geschlagen hätte. Aber ich hatte so den Eindruck, dass er ihr manchmal unheimlich war. Wie dem auch sei, das war ihr Problem. Alles, was er ihr über das Klassentreffen erzählt hat, ist, dass es ›außergewöhnlich‹ gewesen sei.«

Vegter runzelte die Stirn.

»Genau«, meinte Talsma fröhlich.

»Der Bericht des Pathologen ist da«, sagte Vegter. »Die Todesursache ist tatsächlich ein Schlag, wahrscheinlich mit dieser Krücke. Nicht einmal besonders heftig, aber dafür gut platziert: knapp über dem Ohr. Er hatte einen dünnen Schädel. Die Verletzung wurde ihm von einem Linkshänder zugefügt, der ihm gegenüberstand. Ansonsten gibt es keine Befunde, die uns irgendetwas angehen.« Er lachte kurz auf. »Höchstens, dass er nur einen Hoden hatte.«

»Genau wie Napoleon«, sagte Talsma. »Oder war es Hitler? Ich würde zu gern diese Krücke finden. Was meinen Sie, Vegter, soll ich mich noch mal in der Schule umschauen?«

»Nur, wenn du dir nicht sicher bist.«

Talsma sog die Lippen nach innen. »Eigentlich bin ich

mir sicher.« Er holte seinen Tabak aus der Hemdtasche und betrachtete die klappernde Jalousie. »Darf ich ein Fenster öffnen?«

Vegter nickte zerstreut. »Ich bin heute Nachmittag mit dem Rektor und einer der Lehrerinnen, Frau Aalberg, verabredet. Ich hätte dich gern dabei.«

»Warum mit der Aalberg?«

»Weil sie eine Affäre mit Janson hatte.«

»Während der Zeit seiner Ehe?«

»Schon vorher, aber er hat die Beziehung weitergeführt, nachdem er wieder geheiratet hatte. Sie war auch der Grund für die zweite Scheidung.«

»Aha.« Talsma leckte an seinem Zigarettenpapier. »Da fragt man sich, wie aktiv er wohl mit zwei Hoden gewesen wäre.« Er stand auf. »Ich habe mir seinen Papierkram mitgenommen und werde mir den mal ansehen.«

»In diesem Gebäude herrscht Rauchverbot«, sagte Vegter.

Talsma steckte die Selbstgedrehte zwischen die Lippen. »Nur auf dem Flur.«

David Bomer war pünktlich. Talsma nahm ihn mit nach oben und klopfte an Vegters Tür. Vegter hatte ihn einmal gefragt, warum er das nur tat, wenn Besuch dabei war. »Um klarzumachen, dass ein hohes Tier dahinter sitzt«, hatte Talsma grinsend verkündet.

Vegter warf einen kurzen Blick auf die verbundene Hand und zeigte auf den Stuhl vor seinem Schreibtisch. »Setzen Sie sich.«

Bomer schlug die Beine übereinander und lehnte sich entspannt zurück. Talsma nahm auf einem der Stühle an der Wand Platz.

Vegter ließ den Mann, der ihm gegenübersaß, kurz auf

sich wirken: Groß, gut gebaut, gut gekleidet, eine teure Krawatte. Dickes, dunkles Haar, ein schmales Gesicht, helle Augen. Der hatte bestimmt Glück bei Frauen.

»Meneer Bomer, Sie haben sich am Samstagabend bereits kurz mit einer meiner Kolleginnen unterhalten.«

Bomer nickte. »Mit so einer Rothaarigen.«

Arrogantes Arschloch, dachte Vegter. »Mit Kriminalbeamtin Pettersen. Und in der Zwischenzeit haben wir mit Mevrouw Rens gesprochen.«

Bomer war überrascht. »Mariëlle war nicht mit auf dem Klassentreffen.«

»Die Unterhaltung ging hauptsächlich darum, dass Sie sich widerrechtlich Zutritt zu ihrer Wohnung verschaffen wollten.«

Bomer richtete sich auf. »Ich habe mich an den Mietkosten beteiligt!«

»Der Mietvertrag läuft auf sie«, korrigierte ihn Vegter.

»Sie hatte noch Sachen von mir. Die hat sie übrigens noch immer. Möbel, Teppiche ...«

»Von Mevrouw Rens wissen wir, dass sie sie bezahlt hat. Was uns interessiert, ist, dass Sie das Klassentreffen ihr gegenüber als ›außergewöhnlich‹ bezeichnet haben. Ich wüsste gern, was Sie damit meinten.«

Bromer zog zynisch die Brauen hoch. »Es war außergewöhnlich. Oder finden Sie es normal, dass bei so einem geselligen Zusammentreffen ein Lehrer erschlagen wird?«

»Woher wissen Sie, dass Meneer Janson erschlagen wurde?«

Bomer erwiderte seinen Blick. »Das hat mir jemand erzählt, ich weiß allerdings nicht mehr, wer.«

»Meneer Bomer, können Sie mir noch mal erzählen, was Sie gerade taten, als Meneer Janson gefunden wurde?«

»Zu diesem Zeitpunkt war ich in der Aula.«

»Aber kurz vorher waren Sie im Schulgebäude unterwegs.«

Bomer nickte. »Wie ich der ... Kriminalbeamtin bereits mitteilte, habe ich einen Rundgang durch die Schule gemacht. Eine Art Nostalgietour sozusagen.«

»Sind Sie im oberen Stockwerk gewesen?«

Bomer sah ihn erneut überrascht an. »Nein. Oben war alles dunkel. Das Fest fand im Erdgeschoss statt. Ich bin an einigen Klassenzimmern vorbeigekommen, habe kurz in den Physiksaal geschaut und dann kehrtgemacht.«

»Sind Sie draußen gewesen?«

Bomer schüttelte den Kopf.

»Und da sind Sie sich ganz sicher?«

»Natürlich.«

»Sind Sie auf Ihrer Nostalgietour anderen Personen begegnet?«

Er überlegte. »Ich glaube nicht.«

»Aber sicher sind Sie sich nicht?«

Jetzt blinzelte er. »Ich habe niemanden gesehen, aber das heißt nicht, dass mich niemand gesehen hat. Es waren mehr als vierhundert Leute in der Schule.«

»Sie haben nicht gesehen, wie jemand die Schule verlassen hat?«

Bomer hatte sich wieder in der Gewalt. »Soweit ich weiß, nein. Sie dürfen nicht vergessen, dass kurz darauf der totale Tumult losbrach.« Er hob entschuldigend die Hände. »Alle waren völlig geschockt.«

»Sie allerdings weniger«, sagte Talsma.

Bomer sah gereizt zur Seite, so als hätte er Talsma ganz vergessen und würde nur ungern an seine Anwesenheit erinnert.

»Wie kommen Sie darauf?«

»Weil Sie es anscheinend nicht erwähnenswert genug fanden, um es Ihrer Freundin zu erzählen.«

»Das hatte andere Gründe.«

»Sie meinen, weil Ihre Freundin Ihnen von ihrer Schwangerschaft erzählt hat.«

»Sie scheint sie ja genauestens eingeweiht zu haben«, sagte er höhnisch.

Vegter legte die Fingerkuppen aneinander und beugte sich vor. »Meneer Bomer, finden Sie es nicht eigenartig, dass Sie ausgerechnet in dem Moment, als ihre Freundin Ihnen von der Schwangerschaft erzählte, beschlossen, die Beziehung zu beenden?«

»Ich war völlig verwirrt. Erst diese schreckliche Sache mit Janson und dann das.«

»Das kann einen in der Tat verwirren«, sagte Vegter nachsichtig. »Merkwürdig finde ich nur, dass Sie gar nicht den Versuch unternommen haben, Ihre Verwirrung zu erklären. Sie hätten ihr beispielsweise sagen können, dass Sie keinen weiteren Schock gebrauchen könnten, weil Sie bereits mit, äh, mit dieser schrecklichen Sache mit Janson konfrontiert worden waren. Stattdessen hielten Sie den Mund, zogen sich seelenruhig an und verschwanden.«

»Ich wollte nachdenken.«

»Bereuen Sie die Trennung?«

»Nein. Ich trug mich schon länger mit diesem Gedanken.« Ein Lächeln umspielte seine Lippen. »Vielleicht habe ich deshalb so ruhig auf sie gewirkt.«

»Warum hatten Sie vor, sich von Mevrouw Rens zu trennen?«

Bonner streckte seine Beine. »Ich glaube nicht, dass Sie das etwas angeht.«

»Was uns etwas angeht, entscheide immer noch ich. Warum hatten Sie vor, sich von Mevrouw Rens zu trennen?«

Bomer zuckte die Achseln. »Wenn Sie es denn unbedingt wissen wollen: Sie hat mich gelangweilt. Vielleicht sollte ich freundlicherweise besser sagen, dass ich mich mit ihr gelangweilt habe.«

»Wo haben Sie die letzten beiden Nächte geschlafen?«

»Bei einem Freund.«

»Und dort sind Sie nach wie vor?«

Bomer nickte.

»Ich hätte gerne die Adresse. Und Ihre Handynummer.« Vegter schob ihm einen Notizblock und einen Stift hin.

Bomer ignorierte den Stift, holte seinen eigenen aus der Jackettinnentasche und schrieb sie auf, wobei er den Stift umständlich in die verbundene Hand nahm.

»Sie sind dort für länger untergekommen?«

»Solange es nötig ist. Ich hoffe, bald wieder eine eigene Wohnung zu haben.«

»Das wird nicht leicht sein.«

Das Lächeln kehrte zurück. »Das hängt ganz davon ab, welche Leute man kennt.«

Vegter stand auf. »Kann sein, dass wir Sie noch mal brauchen. Ich muss Sie daher bitten, uns Bescheid zu geben, wenn Sie noch einmal umziehen.«

Bomer blieb sitzen. »Heißt das, ich gelte als Verdächtiger?«

»Nein«, sagte Vegter freundlich. »Das heißt, was ich gesagt habe.«

Bomer zögerte einen Moment. Dann stand er auf, sah durch Talsma hindurch und verschwand.

»Ich habe mir Jansons Papierkram angesehen«, sagte Talsma auf dem Weg zum Rektor. »Irgendetwas stört mich daran.«

»Erzähl!«

»Der Typ war ein Pedant. Aus den letzten zehn Jahren oder sogar noch länger hat er alles aufbewahrt. Einschließlich seiner Kontoauszüge.«

»Da ist er nicht der Einzige.«

»Ja, Akke ist genauso: Man könne schließlich nie wissen, wozu etwas noch mal gut sei. Aber wenn man sich die Kontoauszüge ansieht, erkennt man ein bestimmtes Muster.«

»Hypothek, Gas, Licht, Wasser, die Zeitung, das Telefon«, schlug Vegter vor.

»Genau. Und dann noch die Summe, die man für Einkäufe und so etwas abhebt. Ich weiß ja nicht, wie das bei Ihnen ist, Vegter, aber Akke hebt nicht jeden Monat genau denselben Betrag ab.«

»Worauf willst du hinaus?«

»Er hat mehrmals im Monat Summen abgehoben, die ich alltäglichen Ausgaben zuordne. Damals waren es noch Gulden. Zweihundert, dreihundert Gulden, solche Summen. Und später natürlich Euro. Aber darüber hinaus hat er jeden Monat tausend Gulden abgehoben. Und als der Euro kam, waren es auf einmal tausend Euro.«

»Die Euro-Inflation.«

Talsma lachte wiehernd. »Aber jetzt mal im Ernst: Ich kann diese Summe nicht zuordnen.«

»Wie lange hat er das getan?«

»Mindestens zehn Jahre lang. Vielleicht sogar noch länger, aber das lässt sich jetzt nicht mehr nachvollziehen.«

»Hat er das Geld jeden Monat am selben Tag abgehoben?«

»Mit einer Abweichung von höchstens ein, zwei Tagen.«

»Alimente?«

»Sie sagten, dass die Frauen nichts mehr mit ihm zu tun haben wollten.«

»Ja. Aber das heißt nicht, dass sie auf finanzielle Unterstützung verzichtet haben. Seine erste Frau hat zwei Töchter von ihm.«

»Das weiß ich auch«, sagte Talsma ungerührt. »Und deshalb habe ich sie angerufen. Beide erzählten mir, dass sie kein Geld bekommen hätten. Sie wollten keines.«

»Vielleicht hat er seine alte Mutter unterstützt.«

»Seine Eltern sind tot. Der Vater bereits seit fünfzehn Jahren, die Mutter seit neun.«

»Worauf willst du hinaus?«, fragte Vegter erneut.

»Das weiß ich selbst nicht so genau.« Talsma parkte brav am Bordsteinrand. »Aber die Sache stört mich irgendwie.«

»Ich muss Sie bei mir zu Hause empfangen, weil meine Frau sich heute nicht wohlfühlt«, sagte der Rektor entschuldigend. »Und sie ja bei unserem Gespräch dabei sein soll ...«

Sie folgten ihm durch einen Flur, den man als Vestibül bezeichnen konnte. Talsma musterte bewundernd den Marmorboden, auf den das Buntglasfenster ein farbiges Muster warf.

Mevrouw Declèr lag mit einer Decke auf dem Sofa. »Entschuldigen Sie bitte, dass ich nicht aufstehe. Das ist einer meiner schlechten Tage.«

Sie setzten sich in tiefe Sessel mit einem altmodischen gestreiften Bezug.

Declèr blieb stehen. »Darf ich Ihnen etwas anbieten? Kaffee, Tee?«

»Machen Sie sich bitte keine Umstände«, sagte Vegter höflich. »Wir möchten Sie nicht länger aufhalten als unbedingt nötig.«

Der Rektor setzte sich und steckte die Hände zwischen die Knie.

»Janson war ganze vierundzwanzig Jahre Englischlehrer

an Ihrer Schule«, sagte Vegter. »In dieser Funktion haben Sie ihn gut gekannt. Hatten Sie auch privat Kontakt?«

Declèr nickte. »Wir treffen uns hier jeden Monat mit einigen Lehrern zum Bridge-Spielen. Janson war auch mit von der Partie.«

»Spielte er gut?«

»Fanatisch.« Declèr lächelte. »Am liebsten mit gezücktem Messer.«

»Sie spielen auch Bridge, Mevrouw?«

Sie schüttelte den Kopf. »Ich mache das Catering.«

»Unterschied sich der private Janson sehr vom Lehrer Janson?«

»Natürlich gab es da Unterschiede«, sagte Declèr. »Aber das gilt wohl für jeden.«

»Hatten Sie an irgendwelchen Stellen je Probleme mit ihm?«

Declèr zögerte. »Er war kein einfacher Mensch: kurz angebunden, ungeduldig, rechthaberisch. Dogmatisch ist vielleicht etwas übertrieben, aber ... Er mochte es nicht, wenn die Dinge nicht so liefen, wie er es sich vorstellte. Aber auch das gilt für viele.«

»Aber es gab keine größeren Konflikte? Mit Ihnen oder einem Kollegen?«

Declèr sah seine Frau an.

»Er hatte eine Affäre mit einer Kollegin«, sagte sie.

»Mit Mevrouw Aalberg. Das wissen wir bereits.«

»Aber was Sie vielleicht nicht wissen, ist, dass das viele Kollegen gar nicht gutheißen konnten. Mevrouw Aalberg war damals noch sehr jung. Sie war gerade erst mit dem Studium fertig, während Janson weit über vierzig war. Man fand das wenig passend.«

Vegter sah Declèr an. »Sahen Sie das auch so?«

Declèr fühlte sich sichtlich unwohl.

Seine Frau kam ihm zu Hilfe. »Mein Mann wusste nichts Genaues. Zumal ihm niemand etwas erzählt hat.«

»Wie kommt es dann, dass Sie sehr wohl Bescheid wussten?«

»Unter anderem wegen der Bridgeabende. Die dienen auch dazu, den Zusammenhalt zu stärken. Manchmal brachten die Lehrer auch ihre Partner mit. Sie wissen ja, wie so etwas läuft. Außerdem habe ich zu vielen Lehrerinnen ein freundschaftliches Verhältnis.«

»Auch zu Mevrouw Aalberg?«

»Nein.«

»Weiß einer von Ihnen, warum die Affäre mit Mevrouw Aalberg beendet wurde?«

Beide schüttelten den Kopf.

»Wissen Sie, ob einer oder vielleicht mehrere Lehrer eine Abneigung gegen Janson hegten?«

Declèr zögerte etwas zu lange, bevor er antwortete. »Nein.«

Vegter sah ihn unverwandt an. »Wir versuchen, uns ein Bild davon zu machen, was für ein Mensch dieser Janson war. Das kann uns helfen, ein Motiv und damit den Täter zu finden. Aber das brauche ich Ihnen wohl kaum zu erklären.«

Declèr schien sich zu etwas durchzuringen. »Es gab Reibereien mit Ter Beek. Aber keine, die ...«

»Was für Reibereien?«

»Ter Beek ist schon länger ziemlich überfordert, auch wenn er sich das nicht eingesteht. Er hatte Disziplinprobleme. Ich habe ihm vorgeschlagen, und zwar nachdrücklich vorgeschlagen, einige Verwaltungsaufgaben von Janson zu übernehmen. Janson wollte gern wieder vor der Klasse stehen. Er vermisste das Unterrichten und den Kontakt zu den Schülern. Ter Beek war nicht damit einverstanden, glaubte, ich würde einen Versager in ihm sehen. Das Ganze wurde dadurch erschwert, dass er mit einigen Schülern eine Klassenfahrt nach Amerika vorbereitete. Diese Vorbereitungen hat dann Janson übernommen, und er hat auch die entsprechende Fahrt gemacht. Ter Beek war deswegen sehr verstimmt.«

»Diese Verstimmung hätte sich doch eher gegen Sie richten müssen.«

»Das war auch so, zumindest teilweise. Aber Janson hat sich nicht sehr taktvoll verhalten.«

»Wie meinen Sie das?«

»Er hat die Organisation völlig umgekrempelt und dabei verlauten lassen, dass er die Vorbereitungen, aber auch die Umsetzung, die Ter Beek geplant hatte, unter aller Kanone fand. Hinzu kommt, das Janson niemals Disziplinprobleme hatte, also auch nicht mit Ter Beeks Klasse. Eric war kein sehr sensibler Mensch, und er verachtete Lehrer, die diesbezüglich keinen so leichten Stand hatten.« Er hob die Hände. »Aber all das kann unmöglich ein Grund für ...«

»In der jetzigen Ermittlungsphase interessiert uns jedes Detail«, sagte Vegter. Dann sah er Mevrouw Declèr an. »Mochten Sie Janson?«

Sie erwiderte seinen Blick. »Ja und nein.«

»Mochten Sie ihn als Frau?« Talsmas weiche Vokale ließen die Frage weniger unverschämt wirken.

Sie lächelte. »Nein.«

»Warum nicht?«

»Weil ich seine ständige Anmache ermüdend fand.«

»Hat er sich nur Ihnen gegenüber so benommen oder bei jeder attraktiven Frau?«

Sie nahm das Kompliment mit einem unmerklichen Nicken entgegen. »Bei jeder Frau.«

»Und hatte er bei anderen Frauen mehr Erfolg damit?«

»Nicht bei allen.«

»Aber?«

»Bei einigen schon.« Sie schlug den Saum der Decke um und strich ihn wieder glatt. »Aber bitte – ich weiß da nichts Genaues. Trotzdem, in einigen Fällen wird da wohl mehr gewesen sein als nur ein unschuldiger Flirt.«

»Man könnte ihn also als Schürzenjäger bezeichnen?«

Das Wort klang aus Talsmas Mund dermaßen drollig, dass Vegter sich ein Lachen verbeißen musste.

Mevrouw Declèr lachte laut heraus. »Und ob!«

»Inwiefern mochten Sie ihn?«, fragte Vegter.

»Ich liebe die englische Literatur«, sagte sie. »Und er hat sie auch geliebt, sehr sogar. Darüber haben wir uns gern unterhalten. Manchmal sind unsere Gespräche in eine lebhafte Diskussion ausgeartet, die wir beide sehr genossen. Aber das war auch das Einzige, was uns verband. Wie habe ich ihn gleich wieder genannt, Robert?«

»Ein mitleidsloses Kind«, sagte Declèr.

Vegter sah sie überrascht an.

»Ein Kind deswegen, weil er stets um Aufmerksamkeit buhlte«, sagte sie. »Um jeden Preis. Ein mitleidsloses Kind deswegen, weil er diese Aufmerksamkeit auf Kosten anderer einforderte. Das war schon beinahe lächerlich. Aber mich hat es sehr gestört, weil er Menschen damit verletzte. Ich bin keine Psychologin, aber bei Eric hatte ich stets das Gefühl, dass er das beste Beispiel für ein verwahrlostes Kind war. Oder, was vielleicht noch schlimmer ist, für ein Kind, das die falsche Sorte Aufmerksamkeit bekam. Von daher vielleicht auch dieser ständige Eroberungsdrang.« Sie bewegte ihre Beine unter der Decke. »Würdest du mir bitte ein Kissen geben, Robert? Ich möchte mich gerne aufsetzen.« Ihre Augen funkelten. »Dieses Gespräch tut mir gut.«

Vegter sah, wie auch Talsma den Blick abwandte, als

Declèr seiner Frau beim Aufsetzen half, ihre Füße auf den Boden stellte, ihr ein Kissen in den Rücken und eines auf den Schoß legte, damit sie ihre Arme darauf ruhen lassen konnte.

»Wissen Sie, ob er Geldsorgen hatte?«, fragte Talsma, nachdem Declèr sich wieder gesetzt hatte.

»Nein«, sagte der Rektor mit überraschter Miene.

»Waren Sie manchmal bei ihm zu Hause?«

»Nein.«

»Wir haben uns natürlich in seiner Wohnung umgesehen«, erklärte Talsma. »Und da fiel mir auf, dass sie ziemlich ...« Er suchte nach dem richtigen Wort. »... schlicht eingerichtet ist.«

»Alimente?«, stellte Declèr als Möglichkeit in den Raum.

Talsma schüttelte den Kopf. »Wissen Sie, wie er seine Freizeit verbracht hat? Welchen Hobbys er nachging, wohin er in Urlaub fuhr?«

»Er fuhr jeden Frühling zum Wintersport. Und im Sommer ...«

»Ging er mit Freunden segeln«, sagte Mevrouw Declèr.

»Also keine teuren Fernreisen?«

»Nicht, dass ich wüsste. Und was seine Hobbys anbelangt ... Na ja, er las gern. Ich nehme an, dass er eine gut sortierte Bibliothek hat. Hatte.«

Talsma nickte und sah Vegter an, der aufstand. »Das wäre vorläufig alles. Falls Ihnen noch etwas einfällt, das nützlich für uns sein könnte ...«

Sie nickten.

»Die ist ihm bei Weitem überlegen«, sagte Talsma unterwegs.

Vegter seufzte. »Wie meinst du das, Sjoerd?«

»Sie ist der Boss, in jeder Hinsicht.«

Vegter lachte.

Talsma schüttelte in aufrichtiger Bewunderung den Kopf. »Was für eine Frau!« Er bog rechts ab und wurde langsamer. »Hier muss es irgendwo sein.«

Die Straße, in der Etta Aalberg wohnte, lag in einem angesagten ehemaligen Arbeiterviertel. Die Mietwohnungen waren saniert und anschließend verkauft worden, sodass die ursprünglichen Bewohner weggezogen und ihnen Leute gefolgt waren, die vermögender, aber auch anspruchsvoller waren. Die alten Linden, die hier einst gestanden hatten, waren Parkplätzen gewichen. Die Vorgärten, in denen früher Gartenzwerge in Plastikteichen geangelt hatten, waren jetzt mit pflegeleichten Buchsbäumen und Mosaikpflaster bestückt.

»Sieht es wirklich so schlicht aus bei ihm zu Hause?«, fragte Vegter, während Talsma versuchte, das Auto in einen kleinen Parkplatz zu zwängen.

»Na ja«, meinte Talsma. »Sie kennen das ja, Vegter. Ein alleinstehender Mann ... Es sieht aus wie in einem Hotelzimmer.« Um ein Haar hätte er die hintere Stoßstange des Vordermanns berührt. »Aber wie in einem Billighotel. Nirgendwo eine Pflanze oder eine Blume.«

Er machte den Motor aus, und Vegter fragte sich, wie man wohl seine Einrichtung beurteilen würde, wenn ihm zustieße, was Janson zugestoßen war.

Etta Aalbergs Haus war mit mathematischer Präzision eingerichtet worden. Das luxuriöse Ecksofa stand genau im rechten Winkel zum Wohnzimmertisch, und die Topfpflanzen auf der Fensterbank befanden sich im selben Abstand zueinander. Im Bücherregal, das eine der langen Wände vollständig einnahm, konnte man ein Lineal an die Buchrücken anlegen.

Auf dem Boden lag ein makellos weißer, hochfloriger Teppich. In einer großen Vitrine wurde eine beeindruckende Glaswarensammlung zur Schau gestellt, und auf dem Schrank standen drei schwere silberne Kerzenständer in Reih und Glied. Alles war peinlich sauber. Hier wird nicht gelebt, dachte Vegter, hier wird nur gewohnt.

Während sie den Kaffee kochte, den sie ihnen angeboten hatte, lief er am Bücherregal entlang. Er hatte eine alphabetische Reihenfolge erwartet, und es dauerte eine Weile, bis er das System durchschaut hatte. Erst als er Van Deyssel, Gorter, Kloos und Paap nebeneinander stehen sah und im nächsten Fach Perk, Swarth und Verwey, dämmerte ihm, dass er Literatur aus dem 19. Jahrhundert vor sich hatte und die Bücher chronologisch geordnet waren. Es amüsierte ihn, dass sie Van Eeden und Heijermans nebeneinandergestellt und sie damit als Randfiguren gekennzeichnet hatte.

Sie kehrte mit dem Kaffee zurück und zog die Brauen hoch, als sie ihn die Bücher studieren sah.

»Ich nehme an, Sie unterrichten Niederländisch?«, sagte er gelassen.

Sie nickte und stellte die Tassen auf dem gläsernen Couchtisch ab. Dann verschwand sie und kam mit Zuckerdose und Milchkännchen wieder.

Talsma kniete vor dem tiefen Tisch, als wollte er sich gegen Mekka verneigen. Er gab zwei große Löffel Zucker und einen Schuss Milch in seine Tasse. Vegter wusste, dass er auf diese Weise versuchte, das verpasste Mittagessen zu kompensieren. Er griff nach seinem eigenen Kaffee und sah, dass das Löffelchen genau unter dem Henkel lag. Schenkte ihr dieser Ordnungszwang Sicherheit?

In aller Ruhe trank er seinen Kaffee, während ihm Etta Aalberg mit im Schoß gefalteten Händen gegenübersaß und wartete. Sie war höchstens fünfunddreißig, wirkte aber nicht jung. Dafür war ihr dunkles Haar zu streng aus dem ungeschminkten Gesicht gekämmt, die Bluse zu hochgeschlossen und der Rock nicht kurz genug. Sie wirkte irgendwie blutleer, und obwohl sie klein und sehnig war, war alles an ihr schmal und lang: der Oberkörper, das blasse Gesicht, die knochigen Hände, die Beine in den hellen Seidenstrümpfen. Modigliani hätte sie als Modell zu schätzen gewusst. Vergeblich versuchte er sich vorzustellen, wie die ordentlich gekürzten Nägel leidenschaftlich jemandes Rücken zerkratzten. Unwillkürlich drängte sich ihm das Bild von Janna Declèr auf, die trotz ihrer körperlichen Einschränkungen warm und lebendig wirkte. Was hatte Janson nur an dieser unterkühlten, vergeistigten Frau gefunden?

Er stellte seine Tasse ab. »Mevrouw Aalberg, in der jetzigen Ermittlungsphase versuchen wir uns ein Bild von der Person Eric Janson zu machen. Dafür benötigen wir Informationen von Menschen, die ihn gut gekannt haben.«

Sie nickte.

»Darf ich fragen, wie Ihre Beziehung zu ihm war?«

»Wir waren Kollegen.«

»Keine Freunde?«

»Keine Freunde.«

»Soweit ich weiß, war das eine Zeit lang anders?«

»Wir hatten ein Verhältnis«, sagte sie. »Aber wir waren nie befreundet.«

»Geht denn das eine ohne das andere?«

»Was Eric betrifft schon.« Die Hände waren nach wie vor im Schoß gefaltet, aber Daumen und Mittelfinger der linken Hand drehten an einem kleinen Ring an der rechten.

»Können Sie uns das näher erklären?«

Die rechte Braue wurde leicht gehoben. »Das ist ganz einfach. Ich war in ihn verliebt.«

»Und Sie haben die Beziehung beendet?«
Sie nickte.
»Darf ich fragen, warum?«
Sie antwortete nicht darauf.
»Der Altersunterschied zwischen Ihnen war sehr groß. Hatte es damit zu tun?«
Es zuckte um ihren Mund. »In gewisser Weise ja.«
»Die ablehnende Haltung einiger Kollegen hat Sie also gestört?«
»Nein.«
»Haben Sie die Beziehung wegen der Ehe mit seiner zweiten Frau beendet?«
»Nein.«
»Dass er Ihnen sozusagen untreu wurde, ging Ihnen nicht gegen den Strich?«
»Nein.«
»Sie waren also nicht eifersüchtig auf seine Frau?«
»Nein.«
»Kann ich daraus schließen, dass Ihre Beziehung zu Janson ausschließlich auf körperlicher Anziehung beruhte?«
Der Ring drehte sich schneller. Sie merkte, dass er ihn ansah, und verschränkte die Finger, was sie allerdings nicht lange durchhielt. Doch das Schweigen blieb ungebrochen.
»War er verliebt in Sie?« Talsma stellte seine Tasse laut klappernd zurück auf die Untertasse.
Sie zuckte zusammen, als schmerze sie das Geräusch.
»Höchstens in meine Jugend.« Ihr Blick irrte durchs Zimmer und kehrte schließlich zu ihnen zurück. »Eric Janson hat nur sich selbst geliebt.«
»Sie fanden ihn also unsympathisch?« Talsma redete nicht lange um den heißen Brei herum.
Hektische rote Flecken wanderten langsam von ihrem Hals nach oben und verteilten sich über ihre Wangen. Sie

kämpfte vergeblich dagegen an. Das ist das Einzige, das sie nicht kontrollieren kann, dachte Vegter.

»Ja, war das so?«, drang Talsma in sie.

Auf einmal lachte sie, hoch und schrill, ein Geräusch, das nicht zu ihrer Stimme passte. »So kann man es auch nennen, aber es gibt bessere Bezeichnungen dafür.«

Vegter bereute, dass er nicht Renée mitgenommen hatte. »Verachteten Sie ihn?«, fragte er spontan.

Sie wollte es leugnen, merkte aber, dass ihr die Antwort ins Gesicht geschrieben stand. »Ihn und alles, wofür er stand.«

»Und wusste er das?«

Ihre Augen waren nur noch zwei schmale Schlitze. »Das dürfte er im Laufe der Jahre gemerkt haben.« Sie warf einen Blick auf ihre leeren Tassen und anschließend auf ihre zierliche, elegante Armbanduhr. »Ich bin noch verabredet. Wenn Sie mich jetzt bitte entschuldigen würden? Ich habe nicht mehr zu sagen als das, was ich der Polizei schon am Samstagabend zu Protokoll gegeben habe.«

Sie quälten sich durch den Abendverkehr zurück zum Revier. Erst kurz vor dem Eingang sagte Talsma: »Eine merkwürdige Frau. Warum hat sie sich nicht woanders eine Stelle gesucht, wenn sie ihn so schrecklich fand?«

»Ich kann sie mir einfach nicht mit Janson vorstellen«, dachte Vegter laut. »Findest du sie attraktiv?«

»Um Himmels willen, nein!«, sagte Talsma. »Die sieht aus wie ein Bügelbrett.«

Vegter sah Akke vor sich, die auch nicht gerade üppige Formen besaß. »Hässlich ist sie nicht.«

»Nein. Aber so was von unlebendig! Na ja, vielleicht war das früher anders. Obwohl ich nicht glaube, dass sie nach ihm noch mal einen Freund hatte.«

»Du meinst, die Sammelwut für Bücher und Glaswaren dient der Kompensation?«

»Nicht der Kompensation«, sagte Talsma. »Sie dient als Ersatz.«

Manchmal unterschätze ich ihn, dachte Vegter, während er in sein Büro ging, um seine Jacke zu holen. Der Gedanke freute ihn dermaßen, dass er beschloss, zu Fuß zu Ingrid zu gehen. Ein bisschen Bewegung konnte nicht schaden, außerdem könnte er so ein Bierchen und ein Glas Wein trinken. Er bemerkte den Widerspruch in seiner Überlegung, ließ das Auto aber trotzdem stehen.

Unterwegs kaufte er spontan einen Strauß sündhaft teure Sonnenblumen. »Das sind die ersten in diesem Jahr, Meneer.« Die Stängel waren beinahe einen Meter lang und pieksten in seine Hände. Schließlich schulterte er den Strauß wie eine Heugabel.

Sie wohnte in der Innenstadt direkt über einem Schuhgeschäft. Nachdem er die Treppe bewältigt hatte, war er außer Atem. Er küsste ihre frische, jugendliche Wange und überreichte ihr die Blumen.

Sie musterte die riesigen Stängel. »Ich habe nur kleine Vasen.«

Er hängte seine Jacke an die Garderobe und krempelte die Ärmel hoch. »Hast du einen wasserdichten Schirmständer?«

Sie lachte. »Vielleicht lasse ich die Blütenköpfe in einer Schale schwimmen.«

»Na hör mal, jetzt habe ich extra diesen Riesenstrauß angeschleppt!«

Sie musterte ihn kritisch. »Ich glaube, du hast abgenommen. Ernährst du dich gesund?«

»Nicht besonders.«

Er folgte ihr in die Küche. Auf der Fensterbank standen zwei Schälchen mit Salat, um Platz auf der kleinen Arbeitsfläche zu machen. Dort bildeten Zwiebeln, Auberginen, Paprika und Champignons ein wunderbares Stillleben zusammen mit den blutroten Steaks, die auf einem Teller auftauten. Ein großes für ihn, ein kleines für sie.

Sie kürzte die Stängel mit einer Schere und stellte die Blumen in eine Vase mit großer Öffnung. »Im Kühlschrank ist noch Bier. Oder magst du lieber einen Wein?«

»Zuerst ein Bier.«

Er sah zu, wie sie die Zwiebeln würfelte, die Auberginen in Scheiben schnitt und salzte. Wie sie Olivenöl in eine Pfanne mit dickem Boden goss. Die Ernsthaftigkeit, mit der sie für ihn kochte, rührte ihn.

Sie trank ein Glas Wein, bis die Zwiebeln glasig gedünstet waren. »Woran arbeitest du gerade?«

Er erklärte es ihr, und sie kam sofort auf den Punkt. »Es handelt sich also wahrscheinlich um Totschlag. Ein Gelegenheitsverbrechen.«

»Du hättest zur Polizei gehen sollen.«

Sie tupfte die Auberginen trocken. »Das sagst du jedes Mal.«

»Es stimmt aber.«

»Eine undankbare, unterbezahlte Arbeit«, sagte sie. »Nein, danke.«

Nach ihrem Studium hatte sie bei einer Anwaltskanzlei angefangen, die sich auf Arbeitsrecht spezialisiert hatte. Dort machte sie heimlich, still und leise Karriere.

Er machte noch ein Bier auf. »Undankbar vielleicht. Obwohl das bei der Kripo schon deutlich anders aussieht. Unterbezahlt ...?« Er zuckte die Achseln. »Ich finde die Bezahlung für heutige Verhältnisse gar nicht so schlecht.«

Sie nannte ihm ihr Gehalt, und er runzelte überrascht die Stirn. »So viel?«

Bei Tisch beschrieb er ihr das Häuschen von Jansons Töchtern.

»Warum kaufst du nicht auch so etwas?«, fragte sie. »Das wäre doch viel besser als diese deprimierende Wohnung. Du kannst es dir doch locker leisten.«

»Ach, Quatsch.« Er schnitt ein Stück von seinem Steak ab, das perfekt gebraten war.

Sie stellte ihr Glas ab. »Das Viertel wird nicht gerade attraktiver. Aber das wusstest du bereits, als du dorthin gezogen bist.«

»Das stört mich nicht. Außerdem war es das Beste, was ich mir in der Stadt leisten konnte.«

»In sechs Jahren wirst du pensioniert. Was willst du dann tun?«

Er machte eine abwehrende Geste.

Sie hob anklagend das Messer. »Du wolltest doch schon immer Hühner haben. Du hast dir bloß keine angeschafft, weil Mama dagegen war. Und Johan könnte auch wieder vor die Tür. Wie geht es ihm eigentlich?«

»Er liegt auf der Fensterbank und schläft.« Er sah sich in dem kleinen Wohnzimmer um. »Solltest du nicht lieber mal umziehen?«

Sie lachte. »Das könnte bald der Fall sein.«

»Aha?«

»Der Grund dafür heißt Thom«, sagte sie.

Er betrachtete ihr lebhaftes Gesicht, das röter war als sonst, während sie ihm erzählte, wie und wo sie Thom kennengelernt hatte. Genauso hatte Stef ausgesehen, als sie sich frisch kannten: so strahlend und strotzend vor Energie. Es kam ihm vor wie gestern, war aber mehr als dreißig

Jahre her. Das Leben ging einfach weiter. Die Jahreszeiten wechselten sich ab, Generationen folgten aufeinander. Die Maschinerie geriet nicht ins Stocken, es kamen stets neue Rädchen nach, die den Betrieb aufrechterhielten. Er hörte sich fragen: »Und womit bestreitet er seinen Lebensunterhalt?«

Ingrid brach in Gelächter aus.

Das Gefühl von Verlorenheit war immer noch nicht verschwunden, als er im Bett lag. Wie selbstverständlich hatte er angenommen, dass Ingrid für ihn da wäre, Zeit für ihn haben würde, sobald er Zeit für sie hätte. Jetzt war da plötzlich jemand, auf den sie Rücksicht nehmen musste. Auf den er Rücksicht nehmen musste. Er betrachtete den Fotorahmen, der eine ewig junge Stef einrahmte. Es war das erste Foto, das er von ihr gemacht hatte, und sie war sich damals nicht bewusst gewesen, dass sie fotografiert wurde. Sie waren mit Freunden segeln gewesen, und sie stand neben dem Mast, das blonde Haar ganz zerzaust, während ihre glatte Haut von Hals und Schultern in der Sonne glänzte.

Es war das Vernünftigste gewesen, das Haus zu verkaufen, in dem sie so lange gewohnt hatten. Alles erinnerte dort an Stef. Er hatte sich schuldig gefühlt, sobald er einen Stuhl verrückte, ein Glas zerbrach, ein Buch nicht an die richtige Stelle zurückstellte. Wenn er von nun an allein leben musste, würde er das in einer neutralen Umgebung tun. Aber ihm war nicht klar gewesen, dass er das Haus brauchte, seine Wärme und Vertrautheit, um sie bei sich zu haben. Er musste sich immer stärker konzentrieren, um sich an ihre Stimme, an ihren Duft, ihren Augenaufschlag zu erinnern. Er war dabei, sie ein zweites Mal zu verlieren, diesmal, weil ihn sein Erinnerungsvermögen im Stich ließ.

9

Der letzte Kunde konnte sich nicht entscheiden, ob er nach Teneriffa oder nach Menorca wollte. Schließlich drückte ihm Eva ein paar Reisekataloge in die Hand und drängte ihn zum Gehen. Sie fuhr den Computer herunter, räumte ihren Schreibtisch auf und weigerte sich, auf die Uhr zu sehen, auf der es Viertel vor sechs war.

Drei Straßen weiter blieb sie hinter einem Lieferwagen stecken, dessen Fahrer gemächlich ein paar Dosen auf einen Palettenwagen lud. Sie versuchte bis zur ersten Seitenstraße zurückzusetzen, aber wegen des Wagens hinter ihr war das unmöglich. Sie würde wieder zu spät kommen. Die Trulla mit dem Operettennamen und den epilierten Brauen würde ihr wieder etwas vorjammern.

Der Blazer klebte an ihrem Rücken, und im Rückspiegel sah sie ihr blasses Gesicht mit den dunklen Augenringen. Sie kurbelte das Fenster herunter. Abgase zogen herein, und die Digitaluhr im Armaturenbrett sprang auf 18 Uhr 05.

Maja stand am Fenster und sah hinaus.
»Wo warst du, Mam?« Sie hatte bereits ihre Jacke an und den Rucksack auf.

Die Erzieherin machte demonstrativ die Lichter aus.

Eva rang sich ein Lächeln ab. »Es tut mir leid, aber ich steckte im Stau.«

»Hannelore hat uns erlaubt zu töpfern.« Maja zeigte auf einen formlosen Klumpen. »Ich habe eine Miezekatze gemacht!«

»Schön!«, sagte Eva. »Die kannst du auf die Fensterbank stellen.«

»Nein! Die muss erst noch gebrannt werden.«

»Oh. Na komm, wir gehen!«

»Könntest du das nächste Mal bitte pünktlich sein, Eva?« Hannelore rückte den letzten Stuhl zurecht. »Mir ist aufgefallen, dass du in letzter Zeit häufig zu spät kommst.«

Blöde Kuh! Hinter Evas linkem Auge pochten Kopfschmerzen. »Ich kann auch nichts dafür, wenn die Straßen verstopft sind.«

»Das solltest du miteinkalkulieren.« Hannelore sah zu Maja hinüber. »Für Maja ist es auch nicht schön, wenn ihre Mutter immer die Letzte ist.«

Ich nehme auf alle Rücksicht, du blöde Kuh. Schon in der Wiege habe ich überlegt, wie ich es jedem recht machen kann. Sie drückte Majas Hand ein wenig zu fest. »Los, sag auf Wiedersehen!«

Im Supermarkt lief sie blindlings durch die Gänge.

»Essen wir Pommes, Mam?«

»Nein, die gab es gestern.«

»Was dann?«

Eva sah in den Wagen. Was hatte der Lauch dort zu suchen? Sie mochte keinen Lauch.

»Was dann?« Maja blieb hartnäckig.

»Das weiß ich noch nicht.« Sie drückte dem Kind den Lauch in die Hand. »Leg ihn zurück.«

Maja verschwand. Eva stand mitten im Laden. Maja musste etwas essen. Auch sie musste etwas essen, ob sie nun Hunger hatte oder nicht. Der Magen musste gefüllt werden, und zwar jeden Tag aufs Neue. Sie umklammerte den Lenker des Einkaufswagens und sah sich um. An der Wand hing eine riesige Plastikräucherwurst, die im grellen Neonlicht fettig glänzte. Sie musste an den Räucherwursttest denken, über den sie neulich gelesen hatte. Zu einer der Würste hatte der Kommentar gelautet: Verursacht Aufstoßen. Ihr Magen protestierte. Hör auf, hör auf! Denk an was anderes.

»Ich hab was!« Maja warf stolz einen Salatkopf in den Wagen.

Salat. Zum Glück gab es Salat. Was gehörte in einen Salat? Tomaten. Gurken. Zwiebelchen. Keine Räucherwurst. Siehst du, sie kennt sich aus, sie kann das. Sie steuerte auf das Gemüse zu.

Maja zupfte sie am Ärmel. »Essen wir Spaghetti dazu?«

»Klar«, sagte Eva. Salat mit Spaghetti, warum nicht? Man konnte es kauen, herunterschlucken und hatte gegessen. Das sollte nicht weiter schwerfallen.

Sie griff nach einer Gurke, wog Tomaten ab und legte ein Netz mit Apfelsinen in den Wagen. Apfelsinen gehörten nicht in den Salat, aber sie sahen farbenfroh aus und verursachten kein Aufstoßen. Jetzt nur noch die Spaghetti, dann konnte sie nach Hause. Sie ließ Maja die Nudeln aussuchen und ging zur Kasse.

Am Ausgang rempelte sie jemanden an, der gerade hineinwollte.

»Eva!«

Sie starrte in das lachende Gesicht. »David?«

»Du bist ja völlig in Gedanken!«, sagte er fröhlich.

»Was machst du denn hier?«, fragte sie dümmlich.

»Auch Junggesellen müssen etwas essen.« Er trug eine Jeans und ein Wildledersakko. Sein Hemd war aufgeknöpft, und das Gesicht bereits gebräunt. Er machte einen sorglosen Eindruck und sah aus, als wäre er soeben einem englischen Sportwagen entstiegen.

Umso mehr wurde ihr ihr eigenes Aussehen bewusst: müde, blass, die Haare hastig zum Pferdeschwanz gebunden, das Kind an der einen Hand, die volle Einkaufstüte in der anderen. Eine Frau, der man in jedem Supermarkt begegnet: immer zu viel zu tun, nie genug Zeit.

At the age of thirty-seven she realised she'd never ride through Paris in a sportscar with the warm wind in her hair ...

Maja zupfte sie am Ärmel. »Wer ist das, Mam?«

Eva verbannte Marianne Faithful aus ihren Gedanken. »Das ist David.«

»Ja, aber wer *ist* David?«

»Ein Freund von mir aus alten Schulzeiten.«

Er gab ihr die Hand. »Ich weiß, wer du bist. Du bist Maja.«

Sie legte ernst ihre Hand in die seine. Er deutete auf Evas Einkaufstasche. »Und, was isst du heute?«

»Salat mit Spaghetti«, sagte Maja.

»Das klingt sehr lecker.« Er blickte Eva an, und sein Gesichtsausdruck änderte sich sofort. »Alles in Ordnung?«

Sie schüttelte den Kopf. »Ich fürchte nicht.«

Er legte den Arm um sie. »Komm mit nach draußen. Wo steht dein Auto? Oder bist du zu Fuß unterwegs?«

»Nein, mit dem Auto.«

Er brachte sie zum Wagen, legte die Einkaufstasche auf den Rücksitz und half Maja beim Anschnallen. Eva wartete mit dem Autoschlüssel in der Hand. Er nahm ihr den Schlüssel ab und hielt ihr die Beifahrertür auf. Willenlos stieg sie ein. Er setzte sich ans Steuer und ließ den Motor an.

»Wohin?«

»Nach Hause.«

Er fuhr vom Parkplatz, fand eine Lücke im Verkehr und drehte sich halb zu Maja um. »Weißt du, wie man Salat mit Spaghetti macht?«

Sie schüttelte heftig den Kopf. »Aber Mama.«

»Ja, aber Mama fühlt sich nicht wohl. Sollen wir zusammen kochen?«

Maja überlegte. »Kannst du Spaghetti mit roter Sauce?«

Er lachte. »Wenn du mir hilfst, schon.«

In ihrer Wohnung durfte sich Eva aufs Sofa legen. Er brachte ihr einen Aschenbecher, ihre Zigaretten. »Ich weiß, dass du auch rauchst, wenn du Kopfschmerzen hast.«

Er packte die Einkäufe aus, gab Maja einen Becher Apfelsaft, schenkte Eva ein Glas Wein ein, wühlte in den Küchenschränken.

Sie schloss die Augen, während sie Majas hohes Stimmengeschnatter hörte, unter das sich Davids tiefe Stimme mischte. Wasser lief, Teller klapperten, ein Deckel fiel laut scheppernd auf die Küchentheke. Vor ein paar Tagen hatte sie nicht einmal mehr gewusst, dass es ihn gab, und jetzt stand er in ihrer Küche und kochte für sie. Salat und Spaghetti.

Sie wurde wach, als ihr Maja übers Gesicht strich. »Mam, Mam, wir sind fertig!«

Mit schwerem Kopf setzte sie sich auf. Der Tisch war gedeckt, eine Kerze brannte, die letzte der roten Weihnachtskerzen, und aus der Küche duftete es nach Tomatensauce.

»David kann ganz prima alleine kochen.« Majas Gesicht

war gerötet vor lauter Aufregung. »Aber ich durfte ihm helfen. Ich hab den Salat geschleudert.«

David kam herein. Er hatte ein Geschirrtuch in den Bund seiner Jeans gesteckt und grinste verlegen, als sie einen Blick darauf warf. Maja kicherte.

»Das machst du nie, stimmt's, Mam? Aber David sagt, das gehört zu einem echten Koch.«

»Meinst du, du kannst was essen?«

»Ja«, sagte sie überrascht. »Ich glaube, ich habe Hunger.«

»Prima.« Er verschwand erneut in der Küche.

Maja rannte ihm nach. »Ich will den Salat tragen!«

Er kam mit zwei dampfenden Töpfen zurück. »Hast du keine Untersetzer?«

»Doch, warte!« Sie holte sie aus der Küchenschublade.

Bei Tisch zeigte sie auf seine verbundene Hand. »Störte das nicht beim Kochen?«

Er zuckte die Achseln. »In ein paar Tagen kommt der Verband ab.«

Sie half Maja, die Spaghetti klein zu schneiden. »Ich muss mich bei dir bedanken, David.«

»Ich bin froh, dass ich diesmal im richtigen Moment kam.« Er lachte. »Du sahst elend aus. Hast du das öfter?«

Sie zögerte. »Manchmal bin ich selbst daran schuld. Dann esse ich nicht pünktlich. Oder nicht genug.«

»Mama isst nur ein Butterbrot«, sagte Maja. Mit ihrer Gabel schob sie Spaghetti auf ihren Löffel. »Aber ich muss immer zwei essen.«

Er zog die Brauen hoch.

»Sie hat recht«, sagte Eva.

»Aber du isst etwas zu Mittag?«

»Meist schon.« Sie merkte, dass er eine Bemerkung machen wollte. »Wie kommt es, dass du jetzt plötzlich in dem

Supermarkt aufgetaucht bist? Ich habe dich dort sonst noch nie gesehen.«

»Du kaufst wahrscheinlich immer am Spätnachmittag ein?«

Sie nickte.

»Ich meist in der Mittagspause.«

»Aber nicht heute.«

»Heute habe ich mir frei genommen. Ich hatte keine Lust zu arbeiten.« Er warf einen flüchtigen Blick auf Maja. »Die ganze Sache hat mich doch stärker mitgenommen, als ich gedacht hätte.«

Sie war froh, dass er auf das Kind Rücksicht nahm. »Was arbeitest du, David?«

»Ich arbeite bei einer Versicherung.«

»Gefällt es dir?«

»Wenn ich die versprochene Beförderung bekomme, schon.«

Er begann zu erklären, was seine Arbeit beinhaltete, aber nach einigen Sätzen stellte sie fest, dass sie sich nicht darauf konzentrieren konnte. Hatte er vor, den ganzen Abend zu bleiben? Maja musste bald ins Bett, und auch sie wollte schlafen gehen. Sie schaffte es kaum noch, sich auf den Beinen zu halten. Andererseits konnte sie ihn schlecht wegschicken, nachdem er sich so für sie ins Zeug gelegt hatte. Sie würde ihn mal zum Essen einladen, vielleicht in ein paar Wochen.

»Du hörst mir nicht zu.« Eine Steilfalte erschien zwischen seinen Brauen, die sofort verschwand, als sie ihren Blick darauf lenkte.

»Entschuldige!«, sagte sie. »Es tut mir leid, David. Ich bin heute nicht ganz ich selbst.«

Er legte Messer und Gabel weg und stand auf.

»Gehst du?«, fragte sie überrascht.

»Ich bin noch verabredet.« Er legte eine Hand auf Majas Kopf. »Erlaubst du mir, einmal mit Mama essen zu gehen?«
»Komme ich dann zur Oma, Mam?«
Eva nickte.
»Dann erlaube ich es dir«, sagte Maja gnädig.
Er beugte sich über Eva und küsste sie auf die Wange. »Pass gut auf dich auf!«
Noch bevor sie aufstehen konnte, warf er die Haustür zu.

Sie räumte den Tisch ab, brachte Maja ins Bett, machte den Abwasch. Das Telefon klingelte. Sie wusste genau, wer dran war. Sie hatte sich auf ein paar Wochen beleidigte Funkstille gefreut, aber die Rechnung ohne die Zeitung gemacht. Wenn sie nicht drangingt, würde es in einer Viertelstunde erneut läuten und danach jede halbe Stunde, den ganzen Abend lang.
»Eva Stotijn.«
»Warum hast du mir gestern nichts erzählt?«, fragte ihre Mutter.
»Wegen Maja.«
»Du hättest mich doch am Abend anrufen können. Was ist denn passiert, um Himmels willen?«
»Was in der Zeitung steht, nehme ich an.«
»Kanntest du den Mann? Ich kann mich nicht an seinen Namen erinnern. Hattest du bei ihm Unterricht?«
»Ja.«
»Hast du noch mit ihm gesprochen, bevor er ...«
»Nicht wirklich.«
»Was für eine Tragödie«, sagte ihre Mutter befriedigt. »Deshalb bist du so spät nach Hause gekommen! Ich lese hier, dass er zweimal verheiratet war. Nun ja. Trotzdem war er eine Stütze unserer Gesellschaft. Zwei Kinder ...« Sie begann Passagen aus dem Artikel vorzulesen.

Eva ließ ab und zu einen Laut der Zustimmung hören und wartete, bis der Wortschwall versiegte.

»Du bist nicht sehr gesprächig«, sagte ihre Mutter mit anklagender Stimme.

»Was willst du hören? Es steht doch alles in der Zeitung. Mehr weiß ich auch nicht.«

Ihre Mutter hatte nicht vor, aufzulegen. Das Telefon war die Nabelschnur, die sie mit der Außenwelt verband. »Ich habe einen neuen Physiotherapeuten. Und stell dir vor, ich bekam schon für heute Nachmittag einen Termin! So ein netter, korrekter junger Mann! Sobald der andere wieder da ist, werde ich ihm sagen, dass ich ihn nicht mehr brauche. Wir haben uns sehr nett unterhalten, und er hatte vollstes Verständnis.«

Bis er merkt, dass deine Rückenprobleme bloß eingebildet sind, dachte Eva. Aber laut sagte sie: »Ich muss auflegen, es klingelt.«

Sie nahm zwei Schlaftabletten und lag im Bett, während sich ihre Gedanken überschlugen.

David. Er bemühte sich wirklich, aber was fand er bloß an ihr? Vergebliche Liebesmüh. Die Katze im Sack. Das musste sie ihm sagen. Mach dir keine Illusionen, David. Aber er verstand was von Illusionen. Er verkaufte sie. Er bot den Menschen scheinbare Sicherheit, ein Glückssurrogat: Wir beschützen Sie von der Wiege bis zur Bahre. Wann Janson wohl beerdigt wurde? Besser nicht daran denken! Nicht daran denken, wie er jetzt aussehen musste, in der Schublade einer Kühlkammer und mit einem Zettel am Zeh. Denk an Maja! Sie ist gut gelaunt zu Bett gegangen, weil sie eine Miezekatze getöpfert und Salat mit Spaghetti gegessen hat. Jetzt schläft sie sicher in ihrem hellblauen Schlafanzug unter ihrer Bambibettdecke.

Sie unterdrückte den Wunsch, noch mal aufzustehen und nach ihr zu sehen, sich an ihrem Anblick zu wärmen. Stattdessen rollte sie sich wie ein Igel zusammen und wartete, bis das Temazepam ihr Gehirn erreicht hatte.

10

Als Vegter aufwachte, wurde es gerade hell. Er wusste, dass er nicht mehr einschlafen konnte, fand aber, dass halb sieben Uhr morgens nicht der richtige Moment war, um Hemingway zu lesen. Es war noch so still, dass er hören konnte, wie in der Wohnung über ihm geduscht wurde. Das Wasserrauschen erhöhte den Druck auf seine Blase, also ging er barfuß zur Toilette. Als er wieder herauskam, wartete Johan im Flur auf ihn. Er bückte sich, um ihn zu streicheln, aber der Kater wich ihm aus und lief mit gestrecktem Schwanz in die Küche.

»Alles, was dich interessiert, ist fressen«, sagte Vegter. Er füllte den Fressnapf und hielt den Wassernapf unter den Hahn. Er kratzte an den Kalkrändern, die sich daran abgesetzt hatten. Gab es ein Mittel, mit dem man die entfernen konnte? Johan schien sich allerdings nicht weiter daran zu stören.

Er machte Kaffee und füllte die Gießkanne. Die Erde der Zimmerlinde fühlte sich noch nicht trocken an, trotzdem goss er sie ein wenig. Das jetzt unterste Blatt begann sich an den Rändern gelblich zu verfärben. Hilflos überlegte er, dass er vielleicht anderen Dünger kaufen musste.

Johan strich ihm um die Beine, und Vegter nahm ihn

hoch und setzte ihn auf die Fensterbank. Er schenkte sich einen Becher Kaffee ein, stellte sich ans Fenster und schaute auf die erwachende Straße. Der alte Mann von gegenüber war ein Frühaufsteher. Auch jetzt waren die Vorhänge bereits aufgezogen. Während er hinübersah, betrat der Mann den Balkon. Sorgfältig zupfte er die braunen Blätter von den Geranien, die in der Morgensonne roter wirkten als noch vor wenigen Tagen. Ich könnte ihn anrufen, dachte Vegter. Wer weiß, vielleicht kann er mir ja einen Rat geben. Aber wahrscheinlich wird er mich bloß für verrückt halten. Die Geranien erinnerten ihn an die Töchter. An Gwen und Jeany. Zwei früh gealterte Mädchen in einem Hexenhäuschen. Gwen bemalte Töpferwaren, und Jeany restaurierte Möbel. Er hatte einen flüchtigen Blick auf den kleinen Gemüsegarten hinterm Haus werfen können. Sie mussten sich bestimmt ganz schön abrackern, um über die Runden zu kommen. Beide hatten Abitur, schienen aber nichts damit anfangen zu wollen. Sie erinnerten ihn an Beginen, die in ihrer eigenen kleinen Welt lebten, fernab des Tumults und der Komplexität der Gesellschaft.

Ein Mann im Overall lief pfeifend vorbei. Er stieg in einen Lieferwagen und fuhr davon. Zwei Balkone links von den Geranien ging die Tür auf, und eine junge Frau im Morgenmantel trat nach draußen. Sie beugte sich über das Balkongeländer und suchte links und rechts die Straße ab. Langes dunkles Haar flatterte um ihren Kopf; sie strich es ungeduldig zurück. Das schmale Gesicht kam Vegter entfernt bekannt vor, er musste sie öfter auf ihrem Balkon gesehen haben.

Die Straße belebte sich zunehmend. Männer mit Diplomatenköfferchen ließen den Motor an, Mofas wurden aus Kellerabteilen ins Freie geschoben, ein Zeitungsausträger lehnte sein Rad gegen einen Baum und verschwand hinter dem Wohnblock.

Vegter holte noch einen Becher Kaffee aus der Küche und stellte fest, dass das Brot alle war. Vielleicht sollte er in Zukunft lieber beim Bäcker hinter dem Revier frühstücken und nur am Wochenende frisches Brot kaufen. Er ging zurück ins Wohnzimmer. Die junge Frau war immer noch zu sehen, jetzt ging jedoch die Tür hinter ihr noch einmal auf, und ein kleines Mädchen in einem hellblauen Schlafanzug betrat den Balkon. Die Frau nahm es an der Hand, ging hinein und schloss die Tür.

»Die Tür zu den Toiletten ist schon seit Ewigkeiten nicht mehr saubergemacht worden«, sagte Vegter. Der kriminaltechnische Bericht lag auf seinem Schreibtisch. »Wir haben also so gut wie keine brauchbaren Fingerabdrücke. Dasselbe gilt für die Kabinentür. Dafür gibt es ein paar anständige Abdrücke an der Tür des Seiteneingangs, die aber nichts weiter bedeuten müssen.« Er klopfte auf den Bericht. »Sie waren nicht gerade zufrieden.«

»Mist«, sagte Talsma. »Und jetzt?«

»Brink ist in der Schule, um Fingerabdrücke von den Lehrern zu nehmen. Aber ob das was bringt ...«

»Und was ist mit den ehemaligen Schülern?«

»Erst mal diese Ergebnisse abwarten. Aber wenn es sein muss, schauen wir bei allen vorbei. Renée liest sich noch mal die Vernehmungsprotokolle durch, vielleicht haben wir ja was übersehen. Und nachher werden wir uns kurz mit Meneer Ter Beek unterhalten. Was machst du gerade?«

»Ich hatte vor, mir Jansons Computer vorzunehmen.«

»Kannst du dir Zugang verschaffen?«

»Ja. Die von der KTU haben sich schon damit beschäftigt, und ich komme jetzt an alle Dateien.«

Renée kam mit zwei Bechern Kaffee herein. »Möchtest du auch einen Kaffee, Sjoerd?«

»Wenn du mir einen holst.«

»Bist du schon fertig?«, fragte Vegter bei ihrer Rückkehr.

Sie schüttelte den Kopf und verschwand erneut.

Talsma nippte an seinem Kaffee, warf einen Blick auf das Fenster, stand aber selbst auf. »Kommt Renée mit zu diesem Ter Beek?«

Vegter nickte.

»Dann sehe ich nach, wie viele Pornos er sich angeschaut hat.«

»Na dann, viel Spaß!«

Talsma verzog angewidert das Gesicht und machte die Tür hinter sich zu.

Vegter hatte zwölf seiner sechsunddreißig Mails gelöscht und fünf beantwortet, als Renée mit einem DIN-A-4-Blatt hereinkam.

»Ich habe hier die Aussage einer ehemaligen Schülerin, die als Letzte mit ihm gesprochen zu haben scheint.«

»Und was steht drin?«

»›Er kann nicht länger als fünfzehn oder zwanzig Minuten vor der Toilette gelegen haben, weil er sich während unseres Gesprächs entschuldigte, um auf die Toilette zu gehen. Danach habe ich ihn nicht mehr gesehen.‹«

»Das wissen wir bereits. Ist das alles?«

»Fast.« Sie warf wieder einen Blick auf das Blatt. »Eigentlich wollte sie mit ihm gehen, weil sie auch auf die Toilette musste, aber dann hat sie eine Bekannte angesprochen und sie ist mit ihr zurückgelaufen.«

»Zurückgelaufen? War sie nicht in der Aula?«

»Das steht hier nicht. Aber eben weil sie das Wort ›zurücklaufen‹ verwendet hat, bin ich stutzig geworden.«

»Wer hat die Aussage aufgenommen?«, fragte Vegter scharf.

Sie biss sich auf die Unterlippe. »Brink.«

Er wies mit dem Kinn auf das Blatt. »Wo wohnt sie?«

»Das ist die gute Nachricht.«

Sie strich sich eine Strähne hinters Ohr. »Du wirst es nicht glauben, aber sie wohnt hier am Ende der Straße.«

Erleichtert machte Vegter seinen Computer aus. »Ruf sie an. Frag, wann sie zu Hause ist.«

Sie lachte. »Jetzt.«

Die ehemalige Schülerin hieß Manon Rwesi und wohnte in einer viel zu kleinen Wohnung in der dritten Etage. Sie machte ihnen mit einem weinenden Baby auf dem Arm auf. Ein Kleinkind mit Ansätzen von Rastazöpfchen versteckte sich hinter den Jeansbeinen seiner Mutter. Beide Kinder hatten eine samtige, dunkle Haut und riesige Augen, deren Weiß beinahe hellblau wirkte. Auf einem Unicef-Plakat würden die sich bestimmt gut machen, dachte Vegter, während er ihr die Hand entgegenstreckte.

Sie setzte das Baby auf ihre andere Hüfte. »Manon.«

Ihre Hand war warm und feucht. Die blonden Haare waren zu einem nachlässigen Knoten zusammengebunden, und ihre Bluse war zu weit aufgeknöpft, sodass er einen Blick auf einen großen weißen BH erhaschen konnte. Das Baby war so klein, dass sie ihre alte Figur noch nicht wiederhatte. Über dem Bund der Jeans wölbte sich ein schlaffes Bäuchlein.

Im Wohnzimmer legte sie das Baby aufs Sofa, schob das Kleinkind in den Flur und schloss die Tür.

Renée zeigte auf das Baby. »Hast du ... dürfen wir du sagen?«

»Klar.«

»Hast du gerade gestillt?«

Sie nickte.

»Von uns aus kannst du gern damit weitermachen«, sagte Renée. »Falls es dich nicht stört, meine ich.«

»Sonst hört es nicht auf zu weinen.« Die blauen Augen waren matt vor Müdigkeit, wurden aber ganz weich, als sie das quengelnde Kind ansah. Sie knöpfte sich die Bluse weiter auf, enthakte den BH und legte das Kind an. Das Weinen verstummte sofort, und das zornige dunkle Fäustchen kam auf der milchweißen Brust zur Ruhe.

Vegter musste sich zwingen, wegzusehen. Ihm entging auch nicht, dass sich Renées Züge entspannten. Es war lange her, dass er Stef beim Stillen von Ingrid beobachtet hatte. Er hatte die Intimität dieses Akts vergessen und wunderte sich über die Selbstverständlichkeit, mit der die Frau Renées Einladung Folge geleistet hatte.

»Wir würden uns freuen, wenn du deine Aussage vom vergangenen Samstag noch etwas präzisieren könntest.« Renée lächelte, um den Schrecken zu verjagen, der auf dem schmalen Gesicht erschienen war. »Du hattest ebenfalls Unterricht bei Meneer Janson?«

Manon nickte. »Ich war auf dem Realschulzweig, und in der zehnten Klasse war er unser Englischlehrer.«

»War er ein guter Lehrer?«

Sie überlegte. »Sein Unterricht war gut, aber er war ...« Sie suchte lange nach der richtigen Formulierung. »Ich glaube, er hat lieber Fachoberschüler und Gymnasiasten unterrichtet.«

»Warum?«

Sie überlegte erneut. »Ich glaube, er hielt uns für dumm.«

Renée zog die Brauen hoch. »Woraus schließt du das?«

»Er wurde ungeduldig, wenn man etwas nicht verstand. Dann hat er so blöde Bemerkungen gemacht.«

»Er wurde also zynisch?«

»Ja.« Sie brachte das Kind in eine andere Position; offenkundig fühlte sie sich wohler, weil die Fragen nicht so unangenehm waren wie erwartet. »Ich habe mich nicht leichtgetan in der Schule, obwohl ich den Abschluss geschafft habe. Aber ich hatte schlechte Englischnoten, und ich weiß noch, wie er einmal zu mir sagte: ›Du bist reine Zeitverschwendung.‹ Genau das waren seine Worte.« Sie sah empört auf. »Dabei habe ich mich wirklich bemüht.«

»Du mochtest ihn also nicht?«

Diesmal dauerte es noch länger, bis sie antwortete. Renée wartete geduldig. Vegter unterdrückte den Drang, die Frage zu wiederholen.

»Manchmal schon«, sagte sie schließlich.

Zum ersten Mal empfand Vegter so etwas wie Verständnis für Janson. Er warf Renée einen vielsagenden Blick zu.

»Wann zum Beispiel?«

Mit ihrer freien Hand fuhr Manon dem Kind über das krause Haar, das wie ein dünn geknüpfter Teppich sein Köpfchen bedeckte. »Bei uns wurde jedes Jahr ein Sportfest veranstaltet, und längst nicht alle Lehrer wollten dabei mitmachen. Aber er schon, er hat alles mitgemacht. Ich weiß noch, wie ich mir einmal beim Volleyball den Knöchel verstaucht habe. Das war in der Orientierungsstufe. Da war er noch sehr nett. Er hat mir hineingeholfen und mir höchstpersönlich den Verband angelegt. Er wollte mich sogar nach Hause bringen.«

»Aber das wolltest du nicht?«

Sie schüttelte den Kopf.

»Warum nicht?«

Sie betrachtete wieder ihr Kind. »Ich weiß nicht«, sagte sie hilflos. »Mir gefiel das einfach nicht.«

»Du wolltest lieber in der Schule bleiben?«

Sie zögerte kurz und nickte.

»Du bist also gern zur Schule gegangen.« Renée lächelte. »Du kamst sogar zum Klassentreffen.«

»Ja.« Ihre Stimme wurde lebhafter. »Ich hatte damals viele Freundinnen und freute mich, sie wiederzusehen. Denn hat man die Schule erst einmal verlassen, verliert man sich schnell aus den Augen.«

»Und du hast dich sogar mit Meneer Janson unterhalten. Wo genau?«

»Ich musste auf die Toilette.« Sie schien zu spüren, dass sie deswegen gekommen waren, denn sie setzte sich kerzengerade hin. »Und Meneer Janson verließ im selben Moment gerade die Aula. Er ging an Krücken, weil er etwas am Fuß hatte, und ich habe ihn überholt, weil er so langsam lief. Da haben wir uns kurz unterhalten.«

»Hat er sich noch an dich erinnert?«

Sie schüttelte den Kopf. »Er meinte, dass er nur ein Jahr an der Realschule unterrichtet hätte und dass ...« Sie runzelte die Stirn bei dem Versuch, sich zu erinnern. »Und dass da nicht viel hängen geblieben wäre. Genau das waren seine Worte. Und dann hat er gesagt, dass er aufs Klo müsse.«

»Wo wart ihr, als er das sagte?«

»Am Anfang des Flurs. Des Flurs, auf dem die Toiletten liegen«, fügte sie noch erklärend hinzu.

»Und was hast du gemacht, als er zur Toilette ging?«

»Ich bin einer früheren Freundin begegnet, und die hatte Fotos dabei. Also bin ich mit ihr wieder in die Aula gegangen. Denn die Fotos waren in ihrer Handtasche, und die hatte sie dortgelassen.«

»Bist du später doch noch auf die Toilette gegangen?«

Sie schüttelte den Kopf. »Das ging dann nicht mehr, denn dann ...«

»Dann hatte man Meneer Janson schon gefunden.«

»Ja.«

»Hast du gesehen, ob Janson jemand gefolgt ist?«

Sie überlegte so lange, dass Vegter befürchtete, sie könnte die Frage vergessen haben.

»Das weiß ich nicht mehr«, sagte sie schließlich. »Ich meine, ich weiß nicht mehr, wann das war. Vielleicht war es danach, als ich mich schon mit meiner Freundin unterhalten habe. Ich habe, glaube ich, einen Mann und eine Frau gesehen.« Ihr Gesicht entspannte sich. »Neben uns haben sich auch noch einige unterhalten.«

»Weißt du noch, wie sie aussahen?«

»Wer?«

»Die Leute, die ihm gefolgt sind.«

Sie nahm das Kind von ihrer Brust, drehte es und legte es an die andere Brust. »Nein, darauf habe ich nicht geachtet.« Sie kaute auf ihrer Unterlippe. »Ich glaube, der Mann hatte dunkle Haare.«

»Du sagst ›Mann‹. War er älter als du?«

»Das weiß ich nicht.« Sie sah sie flehend an. »Er hatte was Dunkles an. Vielleicht ein dunkles Jackett.«

»Gehörten der Mann und die Frau zusammen? Ich meine, sind sie Janson gemeinsam gefolgt?«

Sie runzelte erneut die Stirn. »Ich glaube nicht. Ich glaube, sie ist stehen geblieben. Und er ...« Sie schloss die Augen bei dem Versuch, die Szene noch einmal heraufzubeschwören. »Meiner Meinung nach ist er Janson gefolgt. Aber ich weiß nicht, ob er auch auf die Toilette ging. Ich glaube, er war vor der Frau dort. Also, ich meine, er kam vorher aus der Aula. Aber sicher bin ich mir nicht.«

Aus dem Flur kam ein Knall, danach lautes Weinen. Manon legte das Baby aufs Sofa und sprang mit gejagtem Blick auf. »Wollen Sie ... Ich meine, müssen Sie noch mehr wissen?«

Vegter erhob sich ebenfalls. »Du hast uns sehr geholfen. Danke.«

Sie nickte verlegen, während ihr Blick zur Tür irrte.

Im Flur lag das Kleinkind unter einem Stapel Jacken und der Garderobe. Sie hob es hoch und tröstete es.

An der Haustür drehte sich Vegter noch einmal um.

»Darf ich fragen, wie alt du bist?«

»Vierundzwanzig.«

Draußen sagte Renée: »Tapferes Mädchen.«

Vegter sagte nichts. Er musste an Ingrid denken, die achtundzwanzig war, jeden Winter Skifahren ging und im letzten Sommer einen Törn um die griechischen Inseln gemacht hatte. Und die jetzt in aller Ruhe beschloss, mit ihrem Freund zusammenzuziehen. Ingrid würde Kinder bekommen, wenn es ihr passte. Daraufhin fiel ihm auf, dass er nicht einmal wusste, ob sie überhaupt Kinder wollte. Falls ja, würde er Opa werden. Er wusste nicht recht, ob er sich darauf freuen sollte.

»Ich habe Hunger«, sagte er. »Ich würde gerne etwas essen.«

»Haben wir Zeit für eine Mittagspause?«

»Ja. Aber ich habe keine Lust auf den Fettgestank in der Kantine.«

Im Straßencafé war es ruhig. Wie verabredet nahmen sie am selben Tisch Platz wie beim letzten Mal. Die Bedienung war sofort zur Stelle.

»Was darf's denn heute sein?«

Vegter war angenehm überrascht, bis er merkte, dass sie Renée ansah und nicht ihn. Renée bestellte einen Salat mit Baguette ohne Butter. Vegter entschied sich für die Tagessuppe. Das erste Mal war es eine Champignonsuppe gewesen, die nicht aus der Dose kam. Nach einigem Zögern bestellte er noch ein Currygericht. Dann würde er abends nur ein Brot essen, falls er daran dachte, welches zu kaufen.

Sie schwiegen, bis das Essen kam. Vegter warf einen Blick auf den Salat, der grünen Spargel und so etwas wie Avocado enthielt.

Renée hatte ihre Jacke ausgezogen. Darunter trug sie ein kurzärmeliges T-Shirt.

»Treibst du viel Sport?«, fragte er mit einem Blick auf ihre muskulösen Arme.

Sie schüttelte den Kopf. »Früher habe ich Basketball gespielt. Jetzt besitze ich einen Hometrainer, außerdem habe ich Ringe an der Decke befestigt. Wenn ich Lust darauf habe, ziehe ich mich daran hoch.« Sie brach ein Stück Brot ab und spießte ein Stück Spargel auf.

Das könnte ich auch mal machen, dachte Vegter, während er mit dem Löffel die dicke Schicht geschmolzenen Käses durchstach, die auf der Zwiebelsuppe schwamm. Gemüse kaufen. Für so einen Salat musste man nur ein paar Dinge in einer Schüssel vermengen. Und Ingrid kann mir zeigen, wie man sich ein Steak brät. Selbst Stef hätte zugeben müssen, dass das ein gesundes Essen war. Stef hatte stets auf ihr Gewicht geachtet und damit auch auf seines. Obwohl er nie Sport trieb, war er fit gewesen. Jetzt fühlte er sich plump und träge.

Renée sagte etwas, und er sah auf.

»Manons Aussage wird uns nicht groß weiterbringen.« Sie lächelte. »Ein Mann, der eventuell dunkle Haare besitzt und vielleicht etwas Dunkles anhatte, das ein Sakko gewesen sein könnte.«

»Und der vielleicht auch auf die Toilette ging.«

Das Café hatte sich gefüllt, und die Bedienung stellte das Curry neben seine Suppenschüssel.

»Es war schon fertig«, entschuldigte sie sich. Ihre Nase glänzte, und auf ihrer Oberlippe standen Schweißperlen.

Er nickte zerstreut. Der Teller war zu voll, und die dunkelgelbe Sauce wirkte künstlich im Vergleich zu dem frischen Salatgrün.

»Weißt du noch, ob jemand angegeben hat, mit Janson zu den Toiletten gegangen zu sein?«, fragte er wider besseres Wissen.

»Nein.« In ihren Augen stand Enttäuschung.

Er machte sich trotzdem über das Curry her. »Ich habe auch nicht damit gerechnet, dass du das übersehen hast«, sagte er mit leichter Betonung auf dem Du. »Wenn wir einfach mal davon ausgehen, dass Manon recht hat ...«

»Dann hat vielleicht jemand mit dunklen Haaren gelogen.« Sie schnitt eine Grimasse und trank ihr Glas Mineralwasser aus. »Trotzdem ist es das Einzige, was wir haben. Wenn wir denn etwas haben. Das und vielleicht noch die Fingerabdrücke am Seiteneingang. Versprichst du dir etwas davon?«

»Genauso viel oder wenig wie du. Im Moment dürften etwa zwölfhundert Schüler auf diese Schule gehen. Die werden hauptsächlich den Haupteingang benutzen, weil der Fahrradschuppen daneben liegt. Aber sie werden zweifellos auch von ihren Eltern gebracht oder abgeholt, und der Parkplatz liegt neben der Schule.«

»Wir brauchen also nicht nur die Fingerabdrücke der Lehrer, sondern auch die aller ehemaligen Schüler.«

Er nickte. »Viele davon sind mit dem Auto gekommen. Die werden wahrscheinlich den Seiteneingang benutzt haben.«

Mit ihrem letzten Stück Baguette tunkte sie das restliche Dressing auf. »Wie bekommen wir heraus, wer nicht mit dem Auto da war und das Gebäude trotzdem durch den Seiteneingang betreten hat?«

»Wir suchen eher nach jemandem, der die Schule durch diese Tür verlassen hat.« Jetzt war er an der Reihe, Enttäuschung zu zeigen.

Sie errötete leicht, lachte aber. »Die paar brauchbaren Fingerabdrücke, von denen du sprachst, befanden sich also an der Türinnenseite.«

Er schob den Teller von sich weg. »Die Tür geht tatsächlich nach außen auf, gemäß der Brandschutzverordnung, und ist laut Brink ziemlich schwer. Wir werden das gleich selbst ausprobieren.«

Die Tür besaß einen Türschließer, sodass sie automatisch zufallen müsste. Der Mechanismus musste allerdings repariert oder erneuert werden, denn die Tür schloss sich äußerst langsam und ließ sich tatsächlich nur mit Mühe aufdrücken. Der frische Kratzer, den Brink erwähnt hatte, befand sich etwa auf Kniehöhe unter der Klinke. Vegter ging in die Hocke und betrachtete ihn aufmerksam. Es war weniger ein Kratzer als ein halbmondförmiger Schaden im dunkelgrünen Lack.

»Schade, dass wir die Krücke nicht mitgebracht haben.« Er richtete sich auf und öffnete den Reißverschluss seiner Jacke. Neben ihm erhob sich Renée geschmeidig.

»Ich komme gleich noch mal her und schaue, ob sie passt.«

»Stell dir Folgendes vor«, sagte er langsam. »Du hast die Krücke jemandem übergebraten, läufst damit panisch in den Flur und merkst erst dort, dass du das Ding irgendwo loswerden musst. Würdest du wieder damit hineingehen?«

Sie schüttelte entschieden den Kopf. »Wenn ich den Nerv dazu gehabt hätte, hätte ich auch den Nerv, meine Fingerabdrücke abzuwischen. Aber das kostet Zeit, und ich kann nicht wissen, ob ich die habe. Den Haupteingang kann ich nicht nehmen, weil dort die Chance, gesehen zu werden, einfach zu groß ist.«

»Also läufst du zum Seiteneingang. An den erinnerst du dich, denn du bist hier zur Schule gegangen. Oder aber du arbeitest hier und benutzt ihn regelmäßig. Außerdem bist du vielleicht mit dem Auto da und hast das Gebäude durch diese Tür betreten. Und du hast es eilig. Du drückst die Tür auf ...« Er trat einen Schritt zur Seite, um einen Mann in Jeans und kariertem Hemd durchzulassen.

Der Mann blieb stehen. »Kann ich Ihnen helfen? Suchen Sie etwas oder irgendjemanden?«

»Sind Sie der Hausmeister?«, fragte Vegter.

»Ich bin der Sekretär.« Er klang leicht tadelnd.

Renée schaltete sich ein. »Kriminalpolizei. Wir führen hier Ermittlungen durch. Haben Sie vielleicht einen Stock für uns?«

»Einen Stock?«

»Einen Besen«, sagte sie geduldig. »Irgendetwas mit einem Stiel.«

Der Sekretär verstand. »Hilft Ihnen ein Zeigestab? Die gibt es in fast jedem Klassenzimmer.«

»Das wäre wunderbar.«

Der Sekretär verschwand und kam mit einem Zeigestab zurück. Wichtigtuerisch überreichte er ihn Renée.

»Vielen Dank für Ihre Mühe«, sagte Vegter.

Der Sekretär blieb stehen. Offenkundig wollte er sich dieses Spektakel nicht entgehen lassen.

Renée betrat den Flur, bis sie weit genug von der Tür entfernt war, um Anlauf nehmen zu können. Sie hielt den Stab in der rechten Hand. Während sie angerannt kam, fiel Vegter etwas ein.

»Links!«, rief er.

Im Laufen nahm sie den Stab in die Linke und versuchte,

mit beiden Händen die Tür aufzudrücken. Der Stab schlug gegen das Holz, zwanzig Zentimeter unter dem Kratzer.

»Er ist länger als die Krücke«, sagte sie.

Vegter nickte. »Und vielleicht hat der Täter sie auch nicht in der Mitte festgehalten.« Er nahm ihr den Stab ab und klemmte ihn knapp über dem Ellbogen zwischen Arm und Körper. »Nimm ihn mir weg.«

Renée riss den Stab an sich, umklammerte ihn mit beiden Händen und holte damit aus wie mit einem Golfschläger. Der Sekretär trat einen Schritt zurück.

»Und jetzt lauf!«, sagte Vegter, dem die Sache Spaß zu machen begann.

Sie rannte den Flur entlang. Währenddessen ließ ihre Rechte den Stab los. Sie kehrte um und rannte zurück. Wieder warf sie sich gegen die Tür. Diesmal traf das Stabende die Tür zehn Zentimeter unter dem Kratzer.

Sie sahen sich an.

»Was sagt uns das?«, fragte Renée.

»Das wissen wir noch nicht«, meinte Vegter. »Aber ich würde schon sagen, dass das etwas zu bedeuten hat.« Er musterte sie. »Du bist kleiner als der Durchschnitt, aber nicht sehr viel kleiner. Und die Stablänge stimmt nicht, trotzdem ...« Er warf einen Blick auf den Sekretär, der begriff, dass er es nicht übertreiben durfte, und sich langsam zurückzog.

»Also ist der Täter vielleicht durch diese Tür verschwunden«, sagte sie.

»Und hat die Krücke anschließend in sein Auto gelegt«, sagte Vegter nüchtern.

Sie sog an ihrer Unterlippe. »Und dann ist er nach Hause gefahren?«

»Oder aber wieder hineingegangen, um sich unter die Gäste zu mischen.«

»Dafür muss man ganz schön kaltblütig sein«, sagte sie nachdenklich. »Vorausgesetzt, wir haben es nicht mit vorsätzlichem Mord zu tun, und davon sind wir bisher stets ausgegangen.«

»Vielleicht saß er im Auto und hat nachgedacht«, meinte Vegter. »So konnte er sich auch vergewissern, keine Zeugen zu haben. Und da ist ihm eingefallen, dass es vernünftiger wäre, zurückzugehen, da es auffiele, wenn er heimlich verschwände. Man geht nicht einfach, ohne sich noch von demjenigen zu verabschieden, mit dem man zuletzt gesprochen hat. Oder ohne dem Rektor auf Wiedersehen zu sagen.«

Sie lehnte den Stab an die Wand. »Wenn ihm das wirklich alles durch den Kopf gegangen ist, muss er sich sicher gewesen sein, dass Janson tot ist.«

»Warum? Vielleicht hat er ihn nur bewusstlos geschlagen. Das ist schlimm genug.« Er sah sie nicht an.

»Dann hätten wir ihn längst geschnappt«, sagte sie triumphierend. »Denn dann hätte Janson ...« Als sie mitbekam, wie er lachte, verstummte sie.

Ter Beek hatte sie nicht zu Hause empfangen wollen. Er wartete im Flur auf sie, ein magerer Mann in Pulli und Samtcordhose, deren Hosenboden beinahe durchgescheuert war. Seine Stimme war beinahe so hoch wie die einer Frau. Er führte sie in ein kleines Zimmer unweit der Aula. Unterwegs erklang ein Gong. Klassentüren wurden aufgerissen, und zwölfhundert Schüler strömten wie die Lemminge in die Flure, wobei sie sich gegenseitig schubsten, zerrten und sich beiseitedrängten. Ter Beek glitt geschmeidig zwischen ihnen hindurch, ohne sie eines Blickes zu würdigen. Vegter sah der Meute verblüfft hinterher.

»Ist das immer so?«, fragte er, als sie auf harten Stühlen um einen runden Tisch saßen.

Ter Beek nickte ungerührt. »Sie müssen sich erst mal kurz abreagieren.«

Vegter dachte an seine eigene Schulzeit zurück und kam sich auf einmal uralt vor. Renée sah ihn abwartend an, woraufhin er sich wieder fing.

»Sie sind der erste Lehrer, mit dem wir uns ausführlicher unterhalten wollen«, hob er an.

Ter Beek fiel ihm ins Wort. »Ich weiß, dass Sie bereits mit Mevrouw Aalberg gesprochen haben.«

Vegter staunte, dass sie ihre Kollegen informiert hatte. Er nickte.

»Das stimmt. Wir versuchen, uns einen Eindruck von Eric Janson zu verschaffen. Dazu brauchen wir Menschen, die ihn gut gekannt haben.«

»Sie wollen wissen, was ich von ihm hielt?«, sagte Ter Beek brüsk.

»Wenn Sie so wollen, ja.«

»Ich wüsste nicht, wie ich es sonst benennen sollte.« Ter Beek nahm seine Brille ab, hielt sie kurz gegen das Licht und setzte sie wieder auf. Seine Nägel waren vollkommen abgekaut. Er hatte kleine, hellgraue Augen mit kurzen, farblosen Wimpern.

Der ganze Mann hat etwas Farbloses, dachte Vegter. Einer von der Sorte, der man dreimal begegnen kann, ohne sie überhaupt zu bemerken. »Und, was hielten Sie von ihm?«

»Ein guter Lehrer, aber ein schlechter Mensch«, sagte Ter Beek knapp.

»Warum ein guter Lehrer?«

»Didaktisch war er ausgezeichnet. Das Fach lag ihm, er beherrschte seinen Stoff.«

»Gab es nie Probleme mit den Schülern?«

Ter Beek sah ihn scharf an. »Das müssen Sie den Rektor fragen.« Seine Hand wanderte zur Brille, aber er schob sie nur hoch auf die Nasenwurzel. Die Handgelenke, die aus seinen Ärmeln ragten, waren schmal und beinahe unbehaart.

»Aber Sie haben am engsten mit ihm zusammengearbeitet. Sie gehörten beide dem Fachbereich Englisch an«, sagte Vegter, dem das Wort plötzlich wieder einfiel.

»Das muss nicht heißen, dass man etwaige Probleme miteinander bespricht. Seiner Meinung nach hatte er auch nie welche.« Ter Beek lachte freudlos.

»Aber Sie sehen das anders?«

»Sagen wir mal so.« Ter Beek verschränkte die Finger. »Eric Janson hatte nie Probleme mit Schülern, aber die Schüler sehr wohl mit ihm. Dasselbe galt für seine Kollegen.«

»Inwiefern?«

Ter Beek holte hörbar Luft. »Ich will Ihnen ein Beispiel schildern. Zufällig betrifft es mich selbst, aber ich könnte ihnen auch andere nennen.«

Vegter ließ sich nichts anmerken.

»Ich habe die Oberstufe unterrichtet, auf dem Fachoberschul-, aber auch auf dem Gymnasiumszweig. Zur allseitigen Zufriedenheit.« Er sah sie stirnrunzelnd an. »Und das sage nicht nur ich, sondern auch Robert, der Rektor. Janson hatte fast alle seine Stunden gegen andere Aufgaben eingetauscht, so wie das Lehrer seines Alters öfter tun. Dann fiel ihm plötzlich ein, dass er wieder vor der Klasse stehen wollte. Wie er es genau angestellt hat, weiß ich nicht, aber vielleicht sollte ich noch hinzufügen, dass er gut Bridge spielen konnte.« Er verzog den Mund. »Wie dem auch sei, ehe ich mich versah, hatte er meine Stunden übernommen. Und nicht nur das: Er hat auch die Organisation der Klassenfahrt, für die ich zuständig war, völlig über den Haufen geworfen. Alles war bereits bis ins Detail geplant.«

Die Hand wanderte erneut zur Brille, aber er konnte sich gerade noch beherrschen. »Also fand ich mich plötzlich in diesem Zimmer hier wieder.« Seine Geste schloss auch den farblosen Archivschrank in der Ecke, die staubige Fensterbank und die verschlissene Auslegeware mit ein.

»Sie müssen doch mit dem Rektor darüber gesprochen haben«, sagte Vegter vorsichtig.

Ter Beek lachte höhnisch. »Natürlich, aber ohne Erfolg. Robert ist ein guter Mensch, aber nicht sehr durchsetzungsfähig. Die anderen Kollegen werden Ihnen das bestätigen können.«

Vegter musterte ihn nachdenklich. Die Welt teilte sich also in gute und schlechte Menschen. Sorgfältig formulierte er die nächste Frage. »Erklärt dieses Beispiel, warum Sie Janson als schlechten Menschen bezeichnet haben?«

»Ja, genau.« Diesmal wurde die Brille abgenommen. »Aber ich könnte Ihnen noch viele andere Beispiele nennen.«

»Als Kollege oder auch ... privat?«

»Privat kannte ich ihn nicht.« Die Brille wurde wieder aufgesetzt.

»Aber Sie haben doch jahrelang zusammengearbeitet. Sie müssen auf Schulfesten oder bei anderen Gelegenheiten miteinander geredet haben«, versuchte es Vegter erneut.

»Kaum.«

»Auch nicht während des Klassentreffens?«

»Nein.« Das Lachen kehrte zurück. »Selbst wenn ich gewollt hätte, hätte er mir nicht die Gelegenheit dazu gegeben. Er war viel zu sehr damit beschäftigt, sich ...« Er verstummte abrupt.

»Sich feiern zu lassen?« Vegter sprach das Wort so neutral wie möglich aus.

Ter Beek nickte widerwillig. »Wenn es das denn trifft.«

»Ich habe den Eindruck, dass es das für Sie sehr genau trifft«, sagte Vegter freundlich. Er verschränkte locker die Hände und lehnte sich entspannt zurück. »Vielleicht habe ich mich nicht klar genug ausgedrückt. Der Grundsatz, dass man über Tote nicht schlecht reden soll, hilft uns hier nicht weiter, weil wir uns dann kein realistisches Bild machen können. Was wir von Ihnen haben wollen, ist eine klare Meinung – egal, ob die nun positiv oder negativ ist.«

Das war ein bisschen zu durchschaubar. Daran, wie Renée ihre Position veränderte, bemerkte er schon, dass auch sie das fand.

Aber Ter Beek biss an.

»Der hat sich aufgeführt wie ein Filmstar. Er war wie immer der Mittelpunkt. Alle kamen mit Getränken und Häppchen angelaufen, weil er die angeblich nicht selbst holen konnte. Was hat ein Mann dieses Alters noch auf Skiern zu suchen? Der will Frauen imponieren, sonst nichts. Und die Kollegen dürfen es dann gerne ausbaden.«

Vegter verkniff es sich, zu fragen, ob das Ausbaden mehr etwas mit dem Frauenimponieren oder mit der Skiverletzung zu tun hatte. Er sah den Mann einfach nur an.

»Ich sage das nur so unverblümt, weil Sie mich darum gebeten haben.« Seine blassen Wangen nahmen langsam Farbe an.

»Sie hielten ihn für einen Don Juan?«

»Er hielt sich selbst für einen Don Juan«, verbesserte ihn Ter Beek. »Na ja, Sie haben ja mit Etta gesprochen. Mit Mevrouw Aalberg. Sie wird Ihnen erzählt haben, dass sie eine Affäre mit ihm hatte. Sie war damals fast noch ein Kind, hätte seine Tochter sein können. Ich fand es nicht sehr passend.«

Vegter ging nicht weiter darauf ein. »Aber nach seinem Skiunfall durften Sie wieder vor der Klasse stehen.«

»Als zweite Wahl.«

Auf einmal hatte Vegter genug von diesem geplagten Mann, der Gift und Galle spuckte.

»Wer außer Ihnen hatte noch etwas gegen Janson?«

Ter Beek wollte schon antworten, aber Vegter kam ihm zuvor. »Und zwar in solch einem Ausmaß, dass er in der Lage wäre, einen Mord zu begehen?«

Ter Beek zuckte zusammen. »Ich wollte nicht den Eindruck erwecken, dass ...«

»Kennen Sie da jemanden?«

»Nein.« Er war jetzt auf der Hut.

»Und Sie bleiben bei Ihrer Aussage, dass Sie an jenem Abend nicht mit ihm gesprochen haben? Weder draußen noch in der Aula?«

»Ja.«

»Sie haben ihn nicht von der Aula in Richtung Toiletten gehen sehen?«

»Nein.«

Vegter stand auf. »Dann danke ich Ihnen für Ihre Kooperation.«

Im Auto schwieg er verstimmt. Renée bahnte sich einen Weg durch den Verkehr, der sich bereits staute, obwohl es noch vor vier war.

»Ich glaube nicht, dass er körperlich in der Lage wäre, diese Krücke zu schwingen«, sagte sie schließlich.

»Dieses Männlein verspritzt Gift«, sagte Vegter. »Nur dass er sich das im wörtlichen Sinne nie trauen würde.«

Sie bremste wegen eines Radfahrers, der über Rot fuhr. »Es ist schon eine Weile her, dass ich von jemandem das Wort ›Filmstar‹ gehört habe.«

Vegter lachte, und sie fuhr ermutigt fort: »Mein Bruder hatte früher weiße Mäuse.«

Er knurrte etwas.

»Die liefen in ihrem Käfig in so einer Tretmühle. Daran hat er mich erinnert.«

»Rein äußerlich?«

»Das auch.« Sie fuhr auf den Parkplatz neben dem Revier. »Aber ich meinte eigentlich eher seine Denkweise.«

11

Mariëlle drückte die Haustür auf, in der einen Hand die Hausschlüssel, in der anderen zwei Tüten mit Einkäufen.

Eine lange Gestalt tauchte neben ihr auf.

»Gib mir die Tüten.«

»David!« Ihre Finger schlossen sich fester um die Henkel. »Was machst du denn hier?«

»Ich will reden. Und ein paar Sachen abholen.« Er wies mit dem Kinn auf einen kleinen Lieferwagen, der in einer der Parklücken stand. »Ich hatte extra einen Transporter organisiert, kam aber nicht rein. Musste das wirklich sein, dass du das Schloss austauschst?«

Sie antwortete nicht.

Er hielt ihr die Tür auf. Auf seinem Handrücken klebte ein dickes Pflaster. »Es dauert nicht lange.«

Mariëlle blieb stehen. »In meiner Wohnung ist nichts mehr, was dir gehört.«

Sie sah, dass ihm die Betonung des Wörtchens »meiner« nicht entgangen war.

Er fuhr sich mit den Fingern durchs Haar, eine Geste, mit der er Zeit zu schinden pflegte.

»Hör zu, David: Alles, was dir gehört, habe ich eingepackt und der Polizei übergeben.« Sie stellte sich mit dem

Rücken zur Haustür, um ihm zu zeigen, dass sie nicht vorhatte, die Wohnung zu betreten.

»Ich habe kurz nachgerechnet«, sagte er. »Darüber wollte ich mit dir sprechen. Und ich habe keine Lust, das im Treppenhaus zu tun.« Er griff erneut nach ihren Tüten. »Seien wir nicht kindisch, Mariëlle. Rachsucht bringt uns nicht weiter.«

Sie lachte. »Von Rachsucht kann gar keine Rede sein, nur von einer Trennung. Du wohnst nicht mehr hier, und du hast alles zurückbekommen, was dir gehört. Mit anderen Worten: Du hast hier nichts mehr zu suchen.«

Er packte sie am Arm und versuchte, sie herumzureißen. »Schenk mir ein Glas Wein ein, und dann benehmen wir uns wie zwei erwachsene Menschen.«

Mariëlle wehrte sich. Es war ein merkwürdiges Gefühl, dass sie Angst vor ihm hatte, vor seiner körperlichen Nähe, vor der Hartnäckigkeit, mit der er ihre Argumente ignorierte.

»Ich erkläre es dir noch einmal.« Sie versuchte, so neutral wie möglich zu sprechen. »Ich habe keine Lust zu reden. Ich habe keine Lust, dich reinzulassen. Weder jetzt noch morgen, noch nächste Woche. Es ist vorbei, David, genau wie du es wolltest.« Warum kam niemand? Es war verdammt noch mal gegen sechs, eigentlich war Rushhour. »Also würdest du jetzt bitte gehen?«

Er ließ sie los. Die Haustür war zugefallen, und er stützte die Hände links und rechts von ihr gegen das Glas. Die Ärmel seines Wildledersakkos streiften ihre Wangen. Sie konnte nirgendwohin.

»Ich habe Monat für Monat die Hälfte der Miete gezahlt«, sagte er. »Und auch noch andere Dinge. Man kann also von einer Gütergemeinschaft sprechen. Ich habe ein Anrecht auf die Sachen, die wir gemeinsam gekauft haben, auch wenn ich mir vorstellen kann, dass du das Sofa gern behalten möchtest. Aber wenn das so ist, ist eine Entschädigung wohl das Mindeste.«

Sie musste laut lachen. Ein Spucketröpfchen landete auf seiner Wange. Er spürte es, und das brachte ihn noch mehr auf als ihr Lachen.

»Ich meine das ernst, Mariëlle. Ich verlange eine Entschädigung.«

Krämerseele, dachte sie. Kauf dir doch einen Kramladen. Oder such dir einen Job, in dem du endlich anständig verdienst.

»Du bist der Vater meines Kindes«, sagte sie mit fester Stimme. »Wie du sicherlich weißt, lässt sich das nachweisen. Ich könnte Unterhaltszahlungen von dir verlangen. Und die wären sicherlich teurer als ein Sofa oder ein alberner Teppich. Hast du daran schon gedacht?«

Nein, das hatte er nicht. Sie konnte es daran merken, wie er das Gesicht abwandte. Seine Selbstsicherheit geriet ins Wanken, und sie nutzte die Gelegenheit, unter seinem Arm hindurchzutauchen. Sie ging zum Bordstein, lief quer über den Parkplatz zu ihrem Auto und zwang sich, nicht zu rennen. Hinter ihr vernahm sie seine Schritte, aber da hatte sie schon den Autoschlüssel aus ihrer Jackentasche geholt und die Türen entriegelt. Sie warf die Einkaufstüten auf den Rücksitz, setzte sich hinters Lenkrad und ließ den Motor an.

Als sie ausparkte, stand er hinter ihrem Wagen, sodass er gezwungen war, beiseite zu treten. Während sie wendete, lief er nach vorn und schlug mit seiner bepflasterten Faust gegen ihr Fenster. »Dann gib mir wenigstens den Abholschein für die Reinigung zurück!«

Sie traute sich erst zu lachen, als sie um die Ecke gebogen war und sich in den Verkehr eingefädelt hatte.

Im Rückspiegel sah sie keinen Lieferwagen hinter sich, trotzdem bog sie ein paarmal kreuz und quer ab. So lächerlich sie sich dabei auch vorkam – danach fühlte sie sich sicherer. Währenddessen überlegte sie, wo sie heute Nacht schlafen konnte. Als Erstes fiel ihr Cis ein, aber auf die würde David auch kommen. Aber wo sollte sie sonst hin? Sie würde das Auto ein paar Straßen weiter abstellen. Sie sah auf die Uhr im Armaturenbrett. Mit etwas Glück war Cis bereits zu Hause.

»Wir gehen irgendwo etwas essen«, sagte Cis. »Und wir nehmen meinen Wagen, damit er sieht, dass ich nicht zu Hause bin. Und danach gehen wir ins Kino. Im Cinema läuft eine tiefsinnige, bedeutungsschwere japanische Tragödie. Dabei kann man gut nachdenken. Glaubst du, er kommt wieder?«

Mariëlle stand nach wie vor in dem kleinen, unaufgeräumten Wohnzimmer, die Einkäufe unausgepackt in den Plastiktüten.

»Keine Ahnung.« Sie fühlte sich hilflos, so als hätte sie die Kontrolle über ihr Leben verloren.

Cis scheuchte sie in den Flur. »Beeil dich, denn wenn er schlau ist, steht er gleich vor der Tür.«

»Meine Einkäufe!«, sagte Mariëlle. »Da ist Fleisch drin und Tiefkühlkost.«

»Was ist dir wichtiger?«, sagte Cis nüchtern. »Deine Sicherheit oder deine Koteletts?« Sie trug die Tüten in die Küche und stopfte sie in den Kühlschrank.

»Cis«, sagte Mariëlle. »Das Klassentreffen, auf dem David war ... Hast du in letzter Zeit Zeitung gelesen?«

»Dazu bin ich kaum gekommen. Warum?«

»Dort wurde ein Lehrer ermordet. Während des Klassentreffens.«

Cis war gerade dabei, in einen Ärmel ihres Blazers zu schlüpfen und erstarrte mitten in der Bewegung. »Was willst du damit sagen?«

»Das weiß ich auch nicht so genau«, sagte Mariëlle bedrückt. »Ich weiß nur, dass es völlig untypisch für David war, auf so eine Veranstaltung zu gehen. Dass er sich merkwürdig benommen hat, als er nach Hause kam. Und dass mich die Polizei aufgesucht hat, weil sie wissen wollte, was er mir von dem Abend erzählt hat.«

*

»Mama, da ist David!«, rief Maja. Sie stand auf einem Hocker vor der Küchentheke und trocknete die Teelöffel ab.

Eva sah auf.

Er hatte seit Tagen nichts mehr von sich hören lassen, aber jetzt stand er vor dem Küchenfenster und hielt lachend etwas hoch.

Mit dem Messer, das sie gerade hatte abtrocknen wollen, lief sie in den Flur.

Er wich mit gespielter Erschrockenheit einen Schritt zurück. »Bereitest du jedem so einen herzlichen Empfang?«

»Ich bin gerade beim Abtrocknen.« Sie kam sich albern vor, als sie das sagte.

»Du lachst«, sagte er zufrieden. »Ich wusste gar nicht, dass du das kannst.« Er hielt ihr ein Päckchen hin. »Das habe ich heute gesehen und musste dabei an euch denken.«

Sie machte die Tür weiter auf. »Komm rein.«

Er schüttelte den Kopf. »Ich habe ein Talent, im falschen Moment zu kommen. Ich war nur in der Nähe, weil ich den Transporter eines Freundes zurückgeben musste.

»Wie wär's mit einer Tasse Kaffee?«, schlug sie vor. »Als Dankeschön für dein Mitbringsel.«

»Du weißt ja noch gar nicht, was drin ist.« Aber wie erwartet kam er herein.

»Ein Geschenk!« Maja riss das Papier ab. »Schau mal, Mam, eine Giraffe!« Sie streichelte die Plüschgiraffe, die ellenlange Wimpern, aber einen winzigen Schwanz hatte.

»Sie hat die Augen deiner Mutter«, sagte David und lachte, als er Evas Blick auffing. »Ich weiß, was du denkst, aber es stimmt nun mal. Ich habe sie rein zufällig entdeckt.«

Sie sah ihn einfach nur an.

»Na gut«, sagte er. »Ich wollte dich sehen. Ist es das, was du hören willst?«

Sie brachte Maja ins Bett und las ihr etwas vor, während er im Wohnzimmer wartete. Seine Anwesenheit erweckte in ihr ein merkwürdiges Gefühl, und sie wusste noch nicht, ob sie sich darüber freuen sollte oder nicht. Jetzt musste sie Kaffee kochen, ein Gespräch in Gang halten und eine Antwort darauf finden, warum er gekommen war. Was er von ihr wollte.

Leise schloss sie Majas Tür. Im Grunde wusste sie, was er wollte. Die Frage war nur, was sie wollte.

Maja verlangte Aufmerksamkeit, und zwar ihre ganze Aufmerksamkeit. Sie besaß oberste Priorität, das hatte sie sich vom Tag ihrer Geburt an zum Ziel gesetzt. Sie wollte kein weiteres kleines Mädchen großziehen, das nicht wusste, ob es gewollt war. Das völlig abhängig von den Menschen war, die es angeblich liebten und für es sorgten.

Andererseits ..., dachte sie, während sie wartete, bis der Kaffee durchgelaufen war. Habe ich denn nicht auch ein Recht auf ein eigenes Leben? Fragte sich nur, ob sie in der Lage wäre, das zu handlen. David verkomplizierte ihr Leben, ein Leben, das auch so schon kompliziert genug war.

Sie hörte, wie er in der Zeitung blätterte, die sie gekauft hatte. Aber er war da. Er war da und schien nicht vorzuhaben, so schnell wieder aus ihrem Leben zu verschwinden. Das merkte sie daran, wie er sie ansah. Das Geschenk für Maja war nichts weiter als ein leicht durchschaubarer Versuch, über das Kind an die Mutter heranzukommen.

Sie schenkte Kaffee ein und trug die Becher ins Wohnzimmer. Im Flur blieb sie vor seinem Wildledersakko stehen, roch die Mischung aus Leder und Aftershave. Wollte sie wirklich ein Leben lang wie eine Nonne zu leben, während Maja von Tag zu Tag unabhängiger wurde, bis sie sie irgendwann nicht mehr brauchen würde?

Sie schmiegte ihre Wange an den weichen Ärmel. Ich bin noch jung, dachte sie. Ich bin verdammt noch mal jung, und ich bin schön. Zumindest er findet, dass ich schön bin. Will ich so enden wie meine Mutter? Als verbitterte, alte Frau, die Gott und die Welt für ihr Schicksal verantwortlich macht? Und dafür, was ihr alles entgangen war?

Sie öffnete die Tür zum Wohnzimmer, und er sah wie erwartet auf und lächelte sie an. Beinahe kamen ihr die Tränen, aber stattdessen sagte sie: »Ich habe dich gar nicht gefragt, wie du deinen Kaffee trinkst, aber ich habe weder Milch noch Zucker im Haus.«

12

Jansons Einäscherung war eine nüchterne Angelegenheit. Ihr ging kein Gottesdienst voraus, und die Aula des Krematoriums war nur zur Hälfte gefüllt.

Es waren fast keine Angehörigen da, nur zwei Neffen mittleren Alters, von denen der eine ständig auf die Uhr sah und der andere verlegen ein paar weinende Mädchen beobachtete, die zur Delegation von Jansons Schule gehörten.

Der Rektor war der Einzige, der eine Ansprache hielt. Auf seinem Platz in der hintersten Reihe lauschte Vegter den offiziellen Worten, während sein Blick über die Reihen wanderte. Er wunderte sich über die Kleidung der Schüler: die Jungs in Jeans, T-Shirt und weißen Turnschuhen, die Mädchen in tief ausgeschnittenen Pullis und eng sitzenden Hüfthosen. Eines von ihnen bekam ein Papiertaschentuch gereicht, mit dem es sich die verlaufene Wimperntusche abtupfte. Ihre Gefühle waren zweifellos echt, dachte Vegter, obwohl die Tränen wahrscheinlich eher wegen der feierlichen Atmosphäre flossen, in deren Mittelpunkt der schlichte Sarg mit ein paar weißen Blumen stand.

Er erinnerte sich an frühere Begräbnisse: Männer in dunklen Anzügen, Frauen in Schwarz ohne Schmuck; nur Perlen waren erlaubt. Seine Generation war die letzte gewesen, der man solche Anstandsregeln beigebracht hatte. Aber vielleicht hatte es auch etwas Befreiendes, dachte er amüsiert, im bauchfreien Top zu einer Einäscherung gehen zu können.

Er sah die Frau des Rektors in einer unbequemen Haltung auf der harten Holzbank sitzen – und zu seiner Überraschung drei Reihen hinter ihr Jansons zweite Exfrau. Die zu braune Haut ihres Gesichts hob sich wenig schmeichelhaft von ihrem dunkelgrauen Kostüm ab. Sie hielt die Augen gesenkt, und ihre Hände umklammerten fest die schwarze Tasche auf ihrem Schoß.

Wie bereits erwartet, waren weder Exfrau Nummer eins noch die Töchter zugegen. Ihr Zerwürfnis war unübersehbar, machten sich Jansons nächste Angehörige doch nicht einmal die Mühe, sich von ihm zu verabschieden.

»Ich würde gern mit einem Gedicht von Philip Larkin schließen, von dem ich weiß, dass Eric es sehr geschätzt hat«, sagte der Rektor. Er räusperte sich.

The trees are coming into leaf
Like something almost being said;
The recent buds relax and spread,
Their greenness is a kind of grief.

Is it that they are born again
And we grow old? No, they die, too.
Their yearly trick of looking new
Is written down in rings of grain.

Yet still the unresting castles thresh
In fullgrown thickness every May.
Last year is dead, they seem to say.
Begin afresh, afresh, afresh.

Sein Englisch war recht ordentlich, dachte Vegter, während er zu Mevrouw Declèr hinübersah, deren Kopf leicht zum Versmaß mitwippte. Er hätte wetten können, dass sich der Rektor bei der Auswahl des Gedichts von ihr hatte helfen lassen. Es war passend, aber nicht zu persönlich.

Nach einer Anstandsfrist wartete Vegter, bis Jansons Exfrau an ihm vorbeiging. Einen Moment lang erkannte sie ihn nicht, doch dann nickte sie ihm zu. In einem Seitenraum wurde Kaffee serviert, aber sie ging gleich nach draußen und nahm den Weg zum Parkplatz. Vegter folgte ihr, und sie schien seine Gegenwart zu spüren, denn sie warf einen Blick über die Schulter und blieb dann zögernd stehen.

Er lächelte. »Sie wollten sich trotz allem von ihm verabschieden?«

»Es erschien mir ... angemessen.« Nervös verrückte sie den Riemen ihrer Schultertasche. »Auch wenn Sie das vielleicht nicht verstehen.«

Er nickte. »Ich habe mir vorhin überlegt, dass meine Generation die letzte ist, der man solche Anstandsregeln beigebracht hat. Ihrer vielleicht auch noch«, fügte er galant hinzu.

Ein Lächeln umspielte ihre Lippen. »Der Altersunterschied, der uns trennt, ist gar nicht so groß, Inspektor. Aber ich weiß, was Sie meinen.« Sie holte die Autoschlüssel aus ihrer Tasche. »Sind Sie aus beruflichen Gründen hier?«

»Zum Teil.«

»Was hofften Sie hier zu finden?«

Die Frage überraschte ihn. Sie hatte mehr Mut als erwartet. Er zuckte die Achseln. »Reine Routine.«

»Und was schließen Sie beispielsweise aus meiner Anwesenheit?«

Vegter entging der leicht feindselige Klang in ihrer Stimme nicht.« »Dass Sie diese offensichtlich angemessen finden«, erwiderte er gelassen.

»Seine Töchter waren nicht da«, sagte sie. »Und auch nicht seine erste Frau. Ist die Abwesenheit bestimmter Personen nicht aufschlussreicher für Ihre Ermittlungen?«

»Das kann ich im Moment nicht beurteilen. Aber ich muss hier sein, um ihre Abwesenheit festzustellen.«

Sie schwieg kurz, nickte dann und drehte sich um. Er sah ihr nach, wie sie zum Auto lief. Mit kerzengeradem Rücken, während ihr blond gefärbtes Haar in der Sonne glänzte. Ihm fiel auf, dass sie bequeme Schuhe zu dem gediegenen Kostüm trug, die ziemlich schiefe Absätze hatten. Sie hatte zwar das Bedürfnis gehabt, der Einäscherung beizuwohnen, aber nicht um den Preis schmerzender Füße. Beim Gedanken daran, wie prosaisch das alles war, musste er grinsen, sodass er auf einmal bestens gelaunt nach seinem Auto suchte.

Talsma kam, ohne anzuklopfen, herein und knallte die Tür hinter sich zu. »Keine Pornos.«

Vegter schob den Notizblock beiseite, auf den er neben einer Liste mit Fakten und Fragen willkürliche geometrische Figuren gekritzelt hatte. »Das klingt fast so, als wärst du enttäuscht.«

»Meine Güte, nein!« Talsma setzte sich und legte ein paar Unterlagen auf den Schreibtisch. »Meine Frau reicht mir vollauf.«

Vegter verscheuchte das Bild, das vor seinem inneren Auge auftauchte: Akke in einer verführerischen Pose.

»Aber wundern tut mich das schon«, sagte Talsma. »Bei so einem alleinstehenden Mann. Noch dazu kein Kostverächter. Ich hätte gedacht, dass sein Computer voll davon ist. Aber er ist so unbefleckt wie die Jungfrau Maria.«

Vegter wies mit dem Kinn auf die ausgedruckten DIN-A-4-Seiten. »Und was ist das?«

»Korrespondenz.« Talsma grinste so breit, dass Vegter die Notwendigkeit einsah, dieses Gebiss gegen dritte Zähne zu tauschen.

»Mit wem?«

»Mit Etta Aalberg.«

Vegter zog den Stapel E-Mails zu sich her und begann zu lesen. Als er damit fertig war, sah er auf.

»Warum hat er die bloß aufbewahrt?«

Talsma zuckte die Achseln. »Im Grunde steht nichts Verwertbares drin.«

»Warum schaust du mich dann an wie die Katze, die den Kanarienvogel gefressen hat?«

»Weil ich zwei und zwei zusammenzählen kann.« Talsma warf einen Blick auf das offen stehende Fenster und holte seinen Tabak aus der Hemdentasche. »Ich denke schon seit Tagen über die merkwürdigen Beträge nach, die er abgehoben hat. Und wenn er die schon zehn Jahre lang abhob, kann er sie auch dreizehn Jahre lang abgehoben haben. Kontrollieren können wir das nicht, aber gut möglich wäre es.« Er drehte sich einhändig eine Zigarette auf dem Knie, leckte sie zu und zündete sie sich an. »Nehmen wir doch einfach mal an, dass es ungefähr dreizehn Jahre her ist, dass Etta Aalberg was mit ihm hatte. Sie war damals zweiundzwanzig, und sie kam direkt von der Uni auf diese Schule. Ich habe den Rektor angerufen – sie hat sogar ihr Referendariat dort gemacht. Vielleicht begann schon damals die Affäre.«

Vegter erhob sich und stieß das Fenster weiter auf. »Kannst du nicht mal was anderes rauchen als dieses Affenhaar?«

»Es geht nichts über Schwarzen Krausen von De Weduwe«, sagte Talsma. »Wie dem auch sei, Etta Aalberg hatte laut Eigenauskunft nichts dagegen, dass er eine andere heiratete, obwohl er noch mit ihr rummachte. Das kann also nicht der Grund gewesen sein. Außerdem kann ich mir nicht vorstellen, dass sich jemand erpressen lässt, nur damit seine Frau nichts von einer Freundin erfährt. Nicht mehr heutzutage. Außerdem war es bereits seine zweite Frau, so gesehen sollte man meinen, dass er Bescheid wusste.«

»Woran denkst du dann?«

Talsma ging zum Fenster und warf den Zigarettenstummel hinaus. »Kennen Sie sich mit Glaswaren aus, Vegter?«

»Nein, aber wenn du auf diese Sammlung anspielst ...« Ihm fiel ein, dass er mal mit Stef auf einer Auktion gewesen war. »Ich kenne die Preise, für Vasen von Copier zum Beispiel. Teures Zeug.«

»Und, ist da so etwas dabei?«

»Keine Ahnung. Aber Ramsch ist es bestimmt nicht.«

»Soweit ich weiß, verdient man als Lehrer nicht gerade klotzig«, sagte Talsma. »Und erst recht nicht am Anfang. Wenn sie die Sammlung also nicht von einer reichen Tante geerbt hat, muss sie sich die Vitrine in zehn, zwölf Jahren zusammengespart haben.«

»Das wäre möglich.«

»Ja.« Talsma wirkte nicht sehr überzeugt. »Komisch finde ich nur, dass er so wenig auf dem Konto hatte. Alimente zahlte er nicht. Und ein dickes Sparkonto besaß er auch nicht, dem sind wir nachgegangen.«

»Also?«

»Also möchte ich mich morgen noch mal mit Mevrouw Aalberg unterhalten.«

Vegter nickte. »Ich würde gern mitkommen.«

»Man hätte Sie niemals befördern dürfen, Vegter.« Talsma lachte. »Der ganze Papierkram ist nichts für Sie.«

Vegter sah auf die Uhr. »Hast du noch mal mit Brink gesprochen?«

»Er hat alle Fingerabdrücke genommen, und unsere Leute arbeiten bereits daran. Morgen wissen wir mehr.«

Vegter stand auf und schloss das Fenster. »Dann können wir ja jetzt nach Hause gehen.«

Auf dem Weg nach unten begegneten sie Renée und Brink.

»Sie passt«, sagte Renée.

Vegter nickte. »Schön. Morgen machen wir weiter.«

Sie lachte und wandte sich zum Gehen. Brink blieb stehen.

»Wolltest du noch etwas sagen, Corné?«, fragte Vegter milde.

»Morgen bekommen Sie die Fingerabdrücke«, sagte Brink. »Außerdem habe ich mich noch mal mit dem Hausmeister unterhalten.«

»Mit dem Sekretär.«

Brink runzelte die Stirn. »Egal. Er ist schon länger an der Schule als Janson. Ich habe übrigens auch seine Fingerabdrücke nehmen lassen.«

»Das habe ich auch nicht anders erwartet«, sagte Vegter ausdruckslos.

Brink warf einen kurzen Blick auf Talsmas stoisches Gesicht. »Der Sekretär konnte mir berichten, dass Janson vor wenigen Wochen heftigen Streit mit Etta Aalberg hatte.«

»An der Schule?«

»Die beiden standen nach Schulschluss in einem der Klassenräume, und er wollte dort hinein, weil etwas mit einem Computer nicht in Ordnung war. Er hörte sie schon auf dem Flur schreien und hat deshalb draußen gewartet.«

»Und worum ging es?«

»Er sagt, das wisse er nicht genau.«

Vegter schnaubte.

»Er hat nur gehört, dass Janson gebrüllt hat, dass er es längst bereue, woraufhin sie sagte, dass er das selbst wissen, aber auch die Konsequenzen dafür tragen müsse. Daraufhin meinte er, dass sie kein Herz hätte, und sie, dass sie emotional besser qualifiziert sei als er.«

»Und dann?«

»Dann kam Janson hinausgestürmt und hat den Sekretär beinahe umgerannt.«

Vegter lachte.

Brinks Miene hellte sich auf. »Ich dachte, das interessiert Sie bestimmt.«

»Und ob mich das interessiert«, sagte Vegter gut gelaunt. »Und der Kratzer am Seiteneingang, war der nicht dir aufgefallen?«

Brink nickte erwartungsvoll.

»Der passt genau zu dem Ende von Jansons Krücke.«

»Also doch!« Brink sah aus, als wollte er auf dem Absatz kehrtmachen und zur Schule zurückfahren. »Ich würde mich dort morgen gern noch einmal umsehen.«

»Hast du schon daran gedacht, dass die Krücke wahrscheinlich in einem Auto mitgenommen wurde?«

»Ja, aber ...« Brink wich Talsmas Blick aus. »Man kann nie wissen.«

»Sieh dich dort ruhig noch mal um, mein Junge«, sagte Talsma väterlich. »Wenn du sie findest, bekommst du eine Flasche Beerenburg.«

Brink lachte kurz auf. »Darf es auch ein Whisky sein? Ich mag diese Regionalspezialitäten nicht besonders.«

»Ein echter Grünschnabel, was?«, sagte Talsma, als sie die Treppe hinunterliefen. »Er ist in Ordnung, auch wenn er das selbst noch nicht weiß.«

Vegter kaufte frisches Brot im Supermarkt und nach einigem Zögern ein paar Tomaten. Er umkreiste die Gemüseabteilung und kam sich hinter dem Einkaufswagen vor wie ein junger Vater hinter einem Kinderwagen. Er versuchte sich daran zu erinnern, was in Renées Salat gewesen war. Bei den Avocados blieb er stehen und drückte sie prüfend. Sie waren steinhart, und er fragte sich, ob man die Dinger vorher vielleicht kochen musste. Vielleicht sollte er lieber mit etwas Einfacherem anfangen. Er mochte Gurken nicht besonders, wusste aber, dass man sie roh essen konnte. Er warf einen Blick in den Einkaufswagen. Die zwei Tomaten und die Gurke nahmen sich sehr verloren darin aus. Darum legte er noch einen Bund Radieschen dazu. Ihm fiel ein, dass auch grüne Blätter auf dem Teller gewesen waren. Beim Fertigsalat entschied er sich für die Sorte, die ihnen am ähnlichsten sah.

Zu Hause saß Johan neben seinen leeren Näpfen. Vegter gab ihm Wasser und schüttelte die Schachtel Katzenfutter, in der nichts klapperte. Er fluchte heimlich, schnitt ein Brot in kleine Stücke und legte sie in den Fressnapf. Johan schnupperte daran und wandte den Kopf ab.

»Du hast ja recht«, sagte Vegter. »Du bist keine Ente.«

Er schnitt die Tomaten, woraufhin ihm einfiel, dass er sie erst hätte waschen sollen. Um das wieder auszugleichen, schälte er die Gurke. Die Hälfte der Radieschen aß er einfach so, direkt vom Bund. Der scharfe Geschmack entführte ihn in seine Jugend. Butterbrote mit gesalzenen Radieschenscheiben.

Als er fertig war, sah der Salat professionell aus und schien für mindestens drei Personen zu reichen.

Er nahm die Schüssel und zwei Scheiben Brot mit ins Wohnzimmer und schaufelte tapfer die Hälfte des Salats in sich hinein. Wie erwartet, schmeckte er nach Grünzeug,

Tomaten, Gurke und Radieschen, aber das war auch alles. Um dem Vitaminschock etwas entgegenzusetzen, gönnte er sich noch ein Bier, legte sich aufs Sofa und ignorierte die Zimmerlinde, deren unterstes Blatt noch vergilbter aussah als am Morgen.

Ob Janson Geld veruntreut hatte? Lehrer, die viel organisieren müssen, sind meist auch für die Finanzen verantwortlich. Vielleicht hatte er mal in die Schulkasse gegriffen und Etta Aalberg wusste davon? Der Rektor müsste sich noch daran erinnern können, falls es eine erhebliche Summe gewesen war. Er würde Brink morgen nachhaken lassen.

Nachts wurde er von Johan geweckt, der an der Schlafzimmertür kratzte. Vegter verließ das Bett und machte die Tür auf. Johan drehte sich um und ging vor ihm in die Küche. Dort blieb er neben dem Napf mit den vertrockneten Brotstückchen stehen. Vegter ging vor dem Küchenschrank in die Hocke, in dem er seit seinem Umzug ein paar Konserven aufbewahrte. Er hatte schon seit Monaten nicht mehr hineingesehen und staunte, als er noch jede Menge Dosenerbsen und Dosenbohnen sah.

Ganz hinten entdeckte er eine Büchse Sardinen in Zitronenolivenöl. Nach kurzem Überlegen öffnete er sie, spülte die Sardinen unter dem Wasserhahn ab und gab sie mit der Gabel in Johans Napf.

Der Kater begann sofort zu fressen. Vegter bückte sich und streichelte das stumpfe Fell, unter dem die Wirbel deutlich hervortraten.

Er ließ die Schlafzimmertür einen Spaltbreit offen stehen. Kurz bevor er einschlief, spürte er eine Bewegung am Fußende. Johan drehte sich, als müsste er Pampasgras niederwalzen, und Vegter lauschte seinem Schnurren, bis es schließlich aufhörte.

13

Morgens trat er barfuß in ein klebriges Etwas. Johan wartete geduldig neben seinem Fressnapf, bis Vegter die Sardinen aufgewischt hatte.

»Wasser und Brot«, sagte Vegter zu ihm. »Selbst das ist noch zu gut für dich.«

Er trank Kaffee und stand am Fenster, bis der Supermarkt aufmachte. Es regnete, ein rauschender Sommerregen, und auf der gegenüberliegenden Seite blieben alle Balkontüren geschlossen. Aber die Geranien genossen den Guss. Die Blüten waren fast unverschämt rot, und die nassen Blätter glänzten.

Er ging ohne Regenschirm einkaufen und erwarb fünf Kilo Katzentrockenfutter. Neben diesem standen Tetrapacks mit Katzenmilch im Regal, die ihm vorher noch nie aufgefallen waren. Er legte zehn davon in den Einkaufswagen. Vielleicht würde Johan davon etwas zunehmen.

Er rubbelte sich die Haare mit dem Geschirrhandtuch trocken, während Johan misstrauisch an der Milch schnupperte, bevor er davon trank.

Das Telefon klingelte, und Vegter sah automatisch auf die Uhr. Aber es war Talsma.

»Sie hat die erste Stunde frei, also habe ich mich für halb neun mit ihr verabredet. Schaffen Sie das, Vegter?«

»Warte draußen auf mich!« Er legte auf und beschloss, nach dem Gespräch in der Bäckerei an der Ecke zu frühstücken.

Talsmas Wagenfenster waren beschlagen, im Wageninneren stand blauer Dunst. Vegter öffnete die Tür. »Was hat sie gesagt?«

Talsma stieg aus. »Sie klang nicht sehr erstaunt.«

Etta Aalberg erschien bereits in der Tür, als sie den schmalen Gartenweg betraten. Auf der riesigen Sukkulente unter dem Wohnzimmerfenster hatte der Regen perlende Tropfen zurückgelassen. In spanischen Gärten hatte Vegter noch größere Exemplare gesehen. Die schwertförmigen, fleischigen Blätter waren mehr als einen Meter lang gewesen und die Stacheln schärfer als Dornen. Wo verbarg sich die weiche Seite dieser Frau?, dachte er, während er in ihr verschlossenes Gesicht sah.

»Treten Sie ein.« Sie warf einen vielsagenden Blick auf die Fußmatte, und gehorsam traten sie sich die Füße ab.

Im Wohnzimmer saß sie auf der Stuhlkante, so als wollte sie ihnen sagen, dass sie in Wahrheit keine Zeit für sie hätte. Die Hände waren wieder im Schoß gefaltet.

»Wir sind in Eric Jansons Computer auf Korrespondenz zwischen ihm und Ihnen gestoßen«, sagte Talsma, ohne sich lange mit irgendwelchen Höflichkeitsfloskeln aufzuhalten.

»Nicht zwischen ihm und mir«, verbesserte sie ihn ungerührt. »Er hat mir geschrieben.«

Talsma nickte. »Können Sie mir sagen, worum es dabei ging?«

Sie zog die Brauen hoch. »Haben Sie sie nicht gelesen?«

Talsma war zu alt, um sich provozieren zu lassen. »Ich würde das gern von Ihnen hören.«

»Wir hatten Meinungsverschiedenheiten.«

»Worüber?«

»Das ist privat.«

Talsma griff in seine Jackeninnentasche. Umständlich setzte er die Lesebrille auf und faltete anschließend die DIN-A-4-Blätter auseinander.

Es dauert jetzt schon lange genug. Ich weigere mich, das fortzusetzen. Er sah sie über die Brille hinweg an. »Ich zitiere.«

»Das ist mir bewusst.« Ihr Gesichtsausdruck war undurchdringlich, aber ihre Finger hatten den Ring gefunden und drehten ihn unablässig.

Du kannst mich doch deshalb nicht für den Rest meines Lebens verfolgen, las Talsma. *Du hast deine Genugtuung gehabt, und zwar mehr als ausreichend, im eigentlichen wie im übertragenen Sinne.* Wie immer, wenn er etwas vorlas, trat sein knödeliger Akzent noch stärker hervor. Und bei so einem Text hörte er sich an wie das Mitglied einer Laienspielgruppe. Er raschelte mit dem Papier. »Soll ich fortfahren?«

Sie wandte den Kopf ab. Ihre Haare wurden mit einer Haarspange zusammengehalten, was ihr Profil markanter, die Unterlippe voller und den Hals filigraner erscheinen ließ. Für einen Moment schimmerte die Jugend hinter dieser Maske durch, die Unschuld einer Madonna. Doch als sie ihren Blick zurückwandte, war schon nichts mehr davon übrig. Trotzdem milderte es Vegters Urteil, und leicht betreten registrierte er, wie sich auf ihren Wangen wieder hektische rote Flecken ausbreiteten.

»Das ist privat«, sagte sie barsch. »Ich fühle mich kein bisschen verpflichtet, Ihnen mehr darüber zu erzählen. Ich wüsste nicht, was das dazu beitragen könnte, dieses ... Verbrechen aufzuklären.«

»Wir reden hier von Mord«, sagte Talsma gelassen. »Ich hoffe, das ist Ihnen klar.«

»Ich weiß.«

»Aber Sie beharren auf Ihrem Standpunkt?«

Sie antwortete nicht.

Talsmas Blick glitt zu Vegter hinüber, der unmerklich nickte.

»In den letzten zehn Jahren, vielleicht sogar länger, hat Eric Janson monatlich einen festen Betrag abgehoben. Anfangs waren es tausend Gulden, später tausend Euro. Wir können nicht nachvollziehen, wofür. Vielleicht können Sie uns diesbezüglich weiterhelfen?«

Sie schüttelte den Kopf.

»Würden Sie vor Gericht unter Eid aussagen, dass Sie es nicht wissen?«

Sie hatte aufgehört, an ihrem Ring herumzuspielen. Stattdessen hatte sie die Hände dermaßen fest miteinander verschränkt, dass ihre Knöchel weiß wurden.

»Sie wissen, dass das Zurückhalten von Informationen oder das Behindern polizeilicher Ermittlungen strafbar ist?«

Etta Aalberg reagierte nicht.

Talsma verschoss sein letztes Pulver.

»Zufällig kenne ich mich mit Glaswaren aus«, sagte er mit undurchdringlicher Miene. »Ich habe Ihre Sammlung schon bei unserem letzten Gespräch bewundert und einige wertvolle Stücke entdeckt. Geerbt?«

»Nein.«

»Und die haben Sie sich alle von Ihrem Gehalt zusammengespart?«

Sie trug den Kopf so hoch, dass die Muskeln an ihrem Hals hervortraten. »Die habe ich mir alle von meinem selbst verdienten Geld gekauft.«

Das, dachte Vegter, ließ sich unterschiedlich interpretieren.

Er stieg bei der Bäckerei aus und widerstand einem Brötchen mit Pökelfleisch und Leber. Stattdessen ließ er sich zwei Schinkenbrötchen einpacken, von denen er eines schon auf dem Weg zum Revier aufaß.

In seinem Büro klingelte das Telefon, also legte er das noch übrig gebliebene Brötchen in eine Schublade und ging dran.

»Brink«, sagte Brink. »Keiner der Fingerabdrücke gehört einem Lehrer.« In seiner Stimme schwang Enttäuschung mit.

Es hatte also keine aus dem Ruder gelaufene Auseinandersetzung mit Etta Aalberg gegeben, dachte Vegter, korrigierte sich aber gleich darauf: Dass sie sich weigerte, den Mund aufzumachen, hatte nichts zu bedeuten. Deswegen mussten sie sich noch lange nicht verzweifelt an ein paar x-beliebige Fingerabdrücke klammern. Dass sie nun mal nichts anderes hatten, woran sie sich klammern konnten, ignorierte er geflissentlich.

»Auch keiner dem Hausmeister?«

Brink schwieg einen Moment. Er schien zu spüren, dass die Frage nicht ernst gemeint war. »Nein.«

»Zeig mir den Bericht.«

Er nahm gerade den letzten Bissen von seinem Brötchen, als Brink hereinkam. »Sie gehen davon aus, dass dieser Daumen und Mittelfinger zusammengehören.«

Vegter nickte und las sich den Bericht durch, während Brink nervös auf und ab lief wie ein Jagdhund, der auf sein Kommando wartet.

Eine Männerhand, rechter Daumen und Mittelfinger,

beide befanden sich etwa vierzig Zentimeter über der Türklinke. Teilweise Abdrücke von Zeige- und Ringfinger. Er musterte die Tür seines Büros und stand auf.

»Komm mal kurz mit, Corné!«

Er nahm Brink mit in den Flur und schloss die Tür. Er klopfte auf das Holz.

»Das ist der Seiteneingang. Du kommst angerannt. Denk an den Türschließer, du musst Kraft aufwenden. Du greifst mit der Linken die Klinke und benutzt die Rechte, um die Tür aufzudrücken.

Brink nickte und ging bis zur Hälfte des Flurs. Als er angerannt kam, registrierte Vegter neidisch das Tempo, das er auf diese kurze Distanz entwickeln konnte.

Brink griff nach der Klinke und drückte gleichzeitig mit der Rechten gegen die Tür. Er verharrte auf diese Weise und sah sich um.

»Wie weit ist deine Hand jetzt von der Klinke entfernt?«, fragte Vegter.

Brink maß nach. »Fünfzig Zentimeter.«

Vegter musterte ihn und seine schmalen Hüften, die breiten Schultern, die kurze Jacke und das dicke, im Nacken gelockte dunkle Haar. Eine vage Erinnerung schob sich in sein Bewusstsein. Hatte er nicht vor Kurzem auf genau so einen Rücken geschaut? Doch er wusste aus Erfahrung, dass er das Bild nicht erzwingen konnte, denn sonst würde es endgültig in der geistigen Versenkung verschwinden. Wahrscheinlich war es nicht weiter wichtig, bloß eines dieser Déjà-vu-Erlebnisse, die man nicht erklären kann. Er bedeutete Brink, dass er jetzt das Büro betreten sollte, und holte die Namensliste der ehemaligen Schüler aus einer Schreibtischschublade.

»Fordere Personal an und mach dich an die Arbeit!«

Brink nickte und ging zur Tür.

»Bleib stehen!«, sagte Vegter scharf.

Brink drehte sich überrascht um. Vegter wühlte in der Schublade, bis er fand, was er suchte.

»Vergiss die Liste fürs Erste. Schnapp dir den Scanner und nimm Bomers Fingerabdrücke. Lass sie sofort vergleichen.« Er gab Brink die Notizen. »Hier ist seine aktuelle Adresse. Talsma weiß, wo er arbeitet. Mach ihn nicht nervös, erzähl ihm, dass wir das bei jedem, der auf dem Klassentreffen war, so machen.«

Eine gute Stunde, dachte er, länger dürfte das eigentlich nicht dauern.

Ihm hätte gleich auffallen müssen, dass Bomer seine Adresse mit der linken Hand notiert hatte, und das, obwohl sie verbunden gewesen war. Er musste ein echter Linkshänder sein. Jemand, der seine Linke benutzt, um eine Tür zu öffnen, auch wenn er bereits eine Krücke hält. So wie das echte Rechtshänder mit rechts taten.

Während er seine Post nach den Kriterien »in den Papierkorb werfen«, »wahrscheinlich später in den Papierkorb werfen« und »beantworten« sortierte, fragte er sich, ob sich die Lehrer wohl noch an einen zehn Jahre zurückliegenden Konflikt mit einem Schüler erinnern konnten. Noch dazu, wenn sie nicht selbst davon betroffen waren. Wahrscheinlich nicht. Er erwog, den Rektor anzurufen, beschloss dann aber, dies bis nach dem Gespräch mit Bomer zu vertagen.

Er füllte den Papierkorb, sortierte die übrige Post in zwei ordentliche Stapel und stellte sich ans Fenster.

Das Straßencafé hatte bereits geöffnet, und die Bedienung wischte gerade die Tische und Stühle der Freischankfläche trocken. Ein junges, eng umschlungenes Paar lief vorbei. Es blieb stehen und suchte sich nach kurzer Überlegung einen Tisch aus. Das Mädchen setzte sich und hielt das Gesicht in die Sonne, die an einem wolkenlosen Himmel stand, während sich der Junge vorbeugte und sie flüchtig küsste. Plötzlich sehnte sich Vegter danach, auch dort zu sitzen und eine Tasse Kaffee zu trinken oder besser noch ein Bier. Aber nicht allein.

Bomer und Aalberg. Er rechnete zurück. Sie war höchstens vier oder fünf Jahre älter. Aber würde eine Frau wie Etta etwas mit einem Schüler anfangen? Das kam ihm wenig wahrscheinlich vor. Andererseits: Ihre Affäre mit Janson war angesichts des großen Altersunterschieds auch nicht absehbar gewesen. Und Bomer war ein hübscher Kerl.

Das Telefon klingelte, und er stolperte beinahe über den Papierkorb, so sehr beeilte er sich, dranzugehen.

»Sie stimmen überein«, sagte Brink.

Vegter hörte den Triumph in seiner Stimme, denn alle hatten gespannt auf das Ergebnis gewartet.

»Hol ihn ab.«

Als sie hereinkamen, fiel ihm die Ähnlichkeit zwischen Brink und Bomer wieder auf, auch wenn diese ausschließlich ihr Äußeres betraf. Während Brink wach und energiegeladen wirkte, verströmte Bomer eine Art Gleichgültigkeit. Eine Art Lustlosigkeit, dachte Vegter. Das reiche Söhnchen, das schon alles gesehen hat. Aber das war wahrscheinlich nur gespielt. Er wies mit dem Kinn auf den Stuhl vor seinem Schreibtisch.

»Nehmen Sie Platz.«

Talsma setzte sich auf einen der anderen Stühle, Brink lehnte sich an die Wand. Bomer sah von einem zum anderen, während ein ironisches Lächeln um seine Lippen spielte. Der Verband an der linken Hand war einem Pflaster gewichen.

Vegter verschränkte die Hände unterm Kinn und musterte ihn gelassen. Er durchbrach die Stille absichtlich nicht. Bomer hielt sein Lächeln aufrecht und war selbstbewusst genug, nicht als Erster das Wort zu ergreifen. Vegter hatte fast das Gefühl, dass er die Situation genoss.

»Ich habe Sie holen lassen, weil uns eine Unstimmigkeit in Ihrer Aussage aufgefallen ist.«

Bomer zog die Brauen hoch. »Und die wäre?«

»Ich glaube, das wissen Sie selbst am besten.«

Bomer schüttelte den Kopf. »Ich weiß nicht, wovon Sie reden.«

»Wie haben Sie die Schule bei ihrer Ankunft betreten?«

Bomer zögerte den Bruchteil einer Sekunde. »Durch den Haupteingang.«

»Sie waren mit dem Auto da?«

»Ja.«

»Und wo haben Sie geparkt?«

»Auf dem Parkplatz neben der Schule.«

»Wäre es da nicht logischer gewesen, den Seiteneingang zu benutzen?«

»Von der Logik her vielleicht schon, aber ich wusste nicht, ob er offen sein würde. Er sah geschlossen aus. Außerdem gefiel mir die Vorstellung, die Schule genau so zu betreten wie früher.«

Vegter nickte. »Hat Sie jemand hereinkommen sehen?«

Bomer überlegte. »Ich bin im Eingangsbereich einem Klassenkameraden begegnet. So gesehen ja, ich nehme an, dass er gesehen hat, wie ich hereinkam.«

»Sie haben ausgesagt, die Schule während des Klassentreffens nicht verlassen zu haben.«

»Soweit ich mich erinnern kann, war das so.«

Vegter bemerkte die Vorsicht, mit der er antwortete. Er spürt, dass hier der springende Punkt ist, dachte er. Aber er weiß nicht, warum.

»Wir haben Beweise, dass Sie es entgegen ihrer Aussage getan haben.«

»Welche Beweise?«

Vegter sah ihn unverwandt an. »Ich würde gern wissen, ob Sie bei Ihrer Aussage bleiben, das Gebäude nicht verlassen zu haben. Weder durch den Haupt- noch durch den Seiteneingang.«

Bomer hob die Hand. Vegter bewunderte sein Reaktionsvermögen.

»Jetzt fällt es mir wieder ein! Ich habe meinen Kalender aus dem Auto geholt, weil ich mich mit einem früheren Freund verabreden wollte. Doch aufgrund der Dinge, die dann passierten, ist nichts draus geworden.« Das Lächeln war wieder da. »Das war mir völlig entfallen.«

Vegter schwieg, was Bomer dazu verleitete, hinzuzufügen: »Normalerweise steckt der Kalender in meiner Sakkoinnentasche. In der Zwischenzeit hatte ich auch gesehen, wie die Seitentür benutzt wurde, also ...«

Jetzt übertreibst du aber!, dachte Vegter.

»Sie trugen an jenem Abend ein Sakko.«

Bomer nickte.

»Welche Farbe?«

»Dunkelblau.«

»Sie wurden dabei gesehen, wie Sie Janson zu den Toiletten gefolgt sind.«

Er bluffte, und aus dem Augenwinkel sah Vegter, wie Brink zusammenfuhr. Er würde ihn später darauf ansprechen.

Bomer zuckte die Achseln. »Gut möglich. Sie können nicht von mir verlangen, dass ich noch genau weiß, wann ich auf der Toilette war.«

»Nicht einmal, als Sie später erfuhren, dass Janson auf der Toilette ermordet wurde?«

Bomer schüttelte den Kopf. »Ich war nicht gleichzeitig mit Janson auf der Toilette. Vielleicht habe ich in diesem Moment mit meinem Rundgang durch die Schule begonnen. Oder aber ich war gerade dabei, meinen Kalender aus dem Auto zu holen.«

»Er muss Ihnen doch aufgefallen sein, und sei es nur, indem Sie ihn überholt haben. Er war an jenem Abend der Einzige, der an Krücken ging«, sagte Vegter ironisch.

»Ich kann mich nicht daran erinnern.«

»Hat Sie jemand hereinkommen sehen, nachdem Sie Ihren Kalender aus dem Auto geholt hatten?«

»Keine Ahnung, ich habe nicht darauf geachtet.«

»Wer war der Freund, mit dem Sie sich verabreden wollten?«

»Peter van Mils.«

»Können Sie mir seine Telefonnummer geben?«

»Die habe ich nicht.« Zum ersten Mal wurde Bomer unwirsch. »Ich sagte Ihnen doch gerade, dass ich keine Verabredung getroffen habe.«

»Haben Sie seine Adresse?«

»Nein.«

Vegter drehte sich zu Brink um. »Ruf diesen Meneer Van Mils kurz mal an.«

Brink verschwand. Vegter verschränkte die Hände, fixierte einen Punkt knapp über Bomers Kopf und lauschte auf dessen Atmung, bis Brink zurückkehrte.

»Peter van Mils zufolge haben Sie nur vereinbart, mal ein Glas Bier trinken zu gehen.«

Vegter zog unmerklich die Brauen hoch. »Das klingt sehr vage, Meneer Bomer.«

Aber Bomer hatte genug Zeit gehabt, sich eine Antwort zurechtzulegen. »Genau deswegen habe ich ja meinen Kalender geholt. Sie wissen doch, wie das ist: Man nimmt es sich vor, aber wenn man sich nicht konkret verabredet, wird nichts draus.«

»Hat Sie jemand nach draußen gehen sehen, als Sie Ihren Kalender holten?«

»Das weiß ich nicht.«

»Haben Sie mit Eric Janson gesprochen?«

»Wann?«

Vegter legte beide Hände flach auf seinen Schreibtisch. »Meneer Bomer, Sie sind hier, weil Sie eine Falschaussage gemacht haben. Und damit sitzen Sie in der Bredouille.«

Bomer wollte etwas sagen, aber Vegter gab ihm keine Gelegenheit dazu. »Ich glaube nicht, dass dies hier der richtige Moment für Spitzfindigkeiten ist. Haben Sie mit Eric Janson gesprochen?«

»Nur ganz kurz.«

»Wo?«

»In der Aula.«

»Eric Janson hatte ein Blatt vor sich liegen, auf dem in Großbuchstaben ›Skiunfall‹ stand«, sagte Vegter freundlich. »Außerdem hatte er seine Krücken in greifbarer Nähe. Und trotzdem behaupten Sie, dass er Ihnen nicht aufgefallen ist, als Sie Ihren Rundgang machten beziehungsweise auf die Toilette gingen beziehungsweise Ihren Kalender holten.«

Bomer schwieg.

»Meneer Bomer?«

»Er ist mir nicht aufgefallen. Und wer sagt denn, dass ich ihm überhaupt gefolgt bin? Es waren noch mehr Leute mit dunklen Haaren und dunklen Sakkos da.«

Vegter bemerkte mit Genugtuung, dass die Gleichgültigkeit verschwunden war. Bomer schien sich nicht mehr zu amüsieren. Er saß jetzt kerzengerade, und seine Schultern wirkten verspannt.

»Wie geht es Ihrer Hand?«

Bomer blinzelte, diese Wendung überraschte ihn.

»Ausgezeichnet.«

»Haben Sie noch einmal mit Ihrer Freundin beziehungsweise Exfreundin gesprochen?«

Wieder dieses Zögern. »Ja, einmal. Ich hatte noch was zu klären.«

»Und ist das zur beiderseitigen Zufriedenheit geschehen?«

»Das müssen Sie sie schon selbst fragen.« Bomer sah demonstrativ auf die Uhr. »Ich habe heute Nachmittag noch eine Besprechung. Wenn Sie also keine weiteren Fragen an mich haben ...«

Pünktlich ist er, dachte Vegter. Er schüttelte den Kopf. »Im Moment habe ich keine Fragen mehr an Sie. Aber ich möchte, dass Sie heute Nachmittag Ihren Pass auf dem Revier abgeben.« Streng genommen gab es keine Handhabe dafür, er wollte Bomer nur provozieren.

Mit Erfolg. Bomers Stuhl blieb nur deshalb stehen, weil auch Brink ein ausgezeichnetes Reaktionsvermögen besaß.

»Und jetzt?« Talsma öffnete, ohne zu fragen, das Fenster und drehte sich eine Zigarette. »Was meinen Sie, Vegter? Ich glaube, wir sollten ihn im Auge behalten. Der lügt doch wie gedruckt! Das ist ein arroganter Fatzke, einer von denen, die glauben, die Polizei für dumm verkaufen zu können. Vielleicht wird er leichtsinnig.«

»Was meinst du, Corné?«

»Hat jemand gesehen, wie er Janson gefolgt ist?«, fragte Brink vorsichtig.

Vegter beschloss, den geplanten Tadel fallenzulassen. »Zumindest jemanden, dessen Beschreibung gut zu ihm passt.«

»Aber Sie glauben ...?« Brink wollte Gewissheit.

Vegter seufzte. »Wir haben keinerlei Beweise, aber ich bin derselben Meinung wie Sjoerd. Seine Geschichte steht auf tönernen Füßen.«

»Außerdem haben wir nichts anderes«, sagte Talsma nüchtern. »Sollen wir ein bisschen nachbohren?«

Vegter nickte. »Er wird nachher seinen Pass abgeben, und dann beschattest du ihn. Nicht rund um die Uhr, aber ich möchte wissen, was er so treibt. Ich rufe den Rektor an, und wenn dabei etwas herauskommt, gebe ich euch Bescheid.«

»Meine Erinnerung an David Bomer scheint sich mit der der anderen Lehrer zu decken«, sagte der Rektor.

»Und die wäre?«

»Ein auf den ersten Blick unproblematischer Schüler. Sehr intelligent, er hat problemlos Abitur gemacht. Andererseits auch ein Junge, der schwer zu fassen war. Der totale Einzelgänger. Er war unbeeinflussbar, was seine eigene Meinung anging, direkt rechthaberisch kann man ihn allerdings auch nicht nennen. Einer der Lehrer nannte ihn eigensinnig, aber aus meiner Sicht trifft es das nicht wirklich. Ich würde ihn fast als autark bezeichnen, was den Umgang mit Mitschülern und Lehrern anbelangt. Trotzdem ein Junge mit einer potenziell großen Zukunft, und zwar egal auf welchem Gebiet – vorausgesetzt er begegnet den richtigen Leuten. Während des Klassentreffens habe ich kurz mit ihm gesprochen, und da ist mir aufgefallen, dass er noch keine Karriere gemacht hat, obwohl ich das eigentlich von ihm erwartet hätte.«

»Was daran liegt, dass er nicht die richtige Unterstützung bekommen hat?«, fragte Vegter, während er das Wort autark, dessen Bedeutung ihm gerade entfallen war, auf seinen Notizblock kritzelte.

»Gut möglich«, sagte der Rektor, der sich langsam für das

Thema erwärmte. »Ein interessanter Bursche, das auf jeden Fall. Kennen Sie das Hitchcock-Zitat: ›Ich wäre ein Mörder geworden, wenn ich die richtigen Leute getroffen hätte‹? So etwas in der Art.«

»Aber Sie oder ein anderer Lehrer können sich nicht an einen Konflikt zwischen Bomer und Janson erinnern?«

Seine direkte Frage überraschte den Rektor. »Sie glauben doch nicht etwa ...?«

»Ich glaube gar nichts«, beruhigte ihn Vegter. »Aber ich kann es auch nicht ausschließen.«

»Nicht dass ich wüsste.« Der Rektor schwieg einen Moment. »Aber das heißt nicht, dass es so einen Konflikt nicht gegeben hat. Und auch nicht, dass die Schuld automatisch bei David Bomer gelegen haben muss. Eric Janson war nicht immer einfach für die Schüler.«

Er hat seinen Tod bereits größtenteils verarbeitet, dachte Vegter. Aber das kannte er schon: Nach dem ersten Schrecken suchten die Menschen nach Gründen, die das Unfassbare erklären konnten, woraufhin von den ursprünglichen Lobeshymnen auf das Opfer oft nur noch ein magerer Nachruf übrig blieb.

»Und wie sieht sein familiärer Hintergrund aus?«

»Soweit ich weiß, ist er ein Einzelkind. Die Eltern sind nicht unvermögend, aber auch nicht wohlhabend. Aber das sage ich wohlgemerkt nur aus der Erinnerung, die genauen Fakten weiß ich im Moment nicht.«

Vegter legte auf und suchte im Regal nach dem Wörterbuch, bis ihm wieder einfiel, dass er es verliehen hatte. Also sah er im Internet nach. Unabhängig, las er. Unabhängig, selbstgenügsam. Sein Respekt vor dem Rektor, den er bisher als leicht beeinflussbaren Mann abgetan hatte, wuchs. Selten hatte jemand mit nur einem Wort so eine treffende Beschreibung abgeliefert.

Er wollte gerade nach Hause gehen, als der Rektor anrief.

»Zufällig habe ich mich vorhin mit Mevrouw Landman unterhalten. Sie hat Biologie und Mathematik unterrichtet, ist aber inzwischen in Pension. Sie erinnert sich, dass sie einmal heftig mit David Bomer aneinandergeraten ist. Aber den genauen Hergang lassen Sie sich lieber von ihr selbst erzählen.«

Vegter notierte die Telefonnummer und bedankte sich.

Mevrouw Landman sprach jenes Hochniederländisch, das Vegter so liebte, das es aber kaum noch zu geben schien.

»Natürlich erinnere ich mich noch an David Bomer«, sagte sie, jedes Wort deutlich artikulierend. »Ein schwieriger Junge, auch wenn man ihm das auf den ersten Blick nicht anmerkte. Er war beliebt, aber im Grunde ein Einzelgänger. Ein Junge, der keinerlei Einmischung vertrug und sich nichts sagen lassen wollte.«

»Können Sie mir ein Beispiel nennen?«

»Gern«, sagte sie nachdenklich. »Obwohl es für jemanden, der nicht dabei war, vielleicht wenig überzeugend klingt.«

Vegter wartete.

»Ich hatte ihm etwas aufgetragen«, sagte sie. »Was, weiß ich nicht mehr, aber das spielt in diesem Zusammenhang auch keine Rolle. Wie dem auch sei, ich fand heraus, dass er die Aufgabe nur unvollständig erledigt hatte. Das sagte ich ihm im Beisein anderer Schüler, was nicht sehr taktvoll war, aber David konnte einem mit seiner Arroganz ganz schön auf die Nerven gehen. Natürlich fühlte er sich blamiert, zumal seine Mitschüler sichtlich Spaß an diesem Tadel hatten. Er wurde frech, und damit die Sache nicht eskalierte, bat ich ihn, einen Behälter mit Wasser zu füllen, den ich für einen Versuch benötigte. Ich weiß nicht, ob Sie das noch aus Ihrer

Schulzeit wissen, Meneer Vegter, aber diese Behälter sind schon im leeren Zustand ziemlich schwer, und erst recht, wenn sie mit Wasser gefüllt sind.«

»Was ist passiert?«

»Er ließ ihn auf meinen Fuß fallen.«

»Mit Absicht?«

»Das hat er natürlich geleugnet. Aber ich hatte seinen Gesichtsausdruck gesehen.« Sie schwieg einen Moment. »Er hat mich angeschaut, bevor er das tat, und ich bin mir sicher, dass es Absicht war.«

»Und Ihr Fuß?«

»Der Mittelfußknochen war gebrochen, und ich hatte vier stark gequetschte Zehen. Die Wirkung war umso größer, weil Sommer war und ich Sandalen trug.« Sie lachte. »An so ein Detail kann sich auch nur eine Frau erinnern.«

»Welche Maßnahmen haben Sie ergriffen?«

»Maßnahmen?« Sie klang erstaunt. »Ich konnte keinerlei Maßnahmen ergreifen, ich hatte schließlich keinerlei Beweise. Tja, danach musste ich mit dem Fuß zwei Wochen zu Hause hocken. Aber was mich noch viel mehr schockiert hat, war, dass er mir Blumen geschenkt hat, als ich wieder zur Schule kam. Und auch da konnte ich seinem Gesicht ablesen, dass er die Situation genoss. Anfangs dachte ich noch, dass er zu jung wäre, um seine Mimik zu beherrschen. Aber später begriff ich, dass er wollte, dass ich es merke. Der Gedanke hat mir Angst gemacht.«

»Wie alt war er, als das passierte?«

Sie überlegte. »Er muss so sechzehn, siebzehn gewesen sein.«

»Welche Schlussfolgerungen haben Sie daraus gezogen?«

Für einen Moment herrschte Schweigen, und Vegter wusste, dass sie nach den richtigen Worten suchte.

»Dass David ein gefährlicher junger Mann ist, wenn ihm jemand in die Quere kommt«, sagte sie schließlich. »Deshalb würde ich ihn ungern in einer wichtigen Position sehen. Robert, der Rektor, hat mir allerdings gesagt, dass davon bislang keine Rede sein kann. Davids Karriere scheint nicht so recht in Fahrt kommen zu wollen. Ob das an seinem Charakter liegt, kann ich nicht beurteilen. Dafür habe ich ihn zu lange nicht mehr gesehen.«

Die Schule konnte von Glück reden, dass sie solche Lehrer hatte! »Sie haben sich auf dem Klassentreffen nicht mit ihm unterhalten?«

»Nein, ich war auch nur kurz da, weil ich an jenem Abend meinen Enkel hüten musste.«

Diesen Enkel gab es bestimmt noch nicht lange, dachte Vegter, als er den Stolz in ihrer Stimme hörte.

»Sie waren bereits gegangen, als es zu dem Vorfall mit Meneer Janson kam?«

»Ja.«

»Können Sie sich noch erinnern, ob Eric Janson je Probleme mit David Bomer hatte?«

»Nein.«

Nach einigem Zögern fügte sie noch hinzu: »Andererseits war Eric nicht der Typ, der zugibt, Probleme zu haben. Seiner Meinung nach musste jeder Lehrer selbst sehen, wo er blieb. Er hat sich geweigert, sich mit derartigen Dingen zu befassen. Er hasste die Zeugniskonferenzen, bei denen natürlich auch Probleme mit Schülern zur Sprache kamen. Er fand, dass er dazu da wäre, zu unterrichten. Ich weiß, das klingt unsympathisch, aber die persönlichen Umstände der Schüler interessierten ihn nicht. Ihm ging es nur um Wissensvermittlung. Im Grunde hätte er Vorlesungen halten sollen.«

»Der Rektor meinte, er sei ein loyaler Kollege gewesen.«

»Das war er auch.« Sie lachte. »Das klingt widersprüchlich, aber bei Krankheitsfällen war er stets bereit, einzuspringen. Und was Sportfeste und solche Veranstaltungen betrifft, war er wirklich einmalig. So etwas konnte er fantastisch organisieren.«

Eine Gesprächspause entstand, und Vegter wusste, dass sie auf eine Erklärung für dieses Telefonat wartete. Aber er wusste auch, dass sie ihn nicht darauf ansprechen würde. Er bedankte sich und legte auf.

Auf der Heimfahrt hatte er plötzlich keine Lust, den Abend allein zu verbringen. Er würde Ingrid zum Essen einladen.

Er hielt bei einem Metzger und kaufte vier Kalbsmedaillons. Es gab noch Salat, und den Rest würde er improvisieren, überlegte er mit plötzlicher Unbekümmertheit.

Zu Hause legte er das Fleisch auf die Küchentheke und sah auf die Uhr. Sie müsste inzwischen von der Arbeit zurück sein, es war nach sechs.

Ihr Telefon klingelte etliche Male, und er wollte gerade auflegen, weil er es hasste, auf den Anrufbeantworter zu sprechen, als sie dranging.

»Du hast Glück, dass ich das Telefon gehört habe«, sagte sie fröhlich. »Ich war gerade unter der Dusche.«

Er machte den Mund auf, schloss ihn jedoch sofort wieder.

»Bist du noch dran?«, wollte sie wissen.

»Gehst du heute Abend aus?«

»Thom hat ein Geschäftsessen.« Sie lachte. »Und da muss ich natürlich vorzeigbar sein.«

Thom. Von nun an gab es Thom. Er hatte dies nicht vergessen, sondern nur beschlossen, nicht mehr daran zu denken.

»Wolltest du etwas Besonderes?«, fragte Ingrid.

»Nein«, sagte er. »Nichts Besonderes. Ich wollte nur kurz deine Stimme hören. Aber ich will dich nicht aufhalten, du bist in Eile.«

In der Küche lagen die Kalbsmedaillons, die nackt und rosa aussahen. Johan sah erwartungsvoll zu ihm auf. Vegter öffnete die Verpackung und schnitt ein Stück Fleisch ab. Dann dachte er an die Sardinen und warf es in den Müll.

Hatte er wirklich geglaubt, so eine Mahlzeit aus dem Ärmel schütteln zu können? Es wurde Zeit, dass er der Wahrheit ins Auge sah. Und sich eingestand, dass Ingrid ihn hier nicht besuchen würde. Nicht, wenn sie es irgendwie vermeiden konnte. Dass ihr Unbehagen den lockeren Ton, den sie normalerweise an den Tag legte, unmöglich machte. Diese Wohnung war kein Zuhause, sondern eine bloße Unterkunft. Und mehr würde daraus auch niemals werden.

Er lehnte sich an die Küchentheke und versuchte, die ihn überwältigende Müdigkeit zu ignorieren. Er wusste, dass sie auf Wut, Dickköpfigkeit und Kummer zurückzuführen war. Trauer war eine Art Phantomschmerz: Ein lebenswichtiger Teil seiner Existenz war amputiert worden.

Im Flur stand seine Tasche mit genügend Arbeit, um den Abend totzuschlagen. Er könnte Unterlagen durchgehen und Berichte lesen, bis die Apathie jener nächtlichen Ruhelosigkeit wiche, die ihn am Schlafen hinderte, ihn aber auch entspannte. Sie ließ ihn hellwach werden und steigerte den Musik- und Lektüregenuss, sodass das Leben wieder lebenswert wurde.

Auf dem Laubengang hörte er Stimmen, das helle Lachen einer Frau, und die darauf folgende Stille war für ihn auf einmal unerträglich.

Brahms. Nicht seine erste Sinfonie – die war zu teutonisch, klang zu sehr nach Beethoven. Aber die zweite würde gut zu seinem Rotwein passen.

14

Talsma saß im Auto, und zwar auf dem Parkplatz der Versicherungsgesellschaft, bei der Bomer arbeitete. Er behielt den Eingang im Auge. Er hatte Akke angerufen, um ihr zu sagen, dass es wieder einmal später werden würde, woraufhin sie gemeint hatte, er könne von Glück reden, dass es Schmorfleisch gäbe. Sie würde es auf dem Herd stehen lassen.

Nachdem Bomer seinen Pass abgeliefert hatte, war er ins Büro zurückgekehrt. Inzwischen war es kurz vor sechs. Die meisten Angestellten hatten das Gebäude um Punkt fünf verlassen, aber Bomer hatte anscheinend viel zu tun.

Talsma hörte mit halbem Ohr Polizeifunk und dachte sehnsüchtig an das Schmorfleisch. Er hatte Hunger. Dann betrachtete er die riesigen Neonlettern auf dem Dach, die Marmorverkleidung der Fassade. Marmor, der helle Wahnsinn! Wie bei den alten Römern. Kein Wunder, dass man sich bei den Prämien dumm und dusselig zahlte!

Die Drehtür setzte sich in Bewegung, und Bomer kam heraus. Talsma ließ den Motor erst an, als der kleine dunkle Opel das Firmengelände verließ. Er ließ zwei Autos vor, bis er sich in den Verkehr einfädelte.

Bomer fuhr gemächlich zu der von ihm als Hausanschrift

angegebenen Adresse, fand einen Parkplatz und betrat das Haus.

Talsma wendete am Ende der Straße und quetschte das Auto in eine Lücke schräg gegenüber. Er stieg aus und überquerte die Straße.

Er hatte vier Stockwerke gezählt, und neben der Haustür prangten vier Klingelschilder. Talsma wunderte sich, dass Bomers Name fehlte, bis ihm einfiel, dass er vorübergehend bei einem Freund wohnte. Er setzte sich wieder ins Auto und wartete.

Er konnte gut warten. Seine Arbeit bestand überwiegend aus Warten, sodass er es sich längst abgewöhnt hatte, ungeduldig zu werden. Es kam darauf an, trotz allem aufmerksam zu bleiben, auch wenn einen Langeweile und damit Schläfrigkeit übermannten.

Also sah er interessiert zu, wie eine junge Frau vergeblich versuchte, das Untergestell eines Kinderwagens in dem zu kleinen Kofferraum ihres Autos zu verstauen, während aus dem Wagen ein klägliches Weinen drang. Anschließend betrachtete er zwei Tauben, die sich nickend und gurrend um ein Stück Brot stritten. Talsma wettete auf die kleinere der beiden und war tief befriedigt, als die größere aufgab und sich schmollend auf einen Baum zurückzog.

Er sah sich noch einmal um. Keine schlechte Wohngegend. Ein Vorkriegsviertel, aber die überwiegend zwei- bis dreistöckigen Häuser waren gut in Schuss und fast alle mit Balkonen ausgestattet. Er musste an seine eigene Wohnung denken. Als er dort frisch eingezogen war, hatte sie noch am Stadtrand gelegen, und man hatte einen Blick über die Felder gehabt. Inzwischen war alles mit eintönigen Betonkästen zugebaut, um so viele Menschen wie nur möglich unterzubringen. Die Felder waren nur noch eine ferne Erinnerung.

Er war nicht unglücklich in der Stadt, aber sobald er pensioniert wäre, würde er in sein Heimatdorf nach Friesland zurückkehren. In das Haus, das er von seinen Eltern geerbt hatte und das schon seit zwei Jahren auf ihn wartete. Akke würde dort aufleben, auch wenn es bedeutete, dass sie die Kinder seltener sähe. Sie hatte die Weite stets vermisst – und den Wind, der einem ums Gesicht wehte.

Beim Gedanken an Akke fiel ihm das Schmorfleisch wieder ein. Er wollte sich gerade eine Selbstgedrehte anzünden, um den Hunger zu vertreiben, als sich die Tür öffnete und Bomer erschien. Er trug jetzt Jeans und ein anderes Hemd. Sein noch feuchtes Haar lockte sich auf der Stirn.

Talsma tippte, dass er ein Rendezvous hatte.

Er folgte dem Opel in eine Straße, die hinter der von Vegters Haus lag. Bomer parkte und verschwand im Treppenhaus des Wohnblocks. Talsma wartete.

Die Tür öffnete sich erneut, und eine junge Frau mit langen dunklen Haaren kam heraus, dicht gefolgt von Bomer. Während sie zu seinem Auto gingen, legte er den Arm um ihre Schultern.

Der fackelt nicht lange, dachte Talsma. Kaum ist er seine schwangere Freundin los, hat er schon wieder eine Neue. Er sah auf die Uhr. Fast sieben. Sie gingen sicher irgendwo essen, und wenn dem so war, konnte er sich von Brink ablösen lassen.

In der Innenstadt fuhr Bomer kreuz und quer über die Grachten, bis er endlich einen Parkplatz gefunden hatte. Talsma fluchte, weil er sich ein paarmal direkt hinter ihm befand. Dann stellte er seinen Wagen gezwungenermaßen halb auf dem Bürgersteig ab, aus Angst, ihn aus den Augen zu verlieren.

Sie steuerten auf ein kleines italienisches Lokal zu und gingen hinein. Erleichtert kehrte er zu seinem Wagen zurück und nannte Brink die Adresse.

*

Das Lokal hatte sich gefüllt, während sie aßen. Jetzt, wo sie beim Espresso angelangt waren, waren alle Tische besetzt.

Während Eva in ihrem Kaffee rührte, spürte sie Davids Blick, so wie sie ihn bereits den ganzen Abend auf sich gespürt hatte. Sie beschloss, dass ihr die Aufmerksamkeit guttat. Als er endlich begriffen hatte, dass sie ungern von sich erzählte, hatte er allgemeinere Themen angeschnitten und wieder von seiner Arbeit berichtet: Dass er bald befördert würde. Dass er gerade bei einem Freund wohne, der für ein Jahr ins Ausland gegangen war. Im Moment erzählte er, dass er einen Tauchurlaub buchen wolle, in Ägypten oder auf den Antillen. Vielleicht noch diesen Sommer, sonst im Herbst.

Das Essen und die Flasche Wein, die sie dazu getrunken hatten, machten sie schläfrig, und sie hörte nur mit halbem Ohr hin.

»Du könntest mir einen Gefallen tun«, sagte er und lachte, als sie erschreckt aufsah. »Kannst du einem guten Freund Rabatt einräumen, oder geht das nicht?«

Sie schüttelte den Kopf. »Ich fürchte, das ist ausgeschlossen.«

Er trank seinen Espresso, während er von Tauchzielen sprach, von Korallensorten, die er sehen wollte, und von einem Kurs für Fortgeschrittene, weil er tiefer tauchen wollte. Abrupt richtete sie sich auf und sagte: »Woher weißt du eigentlich, wo ich arbeite, David?«

Er zog die Brauen hoch. »Wie meinst du das?«

»Als du mich heute Nachmittag angerufen hast – woher wusstet du da, wo ich arbeite?«

Er sah sie erstaunt an. »Das hast du mir doch erzählt. Willst du noch einen Espresso?«

Sie sah auf die Uhr. »Nein, danke. Wenn es dich nicht sehr stört, würde ich jetzt lieber nach Hause gehen. Ich muss noch Maja abholen.«

»Ich fahre dich gern vorbei«, bot er an, aber sie schüttelte den Kopf.

Ihre Mutter würde sofort wissen wollen, wer er war. Sie war schon beleidigt gewesen, als Eva nur erzählt hatte, dass sie mit einem Freund essen ging.

»Ich hole sie lieber allein ab.«

Er drang nicht weiter in sie, sondern winkte dem Kellner und bat um die Rechnung.

An ihrer Wohnung hielt er vor ihrem Auto und stieg aus, um ihr die Wagentür aufzuhalten. Sie suchte in ihrer Tasche nach den Schlüsseln und sah zu ihm auf.

»Danke für den schönen Abend.«
»Gut gegessen?«
»Köstlich.« Sie lächelte.

»Aber das nächste Mal isst du deinen Teller leer!« Er nahm ihr Gesicht in beide Hände und zog sie an sich. Wieder roch sie das Leder seines Sakkos, einen Hauch Aftershave und danach den Wein.

Maja schlief schon im Auto ein und wurde erst wieder wach, nachdem sie sie in die Wohnung getragen, ausgezogen und ins Bett gebracht hatte.

»Mit wem bist du ausgegangen, Mam?«
»Mit David, aber das weißt du doch.«
»Ach ja.«

Eva stopfte die Decke um sie fest. »Schläfst du jetzt brav weiter?«

»Ja.« Sie schlug erneut die Augen auf. »Oma wollte wissen, wer David ist.«

»Und, was hast du gesagt?«

»Na ja, dass er David ist.«

Eva strich über ihre noch schlafwarme Wange und knipste die Nachttischlampe aus. »Bis morgen.«

Als sie endlich selbst mit hinter dem Kopf verschränkten Händen im Bett lag, versuchte sie, das Gedankenkarussell zu stoppen. Es war nett gewesen. Nett genug, dass sie bereute, Maja nicht über Nacht bei ihrer Mutter gelassen zu haben. David hatte viel über sich selbst geredet, aber daran war sie nicht ganz unschuldig. Sie hatte wenig zur Unterhaltung beigetragen, und er war nicht weiter in sie gedrungen, sondern hatte ihre Reserviertheit respektiert.

Was hätte sie ihm auch erzählen sollen? Es gab da dieses Problem. Problem war nicht das richtige Wort, aber für so etwas gab es kein richtiges Wort.

David würde das Problem auch nicht lösen können, aber ohne ihn bliebe es ebenso gut bestehen. Warum also nicht etwas Nähe zulassen?

Ihr fiel ein, dass sie ganz vergessen hatte, eine Schlaftablette zu nehmen. Aber die Bilder würden trotzdem kommen, sich vor ihr inneres Auge schieben, das kein Temazepam verdunkeln konnte. Sie tauchten immer dann auf, wenn es am dunkelsten war und die Nacht kein Ende zu nehmen schien. Aber jetzt war sie hellwach von dem Wein, hatte einen klaren Kopf und war regelrecht optimistisch. Ein Zustand, der nicht lange dauern würde, aber das hieß nicht, dass sie ihn nicht genießen durfte.

Sie könnte die Bilder zulassen, ja sie sogar heraufbeschwören, als Experiment sozusagen. Sie könnte sie ordnen und betrachten wie einen Film, der eine Fremde betraf. Eine furchterregende, aber auch aufregende Vorstellung.

Sie legte die Hände auf ihren Bauch, den sie sich seit Jahren nicht mehr so vollgeschlagen hatte. Ihre Eingeweide waren noch damit beschäftigt, das Essen langsam und methodisch zu verdauen. Alle Nährstoffe wurden herausgefiltert und in alle Körperteile verteilt, damit jedes Organ, jede Zelle davon profitieren konnten.

Zum ersten Mal seit Langem dachte sie so über Nahrung nach. Zum ersten Mal war es nicht nur eine breiige, faulige Masse für sie. Sie verschränkte die Hände und setzte den Film in Gang, von Anfang an. Seitdem waren achtzehn Jahre vergangen.

15

»Und was hat er gemacht, nachdem er sie abgesetzt hatte?«, wollte Vegter wissen.

»Er ist ihr gefolgt.« Brink zog seine Jacke aus und hängte sie über die Stuhllehne. »Sie ging nämlich nicht ins Haus, sondern stieg in ihren eigenen Wagen und holte ein Kind ab, vermutlich ihr Kind. Anschließend fuhr sie nach Hause. Ich glaube nicht, dass sie etwas von seiner Verfolgung gemerkt hat; das sollte sie wohl auch nicht. Er hat darauf geachtet, stets ein paar Autos vorzulassen.«

»Und dann?«

»Er hat gewartet, bis sie wieder mit dem Kind herauskam und ist ihr erneut gefolgt. Aber als er sah, dass sie nach Hause fuhr, ist er zu seiner Exfreundin.«

»Hat er ihre Wohnung betreten?«, fragte Renée erstaunt.

Brink schüttelte den Kopf. »Er blieb eine Zeit lang auf dem Parkplatz stehen und fuhr schließlich davon. Er kutschierte in die Innenstadt, trank ein Bier in einer Kneipe und ging dann nach Hause.« Er gähnte. »Da war es mittlerweile weit nach eins.«

Vegter überlegte. »Hast du überprüft, wer seine neue Flamme ist?«

»Eine gewisse E. Stotijn, wenn das Klingelschild stimmt.«

»Stotijn?« Renée richtete sich auf. »Haben Sie noch die Vernehmungsprotokolle vom Abend des Klassentreffens hier?«

Vegter holte sie aus der Schublade, und Renée blätterte sie durch, bis sie fand, was sie suchte.

»Eva Stotijn. Sie war auch auf dem Klassentreffen. Ich habe kurz mit ihr gesprochen.«

Vegter rollte seinen Stift auf dem Schreibtisch hin und her. »Und was sagt uns das?«

Talsma kam herein und knallte die Tür zu. »Er sitzt brav im Büro.«

»Höchstens, dass alte Liebe nicht rostet«, sagte Brink.

Talsma runzelte die Stirn. »Worüber reden wir hier?«

»Uns ist soeben klar geworden, dass er gestern Abend mit Eva Stotijn aus war, die ebenfalls auf dem Klassentreffen war«, sagte Vegter.

»Oje!«, sagte Talsma. »Was es nicht alles gibt!« Er sah Vegter an. »Aber das gefällt Ihnen nicht?«

»Nein.« Vegter zuckte die Achseln. »Keine Ahnung, warum. Vielleicht handelt es sich tatsächlich um eine alte Jugendliebe und es steckt nichts weiter dahinter. Das wäre sogar am wahrscheinlichsten. Wie ist sie so, diese Stotijn?«

»Flach wie ein Bügelbrett«, sagte Brink. »Nicht gerade mein Fall.«

Vegter runzelte die Stirn.

»Eine schöne Frau«, sagte Renée gelassen. »Kultiviert. Sie wirkte nervös auf mich, aber das waren alle. Sie sah mitgenommen aus und meinte, dass sie sich schon den ganzen Nachmittag nicht gut gefühlt habe und nach Hause habe gehen wollen, als Janson gefunden wurde. Eine Freundin, die auch da war, konnte das bestätigen.« Sie blätterte weiter. »Irene Daalhuyzen. Und auch dieser Waterman, mit dem sie sich draußen unterhalten hat. Sie ging frische Luft schnappen, weil sie Kopfschmerzen hatte.«

»Was für einen Eindruck haben sie auf dich gemacht?«, fragte Vegter Talsma. »Bomer und Stotijn, meine ich?«

»Meiner Meinung nach sind die beiden noch kein Paar. Aber wenn es nach ihm geht, ändert sich das bald.«

»Woraus schließt du das?«

»Er hat den Arm um sie gelegt, als sie das Haus verließen. Sie hat es zugelassen, aber mehr auch nicht. Außerdem hat er sich ziemlich ins Zeug gelegt. Er hat ihr die Türen aufgehalten und beim Überqueren der Straße ihren Ellbogen genommen. Solche Sachen.« Talsma grinste. »Während er sich bei uns weniger formvollendet benommen hat.«

»Und was sagst du, Corné?«

»Ganz meine Meinung. Sie haben sich kurz geküsst, als er sie nach Hause gebracht hat, aber es gab kein wildes Geknutsche.«

»Wir können also festhalten, dass er einen früheren Kontakt aufgefrischt hat?« Vegter seufzte.

»Das bringt uns kein bisschen weiter«, schlussfolgerte Talsma.

Vegter sah ihn an. »Du hältst es nicht für sinnvoll, ihn weiter zu beschatten, Sjoerd?«

»Wer weiß«, meinte Talsma. »Seine Geschichte gefällt mir nicht. Aber wir haben nichts, womit wir ihn festnageln könnten. Der Typ ist aalglatt.«

»Ich habe mit einer ehemaligen Lehrerin gesprochen«, sagte Vegter. »Ihrer Meinung nach hat er einmal absichtlich einen mit Wasser gefüllten Akkubehälter auf ihren Fuß fallen lassen, weil er sauer auf sie war. Der Fuß trug schwere Quetschungen davon. Später hat er ihr Blumen gebracht, um ihr sein Mitleid auszusprechen, aber sie hatte das Gefühl, dass er es heimlich genoss.«

»Genau das meine ich«, sagte Talsma.

Vegter legte seinen Stift weg. »Ich weiß auch nicht, ob das Sinn macht. Zu lange können wir das sowieso nicht durchhalten.«

»Ich übernehme das.« Talsma stand auf. »Ich muss morgen zum Zahnarzt, und in den ersten Tagen werde ich sowieso kaum den Mund aufmachen können.«

Wieder allein, stellte sich Vegter an sein Bürofenster. Er war zu dem Schluss gekommen, dass es ihm nicht weiterhelfen würde, vierhundert Personen erneut zu befragen. Inzwischen war die Erinnerung längst verblasst. Man würde vieles vergessen haben, ja schlimmer noch, Dinge hinzufügen, um die Geschichte – und damit auch sich selbst – interessanter zu machen. All diese Menschen waren mit den besten Absichten zum Klassentreffen gekommen. Sie hatten sich darauf gefreut, alte Freunde wiederzusehen, Anekdoten und Erlebnisse auszutauschen. Menschen in Feierlaune waren schlechte Zeugen.

Warum biss er sich dann noch so an dem Fall fest? Wahrscheinlich handelte es sich nur um einen Streit, der eskaliert war. Nicht um Mord, höchstens um Totschlag, vielleicht sogar nur um fahrlässige Tötung. Bei so wenigen Beweisen hätte jeder andere die Akte längst geschlossen.

Er stieß das Fenster weiter auf und verfluchte seine Unentschlossenheit, die sich aus einem Unbehagen speiste. Aus der Vermutung, auf die richtige Fährte gestoßen zu sein, ohne jedoch zu wissen, wohin diese führte.

Er zweifelte manchmal an seinen Fähigkeiten als Polizist, weil er intuitiv arbeitete. Andererseits hatte er mit dieser Intuition Erfolge erzielt, die er mit reiner Logik nie gehabt hätte. Jetzt hatte er das Gefühl, etwas begreifen zu müssen, was eigentlich klar auf der Hand lag. Aber er wusste aus Erfahrung, dass es sinnlos war, diese Erkenntnis erzwingen zu wollen.

Er versuchte, an etwas anderes zu denken, und sah einem Wagen der Stadtreinigung nach, der blaue Dieselwolken ausstieß. Einem Jungen, der ohne Helm Motorrad fuhr, und einer jungen Frau, die auf der gegenüberliegenden Straßenseite einen Kinderwagen vor sich herschob, ein Kleinkind an der Hand.

Erst, als sie schon vorbeigegangen war, erkannte er Manon Rwesi. Sie trug dieselbe enge Jeans und einen glänzenden, billig wirkenden Blazer. Sie lief langsam und leicht nach innen, so als wüsste sie nicht genau, wohin sie wollte. Er musterte ihre verzagte Gestalt, bis sie um die Ecke verschwunden war, und endlich begriff er, was ihn störte.

Wenn sich David Bomer von seiner Freundin getrennt hatte, weil sie ein Kind erwartete, warum bandelte er dann mit einer Frau mit Kind an?

Er ging zu seinem Schreibtisch, suchte den Namen heraus und wählte die danebenstehende Telefonnummer.

»Irene van Trigt«, sagte eine fröhliche Stimme. Erst dachte er, er hätte sich verwählt, bis ihm klar wurde, dass Daalhuyzen ihr Mädchenname sein musste.

»Mevrouw van Trigt. Hier Inspektor Vegter, Kriminalpolizei. Ist es Ihnen möglich, mir ein paar Fragen zu beantworten?«

»Selbstverständlich.« Sie klang leicht alarmiert. »Sie rufen wegen Meneer Janson an?«

»Ja. Wir wollen noch ein paar Dinge überprüfen. Soweit ich weiß, sind Sie mit Eva Stotijn befreundet?«

»Befreundet ist vielleicht übertrieben. Früher war ich das, aber dann haben wir uns aus den Augen verloren. Jetzt wollen wir uns allerdings wieder treffen.«

»Aber dazu kam es noch nicht?«

»Nein. Eva wollte mich anrufen – aber Sie wissen ja, wie das ist.«

»Sie sind gemeinsam zu dem Klassentreffen gegangen?«

»Das war nicht so verabredet, aber wir haben uns zufällig an der U-Bahn-Station getroffen.«

»Aber in der Schule waren Sie die ganze Zeit zusammen?«

»Ja ...« Sie zögerte. »Aber natürlich haben wir uns auch mit anderen Leuten unterhalten.«

»Welchen Eindruck hatten Sie von Eva?«

»Wie meinen Sie das?«

»So, wie ich es sage«, sagte Vegter freundlich. »War sie guter Dinge, freute sie sich auf den Nachmittag?«

Am anderen Ende herrschte Schweigen. Im Hintergrund hörte er eine hohe Kinderstimme, die etwas Unverständliches rief.

»Sie war angespannt«, sagte Irene schließlich. »Vielleicht sollte ich lieber sagen, nervös. Ich hatte eher das Gefühl, dass ihr davor graute.«

»Wissen Sie, warum?«

»Das wurde mir erst später klar.« Sie zögerte erneut. »Sie hatte es zu Schulzeiten nicht leicht gehabt, weil ihr Vater ... Na ja, ich kann es Ihnen ja einfach erzählen: Ihr Vater musste wegen Betrugs ins Gefängnis. Deshalb hat sich ihre Mutter von ihm scheiden lassen. Eva hat sich das damals alles sehr zu Herzen genommen. Die Ehe war ohnehin nicht glücklich, sie hatte also kein besonders schönes Zuhause. Außerdem starb ihr Vater nach der Scheidung, wann genau weiß ich allerdings nicht mehr.«

»Aber war das ein Grund, um wegen des Klassentreffens nervös zu sein?«

»Für sie schon. Die Sache war damals Tagesgespräch. Wenn ich mich richtig erinnere, handelte es sich um einen

Betrug beträchtlichen Ausmaßes. Sie hatte Angst, nur noch als Tochter von ... gesehen zu werden.«

»Und, war dem so?«

Irene überlegte. »Soweit ich weiß nicht. Ich habe sie auf jeden Fall nicht danach gefragt, auch weil ich merkte, dass es ihr immer noch schwerfiel, darüber zu sprechen. Und wie bereits gesagt: Wir haben uns unabhängig voneinander auch noch mit anderen Leuten unterhalten. Ich hatte das Gefühl, dass sie sich einigermaßen wohlfühlte.«

»Aber sie war angespannt genug, um Kopfschmerzen zu bekommen.«

»Ja, darunter litt sie schon bald. Sie wollte sogar nach Hause gehen, als ... es passierte.«

»Wissen Sie noch, ob sie damals in der Schule mit David Bomer befreundet war?«

»Nein.« Irene musste lachen. »Ich war mal kurz mit ihm zusammen, aber soweit ich weiß, hatte Eva nie was mit ihm.«

»Hat sich Bomer an jenem Abend für sie interessiert?«

Sie schwieg einen Moment. »Das kann schon sein. Er hat sich zu uns gesellt, nachdem ... Na ja. Und er hat uns mit seinem Auto nach Hause gefahren.«

Vegter überlegte. »Hat er Sie als Erste abgesetzt?«

»Ja. Ich wohne am nächsten zur Schule. Ich habe Eva auch nur an der U-Bahn-Station getroffen, weil ich Verwandte besucht hatte.«

»Eva hat ein Kind. Wusste Bomer davon?«

»Das kann ich Ihnen nicht sagen.«

Er hörte an ihrer Stimme, wie erstaunt sie über die Frage war.

»Ich möchte Sie bitten, dieses Gespräch als streng vertraulich zu behandeln«, sagte Vegter.

Enttäuscht stellte er sich wieder ans Fenster. Die Kastanie auf dem Parkplatz war verblüht, die dünnen weißen Blütenkerzen waren verdorrt. Ihm fiel ein, dass es bald Sommer würde, und er überlegte, was er mit seinem Urlaub anfangen wollte.

16

»Sie schlafen miteinander«, berichtete Talsma einige Wochen später. »Bomer hat bei ihr übernachtet.«

Er hatte inzwischen ein Gebiss, das, von den Nikotinflecken einmal abgesehen, sehr an das alte erinnerte. Und er sprach immer noch so, als bewahrte er etwas Zerbrechliches in seinem Mund auf.

»Bist du die ganze Nacht geblieben?«

»Das würde mir Akke niemals verzeihen«, sagte Talsma devot. »Nein, aber die Lichter gingen aus, ohne dass er das Haus verlassen hat. Und gegen eins hat es mir dann gereicht.«

»Und?«

»Heute Morgen haben sie gemeinsam das Haus verlassen. Sie brachte das Kind in die Vorschule, und er fuhr zur Arbeit.«

»Was treibt er so, wenn er nicht bei ihr ist?«

»Er taucht.«

Vegter zog die Brauen hoch.

»Er ist abends schwimmen gegangen«, erklärte Talsma. »Ich habe mich bei so einem Johnny Weissmüller, der da rumlief, erkundigt und ebenfalls Interesse geheuchelt. Bomer hat schon einen Tauchschein, oder wie das heißt, und macht jetzt einen Kurs für Fortgeschrittene. Übrigens ein teures Hobby.« Er grinste unmerklich.

»Deshalb also!«, sagte Vegter. »Er hat angerufen und wollte seinen Pass wiederhaben.«

Talsma nickte. »Bestimmt will er verreisen. Und, was haben Sie ihm geantwortet, Vegter?«

»Ich habe ihn vertröstet und gesagt, dass unsere Ermittlungen noch nicht abgeschlossen seien.«

»Wie hat er darauf reagiert?«

»Er war nicht gerade begeistert.«

Talsma drehte sich eine Zigarette. Er war so in Gedanken versunken, dass er ganz vergaß zu fragen, ob er das Fenster öffnen dürfe. »Wir können ihn nicht ewig beschatten«, sagte er schließlich.

»Hast du allmählich die Nase voll?« Vegter stieß das Fenster so weit wie möglich auf und schloss die Jalousie so gut es ging. Es war drückend warm, und das Straßencafé gegenüber war proppenvoll. Er müsste das Fenster geschlossen halten, damit es drinnen kühl blieb, aber dafür genoss er die Geräuschkulisse viel zu sehr. Eine Geräuschkulisse, der man anmerkte, dass Sommer war.

»Noch nicht«, sagte Talsma. »Aber er benimmt sich normaler als ich und Sie. Er arbeitet, kauft ein, geht mit ihr und dem Kind spazieren ...«

»Du glaubst also, wir täuschen uns.«

Talsma zupfte einen Tabakkrümel von seiner Lippe. »Sieht ganz so aus. Es gab viele Gründe, Janson eins überzuziehen. Bomer war nicht in der Nähe von Jansons Haus, er macht sich nicht an die Töchter oder eine der Exfrauen ran ... Ich habe schon überlegt, ob er mal was mit dem flachen Bügelbrett hatte.«

»Mit Etta Aalberg.«

»Ja. Also habe ich auch sie etwas im Auge behalten. Ich

dachte, vielleicht haben sie Janson gemeinsam das Geld aus der Tasche gezogen. Aber das Fräulein lebt wie eine Nonne.«

»Gut.« Vegter fasste einen Beschluss. »Hör auf damit. Du hast Besseres zu tun. Aber die Meldepflicht bleibt bestehen, denn ich will wissen, wo er steckt. Du kannst ihm allerdings sagen, dass er seinen Pass abholen kann.«

»Heute?«

Vegter lachte. »Morgen.«

»Dann muss Brink das machen. Ab morgen bin ich in Urlaub.«

»Verreist du?«

»Ja, nach Friesland.«

»Kommst du ein wenig mit deinem Haus voran?«

Talsma nickte. »Es fehlen noch ein paar neue Türrahmen, und bald schaffe ich mir Hühner an. Vielleicht baue ich mir auch einen Hühnerstall. Das hat natürlich keine Eile, aber so bin ich wenigstens beschäftigt. Und nächstes Jahr kommt dann die neue Küche.« Er warf seinen Zigarettenstummel aus dem Fenster. »Akke wünscht sich eine Badewanne.« Er sprach das Wort aus, als wäre dies ein unsittliches Ansinnen.

»Und du willst keine?« Vegter ließ sich nichts anmerken.

»Was heißt hier wollen!«, sagte Talsma. »Das Bad ist 1,5 mal 1,5 Meter groß. Wir können uns gern eine Badewanne anschaffen, habe ich ihr gesagt, aber dann muss sie senkrecht eingebaut werden. Das hat sie dann verstanden.«

»Grüße sie von mir.«

»Ja.« Er blieb stehen. »Fahren Sie noch in Urlaub, Vegter?«

»Ich glaube nicht.«

»Sie sind uns immer willkommen«, sagte Talsma und schloss leise die Tür.

Vegter beschloss, etwas im Straßencafé essen zu gehen. Er würde sich in die Sonne setzen, einen Salat bestellen und ein Bier dazu trinken.

Im Treppenhaus traf er Renée.

»Wolltest du zu mir?«

»Nein, ich wollte etwas essen gehen.«

»Komm mit rüber ins Straßencafé.«

Sie zögerte. »Ich habe noch einen Stapel Berichte auf dem Schreibtisch liegen.«

»Die kannst du heute Nachmittag immer noch durchsehen«, sagte er leichthin. »Los komm, es ist Sommer!«

Sie lachte. »Ich hole meine Tasche.«

»Ich werde versuchen, dir einen Stuhl frei zu halten.«

Draußen schlug ihm die Schwüle wie ein nasser Lappen ins Gesicht. Eine Gruppe schnatternder Japaner ging vorbei, und am Straßenrand saßen zwei junge Amerikaner mit dicken Rucksäcken und studierten einen Stadtplan. Die Stadt war voller Touristen, und er krempelte die Ärmel hoch und überquerte die Straße, in dem Gefühl, einer von ihnen zu sein.

»Draußen oder drinnen?« Die Bedienung kannte ihn inzwischen und wusste, wer er war.

»Draußen.«

Auf der Terrasse war es voll, aber sie holte ein kleines Tischchen und ging noch ein zweites Mal, um zwei Stühle zu holen. »Ich habe keinen Sonnenschirm mehr für Sie.«

»Das macht nichts.« In zehn Minuten würde ihm das bestimmt leidtun, aber jetzt wollte er seine Arme sonnen.

Als Renée ihre Tasche auf den Tisch legte und sich setzte, brachte die Kellnerin die Speisekarte und eilte davon.

»Wie ist der Stand bei dem Einbruch von heute Nacht?«, fragte er.

Sie runzelte die Stirn. »Alles, was wir bisher haben, ist der Eigentümer des Radladers. Eine Baufirma. Sie haben ein Loch in die Geländeabsperrung geschnitten, um sich Einlass zu verschaffen, und den Radlader anschließend benutzt, um die Tür aufzubrechen.«

»Wenn man schon mal an der Quelle sitzt ...«

Sie lachte. »Ja.«

Er reichte ihr die Speisekarte, aber sie gab sie ihm sofort zurück. »Das Einzige, worauf ich bei diesem Wetter Lust habe, ist ein kalter Salat.«

Neben ihnen tauchte ein italienisches Paar auf, das in eine lebhafte Unterhaltung vertieft war. Der Mann rempelte ihr Tischchen an und entschuldigte sich. Renée antwortete, und der Mann lachte und setzte sich.

»Du sprichst Italienisch?«, sagte Vegter.

»Nur ein bisschen, aber ich kann einigermaßen Zeitung lesen.«

»Fährst du auch in Urlaub dorthin?«

»Jedes Jahr. Nicht an die Küste, sondern ins Hinterland. Ich liebe den Duft und das Essen, vor allem das Faulenzen.«

»Fährst du allein?«

Sie holte eine Sonnenbrille aus ihrer Tasche und setzte sie auf, bevor sie antwortete. »Dieses Jahr schon.«

Die Bedienung kam, um die Bestellung aufzunehmen, sodass ihm keine Gelegenheit blieb, nachzufragen. Er warf einen Blick auf die dunklen Brillengläser, die den Großteil von Renées Gesicht verbargen, und auf einmal lachte sie.

»Wie sich herausstellte, hat mein Freund sich eine andere Freundin zugelegt. Und deshalb verreise ich dieses Jahr einfach mit dem Zelt.« Sie klopfte eine Zigarette aus der vor ihr liegenden Schachtel. »Eigentlich finde ich es gar nicht mal so schlimm. Jetzt, wo ich mich an den Gedanken gewöhnt habe, freue ich mich sogar darauf.«

Italien.

Er dachte an die Abende zurück, an denen sich die Luft wie Seide angefühlt hatte und Stef und er bis weit nach Mitternacht lesend und redend mit einer Flasche Wein in ihrem Zelt gesessen hatten, während Ingrid in ihrer Strandmuschel schlief. Er könnte es wieder so machen: Ein kleines Zelt kaufen und einfach losfahren, ohne Plan, ohne festes Ziel. Er versuchte sich das vorzustellen, sah sich auf einem Campingplatz zwischen Familien, Liebespärchen und wusste, dass ihm dazu der Mut fehlte. Er würde nicht versuchen, etwas zu wiederholen, das unwiederbringlich vorbei war.

»Und du?«, fragte Renée.

Ihre Salatteller wurden gebracht sowie sein Bier und ihr Wasser. Er griff nach seinem Glas. »Ich habe noch keine Pläne.« Er trank mit gierigen Schlucken.

Sie aß fast ihren ganzen Salat auf, bevor sie fragte: »Ist Sjoerd noch immer an Janson dran?«

»Seit heute nicht mehr.«

»Das ist schon komisch irgendwie«, sagte sie nachdenklich. »Sjoerd hat von Anfang an Probleme gewittert, während ich dachte, dass wir den Fall schell aufklären. So viele Leute auf einen Haufen, und trotzdem hat niemand etwas gesehen! Dabei hätte ich gedacht, dass es Zeugen gab. Vielleicht nicht sofort, aber du weißt ja, wie so etwas läuft: Haben die Menschen den Schock erst einmal verarbeitet, erinnern sie sich oft an Dinge, auf die sie anfangs gar nicht geachtet haben. Der Rektor hat damals von einem Einbrecher gesprochen, und so langsam glaube ich, dass er recht hat.«

»Ich nicht.« Vegter spießte die letzte kalte grüne Bohne auf die Gabel. Ein prosaisches Gemüse, dachte er. Allein schon der Name: Brechbohnen.

»Du nicht?«

»Ich glaube, dass wir uns näher mit Jansons Vergangenheit beschäftigen sollten. Ich war noch mal bei den Exfrauen, obwohl das bei der zweiten wenig sinnvoll war. Die hat nichts zu verbergen.«

»Das hast du gemacht?«, sagte sie überrascht.

Er nickte. »Aber ich habe nichts aus ihnen herausbekommen. Ich habe mir sogar überlegt, noch mal mit den Töchtern zu sprechen. Aber die Mutter hat mich mehr oder weniger darum gebeten, davon abzusehen. Im Grunde lässt sich das auch kaum rechtfertigen, denn sie sind nicht in den Fall verwickelt.«

»Was schließen wir daraus?«

Er zuckte die Achseln. »Dass irgendjemand sehr viel Glück gehabt hat.«

»Die Akte wird also geschlossen«, konstatierte Renée.

Vegter schüttelte den Kopf. »Noch nicht. Das Glück kann nicht ewig dauern.«

Zu Hause hatte er eine Nachricht von Ingrid auf dem Anrufbeantworter. Ob er am morgigen Abend zum Essen kommen könne, um Thom kennenzulernen? Oder habe er immer noch so viel zu tun?

Er schlüpfte aus dem Anzug, den er ausnahmsweise getragen hatte, weil er zu einer Besprechung musste. Das Revers war speckig, und die Knie waren ausgebeult. Während er seine Krawatte aufrollte und in einer Schublade verstaute, entdeckte er einen Fleck, der nur von dem Salatdressing von heute Mittag stammen konnte.

Johan verschwand im Schrank, stolperte zwischen den Schuhen herum und schnupperte verächtlich an dem Anzug. Vegter setzte sich aufs Bett und dachte, dass er mittlerweile eigentlich imstande sein müsste, die Sachen in die Reinigung zu bringen. Er sah zu Stef hinüber, die ihn anlachte, ein Lächeln, das jeden Tag an Bedeutung verlor. Es würde eine Zeit geben, in der sie nur noch in Anekdoten vorkäme. In der sie nur noch wieder lebendig würde, wenn es um Situationen ginge, die ihm unauslöschlich ins Gedächtnis gebrannt waren. Bis auch diese Erinnerungen zu einem vergilbten Foto im Familienalbum verblasst wären, zu bloßen Bildern.

Er schlüpfte in eine dünne Baumwollhose und ein kurzärmeliges Hemd und nahm Johan mit in die Küche, wo er ihm Milch und Futter gab. Mit einem Bier ging er auf den Balkon. Unten auf dem Rasen, der seinen Wohnblock vom nächsten trennte, spielten Jungen Fußball.

Er würde Ingrid ein Restaurant vorschlagen, neutrales Terrain.

17

Als Vegter aufstand, um sie zu begrüßen, sah er an der Art und Weise, wie Ingrid das Kinn reckte, dass sie auf alles vorbereitet war. Insgeheim empfand er tiefe Zufriedenheit: Es wurde also doch noch Wert auf das Urteil eines alten Mannes gelegt.

Ihr folgte ein junger Mann, der älter aussah, als Vegter erwartet hatte. Die Augen hinter der zierlichen Brille mit Goldrand musterten Vegter neugierig, und sein Händedruck war kurz und fest. Er zog einen Stuhl für Ingrid hervor und blieb stehen, bis Vegter sich wieder gesetzt hatte.

Auf jeden Fall hat er Manieren, dachte Vegter. Plötzlich fiel ihm Stefs Vater wieder ein und das unverhohlene Misstrauen, das ihm bei ihrer ersten Begegnung entgegengeschlagen war. Mit der Arroganz der Jugend hatte er ihre Eltern damals als unvermeidliches Anhängsel empfunden und angesichts der Abwehrhaltung des Vaters nur mit den Achseln gezuckt. Jetzt wurde ihm klar, dass es Eifersucht gewesen war, sodass er herzlicher als geplant fragte, was sie trinken wollten.

»Ich habe ganz vergessen, wie ihr euch kennengelernt habt«, sagte er in die erste Pause hinein.

Thom warf einen Seitenblick auf Ingrid. »Das war reiner Zufall. Im Grunde liegen wir beruflich im Clinch miteinander.«

Vegter zog die Brauen hoch.

Ingrid lachte. »Thoms Firma will einige Angestellte entlassen, und die haben uns um Rechtshilfe ersucht.«

»Warum sollen sie entlassen werden?«

»Unerwartet schlechte Geschäftsergebnisse«, sagte Thom. »Infolge von Einsparungen im medizinischen Bereich. Die Firma stellt medizinische Geräte her.«

Zum Glück sagte er nicht ›wir verkaufen‹, dachte Vegter. »Und was ist deine Rolle dabei?«

»Ich bin in der Abteilung Personal und Organisation.«

Vegter sah Ingrid an. »Du hast dich also mit dem Feind verbündet. In der Politik würdest du damit nicht weit kommen, Mädel.«

Er sah, wie sie sich entspannte: Sie zwinkerte ihm zu. »Wir vermeiden dieses Thema ganz bewusst.«

Das Thema Wohnungssuche half ihnen über die Vorspeise und den größten Teil der Hauptspeise hinweg, und beim Kaffee fragte Ingrid: »Was wirst du mit deinem Urlaub anfangen?«

»Nichts.«

»Du willst also wieder den ganzen Sommer in deiner Wohnung hocken?«

»So schlimm ist das nun auch wieder nicht.«

»Du musst dringend mal aus allem raus!«, sagte sie. »Warum buchst du nicht irgendwas?«

Vegter machte eine abwehrende Geste und sah, wie Thom kurz die Hand auf die ihre legte. »Können Sie segeln?«, fragte er plötzlich.

Vegter nickte.

»Ein Freund von mir besitzt ein Segelboot. Eine Jolle, sollte ich wohl eher sagen. Er segelt damit auf dem Wattenmeer, planscht dort ein wenig herum, wie er es nennt. Aber er benutzt es nur wenige Wochen im Jahr und leiht es jedem, der Interesse daran hat.«

Es war schon lange her, dass er gesegelt war. Die ersten Jahre nach Ingrids Geburt hatten sie mit Freunden Segeltouren unternommen, danach aber ein wenig den Kontakt verloren.

»Um was für ein Boot handelt es sich?«

Thom lachte. »Ich bin kein Segler, ehrlich gesagt, weiß ich das gar nicht so genau. Ich weiß nur, dass es klein und alt ist. Und dass es eine Kajüte und einen Motor gibt. Wie viele Segel es besitzt, weiß ich auch nicht. Aber man kann es allein segeln.«

»Johan könnte bei mir bleiben«, ermunterte ihn Ingrid.

»Ich denke darüber nach«, sagte Vegter und winkte dem Kellner, um die Rechnung zu fordern.

*

»Ein Gläschen Wein hätte auch nicht geschadet.« David legte Messer und Gabel beiseite. »Und das nächste Mal musst du Schalotten nehmen, normale Zwiebeln sind eigentlich zu grob.«

Eva schob den Teller weg. »Koch du doch morgen!«, schlug sie vor. Als sie aufstand, um Zigaretten und Aschenbecher zu holen, sah sie, wie er die Stirn runzelte. Er hasste es, wenn sie gleich nach dem Essen rauchte. Verstimmt sagte sie: »Hat es dir auch nicht geschmeckt, Maja?«

»Nein«, sagte Maja. »Weil das Fleisch nicht rot war. Gibt es noch Nachtisch, Mam?«

»Es gibt Eis«, sagte Eva.

»Eis!« Maja rutschte von ihrem Stuhl. »Darf ich es holen?« Ohne ihre Antwort abzuwarten, rannte sie in die Küche und kehrte mit der Eistorte zurück, die Eva am Nachmittag gekauft hatte. »Das ist Eis, stimmt's, Mam?«

Eva stellte den Aschenbecher auf den Boden. »Hol ruhig die blauen Teller. Und Löffel.«

»Für mich nicht.« David schob seinen Stuhl zurück.

»Magst du kein Eis?«

»Doch. Aber nicht jetzt.«

Schweigend ging sie in die Küche und hielt ein Messer unters warme Wasser. Sie schnitt zwei Portionen herunter und reichte Maja ihren Teller.

David saß auf dem Sofa und blätterte in der Zeitung. »Unternehmen wir heute Abend noch was?«

Sie schüttelte den Kopf. »Ich kann Maja nicht unangemeldet zu meiner Mutter bringen. Außerdem ist es viel zu heiß in der Stadt.«

»Ich dachte an ein Straßencafé. Zur Not nehmen wir sie mit.«

Sie zögerte. »Dann wird es viel zu spät, sie muss morgen in die Schule. Lass uns lieber zu Hause bleiben.«

»Heimchen am Herd.« Er raschelte mit der Zeitung.

Sie sagte nichts darauf, sondern aß träge ihr Eis, das zu süß und zu kalt war.

»Eva«, sagte David.

Sie lagen im Bett, und Eva war beinahe schon eingeschlafen. Die Fenster standen weit offen, trotzdem war es schwül im Zimmer, und die Bettdecke lag zusammengeknautscht am Fußende. Sie hörte an seiner Stimme, dass er ihr etwas sagen wollte, und drehte sich träge zu ihm um.

»Was ist denn?«

»Ich habe ein Problem.«

»Was denn für ein Problem?«
»Michel kommt zurück.«
»Wann?«
Er antwortete nicht sofort. Sie sah ihn an, während er mit hinter dem Kopf verschränkten Armen zur Decke starrte.
»Wann?«
»In einer Woche. Ich bekam heute eine Mail. Der Job war schneller erledigt als gedacht.«
»Hattest du deshalb so schlechte Laune?«
»Tut mir leid.« Er streckte die Hand aus und strich über ihren Oberarm.
»Aber du musst doch nicht sofort ausziehen? Er wollte erst in mehreren Monaten zurückkommen! Er muss doch wissen, dass ...«
Er unterbrach sie. »Er hat eine Frau kennengelernt, die er mitbringen möchte. Natürlich entschuldigt er sich vielmals, aber bis er zurück ist, muss ich ausgezogen sein.«
Eva war jetzt hellwach. »Wo ist er gleich noch mal?«
»In Australien. Er hat dort eine Zweigstelle gegründet. Letztens mailte er, dass er gut vorankomme. Aber dass es so schnell geht, damit habe ich wirklich nicht gerechnet.« Er lächelte entschuldigend. »Blöd.«
»Kannst du dir nicht einfach was mieten?« Doch noch während sie die Frage stellte, wusste sie, dass das Unsinn war. Innerhalb einer Woche fand er keine Wohnung. Und selbst wenn, würde es mindestens einen Monat oder länger dauern, bis er dort einziehen konnte.
David seufzte. »Ich habe mich bereits umgesehen, aber die Mietpreise ...«
»Du wirst doch in Kürze befördert?« Sie versuchte sich auf die Frage vorzubereiten, die er ihr tunlichst nicht stellen sollte – ganz einfach, weil sie noch keine Antwort darauf wusste.

»Ich muss die nächste Runde abwarten. Sie haben sich für einen Kerl entschieden, der noch nicht mal so lange dabei ist wie ich.« Er klang entrüstet, und Eva verbiss sich ein Lachen. Genauso klang Maja, wenn sie nicht ihren Willen bekam.

»Und wie haben sie das begründet?«

Er zog abrupt seine Hand weg. »Ich habe keine Lust, jetzt darüber zu reden. Aber wenn du mich nicht hierhaben willst ...«

»So darfst du das nicht sagen«, protestierte sie. »Aber wir kennen uns schließlich noch nicht sehr lange.«

»Was mich angeht, lange genug.«

Seine Stimme hatte einen Klang, den sie nicht kannte. Also setzte sie sich auf und schlang die Arme um ihre Knie. »Ich hätte gern etwas Bedenkzeit, David. Ich muss auch auf Maja Rücksicht nehmen.«

»Du tust nichts anderes.«

Sie erstarrte. »Ich finde es nicht nett, dass du das sagst. *Wie* du es sagst.«

»Es stimmt aber. Du machst eine verzogene kleine Göre aus ihr.«

Sie dachte an Maja, die schon vor acht Uhr morgens gut gelaunt in die Vorschule ging und dann noch bis sechs im Hort blieb. Trotzdem war sie ein fröhliches, ausgeglichenes kleines Mädchen. Wie konnte er behaupten, dass sie sie verzog? Selbst wenn sie wollte – sie hatte gar nicht die Zeit dazu. Wie sollte sie ihm begreiflich machen, dass sie es manchmal kaum über sich brachte, Maja hinterherzusehen, wie sie mit ihrem Rucksack den großen, leeren Schulhof betrat? Er hatte keine Kinder und wusste nicht, wie es war, ständig ein schlechtes Gewissen zu haben.

»Ich kann dazu nur Folgendes sagen, David«, antwortete sie langsam. »Wir haben bereits darüber gesprochen. Ich habe seit ihrer Geburt für sie gesorgt, und zwar allein. Vielleicht haben wir deshalb eine besonders starke Bindung. Sie ist von mir abhängig, und ich in gewisser Weise auch von ihr. Etwas Besseres als sie hätte mir gar nicht passieren können, auch wenn ich das damals anders sah. Und ich habe vor, ihr eine gute Mutter zu sein.« Sie lachte kurz auf. »Das wäre das Erste, worin ich wirklich gut bin. Ich weiß, dass das blöd klingt, aber ich kann einfach nicht anders: Maja kommt bei mir immer an erster Stelle.«

»Das ist mir auch schon aufgefallen«, sagte er ausdruckslos. »Aber im Grunde ist das auch egal.«

Sie verstand nicht. »David ...«

Er streckte erneut die Hand aus und fuhr damit von ihrer Hüfte zu ihrem Oberschenkel und wieder zurück. »Ich versuche dir gerade klarzumachen, dass es keine andere Wahl gibt.«

»Für dich, meinst du«, sagte sie feindselig. »Du wohnst dort schon länger als ein halbes Jahr. Ich verstehe dein Problem, aber du hättest dich ruhig früher darum kümmern können.«

Irgendetwas stimmte nicht, aber sie wollte jetzt nicht darüber nachdenken. Dafür war es zu spät und zu heiß, außerdem war sie müde. »Ich möchte nicht, dass du mich zu etwas drängst, wofür ich noch nicht bereit bin.«

Sie merkte selbst, wie unfreundlich ihre Worte klangen, aber es war sinnlos, sich dafür zu entschuldigen. Er hatte sich schon den ganzen Abend aufgeführt wie ein quengeliges Kind, und sie wollte sich nicht manipulieren lassen. Ihr waren ohnehin schon die Hände gebunden, und sie hatte nicht vor, auch noch ihren letzten Rest Unabhängigkeit aufzugeben. Noch nicht. Vielleicht auch nie, dachte sie in einem Anflug von Unmut. Was war nur in ihn gefahren, sie so vor vollendete Tatsachen zu stellen?

Er wollte sie an sich zu ziehen, aber sie blieb alarmiert sitzen und versuchte, seine Stimmung einzuschätzen.

Er seufzte gespielt ungeduldig. »Ich hatte gehofft, dass du vernünftig bist, damit ich dich nicht erst auf die eine oder andere Weise überzeugen muss. Aber wenn du jetzt plötzlich der Meinung bist, dass wir uns noch nicht lange genug kennen ... Weißt du, dass ich es immer noch merkwürdig finde, dass wir uns vielleicht nie wiederbegegnet wären, wenn du den Mord nicht begangen hättest?«

Sie fiel.

Sie fiel in einen dunklen Schacht und wurde immer schneller, sodass sie keine Luft mehr bekam und es in ihren Ohren sauste. So lange, bis sie mit einem lauten Knall unten aufschlug.

Ihr Gehirn registrierte die Worte, jedoch ohne ihre Bedeutung zu verstehen. Das konnte doch nicht wahr sein, nicht so lange danach. Ausgerechnet jetzt, wo sie anfing, sich von Tag zu Tag sicherer zu fühlen, und nicht mehr bei jedem Telefonläuten und Klingeln zusammenzuckte. Er bluffte. Er musste bluffen, denn falls nicht, wüsste sie weder ein noch aus.

Ihr dämmerte, dass sie etwas sagen musste, aber ihr fehlten die Worte, weshalb sie weiterhin den Vorhang anstarrte, der sich im warmen Nachtwind bauschte. So lange, bis sie glaubte, ihre Stimme wieder unter Kontrolle zu haben. »Ich weiß nicht, wovon du redest.«

»Ach, komm schon, Eva.« Er klang müde, ja fast schon enttäuscht.

Ihr Nacken war dermaßen verspannt, dass sie nur mit Mühe den Kopf drehen konnte. Sie sah das Funkeln in seinen Augen, sah, wie sich sein Brustkorb hob und senkte, beinahe unmerklich und völlig ruhig. Durch das Dunkel trieb seine Stimme auf sie zu.

»Eigentlich interessiert mich vor allem das Motiv.« Seine Hand fuhr damit fort, sie zu streicheln – so mechanisch wie man eine Katze streichelt, aus reiner Selbstsucht, aber ohne sich zu fragen, ob es die Katze überhaupt mag. »Du musst ihn gehasst haben. Oder klingt das zu melodramatisch?«

Sie versuchte zu lachen. »Hör auf damit, David! Ich habe nichts mit dem Mord zu tun.«

»O doch.« Er klang amüsiert. Nicht sie war die Katze, sondern er. Sie war die Maus, mit der er spielte.

»Du hast an fast alles gedacht«, sagte er anerkennend. »Obwohl es so schwierig natürlich auch wieder nicht war. Du hättest die Krücke in der Toilette lassen sollen. Das war ein Fehler. Du hättest deine Fingerabdrücke abwischen sollen, und damit basta. Wahrscheinlich bist du in Panik geraten. Aber als du sie dann aus Versehen mitnahmst, hast du versucht, sie irgendwo zu verstecken. Ich wüsste zu gern wo, aber ich kam zu spät. Und danach hast du brav eine Runde um die Schule gedreht und ein Schwätzchen mit diesem Proleten gehalten. Wie heißt der gleich wieder? Sein Name ist mir gerade entfallen.«

Sie schwieg. Er schnippte ungeduldig mit den Fingern, und sie begriff, dass er tatsächlich auf eine Antwort von ihr wartete.

»Eddy.« Sie schüttelte seine Hand ab, aber er legte sie wieder auf ihren Oberschenkel und fuhr mit seinem trägen Streicheln fort.

»Eddy. Du hast gemütlich eine Zigarette mit ihm geraucht, bist dann gemeinsam mit ihm wieder hineingegangen und hast dich erneut in den Trubel gestürzt. Das war sehr schlau von dir.« Er machte eine Kunstpause wie ein Kabarettist, der auf den richtigen Moment für seine Pointe wartet. »Was du dabei übersehen hast, ist, dass noch jemand auf der Toilette war. Du hättest die Türen kontrollieren müssen – besetzt oder frei, du weißt schon. Obwohl ich nicht glaube, dass du mit dieser Krücke gegen mich angekommen wärst, da dir der Überraschungsvorteil gefehlt hätte.«

Sie fror so sehr, dass ihre Finger und Zehen gefühllos waren. Steif wie eine alte Frau beugte sie sich vor und zog die Bettdecke an sich. Ihr warmer, vertrauter Duft ließ sie beinahe die Beherrschung verlieren. Sie spannte die Muskeln an und biss die Zähne zusammen, um dem Zittern etwas entgegenzusetzen, während David hinter ihr gemütlich sein Kissen zurechtrückte und entspannt die Beine ausstreckte.

Lange hörte sie nur seinen ruhigen Atem, doch sie wusste, dass er nicht schlief.

Ein Mofa zerriss die Stille, und erst, als das Knattern erstarb, spürte sie, dass David sich bewegte. Er sprach so leise, dass es kaum mehr als ein Flüstern war.

»Gib mir einfach morgen Bescheid, okay?«

Sie hatte schon einmal so dagelegen und darauf gewartet, dass es vorbei wäre, unfähig, einen klaren Gedanken zu fassen. Wie konnte es sein, dass der Körper so ruhig blieb, während sich die Gedanken überschlugen, gegen Hindernisse prallten und verzweifelt nach einem Ausweg suchten?

Neben ihr schlief ein völlig entspannter David. Sie war so weit wie möglich von ihm abgerückt, spürte aber trotzdem seine Wärme. Noch gestern hatte er Hoffnung und Vertrauen verkörpert, heute waren es nur noch Angst und Schrecken.

Sie bereute nichts. Sie hatte nicht vorgehabt, Janson zu ermorden, in gewisser Weise hatte er sie sogar überrumpelt. Ja, Janson hatte ihr ein weiteres, wenn auch letztes Mal wehgetan.

Sie war zu dem Klassentreffen gegangen, um sich selbst zu beweisen, dass sie das konnte. Dass sie nach all den Jahren endlich in der Lage war, ihn anzusehen, ohne sofort zusammenzuzucken und sich in ein willenloses, wertloses Ding zu verwandeln. Mühsam hatte sie sich ein neues Leben aufgebaut, und das hier hatte ihre letzte Prüfung sein sollen. Danach hätte sie die Sache endlich abgeschlossen, sie endgültig hinter sich gelassen, ja, »ihr einen Ort gegeben«, wie es in diesem schrecklichen Psychiaterjargon heißt. Sie war nervös gewesen, aber auch selbstbewusst. Sie hatte sich Janson als relativ alten Mann vorgestellt: grau oder unter Umständen kahlköpfig, mit den alterstypischen Gebrechen. Ungefährlich und vielleicht sogar ein bisschen lächerlich.

Geduldig hatte sie auf eine passende Gelegenheit gewartet, ihm unter vier Augen gegenüberzutreten. Sie hatte nicht damit gerechnet, dass er ständig von Leuten umringt sein würde, was ihn bloß in seiner Rolle als beliebter, jovialer Lehrer bestätigte. Sie hatte die Vitalität unterschätzt, die er nach wie vor ausstrahlte, und je mehr Zeit verstrich, desto unsicherer wurde sie.

Als sie ihm dann schließlich an einem höchst unerwarteten Ort begegnet war, hatte wider besseres Wissen die alte Panik Oberhand gewonnen. Da war er, so überwältigend nahe, so nahe, dass er sie berühren konnte. Aber am lähmendsten war sein Geruch gewesen, eine Mischung aus Schweiß, Zigarren und Aftershave. Jener Geruch, der damals an ihrem Körper zu kleben schien, ja, den sie sogar noch roch, nachdem sie minutenlang unter der Dusche gestanden und sich mit einer harten Bürste beinahe blutig geschrubbt hatte.

Alle einstudierten Sätze lösten sich in Luft auf. Sie konnte ihn nur anstarren, während sie sich genauso fühlte wie damals: wie ein Kaninchen vor der Schlange. Und natürlich hatte er vollkommen falsch reagiert.

Sie hatte ihm das arrogante Lächeln aus dem selbstgefälligen Gesicht geprügelt, aus jenem Gesicht, das sich in all den Jahren erstaunlich wenig verändert hatte. Sie hatte es unkenntlich machen wollen: die fleischige Nase, die schnaubende Geräusche von sich gab, sobald er erregt war, die vollen, weichen Lippen, die ihre Haut erkundet hatten, das Doppelkinn, das verschwand, wenn er nach endlosen Minuten den Kopf in den Nacken und gegen die Kopfstütze der Rückbank lehnte.

Das alles hatte sie auslöschen wollen. Doch wieder einmal hatte er den Sieg davongetragen, denn er war sofort gestürzt und lang hingeschlagen. Ein Schlag, und er sackte einfach zusammen. Sie hatte gestaunt, wie verletzlich dieser große, schwere Körper war, und als sie später daran zurückdachte, kam es ihr fast wie eine Ironie des Schicksals vor: Im Bruchteil einer Sekunde war von all der Macht und Autorität nur noch eine tote Fleischmasse übrig geblieben.

Denn dass er tot war, hatte sie sofort gemerkt. Sie hatte es in seinen Augen gesehen und das Krachen gehört, als die Krücke seine Schläfe traf.

Er fiel auf die Seite, und der Arm unter dem Kopf war gestreckt, als wollte er sich nur gemütlich hinlegen: genusssüchtig bis in den Tod. Er hatte noch ein Bein angezogen, aber danach hatte er sich nicht mehr gerührt.

Das erste Mal war er gestürzt, weil sie ihm die Krücke weggezogen hatte. Dadurch hatte er das Gleichgewicht verloren und daraufhin versucht, sich am Waschbecken festzuhalten, aber danebengegriffen. Er hatte einen Schritt nach hinten gemacht und sein ganzes Gewicht auf das verletzte Bein verlagert. Sein Knöchel war unter ihm eingeknickt, und er war gestürzt. Er war lang hingeschlagen und auf den Rücken gefallen. Er hatte ihr den Kopf zugewandt, ohne zu wissen, wie ihm geschah. Dann hatte er sich aufgerappelt, mit einem merkwürdig entrüsteten Ausdruck im Gesicht.

»Sagen Sie mal, junge Frau ...«

Mehr brauchte sie nicht zu hören. »Danke schön, junge Frau«, pflegte er damals zu sagen, wenn er den Reißverschluss seiner Hose hochzog. Sie war dreizehn gewesen, und als sie achtzehn war, hatte er sie immer noch so genannt.

Er hatte es stets vermieden, sie bei ihrem Namen zu nennen – im Unterricht und danach, wenn er sie in dem kleinen blauen Auto erwartete und ihr die Tür aufhielt. »Fährst du mit, junge Frau?« Erst später hatte sie begriffen, dass er damit verdrängte, dass sie ein Mensch mit einer eigenen Persönlichkeit war, und sie hatte sich gefragt, ob er vielleicht doch noch einen letzten Rest an Schamgefühl besaß.

So gesehen war es eigentlich kein Wunder, dass er sie bei ihrer unerwarteten Begegnung nicht erkannt hatte. Dass er, als sie ihren Namen nannte, nur die Achseln gezuckt hatte. »Namen sagen mir nicht sehr viel.«

Tja, Pech gehabt.

18

Am nächsten Morgen kam David pfeifend aus dem Bad, während Eva Maja ein Butterbrot in vier kleine Stücke schnitt. Er küsste ihren Nacken. »Willst du Kaffee oder Tee?«

»Tee.« Sie musste sich schwer beherrschen, sich nicht umzudrehen und ihm das Gesicht zu zerkratzen. Wie konnte ihr so etwas bloß noch einmal passieren? Sie hatte sich vorgenommen, nie mehr fremdbestimmt zu sein. Das war auch der Grund, warum sie sich von Majas Vater getrennt hatte. Lag es doch an ihr? Vielleicht war es eine Charakterschwäche, vielleicht stand sie auf Macht, war das geborene Opfer.

»Und die junge Dame?« David zog Maja an ihren Zöpfchen. »Milch oder Tee?«

»Milch«, sagte Maja. »Nein, Tee!«

»Tee mit Milch«, beschloss er, und Maja lachte.

»Das ist eklig, du Spinner!«

»Das ist gar nicht eklig. Warte!« Er schüttete Milch in einen Becher und goss heißen Tee nach.

Maja kostete und zog die Nase kraus. »Das schmeckt mir nicht.«

»Du magst Tee, und du magst Milch«, sagte David. »Also magst du auch Tee mit Milch.«

Maja schüttelte stur den Kopf und schob den Becher weg. David stellte ihn zurück. »Austrinken.«

»Mam ...« Majas Unterlippe zitterte.

»Nimm die Milch.« Eva ging in die Küche, drehte den Becher über der Spüle um und spülte ihn aus. Sie füllte ihn mit Milch und gab ihn dem Kind. Ihr Blick suchte den Davids. »Würdest du die Erziehung bitte mir überlassen?«

Er reagierte nicht, sondern belegte ein Scheibe Brot mit Käse und begann zu essen.

Sie ließ ihn nicht aus den Augen. »Dein Urlaub, David. Ich wüsste gern, wie du ihn verbringen willst.«

»Der war an die Beförderung gekoppelt«, sagte er leichthin. »Also werde ich dieses Jahr nicht in die Karibik fliegen. Aber das macht nichts, ich kann auch in den Niederlanden tauchen. Außer du kannst mir Geld leihen.«

»Nein«, sagte sie. »Und das weißt du auch.«

»Das war doch bloß ein Witz.« Er lachte.

»Das war kein Witz.« Sie starrte auf ihren Teller. Ein Brot musste sie hinunterwürgen. Das war eine der Entscheidungen, die sie heute Nacht getroffen hatte. So viel hatten sie die vielen Besuche beim Psychiater dann doch gelehrt, nämlich dass sie ihren alten Fehler, nichts mehr zu essen, nicht wiederholen durfte. Den Körper zum Verschwinden zu bringen, war schließlich keine Lösung! Über den Selbsthass war sie hinweg, denn sie traf keine Schuld. Damals nicht und auch heute nicht.

Es war schon hell, als sie zu diesem Schluss gekommen war, und eine Welle der Erleichterung hatte sie erfasst. Eine Welle, die die verlorenen Jahre kurz verdeckt hatte und sie nach ihrem Verebben weniger schlimm wirken ließ.

Außerdem hatte sie jetzt Maja. Sie lebte ausschließlich für Maja, und das nicht nur, weil diese von ihr abhängig war.

Sie schnitt ein Stück Brot ab und steckte es in den Mund,

wo es sich sofort in eine breiige Masse verwandelte, die an ihrem Gauben kleben blieb.

»Warum sind alle böse?«, fragte Maja.

»Wir sind nicht böse«, sagte David und trank seinen Kaffee. »Wie kommst du darauf?«

»Mama ist böse.«

»Nein«, sagte Eva. Sie versuchte zu kauen. »Ich bin nicht böse. Iss dein Brot auf, sonst kommst du zu spät.«

David sah auf seine Uhr und schob den Stuhl zurück. »Ich habe heute Nachmittag eine Besprechung, die unter Umständen länger dauert. Können wir später essen?«

Sie folgte ihm in die Küche, wo er ungerührt das Fläschchen mit Insulin aus dem Kühlschrank holte.

»Ich habe nachgedacht.«

Er nickte und ging ins Bad, wo er die Spritzenpackung aus seinem Waschbeutel nahm. Sie sah zu, wie er zwei Spritzen aus der Folie riss, sie mit Insulin aufzog und gegen das Licht hielt, um die Menge zu überprüfen. Er steckte die Verschlussstopfen auf die Nadeln und schob die Spritzen in seine Jackeninnentasche. »Und?«

»Zwei Monate«, sagte sie.

Er zog die Brauen hoch. »Wie meinst du das?«

»Dann musst du eine Wohnung gefunden haben.«

Er drehte sich um, nahm ihr Kinn und zwang sie, ihn anzusehen. »Ich habe dich überrumpelt. Mir wäre es anders auch lieber gewesen. Aber ich stecke in der Klemme, das verstehst du doch?«

Sie trat einen Schritt zurück, um sich seiner Berührung zu entziehen und lehnte sich an das Waschbecken. »Machen wir uns gegenseitig nichts vor, David. Du genießt das.«

Er gab sich nicht die Mühe, es zu leugnen. »In gewisser Weise bewundere ich dich. Ich bin noch nie einer Frau begegnet, die so rigoros und unabhängig ist.« Er lachte. »Wirklich aufregend.«

Er meinte es ernst. Er war krank genug zu glauben, dass er ihr ein Kompliment machte. Für ihn waren Menschen nichts weiter als Figuren in einem Schachspiel. Wenn sie ihm nicht mehr nützlich waren, opferte er sie.

»Zwei Monate reichen nicht«, sagte David. »Das musst du doch einsehen. Außerdem wirst du in einem halben Jahr sicherlich anders darüber denken. Wir sind aus demselben Holz geschnitzt. Man könnte sagen, dass jetzt einer näheren Bekanntschaft nichts mehr im Wege steht.«

Sie rang nach Luft. »Das, was ich bisher kennengelernt habe, reicht mir vollauf.«

Sein Blick veränderte sich. »Ich glaube, da täuschst du dich.« Er ging an ihr vorbei.

Sie wartete, bis die Haustür hinter ihm ins Schloss gefallen war. Vorher wagte sie nicht, sich wieder zu rühren.

*

Im Briefkasten lag eine Postkarte von einem Segelboot mit strahlend weißen Segeln. Es lag in unnatürlich blauem Wasser, unter einem unnatürlich blauen Himmel. Vegter drehte sie um. Talsma hatte nur mit seinem Namen unterschrieben.

Er nahm die Karte mit nach oben und legte sie auf den Esstisch. Ein fröhlicher blauer Fleck, der ihn daran erinnerte, dass er noch eine Woche Urlaub hatte, bevor er wieder ins Büro musste. Und es gab nichts mehr zu tun.

Er hatte die Küche gewischt, die Fensterrahmen geputzt und die Böden gewienert. Er hatte sogar einen Sack Blumenerde gekauft und die Zimmerlinde, die inzwischen nur noch aus einem kahlen Stamm bestand, in einen größeren

Topf umgetopft und auf den Balkon gestellt. Er hatte ein paar Bücher gekauft und gelesen und seine CDs alphabetisch sortiert. Und trotzdem war erst eine Woche vergangen.

Er betrat den Balkon, wo Johan trotz der großen Hitze döste. Vegter warf einen Blick auf die Erde im Übertopf, die schon wieder trocken aussah, und machte kehrt, um die Gießkanne zu befüllen. Er goss die Pflanze, bis das Wasser aus dem Topf lief, und beschloss, die Gießkanne daneben stehen zu lassen. Sozusagen zur Erinnerung. Als er sich bückte, um sie abzustellen, fiel ihm ein grüner Trieb auf, der aus dem Stamm spross. Er ging in die Hocke und musterte ihn gründlich. Es war tatsächlich der Anfang eines neuen Blattes. Er ließ den Blick am Stamm hochwandern und entdeckte zwei weitere.

Übermütig vor Freude ging er in die Küche, um eine Flasche Bier zu holen. Er stellte einen Stuhl auf den Balkon und suchte im Bücherregal, bis er *Das neue Zimmerpflanzenbuch* gefunden hatte.

Er legte seine Füße auf das Geländer, schlug das Buch auf und las, dass die *Sparmannia africana* laut Kromdijk von ungefähr Ende Mai bis Ende Juni eine Auszeit brauchte.

»Sie wird alle großen grünen Blätter verlieren, aber das muss so sein.«

Er lachte laut und nahm einen Schluck von seinem Bier. Johan wurde kurz wach und blinzelte ihn an.

»Jetzt fehlst nur noch du!«, sagte Vegter und vertiefte sich wieder in das Pflanzenbuch. Er fühlte sich wie belohnt.

Abends rief er Ingrid an und fragte, ob das Boot noch zu haben sei. Und ob sie sich um Johan und die Zimmerlinde kümmern könne.

*

Eva hatte extra früh gekocht, sodass sie bereits gegessen und den Tisch abgeräumt hatten, als es klingelte.

Maja saß auf dem Sofa und wartete auf ihre Lieblingssendung. Sie hatte bereits ihren Schlafanzug an. »Mama, David ist da!«

Kurz überlegte sie, ihn nicht hereinzulassen, egal, was die Konsequenzen waren. Aber das war illusorisch, das wusste sie: Er hielt die Fäden in der Hand, und sie war seine Marionette.

Er folgte ihr in die Küche. »Ich hätte gern einen Zweitschlüssel, das ist sonst lästig.«

Sie schüttelte den Kopf. »Den bekommst du nicht.«

»Nein?« Er ging an ihr vorbei und zog eine Küchenschublade auf. Mit gerunzelter Stirn sah er sie an. »Er lag immer hier.«

»Stimmt.« Sie lehnte mit verschränkten Armen am Türrahmen.

Ein Lächeln umspielte seine Lippen. »Du hast ihn versteckt. Aber das macht nichts, ich finde ihn schon.« Er musterte die Töpfe auf dem bereits ausgeschalteten Gasherd. »Hatte ich nicht gesagt, dass es heute spät wird?«

»Das heißt nicht, dass wir ebenfalls spät essen müssen. Du kannst es dir aufwärmen.« Sie drehte sich um.

Mit einem Schritt war er bei ihr und packte ihren Oberarm. »Jetzt hör mir mal gut zu, Eva!«, zischte er leise. »Ich sage das nur ein Mal: Du behandelst mich genau wie vorher. Vielleicht hast du noch nicht ganz begriffen, dass das das Vernünftigste ist.«

Sie wollte sich losreißen, aber ohne Erfolg. »Nichts hält mich zurück, zur Polizei zu gehen. Und was wird dann aus Maja?«

Sie antwortete nicht, und er ließ sie los. »Und jetzt gib mir den Schlüssel!«

»Dafür muss ich runter in den Keller.«
»Dann geh!«, sagte er ungeduldig.

Als sie wiederkam, rührte er in den Töpfen. Schweigend legte sie den Schlüssel auf die Küchentheke und ging ins Wohnzimmer, wo Maja mit vor Müdigkeit roten Bäckchen fernsah. Eva setzte sich neben sie und legte den Arm um ihre schmalen Schultern. Später versuchte sie zu lesen, während David eine Sportsendung sah. Sie blätterte eine Seite nach der anderen um, ohne auch nur ein Wort wirklich aufzunehmen. Er stand auf, um etwas zu trinken zu holen. »Möchtest du auch etwas?«

Seine groteske Höflichkeit brachte sie beinahe zum Lachen. Sie schüttelte den Kopf.

Er kam mit einer Flasche Weißwein zurück. Sie sah zu, wie er die Flasche in aller Ruhe entkorkte und Wein in ein Glas goss, das sofort beschlug. Das war ihr Wein, den sie gekauft hatte. Genau wie das Essen, das sie all die Male für ihn gekocht hatte, die Getränke in der Kneipe, die sie jedes Mal bezahlt hatte, weil er nie genug Geld bei sich zu haben schien. Er würde sie aussaugen wie Spinnen eine Fliege.

Während sie gut gelaunten Menschen Reisen in die Sonne verkaufte, hatte sie den ganzen Tag wie benebelt vor Ungläubigkeit und Fassungslosigkeit nach einem Ausweg aus dieser Situation gesucht. Aber den gab es nicht. Sie hatte nichts in der Hand, um sich freizukaufen. Für einen Moment hatte sie sogar schon überlegt, mit Maja zu ihrer Mutter zu ziehen. Aber das war wirklich das Letzte, was sie wollte! Dann hätte er die Wohnung für sich allein und könnte dort tun und lassen, was er wollte. Außerdem: Wie hätte sie das ihrer Mutter begreiflich machen sollen? Die hatte ihn inzwischen kennengelernt und hielt ihn für einen charmanten jungen Mann. Ihre Mutter war sehr empfänglich für Männer und deren Komplimente. David hatte ihr sofort Honig ums Maul geschmiert.

Ihre Mutter würde der Ansicht sein, dass die falschen Denkmuster, wie sie sie nannte und deretwegen sie so viel Geld für einen Psychiater ausgegeben hatte, zurückgekehrt waren. Das mit Janson hatte sie nie erfahren. Ebenso wenig der Psychiater, weil Eva es einfach nicht über sich gebracht hatte, davon zu erzählen. Stattdessen hatte sie vorgegeben, ihre Essstörung sei auf eine schwierige Kindheit zurückzuführen. Sowohl sie als auch ihre Mutter hatten die Sitzungen als reine Geldverschwendung betrachtet, wenn auch aus unterschiedlichen Gründen.

Außerdem würde David das gar nicht zulassen. Es war absurd, aber er schien doch tatsächlich zu glauben, dass sie sich schon noch an die Situation gewöhnen würde. Wie konnte jemand, der so intelligent war, bloß dermaßen naiv sein? Aber das hatte nichts mit Naivität zu tun, das lag an seinem fehlenden Einfühlungsvermögen, an seiner völligen Gleichgültigkeit anderen gegenüber. Bei diesem Gedanken empfand sie eine Art grimmige Zufriedenheit. Nicht sie hatte eine Charakterschwäche, sondern er. Irgendwann in seiner Entwicklung war etwas schiefgelaufen. Jene Gehirnzellen, die für Mitgefühl zuständig sind, hatten sich bei ihm nie entwickelt.

Sie hatte seine Eltern nie kennengelernt – angeblich wollte er keinen Kontakt mehr zu ihnen haben. Hatten sie sein Problem erkannt? Vielleicht war es sogar umgekehrt, und sie wünschten keinen Kontakt mehr zu ihrem Sohn!

David stellte sein Glas auf dem Tisch ab, fläzte sich auf das Sofa und schob sich ein Kissen in den Nacken. Die Trägheit, die er ausstrahlte, brachte ihre Kopfhaut zum Prickeln. Doch Trägheit traf es nicht richtig, und sie suchte in ihrem Gedächtnis eine passendere Formulierung. *Ennui*. Schon früher hatte sie seine Kleidung an einen Engländer erinnert, und jetzt fiel ihr auf, dass er aussah wie ein junger Landedelmann: reich und gelangweilt, wie jemand, der schon alles gesehen, alles erlebt hat und ständig auf der Suche nach neuen Abenteuern oder Herausforderungen ist. Die mussten ihm allerdings in den Schoß fallen, denn anstrengen wollte er sich nicht dafür. Im Grunde seines Wesens war er faul. Ihr fiel der beleidigte Tonfall wieder ein, mit dem er ihr von seiner verpassten Beförderung erzählt hatte. Sie fragte sich, ob je von einer Beförderung die Rede gewesen war.

Sie blätterte die x-te ungelesene Seite um und nahm die nächste ins Visier. Es dauerte eine Weile, bis sie merkte, dass sie auf das Wort »Verabredung« starrte. Plötzlich fiel ihr wieder ein, was sie bei ihrem ersten gemeinsamen Essen gestört hatte. Sie hatte ihn gefragt, woher er wisse, wo sie arbeite, und er hatte behauptet, sie hätte es ihm erzählt. Aber dem war nicht so. Er musste sie hier vor dem Haus abgepasst und sie bis zum Reisebüro verfolgt haben.

Wie unfassbar das war, wurde ihr erst jetzt klar. Es war unglaublich, dass er das Ganze von Anfang an geplant hatte. Nicht einmal die Begegnung im Supermarkt war Zufall gewesen. Er musste noch während des Klassentreffens auf die Idee gekommen sein, denn warum hätte er sonst bei der Polizei den Mund halten sollen? Schon am Abend danach hatte er mit Blumen vor der Tür gestanden. »Auf den Schock hin.« Danach hatte er sie eine Weile in Ruhe gelassen, weil er gespürt hatte, dass er nichts überstürzen, nichts erzwingen durfte.

Im Wohnzimmer war es warm und nach wie vor stickig. Trotzdem war ihr immer noch kalt, kalt bis ins Mark, und zwar so sehr, dass ihre Muskeln ganz steif wurden und sie sich innerlich verhärtete.

Sie hätte auf ihr Gefühl hören sollen. Schon während

ihres ersten gemeinsamen Essens hatte sie gespürt, dass David sich nur für sich selbst interessierte. Aber sie hatte es nicht wahrhaben wollen. Sie war es gewohnt, die Zuhörerin zu spielen, und angesichts ihrer Verschlossenheit war ihm gar nichts anderes übrig geblieben, als von sich selbst zu erzählen. Von Anfang an war ihr das wie eine selbstverständliche Rollenverteilung erschienen. Sie hatte sich in seiner unverhohlenen Bewunderung gesonnt, hatte sich schön und jung gefühlt. Begehrenswert. Von nun an würde kein Tag mehr wie der andere sein, sondern vielversprechend und aufregend.

Auch wenn es wehtat, musste sie sich doch fragen, inwieweit sie sich allzu bereitwillig hatte täuschen lassen. Er war nach langer Zeit der Erste gewesen, der das Haus mit seiner Stimme, seinem Duft, seiner Gegenwart gefüllt hatte. Mit einer gehörigen Portion Zynismus gestand sie sich ein, dass sie ihn wahrscheinlich auch mit einem Klumpfuss genommen hätte.

David gähnte, trank sein Glas aus und stand auf. »Ich gehe ins Bett.«

Das Blut schoss ihr in den Kopf. Sie blieb wie erstarrt sitzen, so als würde sie unsichtbar, wenn sie sich nicht bewegte. Sie starrte in ihr Buch, registrierte aber jede seiner Bewegungen. Hätte sie jemand sehen können, hätte er geglaubt, ein häusliches Idyll wahrzunehmen: einen Mann, der sich reckte, sein Glas in die Küche trug und sein Jackett von der Stuhllehne nahm – lauter normale Handgriffe eines Menschen, der nach einem langen Arbeitstag ins Bett geht.

Sie hatte ihren alten Schlafsack aus dem Keller geholt und in den Flurschrank gestopft, weil sie wild entschlossen war, auf dem Sofa zu übernachten. Er schien ihr noch den Aufschub zu gewähren, den sie dringend brauchte.

19

Vegter hatte den Keller nach Dingen abgesucht, die er auf dem Boot gebrauchen könnte. Es waren mehr als erwartet, und er konnte sich gar nicht mehr daran erinnern, sie mit umgezogen zu haben. Wahrscheinlich hatte er nüchtern abgewägt: nützlich oder nostalgisch. Daran war Ingrid bestimmt auch nicht ganz unschuldig gewesen. Sie hatte damals den Speicher ausgeräumt, nicht zuletzt deshalb, weil dort noch Sachen von ihr gelegen hatten.

Er hob den Schlafsack hoch, untersuchte ihn auf irgendwelche Schäden hin und überprüfte den Reißverschluss. Er roch muffig, aber der Stoff fühlte sich weich und flauschig an. Obwohl es ein Zweimannschlafsack war, wog er so gut wie nichts. »Armeequalität«, hatte Stef zufrieden gesagt, als er damit angekommen war. »Jetzt brauchen wir nie mehr zu frieren.« Daraufhin hatte er gemeint, dass es der Liebe nicht guttäte, wenn es keinen Grund mehr gäbe, sich gegenseitig zu wärmen, aber sie hatte nur mitleidig den Kopf geschüttelt. »Im Gegenteil. Ihr Männer versteht das einfach nicht.«

Und sie hatte recht behalten. Seine Gedanken drohten abzuschweifen, deshalb hängte er den Schlafsack über das Balkongeländer und ging in den Flur, wo er den Campingkocher, die verbeulten Aluminiumtöpfe und die Petroleumlampe mit noch einem Rest Öl darin in Augenschein nahm.

Aber erst als er am Tisch saß und eine Einkaufsliste erstellte, kehrte die Vorfreude zurück, die er sich vorher verwehrt hatte. Jetzt ließ er sie zu und freute sich wie ein kleines Kind, bald wieder Bootsplanken unter den Füßen zu haben.

Das Telefon klingelte, und er überlegte, es klingeln zu lassen. Dann fiel ihm ein, dass er schon geraume Zeit keine Angst mehr davor hatte, an einen Tatort gerufen zu werden. Zu Beginn seines Urlaubs war nicht viel los gewesen auf dem Revier, zumindest nichts, was seine Anwesenheit erfordert hätte.

»Vegter.«

»Dieser Bomer aus dem Fall Janson steht hier«, sagte Brink. »Er will seinen Pass wiederhaben. Er sagt, wir hätten ihn nun lange genug gehabt.« Am Klang seiner Stimme hörte man, dass er ihm insgeheim recht gab.

»Talsma wollte das doch ...«, hob Vegter an, verstummte aber sofort. »Das geht in Ordnung. Aber überprüfe seine Adresse. Ich will wissen, wo er steckt.«

Brink legte auf, und Vegter vervollständigte seine Einkaufsliste. Dabei wurde er den Gedanken einfach nicht los, dass Bomer etwas zu verbergen hatte. Lag es daran, dass er den Fall einfach nicht verloren geben wollte? Alle bisher verfolgten Spuren hatten sie in eine Sackgasse geführt. Trotzdem war er fest davon überzeugt, dass es kein vorsätzlicher Mord war. Das Lächeln um Bomers Lippen hatte ihm bedeutet, dass er mehr wusste, als er sagte. Ja, Bomer hatte es sogar darauf angelegt, dass er das merkte. Zu schade, dass er nicht mehr in der Hand gehabt hatte, mit dem er ihn unter Druck setzen konnte. Und dass Bomer zu intelligent war, um sich einschüchtern zu lassen.

Er warf einen Blick auf seine Liste, auf der nur ein Kasten Bier stand. Er versuchte seinen Unmut zu unterdrücken und war so verwegen, noch eine Flasche Whisky und ein paar Flaschen Weißwein zu notieren. Außerdem beschloss er, den Wecker noch eine Stunde früher zu stellen als ursprünglich geplant.

*

Eva brachte Maja ins Bett. Sie war erleichtert, dass wieder ein Tag um war, wobei sie eigentlich keinen Grund zur Erleichterung hatte. Das vertraute Ritual aus Zähneputzen und Maja-Ausziehen, die mit baumelnden Beinen auf dem Klo saß und ihr mit schläfriger Stimme noch dringend etwas erzählen musste, zwang sie, sich auf ihre Tochter zu konzentrieren. Es lenkte sie davon ab, dass sie wieder einen Abend angespannten Schweigens vor sich hatte.

Als die Haustür in Schloss fiel, zuckte sie zusammen und verhaspelte sich mitten im Satz einer Geschichte, in der ein kleiner Elefant nach seinen Wurzeln suchte.

Maja hob aufmerksam den Kopf. »Geht David aus?«

»Ich glaube, er muss noch was einkaufen. *Und dann sagte der kleine Elefant …*«

Aber Maja ließ sich nicht ablenken. »Habt ihr euch nicht mehr lieb?«

»Wie kommst du darauf?« Eva verachtete sich für ihre Feigheit. Als Kind hatte sie die ausweichenden Antworten ihres Vaters gehasst, und die Luft im Haus war zum Schneiden gewesen. Jetzt verhielt sie sich ganz genauso.

»Ihr schaut so böse. Und das die ganze Zeit.« Maja zog die Nase kraus.

»Ich war ein bisschen böse auf David«, gab Eva zu.

»Warum?«

Sie schlug das Buch zu, behielt aber einen Finger zwischen den Seiten. »Das weiß ich nicht mehr. Manchmal bin ich einfach so böse, aber das geht vorbei.«

»David ist auch böse auf dich«, verkündete Maja fest. »Wegen seinem Pulli. Hast du das mit Absicht gemacht, Mama?«

»Natürlich nicht.« Sie weigerte sich nämlich, seine Sachen zu waschen und zu bügeln, und an diesem Morgen hatte er mit seinem Lambswoolpulli vor der Waschmaschine gestanden. Die Waschmaschine war alt und die Programmierung schwer erkennbar. Sie hatte Davids Zweifel gespürt, als sie an ihm vorbeilief. Nachdem er sich endlich für ein Programm entschieden hatte, hatte sie so lange herumgetrödelt, bis er gegangen war. Dann hatte sie den Waschvorgang angehalten und die Maschine auf 60 Grad gestellt. Ein kindischer Racheakt, aber er hatte ihr den Tag gerettet. Als David abends fluchend den Pulli aus der Trommel geholt hatte, hatte sie eine alberne Zufriedenheit verspürt. Es war ein teurer Pulli, eigentlich besaß er ausschließlich hochwertige Sachen. Und jetzt war er kaum größer als ein Kinderpulli und steif wie ein Brett.

Das Grinsen, mit dem sie an ihm vorbeigegangen war, während er mit dem Pulli in der Hand dastand, hatte ihn sofort misstrauisch gemacht. Sie hatte es regelrecht mit der Angst bekommen, als er den Pulli rasend vor Wut auf die Küchentheke geworfen und Ersatz dafür gefordert hatte.

Kühl hatte sie ihn darauf hingewiesen, dass er den Pulli selbst in die Maschine gesteckt hätte und seine Sachen gern in die Reinigung bringen könne. Daraufhin hatte er ein Weinglas von der Küchentheke gefegt, den Pulli in den Müll geworfen und die Küchentür dermaßen laut zugeknallt, dass diese nun schief in den Angeln hing.

Maja hatte in ihrem Zimmer gespielt und zu heulen

begonnen. Das und Davids unkontrollierter Wutausbruch hatten sie zur Vorsicht gemahnt.

Maja ließ den Kopf zurück auf das Kissen sinken, sah Eva aber weiterhin an. »Warum bleibt David so lange?«

»Weil er noch keine eigene Wohnung hat.«

»Alle Erwachsenen haben eine Wohnung«, sagte Maja resolut.

»Aber nicht David. Deshalb wohnt er jetzt bei uns.«

»Oh.« Maja nahm ihren Teddy, der wie der Zyklop nur noch ein Auge hatte, und zog ihn zu sich unter die Decke.

Eva schlug das Buch wieder auf. »Soll ich jetzt weiterlesen?«

Maja schüttelte den Kopf. »Ich mag den kleinen Elefanten nicht besonders.«

Eva küsste ihre warme Wange und stand auf. »Dann schlaf schön.«

Sie machte das Licht aus und wollte gerade die Tür schließen, als Maja sagte: »Geht er nie wieder weg?«

David behandelte Maja so gleichgültig wie ein Haustier, das anwesend war, existierte, dem man aber keinerlei Aufmerksamkeit widmen musste. Es war naiv gewesen, zu glauben, dass sie seine Gleichgültigkeit nicht bemerken würde. Kleine Kinder spüren das, sie lassen sich noch nicht vom Verstand in die Irre führen.

»Doch«, sagte Eva. Sie bemühte sich, überzeugend zu klingen. »Ich weiß nur noch nicht, wann.«

Sie machte sich einen Becher Tee, setzte sich aufs Sofa und versuchte, sich darüber zu freuen, dass sie alleine war. Sie bemühte sich, Zeitung zu lesen, machte den Fernseher an, konnte sich aber nicht konzentrieren. Sie sah sich in ihrem vertrauten Wohnzimmer um und kam sich vor wie eine Fremde.

Sie besaß keine teuren Einrichtungsgegenstände, dafür hatte sie zu wenig verdient, erst recht, nachdem sich Maja angekündigt und sie beschlossen hatte, sie allein großzuziehen. Aber alles, was sie besaß, war sorgfältig ausgesucht und liebevoll restauriert: das kleine, weiß gestrichene Bücherregal, der Esstisch, den sie abgebeizt hatte, der große Ohrensessel, den sie in einem Anfall von Wagemut mit rotem Samt bezogen hatte. Den dicken weißen Teppich hatte sie selbst geknüpft – an jenen langen Abenden, an denen es nichts anderes zu tun gab, als ab und zu im Kinderzimmer nach dem Rechten zu schauen.

Das war ihr Wohnzimmer, ihre Wohnung, ihr Leben. Sie trank den heißen Tee und zog die Füße unter sich. Trotzdem fror sie. Seit Wochen lebte sie in einer Art Luftblase, in der sie die Geräusche, Gefühle und Geschehnisse ihrer Umwelt nur gedämpft wahrnahm.

Sie stellte den Becher ab und hüllte sich in eine Decke. Wenn sie doch endlich einen klaren Gedanken fassen könnte! Sie hatte gelernt, Probleme zu analysieren, vor allem ihre eigenen Probleme. Aber so jemandem wie David war sie noch nie begegnet.

Wieder betrachtete sie die Möbel in dem Versuch, jene beruhigende Vertrautheit heraufzubeschwören, die diese sonst in ihr auslösten. Aber die Möbel weigerten sich, mehr zu sein als unbelebte, austauschbare, nichtssagende Gegenstände. Auf dem Schrank stand schweigend das Telefon. Ihre Beine zuckten nervös unter der Decke, und sie hoffte, dass es klingeln würde. Dass jemand dran wäre, der wissen wollte, wie es ihr ginge – zur Not sogar ihre Mutter, auch wenn sie endlos auf sie einreden würde.

Sie hatte geglaubt, mit der Einsamkeit zurechtzukommen, aber jetzt wurde ihr klar, dass es dieselbe Verlassenheit wie früher war, wenn auch in einer anderen Form. Damals war das in gewisser Weise ihre Entscheidung gewesen, aber jetzt war sie dazu gezwungen. War es das, worauf David spekulierte? Dass sie diese völlige Abschottung, dieses Von-allem-abgeschnitten-Sein irgendwann nicht mehr aushielt? Sie begriff, dass er intelligenter war als sie, oder zumindest raffinierter, berechnender. War er schon immer so gewesen?

Ihr fiel Irene ein, die ihn gut gekannt hatte. Spontan griff sie zum Telefonbuch. Mit dem Telefon kroch sie wieder unter die Decke und wählte ihre Nummer.

Sie hörte, wie es klingelte, bis klickend der Anrufbeantworter ansprang. Eine freundliche Männerstimme sagte, dass sie eine Nachricht nach dem Piep hinterlassen könne. In plötzlicher Panik unterbrach sie die Verbindung und warf das Telefon auf den Tisch. Sie war hin- und hergerissen zwischen Reue und Erleichterung. Sie wäre sowieso nicht imstande gewesen, locker zu plaudern. Wie hätte sie das Gespräch auf David lenken sollen? Und was würde ihr Irene schon groß erzählen können? »Bitte, hol mich hier raus, sonst werde ich noch verrückt!« Das war alles, was sie ihr hatte sagen wollen, mehr nicht. Da war es besser, sich einzugestehen, was sie längst wusste und viel zu früh gelernt hatte: Es gab niemanden, der ihr helfen konnte.

Auch der Gedanke, dass das letztlich für jeden galt, konnte sie nicht trösten. Sie schlug die Arme um ihren Oberkörper und wiegte sich vor und zurück. Sie zwang sich, nicht die Beherrschung zu verlieren. Sie weinte nicht. Auch damals hatte sie nur selten geweint. Weinen war ein Luxus, und Luxus machte schwach.

Sie schrak hoch, als die Wohnzimmertür aufging und David das Licht anmachte. Verschlafen richtete sie sich auf, sich dabei in der Decke verheddernd. Sie strich sich die Haare aus dem Gesicht, während er sie grinsend ansah.

»Hast du auf mich gewartet?«

Sie schüttelte den Kopf. Er betrat das Wohnzimmer und setzte sich neben sie. Im selben Moment merkte sie, dass das mit dem Sofa ein Irrtum war. Dass sie sich lieber in den Sessel hätte setzen sollen. Aber sie hatte sich kurzzeitig sicher gefühlt und nicht damit gerechnet, einzuschlafen.

Sie machte Anstalten, aufzustehen, aber er hielt sie zurück und legte einen Arm um sie. Vergeblich versuchte sie sich loszureißen, bis sie ihren Widerstand schließlich aufgab. Sie blieb halb abgewandt neben ihm sitzen, die Muskeln bis zum Zerreißen gespannt, und verfluchte ihre Naivität.

Aber als er eine Hand unter ihr Kinn legte und ihren Kopf zu sich herdrehte, begriff sie, dass ihr das auch nichts genutzt hätte. Seine Augen glänzten, und er stank nach Alkohol. Sie merkte, dass er zu viel getrunken hatte.

»Wollen wir uns wieder normal benehmen?« Seine Stimme klang heiser, als hätte er den Abend in einer verrauchten Kneipe verbracht.

Sie versuchte, einen lockeren Ton anzuschlagen. »Ich fürchte, das geht leider nicht, David.«

»O doch.« Seine Hand wanderte zu ihrem Nacken, und er zog ihren Kopf an sich.

»Hör auf!« Ein Arm war zwischen ihm und dem Sofa eingeklemmt, aber mit dem anderen versuchte sie, ihn wegzuschubsen. Doch er packte ihr Handgelenk und drehte ihr den Arm auf den Rücken.

Sie sah ihn unverwandt an, versuchte, ihn mit ihrem Blick zu fixieren. »Ich will das nicht, David.«

»Warum nicht?« Er grinste schief, seine Wangenmuskeln weigerten sich, ihm zu gehorchen. »Du hast noch etwas gutzumachen.« Er lallte.

Reden war sinnlos, dafür war er zu betrunken.

Seine Lippen glitten über ihren Hals. Mit der freien Hand streifte er den Pulli über ihre Schulter und versuchte, ihr an die Brust zu fassen. Das altbekannte Gefühl von Hilflosigkeit lähmte sie, und sie kniff die Augen zu. Es würde nicht so schlimm sein wie mit Janson, dachte sie, wohl wissend, dass sie sich irrte.

Er spürte, wie sie ihren Widerstand aufgab, hob eine Brust aus dem Pulli und beugte sich zu ihr herab.

Sie sah sich selbst aus der Vogelperspektive – eine Puppe, mit der er nach Belieben spielen konnte. Ekel, der nicht nur ihm galt, stieg in ihr auf. Er war nicht Janson, und sie war kein schüchternes Kind mehr. Nein, verdammt noch mal, nein!

Sie befreite ihren Arm, zog ihr Knie an und stieß es gegen die Innenseite seines Oberschenkels. Sie war nicht stark genug, hatte nie gelernt zu kämpfen. Sie konnte das Unvermeidliche nur hinauszögern.

Aber er war überrascht, und der Alkohol verzögerte seine Reaktion, sodass es ihr gelang, ihn wegzustoßen und sich aufzurichten, wohl wissend, dass sie am Ende unterliegen würde. Weil sie nirgendwohin konnte, Maja nicht allein lassen durfte.

Er richtete sich ebenfalls auf. Sein Oberkörper war nach vorn gekrümmt, die Arme hingen seitlich herab. Sein Atem ging mühsam, das Haar fiel ihm in die Stirn. Noch nie hatte sie ihn so angetrunken und wehrlos gesehen. Er trank selten zu viel, weil Alkohol seinen Blutzuckerspiegel durcheinanderbrachte und er es hasste, öfter an seine Diabetes erinnert zu werden als unbedingt nötig.

Ihr blieb keine Zeit mehr, um nachzudenken. Sie trat einen Schritt zurück und machte einen Buckel wie eine fauchende Katze. »Fass mich nicht an, David.«

Er schlug sie, versetzte ihr einen schnellen kurzen Schlag

gegen die Schläfe. Während sie zurücktaumelte, versuchte, dem Tisch auszuweichen, und der Länge nach aufs Sofa fiel, dachte sie: Ein Glück, dass er mich nicht voll ins Gesicht getroffen hat! Sie drehte sich um die eigene Achse, zog die Beine an und war wild entschlossen, ihn zwischen die Beine zu treten, wenn er näher käme.

Aber er steckte nur die Hände in die Taschen, grinste zynisch und war schlagartig nüchtern.

»Ich hätte nie gedacht, dass ich mal eine Frau schlage.« Er drehte sich um und verließ das Wohnzimmer.

Sie rührte sich nicht von der Stelle. Sie konnte es kaum glauben, aber sie hörte die Tür des Kühlschranks und anschließend die des Bads. Ja, sie hörte sogar, wie er den Reißverschluss seines Waschbeutels aufzog, und begriff, dass er seine letzte Spritze vorbereitete, so wie immer vor dem Zubettgehen.

Vorsichtig setzte sie sich auf, zog ihren Pulli gerade und wickelte sich erneut in die Decke. Während das Blut in ihren Ohren rauschte, fasste sie sich an die schmerzende Schläfe. Im Bad wurde der Hahn aufgedreht, die elektrische Zahnbürste summte. Der Mann, der gerade ihr Leben zerstörte, fand es unter seiner Würde, Frauen zu schlagen, und putzte sich nach einem Vergewaltigungsversuch einfach die Zähne.

Mit zuckenden Schultern begann sie lautlos zu lachen, bis sie sich die Decke vor den Mund halten musste, um sich nicht zu verraten.

20

Es handelte sich um ein kleines Holzboot in Plankenbauweise. Vegter schätzte es auf höchstens sechs Meter. Der Rumpf war einmal vor langer Zeit blau lackiert gewesen, Groß- und Focksegel waren aus altmodischer brauner Baumwolle und mehrmals geflickt. Der Spiegel am Heck war ersetzt worden, genauso wie Teile des Decks und des Cockpits. Die Kajüte war unscheinbar, winzig klein und so niedrig, dass nur ein Kind aufrecht darin stehen konnte. An der Tür fehlte das Schloss.

Das ganze Ding wirkte wie zusammengetackert. Vegter war entzückt. Er stellte seine Taschen auf eine der Bänke und kletterte wieder ins Cockpit.

Am Heck war ein alter 4-PS-Außenbordmotor angebracht, und er wunderte sich kurz, dass man ihn nicht ins Boot gelegt hatte, bis ihm einfiel, dass das sinnlos war. Er bediente ein paarmal den Seilzugstarter, und zu seiner Überraschung tuckerte der Motor sofort los. Er fand, dass er vertrauenerweckend klang, und drehte den Hebel. Ihm fiel der Freund wieder ein, den eine Hassliebe mit seinem Außenbordmotor verbunden hatte. Ihm zufolge gab es nur zwei Möglichkeiten: Entweder, es ist der Wurm drin oder er läuft wie geschmiert.

Der Motor besaß einen etwa zwanzig Liter fassenden Benzintank und schien dem Geräusch nach, als er darauf klopfte, halb voll zu sein. Vegter sah zum Himmel empor, der fast genauso blau war wie der auf Talsmas Postkarte. Danach warf er einen Blick auf seine Uhr. Er hatte ursprünglich erst noch etwas zu Mittag essen wollen, konnte es aber plötzlich kaum erwarten. So schnell wie möglich machte er das Boot fertig und löste die Leinen.

Er hatte den Wind richtig eingeschätzt und trieb bei Halbtide auf dem Wattenmeer, wobei er durch Schlick und Deichland manövrierte und nur hoffen konnte, in keine Untiefe zu geraten.

Es wimmelte nur so von Segelbooten, aber sein Boot kam überall durch, so als suchte es sich selbstständig seinen Weg. Vegter hatte keine Ahnung, wo er sich befand und wo er landen würde, da er nicht im Strömungsatlas in der Kajüte nachgeschaut hatte. Aber das spielte jetzt keine Rolle.

Spaßeshalber trimmte er völlig überflüssigerweise das Großsegel. Seit Langem hatte er sich nicht mehr so frei gefühlt. Wie sagt Anthony van Kampen so schön? »Anscheinend versteht der Niederländer etwas vom großen Geheimnis des Meeres.« Und damit, dachte Vegter, während er über ein Seegatt schaukelte und spürte, wie er an den Schultern Sonnenbrand bekam, könnte er durchaus recht haben.

Er hatte die Bojen hartnäckig ignoriert, sodass sein Boot drei Stunden später auf dem Trockenen saß. Vegter warf den Anker aus und wartete, bis die Ebbe das Wasser ganz zum Verschwinden gebracht hatte. Er suchte nach einem Eimer und ging von Bord. In der Ferne sah er eine Ansammlung von gestrandeten Schiffen sowie die Muschelkutter, an denen er vorbeigekommen war. Obwohl er Lebensmittel für mehrere Tage dabeihatte, war ihm mehr nach frischen Muscheln zumute als nach einer Dose Ravioli mit Käsegeschmack.

Gemächlich schlenderte er über die Sandbank, die wie ein Buckelwal aus dem Wasser ragte. Vögel auf Nahrungssuche hüpften über die Riffel, die das Meer im Sand hinterlassen hatte. Er kannte sich nicht besonders gut mit Vögeln aus, aber neben den unvermeidlichen Möwen entdeckte er auch Austernfischer und Uferschnepfen.

Die Muschelkutter waren weiter weg, als er gedacht hatte. Deshalb änderte er seinen Plan und begann Herzmuscheln zu sammeln.

Er entfernte sich ein großes Stück von der Sandbank. Die Vögel hatten die Futtersuche aufgegeben, und das Schmatzen seiner nackten Füße und die gedämpfte Brandung weiter draußen betonten die Stille eher, als sie zu durchbrechen.

Der Wind hatte nachgelassen, und als Vegter mit seinem Eimer zum Boot zurückstapfte, schwante ihm, dass er hier vielleicht die ganze Nacht liegen bleiben würde, außer er stellte den Motor an.

Wieder an Bord, war ihm schwindelig vor Hunger. Er räumte eine der Supermarkttüten aus und musterte nachdenklich die verschiedenen Gemüsesorten, die er in seinem Übermut gekauft hatte.

Er hatte Stef öfter Muscheln zubereiten sehen und wusste noch, dass man sie mit klein geschnittenem Gemüse und etwas Wasser in einen Topf geben musste. Oder konnte beziehungsweise musste man Weißwein nehmen? Er beschloss zu experimentieren.

Eine halbe Stunde später saß er auf dem Dach der Kajüte, trank lauwarmen Weißwein, aß die Herzmuscheln, die beinahe perfekt waren, und sah zu, wie das Watt ständig die Farbe veränderte.

Abends zerrte die Flut an dem Boot, das sich ächzend und stöhnend bewegte. Der Anker scharrte, und Vegter überlegte, sich doch noch einen anderen Schlafplatz zu suchen. Aber die Schiffe, die ebenfalls auf dem Trockenen gelegen hatten, waren längst verschwunden, das Meer war wie leer gefegt, und er lag weit vor der Betonnung. Also blieb er, wo er war, trank Instantkaffee und ein letztes Glas Wein und sah zu, wie die flammend rote Sonne das Wasser berührte und schließlich darin versank. »*De Zon en de zee springen bliksemend open: waaiers van vuur en zij* ...« Er lachte über sich selbst und unternahm trotzdem einen halbherzigen Versuch, sich an mehr als die ersten beiden Zeilen von Hendrik Marsmans Gedicht *Paradise regained* zu erinnern. Danach schaute er einfach nur zufrieden in den rosa-goldgestreiften Himmel.

Erst als er versuchte, auf der harten schmalen Holzbank eine bequeme Haltung zu finden, fiel ihm auf, dass er den ganzen Tag über nicht ein einziges Mal an die Arbeit gedacht hatte. Erst dann wurde ihm klar, dass Marsman nicht über den Sonnenunter-, sondern über den Sonnenaufgang geschrieben hatte. Grinsend schlief er ein.

21

»Ich würde heute Abend gern ins Straßencafé gehen«, sagte David.

Sie saßen am Esstisch und aßen einen Salat, weil Eva keine Lust gehabt hatte, etwas zu kochen. Das bisschen Energie, das sie noch hatte, schien völlig in der Hitze zu verdampfen. Im Reisebüro ging es ruhig zu. Die Leute verließen sich darauf, dass es warm blieb, und buchten keine Auslandsreisen.

Sie hatte problemlos ein paar Tage frei nehmen können, damit Maja nicht die ganzen Sommerferien zu ihrer Mutter musste. Die ganzen sechs Wochen konnte sie allerdings nicht abdecken. Tagsüber gingen sie manchmal in den Park oder ins Freibad, an den übrigen Nachmittagen ließ sie sie unter dem Sonnenschirm auf dem Balkon spielen.

Sie sah nicht von ihrem Teller auf. »Tu, was du nicht lassen kannst.«

Noch immer staunte sie über seine ungerührte Gleichgültigkeit. Er wollte mit ihr ins Straßencafé gehen. Glaubte er etwa immer noch, dass sie einlenken und bei einem Glas Wein in aller Ruhe mit ihm plaudern würde?

»Kann ich dann zur Oma?«, fragte Maja. Sie stocherte

in ihrem Essen herum und schob Thunfisch und Oliven beiseite.

»Nein«, sagte Eva. »David geht allein.« Sie führte die Gabel zum Mund, kaute auf dem Thunfisch herum und zählte. Noch vier Bissen.

»Oh. Ich würde nämlich gern mal wieder zur Oma.«

Früher hatte sie sich beschwert, dass sie sich bei der Oma langweile, aber jetzt hatte sie schon mehrmals gefragt, wann sie wieder bei der Oma übernachten dürfe. Und sobald David nach Hause kam, verschwand sie sofort in ihrem Zimmer und beschäftigte sich dort, bis sie zum Essen gerufen wurde.

»Bald kannst du wieder ganz oft zur Oma. Wenn ich wieder arbeiten muss, weißt du?«

Maja nickte. Sie schob ein Stück Tomate auf ihre Gabel, ließ es herunterfallen und suchte sich ein anderes Stück aus. »Denn David kann nicht auf mich aufpassen, stimmt's, Mam?«

Sie hatte es sich angewöhnt, so über ihn zu reden, als wäre er gar nicht da, und imitierte damit zweifellos ihre Mutter.

»Nein«, sagte Eva ausdruckslos. »David kann nicht auf dich aufpassen.« Sie nahm noch einen Bissen Thunfisch.

David halbierte eine Olive. »Und ob ich das kann, aber das erlaubt deine Mutter nicht.«

»David!«, sagte Eva warnend.

Majas Gabel fiel zu Boden, doch bevor sie von ihrem Stuhl klettern konnte, hatte David sie aufgehoben und auf ihren Teller gelegt. »Und jetzt iss und halt den Mund!«

»Ich mag das nicht.« Maja schielte zu Eva hoch.

Das war schon das dritte Mal, dass sie sich weigerte, ihren Teller leer zu essen. Eva überlegte, ob es an der Hitze lag oder an der gespannten Atmosphäre im Beisein Davids. Sie selbst aß nur das Nötigste, obwohl sie sich zwang, das bisschen, das sie sich auftat, zu verputzen. Sie wollte schließlich ein gutes Vorbild abgeben.

»Dann iss nur den Salat und die Tomaten«, schlug sie vor.

»Kommt gar nicht infrage!« David nahm die Gabel, schob Fisch darauf und hielt sie Maja hin. »Los, mach den Mund auf!«

Majas Augen röteten sich. »Mama!«

»Hör auf, David.« Eva versuchte sich zu beherrschen. »Ich habe ihr gerade gesagt, dass sie den Thunfisch liegen lassen darf.«

»Von wegen!«, sagte er. »Sie muss endlich lernen, dass sich nicht alles nur um sie dreht.« Er drückte die Gabel gegen Majas fest aufeinandergepresste Lippen. Sie wich zurück und schlug die Gabel weg. Das Stück Thunfisch fiel auf den Boden.

David schob seinen Stuhl derart schwungvoll zurück, dass er umfiel. In zwei Schritten war er bei ihr, hob das Stück Fisch auf und zog Majas Kopf nach hinten.

»Und jetzt iss gefälligst und hör auf zu jammern!«

Maja öffnete den Mund, um zu weinen, als seine große Hand den Fisch hineinstopfte. Sie würgte und spuckte Thunfisch über den ganzen Tisch.

Eva sprang auf, zog das sich verschluckende Kind vom Stuhl und rannte mit ihm ins Bad. Sie machte einen Waschlappen nass und säuberte das Gesicht ihrer Tochter, klopfte ihr auf den schmalen Rücken, bis sie aufhörte zu husten.

Maja heulte wie am Spieß, und Eva setzte sich auf den Boden, nahm sie auf den Schoß und flüsterte ihr irgendwelche Worte ins knallrote Ohr, bis das Heulen in Schluchzen überging. Sie nahm ein Handtuch von der Stange, legte es doppelt und setzte das Kind darauf. »Bleib hier sitzen, ich bin gleich wieder da.«

Sie lief ins Wohnzimmer, in dem David in aller Ruhe aß, und stemmte die Hände auf den Tisch, um ihr Zittern zu verbergen. »Wie fühlt es sich an, ein vierjähriges Kind zu terrorisieren?«

Er zog eine Braue hoch. »Jetzt übertreib mal nicht! Das ist eine Frage der Erziehung. Das Gör wickelt dich doch um den Finger!«

Er hielt das Messer locker in der Hand, und sie musste sich schwer beherrschen, es ihm nicht zu entreißen und ihm damit wie eine Furie das Gesicht zu zerkratzen. Ihr Atem ging stoßweise, aber sie ließ ihn nicht aus den Augen. »Wage es ja nicht, sie noch mal anzufassen!«

»Was willst du dagegen unternehmen?« Er lachte jenes arrogante Lachen, das sie zur Raserei trieb. Das ihr klarmachte, dass ihn alles, was sie sagte oder tat, völlig kalt ließ, weil er sich für unangreifbar hielt und die Situation zu beherrschen glaubte.

Sie beugte sich so weit vor, bis sie die hellen Flecken in seiner Iris sehen und die Oliven in seinem Atem riechen konnte. »Du weißt, wozu ich fähig bin«, sagte sie tonlos. »Ich habe dich gewarnt.«

Sein Blick veränderte sich. Für einen Moment war er verunsichert, verwirrt, und ein Triumphgefühl erfasste sie. Tief in seinem Herzen war er ein Feigling und fürchtete sich vor körperlicher Gewalt.

Er sagte nichts darauf, sondern legte Messer und Gabel weg, stand auf und verließ das Wohnzimmer. Sie hörte, wie er seine Autoschlüssel vom Flurtisch nahm, dann fiel die Haustür hinter ihm zu.

Sie ging zurück ins Bad. Maja schlang die Ärmchen fest um ihren Hals. »Ist er weg?«

»Ja.« Sie trug sie in die Küche, setzte sie auf die Küchentheke und schenkte ihr ein Glas Saft ein. »Behältst du das bei dir?«

Sie nickte. Eva hob sie herunter und nahm sie mit ins Wohnzimmer. Maja warf einen ängstlichen Blick auf ihren Teller.

»Ich fand auch, dass es ein bisschen eklig geschmeckt hat«, sagte Eva leichthin. »Nur David hat es gemocht.«

Maja trank das Glas mit großen, lauten Schlucken aus. »Ich finde David gar nicht mehr nett, Mama.«

Das zu leugnen, hieße, ihr Kind im Stich zu lassen. Doch wenn sie ihm beipflichtete, stellte sich die Frage, warum sie ihn noch länger bleiben ließ.

»Ich auch nicht.« Eva nahm sie auf den Schoß und presste ihr Gesicht an den verschwitzten Hals des Kindes. »Vielleicht hatte David schlechte Laune.«

Sie grub die Nägel in ihre Handflächen und biss die Zähne zusammen, bis ihr Gesicht ganz schief wurde und der Kiefer schmerzte. Morgen, übermorgen und überübermorgen würde sie wieder für ihn kochen. Wieder den Tisch decken und anschließend abräumen, fröhlich mit Maja plaudern, mit ihr spielen, ihr vorlesen und mit ihr kuscheln, damit das Leben so normal wie möglich weiterging. Und bald würde sie wieder zur Arbeit gehen, Maja morgens bei ihrer Mutter abliefern, sich deren Gejammer anhören, eine verlässliche Kollegin sein, eine engagierte Angestellte. Das alles schaffte sie, weil sie es musste. Aber immer, wenn sie nach Hause käme, wäre er da, eine Laus, ein Parasit. Manchmal bildete sie sich ein, förmlich zusehen zu können, wie er sich vollsaugte, ihre Energie aufsaugte, ihre Geistesgegenwart. Damals hatte sie sich bis auf fünfunddreißig Kilo heruntergehungert, aber noch nie hatte sie sich so erschöpft gefühlt wie jetzt.

Sie ließ ihr Kinn auf Majas Scheitel ruhen, atmete den Duft frisch gewaschenen Kinderhaars ein und schloss die Augen.

Maja nahm eine Locke ihres Haars, wie damals, als sie noch ganz klein war, und schmiegte sich an sie. »Bleibt David noch lange?«

»Das weiß ich nicht«, sagte Eva. »Aber vielleicht zieht er auch ganz bald schon weg.« Sie schlang ihre Arme fester um den kleinen Körper und wiegte ihn hin und her, bis sie spürte, dass er sich entspannte. Erst als das Zimmer bereits in Dämmerlicht gehüllt war, stand sie auf und trug das schlafende Kind ins Bett.

22

Vegter schob die Unterlagen von sich weg, stand auf und stellte sich ans Fenster. Dort gab es nichts zu sehen, nur die heruntergelassene Jalousie des Straßencafés. Die Stühle waren nach drinnen geräumt worden, der Bordstein war gefegt, und die überarbeitete Bedienung konnte sich von einer langen Saison erholen. Im Rinnstein raschelten gelbe Kastanienblätter, die Luft war feucht, und es sah nach Regen aus.

Der Sommer war vorbei, die Touristenhorden waren weitergezogen, reicher an Erfahrungen und ärmer an Illusionen. Sie hinterließen einige Anzeigen wegen unaufgeklärter Überfälle, versuchter und geglückter Vergewaltigungen und wegen Taschendiebstahls. Der endlose Strom Busse, der die Innenstadt verstopft hatte, war versiegt, die meisten Straßencafés hatten geschlossen und der erste Politikskandal war ausgestanden. Die Stadt bereitete sich auf den Herbst und Winter vor.

Er war unruhig und wusste selbst nicht warum. Die Woche auf dem Boot, in der ihm der Wind und die Vögel die einzige Gesellschaft gewesen waren, hatte ihn Dinge über sich selbst gelehrt, die er auch im Alltag berücksichtigen wollte: Er konnte allein sein, wenn er denn tatsächlich allein war. Er konnte für sich selbst sorgen und hatte es noch nicht verlernt, sich auch an Kleinigkeiten zu erfreuen.

Er war mit dem festen Vorsatz zurückgekehrt, sein Leben zu ändern. Voller Energie und mit vagen Umzugsplänen. Vielleicht fände er außerhalb der Stadt doch ein Häuschen mit einem kleinen Stück Land. Er könnte es selbst renovieren, ganz in Ruhe, und die Wochenenden und freien Tage mit Zement, Mörtel und dem Geruch nach frisch gesägtem Holz verbringen. Dann hätte er etwas, worauf er sich nach einem langen Arbeitstag freuen konnte.

Aber der neu gewonnene Elan schien der Routine und dem grauen Büroalltag nicht standzuhalten. Die Suchanfrage bei einigen Immobilienmaklern kam ihm inzwischen schon fast lächerlich vor.

Er begann sein Büro aufzuräumen: Berichte, Protokolle von Besprechungen, die reiner Selbstzweck waren, Ankündigungen für weitere Besprechungen, Ermittlungsergebnisse, deren Relevanz ihm schon wieder entfallen war.

Er schloss das Fenster, sah auf die Uhr und beschloss, bei Ingrid, die freitags meist schon früh nach Hause kam, ein Bierchen zu trinken.

Im Treppenhaus fiel ihm ein, dass sie mit Thom ein Haus besichtigen wollte, das im Prospekt vielversprechend ausgesehen hatte. Er war unentschlossen. Er könnte zurückgehen und noch einen Stapel ungelesener Protokolle durchsehen, das bevorstehende Wochenende hinausschieben. Doch es gab nichts, was nicht auch bis Montag warten konnte.

Auf dem Parkplatz hockte Renée neben ihrem Auto und betrachtete den linken Hinterreifen.

»Platt?«, fragte Vegter.

»Spätestens, wenn ich damit fahre.« Sie zeigte auf einen

tiefen Schnitt im Reifen. »Ich bin heute Morgen durch die Glasscherben eines eingeschlagenen Fensters gefahren, die ich zu spät entdeckt habe.«

Er bückte sich. »Du hast auch kaum noch Profil auf den Reifen.«

»Nein. Nächste Woche wird der Wagen überholt, und dann lass ich neue Reifen draufmachen.« Sie öffnete den Kofferraum und suchte nach dem Wagenheber.

Vegter steckte seine Autoschlüssel zurück in die Jackentasche. »Komm, ich helfe dir. Zu zweit geht es schneller.«

Sie wechselten den Reifen, und er hob ihr den alten in den Kofferraum. Obwohl ihr das wahrscheinlich leichter gefallen wäre als ihm, dachte er, während er seine Wirbelsäule streckte.

Sie knallte den Kofferraum zu und sah zu ihm auf. »Danke für deine Hilfe.«

»Wollen wir ein Bier trinken gehen?«, fragte er.

Etwas huschte über ihr Gesicht, das er nicht benennen konnte. Unbeholfen fügte er hinzu: »Manchmal habe ich keine Lust, das Wochenende allein zu beginnen.«

Sie lachte. »Das kann ich gut verstehen. Aber ich würde gern mein Auto nehmen, denn ich bin später noch verabredet.«

Er nickte, sie insgeheim für ihr Taktgefühl bewundernd. »Ich gehe nur noch selten aus. Kennst du eine nette Kneipe?«

Sie überlegte kurz. »Kennst du ›The Tumbler‹, schräg gegenüber vom Cinema?«

»Nein, aber das finde ich schon.«

Auf der Fahrt dorthin dachte er über ihren Gesichtsausdruck von vorhin nach. Er hoffte, dass es kein Widerwille gewesen war, sondern eine Mischung aus Erstaunen und Verlegenheit. Eine gemeinsame Mittagspause konnte man noch als beruflichen Termin abtun, aber ein Bier am Freitagnachmittag? Egal, sie war selbstbewusst genug, um sein Angebot abzulehnen. Er stellte das Radio an, betätigte die Scheibenwischer, weil die Wolken ihre Drohung wahr machten, und beschloss, nichts mehr zu analysieren, sondern sich auf ein Stündchen in netter Gesellschaft zu freuen.

»The Tumbler« war eine Whiskybar. Renée hatte schneller einen Parkplatz gefunden als Vegter und lachte über seinen Gesichtsausdruck, als er die vielen Flaschen hinter der Bar entdeckte.

»Es gibt auch noch was anderes als Whisky.«

Sie saß an einem Tisch unter einem riesigen Foto der Schottischen See.

Er zog sein Sakko aus und hängte es über die Stuhllehne.
»Was möchtest du?«
»Das vorhin erwähnte Bier.«

Er lachte und ging zur Bar. Während er auf seine Bestellung wartete, sah er sich um. Es herrschte nur wenig Betrieb, die Tische waren zur Hälfte belegt, hauptsächlich von Anzugträgern, die ihre Krawatten gelockert und ihre Hemdsärmel hochgekrempelt hatten. Eine Kneipe für Geschäftsleute, schloss er daraus. Zum Glück lief keine Musik.

Er trug die Biere zu ihrem Tisch und prostete ihr zu.

Sie nickte. »Auf ein schönes Wochenende!«

Er sah zu, wie sie ihr Glas auf einen Zug halb leer trank und sich mit dem Handrücken den Schaum vom Mund wischte. Sie trug ihr kupferrotes Haar offen, sodass es ihr bis auf den Rücken fiel. Passend zu ihrer Haut, die zu hell war, um richtig braun zu werden, auf der die Sonne jedoch lustige Sommersprossen hinterlassen hatte, waren ihre Augen grün. Sie war groß, aber gut gebaut und bewegte sich mit der Geschmeidigkeit der Jugend.

Allein dass ihm das überhaupt auffiel, verwirrte ihn. Er war normalerweise niemand, der Frauen hinterhersah. Aber Renée hatte etwas Unschuldiges, Erfrischendes an sich, das durch die Männerwelt, in der sie sich bewegte, eher betont als zerstört wurde. Beides machte ihm seine Trägheit, das Oberhemd, das an seinem Bauch spannte, und die ersten Altersflecken an seinen Händen schmerzlich bewusst.

Weil sie darauf zu warten schien, dass er ein Gespräch anfing, sagte er aufs Geratewohl: »Ich habe dich noch gar nicht nach deinem allein verbrachten Urlaub gefragt. Wie war er?«

»Fantastisch.«

»Wo bist du gewesen?«

»In Umbrien und in der Toskana. Die meisten Italienurlauber tasten sich von Norden nach Süden vor, ich mache es umgekehrt.«

»Perugia?«, riet er.

»Unter anderem. Natürlich habe ich mir auch Assisi angeschaut und etruskische Gräber bewundert. Ansonsten habe ich einfach viel gelesen, viel geschlafen und gut gegessen.«

»Keine Kirchen, keine Museen?«

Sie schüttelte den Kopf. »Bis auf Assisi, aber daran kommt man nicht vorbei.« Sie zögerte einen Moment. »Und du?«

»Ich habe ein Segelboot gemietet. Den reinsten Seelenverkäufer. Damit bin ich eine Woche im Wattenmeer rumgeschippert.«

»Du warst also doch verreist«, sagte sie überrascht. »Ich dachte, du wolltest wieder nicht ...« Sie verstummte.

Im letzten Sommer hatte sie schwer unter seiner unbezähmbaren Arbeitswut gelitten. Nach Stefs Tod hatte er alle dadurch überrascht, dass er am Tag nach der Feuerbestattung auf dem Revier erschienen war. Von da an hatte er wie ein Besessener gearbeitet. Als er merkte, dass man ihn schone, hatte er sich auf ungeklärte Fälle gestürzt und seine engsten Mitarbeiter mit Archivrecherchen überhäuft. In den meisten Fällen jedoch ohne Erfolg. Aber auf diese Weise hatte er die endlosen leeren Stunden gefüllt und gehofft, müde zu werden, um endlich schlafen zu können. Sie mussten ihn gehasst haben.

Er tat so, als bemerkte er ihre Verlegenheit nicht. »Das mit dem Boot war reiner Zufall. Und reines Glück, im wortwörtlichen wie übertragenen Sinn.«

Sie lächelte. »Keine Menschen.«

»Nur Wind und Wasser. Vorausgesetzt, man hält sich von der Fahrrinne fern.«

»Was dir nicht schwergefallen sein dürfte«, sagt sie in Anspielung auf seine unorthodoxe Arbeitsweise.

Er erwiderte ihr Lächeln. »Vielleicht haben wir beide eine heilsame Erfahrung gemacht.«

»Allerdings!« Sie trank ihr Bier aus. »Was mich betrifft, auf jeden Fall. Ich fand es sehr erfrischend festzustellen, dass ich mir selbst genüge.« Energisch stellte sie ihr Glas ab.

»Vielleicht fällt das leichter, wenn man noch jung ist«, meinte er und gab ihr damit zu verstehen, dass ihre Botschaft – wenn sie denn so gemeint war – bei ihm angekommen war.

»Es ist auch eine Frage des Willens«, sagte sie nachdenklich. »Ich habe festgestellt, dass ich nach wie vor gut allein sein kann, ja es sogar genieße. Obwohl man aufpassen muss, dass der Radius nicht zu klein wird. Man neigt dazu, andere zu vernachlässigen, wenn man keinen Partner hat.«

Gott sei Dank sagte sie nicht »Beziehung«. Er nickte.

»Obwohl das auch vom Partner abhängt.« Auf einmal lachte sie laut auf. »Eine reichlich umständliche Art zu sagen, dass ich im Grunde froh bin, dass es vorbei ist, auch wenn die Umstände alles andere als angenehm waren.«

»Warum froh?«

»Ich musste zu viel investieren. Komisch ist nur, dass mir das erst klar wurde, als ...« Sie verstummte. »Erinnerst du dich noch an diesen David Bomer aus dem Fall Janson?«

»Natürlich.« Vegter leerte sein Glas und deutete auf ihres, doch sie schüttelte den Kopf.

»Er hat sich von seiner Freundin getrennt, weil sie schwanger war. Anfangs wunderte ich mich, dass sie es so gelassen nahm. Bis sie erklärte, dass sie sich über ihre neu gewonnene Freiheit freue, da sie das Gefühl gehabt hatte, manipuliert oder besser gesagt herumkommandiert zu werden. Wie dem auch sei, das hat mir zu denken gegeben, und letzlich kam ich zum selben Schluss. Ich bin also bereits seit Monaten schamlos egozentrisch.«

Sie sah ihn direkt an, mit fast durchsichtigen Augen. »Obwohl mir natürlich klar ist, dass meine Situation nicht mit deiner vergleichbar ist.«

Er zuckte die Achseln und fühlte sich auf einmal ganz befangen. »Das wird an den Jahren liegen«, sagte er und ließ offen, ob er damit das Alter oder die Dauer der Beziehung meinte.

Sie wurde rot, und er merkte, dass sie seine Antwort als Zurückweisung ihrer Vertraulichkeit auffasste. Er bekam nicht die Chance, dies richtigzustellen, denn sie sah auf die Uhr und schob ihren Stuhl nach hinten.

»Danke für das Bier.« Sie griff nach ihrem Blazer und war verschwunden, noch bevor er aufstehen konnte.

Er verwünschte seine Ungeschicklichkeit und überlegte, einen Whisky zu trinken. Hinter ihm telefonierte jemand mit durchdringender Stimme, und plötzlich fühlte er sich unwohl inmitten dieser Anzugtypen. Ihr penetrantes Selbstbewusstsein ging ihm auf die Nerven. Er würde zu Hause einen Schnaps trinken. Zwei Schnäpse.

23

Eva wollte gerade die Wohnung verlassen, als das Telefon klingelte. Sie zögerte einen Moment. Maja wartete im Flur, sie hatte bereits die Jeansjacke an und eine Tasche umgehängt, um für eine Bastelarbeit in der Vorschule Herbstlaub zu sammeln.

Sie ging noch einmal zurück ins Wohnzimmer.

»Ma-am!«

»Ich komme gleich!« Sie nahm den Hörer ab. »Eva Stotijn.«

»Eva, ich bin's, Irene.«

Es dauerte einen Moment, bis der Groschen fiel.

»Irene, wie geht es dir?« Sollte sie sich entschuldigen, weil sie sich noch nicht gemeldet hatte? Andererseits konnte sie, ohne rot zu werden, sagen, dass sie es versucht hatte.

»Gut, danke.«

»Ich hätte mich längst melden müssen ...«, hob Eva an, aber das war gar nicht nötig.

»Ich rufe aus einem ganz bestimmten Grund an«, sagte Irene sachlich. »Ich habe lange darüber nachgedacht, aber ich finde, du solltest etwas wissen.«

»Wovon sprichst du?«

»Dieser Inspektor Vegter hat mich angerufen. Nach dieser ... dieser Sache mit Janson. Hast du ... triffst du dich mit David?«

O Gott, nicht heute. Nicht nach dem Frühstück, das zum ersten Mal wie früher gewesen war. Sie hatten zu zweit am Tisch gesessen, vor sich Zuckerstreusel, Marmelade und frisch gepressten Orangensaft, während Kinderlieder aus dem CD-Player schallten, die Sonne durchs Fenster schien und David weit weg war. Er war schon früh aufgebrochen, um irgendwo in Zeeland mit einem Freund tauchen zu gehen. Ein Sonntagmorgen, an dem das Leben genauso war, wie es sein sollte.

»Warum fragst du?«

»Weil mich der Mann über David ausgehorcht hat. Ich hatte das Gefühl, er weiß, dass ihr euch trefft.«

Eva schwieg.

»Das Ganze ist etwas schwer zu erklären.« Irene klang nervös. »Zuerst hat er nach dir gefragt. Er wollte wissen, wie du dich auf dem Klassentreffen verhalten hast, warum du dich unwohl gefühlt hast. Ich habe ihm erklärt, dass du wegen deiner Vergangenheit befangen warst.« Sie atmete tief durch. »Deshalb habe ich kurz deinen Vater erwähnt, aber ich hatte nicht den Eindruck, dass es darum ging, denn anschließend brachte er das Gespräch auf David: Ob ich glauben würde, dass er sich für dich interessiert.«

»Ma-ham!«

»Ich komme gleich!«, rief Eva.

»Störe ich?«, fragte Irene.

»Nein, nein, erzähl weiter.«

»Ich rufe an, weil ich den Eindruck hatte, dass sich das Gespräch um David gedreht hat. Zuletzt hat mich dieser Vegter noch gefragt, ob David schon auf dem Klassentreffen wusste, dass du ein Kind hast.«

»Und was hast du ihm geantwortet?«

»Dass ich das nicht wüsste. Anschließend hat er mich gebeten, dieses Gespräch vertraulich zu behandeln.« Zum ersten Mal lachte Irene. »Und das habe ich auch, bis jetzt. Aber die Sache hat mir zu denken gegeben, weshalb ich mich frage ...« Ihre Stimme erstarb.

Eva drehte sich zu Maja um, die mit ihren roten Stiefeln in der Tür stand. Blitzschnell überlegte sie, was sie antworten konnte. »Ich habe ihn ein paarmal getroffen, das ist alles.«

»Man kommt auf die merkwürdigsten Gedanken«, sagte Irene entschuldigend. »Ich fürchte, meine Fantasie ist etwas mit mir durchgegangen. Ich dachte, was, wenn David etwas mit der Sache zu tun hat? Und wenn du dann ... Na ja. Aber behalte das bitte für dich, versprochen?«

»Natürlich. Ich möchte nicht, dass du deswegen Probleme bekommst.«

»Na ja«, sagte Irene. »So wichtig ist mir dieser Inspektor nun auch wieder nicht. Ehrlich gesagt bist du mir wichtiger.«

»Danke.« Eva bemühte sich, einen unbekümmerten Ton anzuschlagen.

»Vielleicht übertreibe ich auch. Und wenn du David sowieso nicht mehr siehst, spielt es glücklicherweise ohnehin keine Rolle mehr. Wie geht es dir eigentlich?«

»Bestens. Ich wollte dich anrufen, aber dann ist alles Mögliche dazwischengekommen.«

»Ich weiß, wie das ist«, sagte Irene nüchtern. »Ich hätte dich schließlich auch anrufen können. Wie dem auch sei, jetzt ist mir ein Stein vom Herzen gefallen.«

Eva stimmte in ihr Lachen mit ein. »Danke noch mal.«

Im Park bahnte sie sich einen Weg zwischen den Regenpfützen hindurch, während Maja vor ihr herhüpfte, feuchte

Blätter aufhob und ihre Stiefel bis obenhin mit Matsch bespritzte.

Die Polizei musste David beschattet haben, und damit auch sie. Hatte ihn jemand gesehen, als er von der Toilette kam und ihr zum Seiteneingang folgte? Er musste sich beeilt haben, um sie einzuholen. Vielleicht war er sogar gerannt, was bestimmt Aufmerksamkeit erregt hatte. Aber David hatte keine Krücke dabeigehabt und wusste angeblich auch nicht, wo sie geblieben war. Darüber konnte er die Polizei nicht informiert haben. Aber warum fragte diese dann, ob er von Maja gewusst habe? Sie warf einen Blick auf die Enten, die frierend neben dem Teich saßen. Nahm das denn gar kein Ende?

Maja kam mit nassen Stiefeln auf sie zugerannt und zeigte ihr die Plastiktüte. Sie war bis zur Hälfte mit modrig riechenden Blättern gefüllt.

»Reicht das, Mam?«

»Und ob!«

»Aber ich muss eine ganze Schachtel damit bekleben«, sagte Maja besorgt.

»Das reicht für zwei Schachteln.« Eva nahm sie an die Hand. »Komm, lass uns noch etwas spazierengehen, und danach pressen wir die Blätter, trinken einen Tee und essen etwas Süßes.«

Der Wind trieb sie vor sich her, während sie in die Straße einbogen, und wirbelte das Laub auf. David war einmal die Adresse herausgerutscht, kurz nachdem sie sich kennengelernt hatten. Und obwohl sie nie dort gewesen war, hatte sie sie behalten.

Sie drückte auf die Klingel, die vermutlich zu der richtigen Wohnung gehörte.

»Besuchen wir jemanden?«, fragte Maja.

»Nein«, sagte Eva. »Ich möchte nur jemanden was fragen.« Sie durfte sie eigentlich nicht allein hierlassen, konnte sie aber auch nicht mit nach oben nehmen. Sie war zwar noch zu klein, um zu verstehen, worum es ging, aber alt genug, um Fragen zu stellen. »Bleib kurz im Hauseingang sitzen, dort kannst du dir schon mal deine Blätter ansehen. Ich bin gleich wieder da.«

Maja nickte zögernd, und beinahe bereute Eva ihre Idee schon. Die Haustür ging auf, und sie betrat das dunkle Treppenhaus. Sie sah sich um. Maja ging in die Hocke und wühlte in der schmutzigen Tüte.

»Wer ist da?«

Sie machte die Tür hinter sich zu und eilte die Treppe hinauf.

Oben stand ein junger Mann, barfuß und im Bademantel. Aus dem Zimmer hinter ihm war der Klang einer elegischen Jazztrompete zu vernehmen. Er musterte sie durchdringend von Kopf bis Fuß, und zwar fast auf eine unverschämte Weise.

»Ist David Bomer zu Hause?«, fragte Eva.

»David?« Er lachte. »Der wohnt schon lange nicht mehr hier.«

Sie machte ein enttäuschtes Gesicht. »Ich wusste, dass er umziehen wollte, wenn Sie aus dem Ausland zurück sind, aber ...«

Die blonden Brauen wanderten nach oben. »Ausland? Ich war nicht im Ausland. David hat nur ganz kurz hier gewohnt beziehungsweise übernachtet, weil seine Beziehung plötzlich in die Brüche ging. Das muss ein Missverständnis sein.«

»Offensichtlich.« Sie tat so, als bemerkte sie seinen fragenden Blick nicht. »Ich rufe ihn an, so wichtig ist es nun auch wieder nicht.«

Er lehnte sich lässig gegen den Türrahmen und sagte in flirtendem Tonfall: »Ich habe es also nicht mit einer bösen Ex zu tun?«

Sie lachte angestrengt. »Nein, auf gar keinen Fall.«

Sein Blick nahm ihre Taille ins Visier und dann wieder ihr Gesicht. »Den Eindruck hatte ich eigentlich auch von Beginn an nicht.«

Sie begriff, dass es merkwürdig aussähe, wenn sie nicht mehr erklärte. »Ich habe mir mal eine CD von ihm geliehen und war zufällig in der Gegend.« Sie zeigte auf ihre Umhängetasche und lief rückwärts in Richtung Treppe.

»Haben Sie seine Nummer?«, erkundigte er sich hilfsbereit. »Ich kann Ihnen auch seine neue Adresse geben.«

»Gern.«

Er nannte ihr Straße und Hausnummer, und sie schaffte es, nicht zu blinzeln.

»Er hat Glück gehabt, dass er so schnell wieder was gefunden hat.«

Er lachte und machte Anstalten, die Tür zu schließen. »Ihm zufolge muss man nur die richtigen Leute kennen.«

»Da hat er zweifellos recht.« Sie zwang sich dazu, langsam nach unten zu gehen und die Haustür hinter sich zuzuziehen.

Im Eingang ließ sie sich mit wackeligen Beinen neben Maja auf die Stufe sinken. Diese hatte einen Berg Blätter aus der Tüte geschüttet und versuchte sie mit ihrem Ärmel trocken zu wischen.

»Bist du fertig, Mam?«

»Ja.«

»Was wolltest du dort?«

»Etwas fragen. Für meine Arbeit. Wollen wir jetzt nach Hause gehen und die Blätter trocknen?«

Sie machte Tee und füllte eine Schale mit Plätzchen, während Maja ihre Blätter zufrieden auf einer alten Zeitung ausbreitete.

»Schau, Mam, das finde ich am schönsten.« Sie hielt ein zerknittertes rotes Blatt hoch.

»Ich auch.« Deshalb hatte sich der Inspektor erkundigt, ob David von ihrem Kind wusste. Die Ex, von der dieser Typ geredet hatte, muss schwanger gewesen sein. Sein taxierender Blick hatte an Deutlichkeit nichts zu wünschen übrig gelassen.

Sie half Maja, die Blätter zu sortieren, und behielt dabei stets die Uhr im Blick, deren Zeiger unerbittlich weiterkrochen und sie daran erinnerten, dass dieser eine Tag in Freiheit fast schon vorüber war. Was half es ihr zu wissen, dass David seine Freundin samt Kind hatte sitzen lassen? Es bestätigte nur, was sie ohnehin wusste: Dass er alles von langer Hand arrangiert und geplant hatte. Es war sinnlos, ihn damit zu konfrontieren. Er hatte die Fäden nach wie vor fest in der Hand.

Aber abends tat sie es dann doch. Maja lag längst im Bett, als er nach Hause kam und die Kiste mit den nassen Tauchsachen in den Flur stellte. Er räumte den Garderobenständer frei, zog die Kiste darunter und fing an, auszupacken: Taucheranzug, Badehose, Weste, Schuhe, Handschuhe. Auf den Fliesen bildeten sich Pfützen – Pfützen, die sie aufwischen durfte.

Mit wachsender Wut sah sie ihm zu. Sie hasste den düsteren schwarzen Neoprenanzug, die schwere, dicke Weste, die aussah, als müsste sie Kugeln abfangen, den muffigen Geruch nach Gummi und Salz, der noch in der Wohnung hing, wenn schon längst wieder alles getrocknet war. Sie hasste die Sorgfalt, mit der er seine Taucherbrille unter dem

Wasserhahn putzte und sie zum Trocknen auf eines ihrer sauberen Geschirrtücher legte, daneben Taucheruhr und Tauchermesser. Aber am meisten hasste sie die Überheblichkeit, die er anschließend zur Schau stellte, so als hätte er etwas geleistet, das Normalsterblichen nicht vergönnt war. Das erste Mal hatte sie verlangt, dass er die Sachen auf den Balkon hängte. Aber er hatte ihr gelassen erklärt, dass das wegen der Sonne nicht infrage käme.

Sie warf einen Blick auf den nassen Boden, hörte, wie der Anzug in der Kiste tropfte. Ein Tropfen, das sie selbst nachts noch vernahm, von ihrem Schlafplatz auf dem Sofa aus. »Hat deine Freundin ihr Kind schon bekommen?«

Zu ihrer Zufriedenheit sah sie, dass er zusammenzuckte. Aber er fing sich sofort. Ein Lächeln umspielte seine Lippen. »Wie ich sehe, hast du Nachforschungen angestellt.«

»Wobei ich rein zufällig festgestellt habe, dass sich die Polizei für dich interessiert.«

»Und was genau heißt hier rein zufällig?«

»Das geht dich nichts an.«

Er lachte und ließ die Flossen achtlos auf den Boden fallen. »Ich muss dich übrigens korrigieren: Sie hat sich nicht für mich, sondern für dich interessiert.«

»Du lügst.« Nie wusste sie, wann er log. Noch nie war sie jemandem begegnet, der es so wenig genau mit der Wahrheit nahm. Außer Eric Janson.

»Glaubst du?«, sagte er unbekümmert. »Denk mal darüber nach.« Er ging an ihr vorbei und verschwand pfeifend im Bad.

In ohnmächtiger Wut rannte sie in die Küche, machte einen Unterschrank auf, griff nach einem Lappen und trat die Tür wieder zu.

Im Flur wischte sie verbissen den Boden, kickte die Taucherlampe zur Seite, in der Hoffnung, die Glühlampe kaputt zu machen, warf den Lappen in die Kiste, in der sich unten eine Pfütze angesammelt hatte und feuerte Taucherbrille und Tauchermesser hinterher. Spontan bückte sie sich und nahm das Messer wieder heraus, löste den Sicherheitsverschluss und zog es aus der Scheide. Es besaß eine scharfe Klinge, die an einer Seite gerieffelt war. Es war genau das, wonach es aussah: eine zweckmäßige, gefährliche Waffe.

Sie unterdrückte den Wunsch, den Anzug zu zerfetzen, bis nur noch ein Berg stinkenden schwarzen Gummis davon übrig war. Aber das würde ihn nicht treffen, weil er ihn nur geliehen hatte. Sie würde ihn bloß ersetzen müssen, dachte sie in einem Anfall von Selbstironie. Jetzt, wo sie ein Maul mehr stopfen musste, konnte sie sich das nicht leisten.

Sie lehnte sich mit bleiernen Beinen an die Wand und starrte auf den martialischen Anzug, der den kleinen Flur beherrschte wie eine Ritterrüstung. Wie lange sollte das noch so weitergehen? Wie lange konnte sie das noch ertragen? Doch sie korrigierte sich sofort: Es ging hier nicht ums Können, sondern ums Müssen. Sie hatte keine Wahl. Wie lange würde es noch dauern, bis David gelangweilt wäre? Manchmal saß er abends auf dem Sofa, trommelte nervös mit den Fingern auf die Lehne und stand dann plötzlich auf, um zu verschwinden und erst spät nachts zurückzukommen.

Manchmal flackerte dann wieder so etwas wie Hoffnung in ihr auf. Vielleicht wurde er es irgendwann leid. Vielleicht würden die ständige Feindseligkeit, mit der sie ihm begegnete, und der Unwille, ihn zu bedienen, irgendwann ihre Wirkung tun. Obwohl sie gelernt hatte, nicht zu weit zu gehen.

Sie musste durchhalten, passiven Widerstand leisten.

Letztlich hatte die Geschichte gelehrt, dass das dem Besatzer am meisten zu schaffen machte.

Sie bückte sich, um das Messer zurückzulegen. Dabei wurde ihr zum ersten Mal klar, dass es unter Umständen gefährlicher war, wenn David ginge, als wenn er bliebe. Wenn er sie nicht mehr brauchte, hielt ihn nichts mehr davon ab, zur Polizei zu gehen. Sie hatte es mit einem Feind zu tun, der nach der Kapitulation mehr Schaden anrichten konnte als während der Besatzung.

Im Bad wurde die Dusche abgestellt. Wieder warf sie einen Blick auf das Messer in ihrer Hand, fuhr sich sanft damit über die Pulsadern und sah, wie es trotz des nur leichten Drucks einen dünnen roten Kratzer auf ihrer Haut hinterließ.

Sie steckte das Messer zurück in die Scheide und warf es wieder in die Kiste. Anschließend ging sie in Majas Zimmer, machte die Tür hinter sich zu und setzte sich neben dem schmalen Bett auf den Boden. Sie griff nach der warmen kleinen Hand, die entspannt auf der Bettdecke lag, und spürte, wie sich die kleinen Finger tröstend um die ihren schlossen.

24

Der erste Herbstregen schlug gegen die Zimmerfenster. Die Hände in den Hosentaschen, sah Vegter zu, wie die gelben Kastanienblätter in einem Tanz durch die Luft wirbelten, dessen Choreografie sich der Wind ausgedacht hatte. Die beinahe kahlen, schwarz glänzenden Baumzweige hoben sich dunkel vom grauen Himmel ab. Aber als er am Morgen darunter entlanggelaufen war, hatte er schon neue Triebe entdeckt. Bäume gaben die Hoffnung nie auf.

Das Telefon klingelte, und er ging dran und lauschte. Seine Brauen wanderten nach oben. »Schick jemanden vorbei.«

Das Polizeibüro war so gut wie leer. Renée arbeitete ein Protokoll aus, während Talsma in einer alten Zeitung mit einem Bleistiftstummel ein Kreuzworträtsel löste. Als Vegter hereinkam, sah er auf. »Theaterhimmel. Fünf Buchstaben.«

»Olymp«, sagte Vegter zerstreut.

Talsma zählte nach. »Respekt!« Erfreut trug er das Wort ein.

»Es gibt Neuigkeiten im Fall Janson.« Vegter setzte sich auf die Schreibtischkante. »Die andere Krücke wurde gefunden.«

Die Bleistiftspitze brach ab. Talsma warf die Zeitung in den Papierkorb. »Aber nicht in der Schule!«, sagte er entschieden.

»Ein Schüler hat sie unter einem der Bäume neben der Schule gefunden und war so schlau, sie zum Sekretär zu bringen.«

Talsma folgte seinem Blick zum Fenster, wo ein Kastanienblatt an der Scheibe kleben blieb, bevor es weggefegt wurde. Er fluchte laut. »Ich habe sogar in den verdammten Dachrinnen nachgesehen!«

Renée lachte.

»Ich bin fassungslos«, verkündete Talsma.

Vegter zuckte die Achseln. »Da kann man nichts machen. Sie wird uns gleich aufs Revier gebracht.«

Talsma drehte sich zu Renée um. »Wenn du das Brink erzählst, lade ich dich nicht zu meinem Abschiedsfest ein.«

»Das ist doch erst in mehr als zwei Jahren.«

»Na und?« Er sah Vegter an. »Es ist natürlich sinnlos, sie jetzt noch untersuchen zu lassen. Genauso gut kann man sie in die Waschmaschine stecken.«

Sie musterten die Krücke, die inzwischen, sorgfältig in Plastik verpackt, auf dem Schreibtisch lag, und verglichen sie mit der anderen.

»Das ist sie«, sagte Talsma überflüssigerweise. Ein eindeutiges Zeichen dafür, dass er sich noch immer nicht von seinem Schrecken erholt hatte.

Die Krücke war schmutzig – die eine Seite war von einer grünen Moosschicht bedeckt, und überall klebte Vogelkacke.

Brink war hereingekommen und betrachtete sie ebenfalls höchst interessiert. Er zeigte auf das Moos. »Die Seite zeigte nach Norden.«

»Warst du bei den Pfadfindern?«, witzelte Talsma.

Brink genoss die Aufmerksamkeit sichtlich. »Vielleicht hat das Moos dafür gesorgt, dass der Regen nicht sämtliche Spuren abgewaschen hat.«

»Darauf würde ich mich nicht verlassen.« Talsma zog die Zeitung aus dem Papierkorb, strich sie glatt und widmete sich wieder seinem Rätsel.

»Wenn du etwas nicht weißt, darfst du mich ruhig fragen.« Brink wollte seinen Triumph voll auskosten.

»Theaterhimmel«, sagte Talsma. »Fünf Buchstaben.«

Vegter ging lachend zur Tür. Brink sah ihm misstrauisch nach, riss Talsma die Zeitung aus der Hand, warf einen Blick darauf und ließ sie wieder auf den Schreibtisch fallen.

25

Eva wurde erst wach, als das Weinen durchdringender wurde, obwohl sie es im Schlaf bereits in ihren wirren Traum eingebaut hatte. Sie zog hastig den Morgenmantel über und stolperte über das Ende des herabhängenden Gürtels.

Barfuß eilte sie den Flur entlang und hoffte, dass David diesmal nicht aufwachen und aus dem Schlafzimmer schreien würde, ob sie das verdammte Kind nicht zum Schweigen bringen könne.

In Majas Zimmer machte sie die Nachttischlampe an und legte einen Finger auf ihre Lippen. »Psst, nicht so laut weinen. Was hast du denn, mein Schatz?« Sie wusste genau, was los war, stellte sich aber dumm.

Das kleine Gesicht war rotz- und tränenverschmiert. »Ich musste aufs Klo, habe es aber nicht gemerkt.«

Eva strich ihr die verschwitzten Strähnen aus der heißen Stirn. »Und schon war die Pfütze da.«

Maja nickte und sah ängstlich zur Tür.

Eva schlug die Decke zurück. Scharfer Uringestank kam ihr entgegen. »Das macht nichts. Komm, wir waschen dich schnell, und danach ziehst du einen sauberen Schlafanzug an. In der Zwischenzeit beziehe ich dein Bett neu.«

Im Bad drehte sie das warme Wasser auf, nahm Seife und einen Waschlappen und zog ihr die eingenässte Schlafanzughose aus. Maja schmiegte sich an sie, den Daumen im Mund.

Eva bat sie, sich auf ein Handtuch zu stellen, wusch den kleinen Popo, biss sanft in das stolze Bäuchlein, und zwar so lange, bis sie ihr ein Lächeln entlockt hatte.

Diese Woche war es schon das vierte Mal, es wurde schon fast zur Gewohnheit. Sie hatte versucht, dem vorzubeugen, indem sie mit Maja noch einmal aufs Klo ging, bevor sie selbst ins Bett ging. Aber auch das hatte nichts geholfen.

Sie trocknete sie ab, wickelte sie in ihren Bademantel und brachte sie zurück in ihr Zimmer. Dort reichte sie ihr einen sauberen Schlafanzug, in der Hoffnung, dass sie ihn anziehen und dabei den Daumen aus dem Mund nehmen würde. Doch während sie das Bett neu bezog, setzte sich Maja auf den Boden, den Daumen nach wie vor im Mund.

Eva rollte das nasse Bettzeug zusammen und trug es ins Bad. Die Schlafzimmertür ging auf.

»Was ist denn jetzt schon wieder los?«

»Nichts. Geh zurück ins Bett.«

Er betrat den Flur und sah die Schmutzwäsche im Bad. »Kannst du das nicht in die Waschmaschine stecken? Es stinkt.«

Sie lief schweigend an ihm vorbei.

»Ich muss früh raus, verdammt noch mal.«

»Dann würde ich an deiner Stelle wieder ins Bett gehen.«

Aber er folgte ihr, und auf der Schwelle zu Majas Zimmer blieb sie stehen.

»Geh weg, David.«

»Mama!«

»Ich komme.« Sie schloss die Tür und lehnte sich dagegen. »Würdest du jetzt bitte gehen?«

»Das Kind führt sich auf.«

Sie wusste noch, wie stolz Maja zu ihr ins Bett gekommen war, nachdem sie die erste Nacht trocken geblieben war. »Mama, guck mal!« Sie wusste noch, wie viel Geduld sie gebraucht hatte, um ihr das Daumenlutschen abzugewöhnen.

»Du machst das Kind krank.« Ihre Stimme war ganz tief vor unterdrückter Wut. »Genauso wie du mich krank machst. Im wahrsten Sinne des Wortes. Hörst du mich? Hörst du mich?!« Sie spuckte die Worte förmlich aus. »Nicht sie stinkt, David, sondern du. Du stinkst nach Fäulnis und Verwesung, und mir wird so schlecht von dir, dass ich kotzen muss.«

Er versuchte, an ihr vorbeizuschlüpfen, aber sie versperrte ihm den Weg. Sie hatte keine Angst vor ihm, nur davor, was er Maja antun konnte. »Wage es nicht, ihr Zimmer zu betreten und ihr einen Schrecken einzujagen.«

Er drehte sich um.

»Feigling«, sagte sie, jede Silbe einzeln betonend.

Er verschwand im Schlafzimmer und knallte die Tür hinter sich zu.

Später saß sie im Dunkeln auf dem Wohnzimmersofa und lauschte, in ihren Schlafsack gewickelt, auf die Stille, den Aschenbecher auf ihrem Schoß. Sie rauchte, bis sie einen rauen Hals bekam und ihr die Augen brannten. Sie rauchte so lange, bis sie endlich jenen Entschluss fasste, mit dem sie schon seit Langem rang.

26

Die Meldung ging um kurz nach sieben ein. Es war Zufall, dass Vegter auf dem Revier war. Er hatte es sich abgewöhnt, jedes Wochenende zu arbeiten, aber es gab ein paar dringende Dinge, die er an jenem Sonntag hatte erledigen wollen.

Er rief das Polizeirevier in Zeeland zurück und führte ein langes Gespräch. Anschließend rief er im entsprechenden Krankenhaus an und sprach mit dem diensthabenden Arzt, um sich ein möglichst genaues Bild zu machen.

Nachdem er aufgelegt hatte, blieb er lange tatenlos sitzen. Warum ließ ihn dieser Fall einfach nicht los? Auf den ersten Blick hatten die beiden Vorfälle nichts miteinander zu tun. Aber je länger er darüber nachdachte, desto mehr griffen sie ineinander wie zwei Zahnräder eines Uhrwerks. Ihm war, als wohnte er einer Aufführung hinter geschlossenen Vorhängen bei. Er kannte das Stück, er kannte die Schauspieler, er wusste nur nicht, welche Rolle sie spielten.

Schließlich griff er erneut zum Telefon und bat Talsma, die Eltern zu verständigen. Einfach weil Talsma am besten darin war, soweit man gut darin sein konnte, Eltern den Tod ihres Kindes mitzuteilen.

»Muss ich auch mit zu der Frau?«, fragte Talsma.
»Nein«, sagte Vegter. »Darum kümmere ich mich.«

Er klingelte. Obwohl das erhellte Rechteck des Küchenfensters signalisierte, dass jemand zu Hause war, dauerte es eine Ewigkeit, bis er Schritte hörte und das Licht im Flur anging.

Die junge Frau mit dem schmalen Gesicht, die in der Tür stand, kam ihm vage bekannt vor. Er konstatierte, dass sie es war, die er manchmal auf dem Balkon gesehen hatte. Obwohl es für Ende November noch recht mild war, trug sie einen dicken schwarzen Rollkragenpulli über ihrer Jeans.

»Mevrouw Stotijn?«

Sie nickte und sah ihm direkt in die Augen. Angst lag in ihrem Blick, und ihm wurde klar, dass sie sich schon seit Stunden Sorgen gemacht haben musste.

»Inspektor Vegter, Kriminalpolizei.«

Sie wurde dermaßen weiß, dass er befürchtete, sie könnte in Ohnmacht fallen. Er trat einen Schritt vor und nahm sie am Arm. Doch sie zog ihn sofort weg, und er entschuldigte sich.

»Ich würde gern kurz hereinkommen.«

»Was möchten Sie mir sagen?« Ihre Augen waren riesig und verrieten, dass sie die Antwort schon kannte.

Das müsste es ihm eigentlich leichter machen, dachte er, während er in den Flur trat. Aber dem war nicht so. Man gewöhnte sich nicht daran, gewöhnte sich nie daran.

Sie machte keine Anstalten, die Tür zu schließen, und sah ihn unverwandt an. Er drückte dagegen, bis er das Schloss klicken hörte. »Ich fürchte, ich habe schlechte Nachrichten.«

»David.« Das war keine Frage.

Er nickte. »Gehen wir hinein?«

Aber sie blieb stehen, versperrte ihm den Weg. »Er ist tot.«

Er nickte erneut, war auf alles vorbereitet, da er wusste, dass das Gehirn die Informationen aus Selbstschutz erst mit einer gewissen Verzögerung verarbeitete. Danach war alles möglich. Im Lauf der Jahre hatte er sämtliche Varianten erlebt, angefangen von hysterischem Leugnen bis hin zu einer überraschend schnellen Gefasstheit. Eva Stotijn schien zur letzten Kategorie zu gehören, denn sie blieb eiskalt, obwohl sämtliche Farbe aus ihren Lippen gewichen war.

»Es ist also vorbei.«

Die Worte hallten in seinem Kopf wider. Irgendwer hatte genau dasselbe gesagt, in demselben objektiven Tonfall. Aber das war nicht der richtige Moment, um zu überlegen, wann und wo das gewesen war.

»Ich glaube, Sie sollten sich lieber kurz setzen.« Er machte eine Geste in ihre Richtung, achtete jedoch darauf, sie nicht anzufassen.

Mechanisch lief sie vor ihm durch den schmalen Flur ins Wohnzimmer, das warm und gemütlich eingerichtet war.

Er hätte erwartet, dass sie auf dem Sofa Platz nehmen würde, aber sie entschied sich für den altmodischen Sessel. Er öffnete den Reißverschluss seiner Jacke, schob Bilderbücher und Spielzeug beiseite und entschied sich für die Seite des Sofas, die ihr am nächsten lag.

Sie saß kerzengerade da und hatte die Hände auf die Knie gelegt. Wieder hatte er ein Déjà-vu-Erlebnis, das mit dem von vorhin zusammenhing.

»Sie wissen vermutlich, dass Meneer Bomer heute mit einem Freund tauchen war?«

Sie bewegte den Kopf, was er als Nicken deutete. »Anscheinend ist Meneer Bomer beim Tauchen schlecht geworden.« Die sachliche Sprache sollte vor allzu viel Anteilnahme schützen. Ein befreundeter Chirurg hatte ihm mal erzählt, dass er einem Patient niemals sagen würde: »Ihr Bein muss amputiert werden«, sondern stets: »Das Bein.«

»Der Tauchfreund ... Kennen Sie den eigentlich?«

Sie schüttelte den Kopf.

»Der Freund hat ihn unter Wasser aus den Augen verloren.« Jetzt kam der schwierigste Teil, aber er musste das sagen: »Meneer Bomer hatte ihm vorgeschlagen, bis auf vierzig Meter hinabzutauchen, was sein Freund nicht wollte. Deshalb war er anfangs nicht weiter beunruhigt, als er Meneer Bomer aus den Augen verlor, weil er dachte, dass Bomer tiefer getaucht wäre.«

In Wahrheit war der Freund wütend gewesen. Bei einem früheren Tauchgang hatte er Bomer ebenfalls verloren, sodass er diesmal mit Buddyleine hatte tauchen wollen. Aber Bomer hatte sich geweigert, angeblich, weil er es beklemmend fand, an jemanden gefesselt zu sein. Bomer hatte versucht, ihn zu überreden, hatte gesagt, er sei in Topform, obwohl er wusste, dass er als Diabetiker nicht tiefer als fünfundzwanzig Meter tauchen sollte.

Als er den Lichtschein von Bomers Lampe nicht mehr sah, hat es der Freund mit der Angst bekommen, zumal er wusste, dass Bomer nicht so dumm wäre, absichtlich tiefer zu tauchen, als es ihm das Sauerstoffgemisch in seiner Flasche erlaubte.

Er hatte nach ihm gesucht, indem er langsam immer tiefer gegangen war, aber er hatte ihn nicht finden können. Bei vierzig Meter Tiefe hatte er sich elend gefühlt und sich nicht weitergewagt. Er war so schnell wie möglich aufgetaucht, um Hilfe zu holen, und zwar ohne die vorgeschriebenen Pausen einzulegen, wobei er seine Gesundheit erneut aufs Spiel setzte. Vegter verstand nur wenig vom Tauchen, aber genug, um zu wissen, was zu viel Stickstoff im Körper anrichten konnte.

»Taucher haben Meneer Bomer schließlich gefunden. Wie sich zeigte, lag er auf dem Meeresgrund, auf seiner Lampe. Er …«

Sie fiel ihm ins Wort. »Ich will das alles gar nicht wissen.«
Sie presste die Worte hervor, und er warf einen Blick auf ihre Hände, die nun fest ineinander verschränkt waren. Die Knöchel waren weiß in dem freundlichen Licht der Leselampe neben dem Sessel.

Er seufzte lautlos. Der Arzt hatte ihm erklärt, dass Diabetiker ein erhöhtes Risiko beim Tauchen hätten und dass sie überhaupt erst seit wenigen Jahren tauchen dürften. Er würde ihr die Details ersparen, genauso wie die Tatsache, dass David Bomer seinen Tod teilweise selbst verschuldet hatte, weil er die Sicherheitsvorschriften als relativ unerfahrener Taucher absichtlich missachtet hatte. Das passte zu dem arroganten Kerl.

Er musterte sie eindringlich. »Sie wussten von seiner Diabetes?«

Sie nickte und versuchte sich eine Zigarette anzuzünden. Als ihr dies nicht gelang, legte sie sie wieder auf den Tisch.

Er beschloss, es dabei zu belassen. Im Grunde kannte sie jetzt die traurige Geschichte, wenn auch nur in groben Zügen. Er wusste aus Erfahrung, dass sie es letztlich alle wissen wollten. Die Hinterbliebenen wurden für den Rest ihres Lebens von der Frage nach dem Warum gequält. Konkrete Informationen über das Wie schienen ihnen zu helfen, das Unwiderrufliche zu akzeptieren.

Für einen Moment sah er Stef vor sich, damals, als man ihn verständigt und ins Krankenhaus gebracht hatte, wo sie schon nicht mehr in einem der Zimmer für die Lebenden lag, sondern bereits in den Keller verbannt worden war. Er verscheuchte das Bild sofort und weigerte sich, sich an das Summen der Kühlung zu erinnern.

»Mevrouw Stotijn, gibt es jemanden, den ich verständigen soll?«

Sie sah ihn an. »Verständigen?«

»Jemand, der heute Nacht bei Ihnen bleibt?«, sagte er geduldig.

»Das ist nicht nötig.«

Er drang nicht weiter in sie, obwohl er es lieber gesehen hätte, wenn eine Nachbarin gekommen wäre. Gab es da nicht noch eine Mutter?

»Seine Sachen«, sagte sie plötzlich.

»Sie meinen?«

»Seine Taucherausrüstung. Ich möchte die lieber nicht hier ...«

»Nein, nein«, sagte er hastig. »Soweit ich weiß, wird das bereits geregelt.«

Sie wirkte erleichtert.

Aus dem Flur kamen Geräusche, dann ging die Tür auf. Das kleine Mädchen, das er auch schon auf dem Balkon gesehen hatte, kam herein. Es trug denselben hellblauen Schlafanzug wie damals und drückte einen alten Teddy an sich.

»Mama ...«

Eva erhob sich. Sie nahm das Kind hoch und drückte es an sich. »Bist du aufgewacht?«

»Ja.«

»Aber du warst schon auf der Toilette, weißt du noch?«

»Ja.« Sie sah Vegter mit großen Augen an. »Wer ist das?«

»Das ist ... ein Arbeitskollege.«

Das kleine Gesicht war ganz blass und verschlafen. Eine kleine Hand lag zutraulich auf dem Hals der Mutter. »Wo ist David?«

»David ist nicht da.« Eva drehte sich zu Vegter um. »Ich bringe sie zurück ins Bett.«

Sie ließ die Tür auf, und Vegter vernahm ihre schläfrige Stimme im Flur. »Kommt David morgen wieder?«

»Nein.«

»Wann dann?«

Vegter hörte aufmerksam zu. Das war der Moment, in dem sie die Selbstbeherrschung verlieren konnte. Sie sagte etwas, aber so leise, dass er nichts verstand. Das Kind reagierte sofort.

»Und er kommt nie mehr wieder?« Erstaunen schwang in seiner Stimme mit.

Wieder sagte Eva etwas im Flüsterton.

»Sind wir dann wieder allein?«

Die unmissverständliche Freude in der Stimme des Kindes befremdete Vegter, bis ihm einfiel, dass Bomer keine Kinder mochte. Hier war jemand, der mit Sicherheit nicht um ihn trauerte, dachte er zynisch.

Eine Tür wurde zugemacht und kurz darauf kam Eva zurück. Sie sah ihn an, als hätte sie nicht erwartet, ihn noch anzutreffen. Er fühlte sich seltsam überflüssig, also stand er auf und legte seine Visitenkarte auf den Tisch.

»Wenn Sie noch Fragen haben, können Sie mich jederzeit anrufen. Und falls wir noch etwas für Sie tun können ...«

Sie schüttelte den Kopf und trat vor ihm in den Flur. Einen kurzen Moment lang standen sie sich unbeholfen gegenüber. Vegter hatte das Gefühl, einen Fehler zu machen, wusste aber nicht recht, wieso. Er streckte die Hand aus.

»Mein aufrichtiges Beileid.«

Ihre Augen weiteten sich vor Schreck. Sie fasste seine Hand kaum an, sondern drehte sich um und machte ihm die Tür auf.

Auf dem Laubengang blieb er noch kurz stehen. Es würde ihn nicht wundern, wenn sie laut weinte. Die unnatürliche Gefasstheit konnte nicht ewig dauern, und auf das kleine Mädchen musste sie auch noch Rücksicht nehmen. Aber das Licht ging aus, und alles blieb still.

27

Als es endlich klingelte, schaffte es Eva nicht gleich, aufzumachen. Sie wusste nicht, wer draußen stand, aber sehr wohl, wen derjenige repräsentierte. Sie sah auf die Uhr, als wäre es wichtig, die Zeit zu wissen. Schließlich löste sie sich aus ihrer Erstarrung, stand auf und ging zur Tür.

Der sie musternde grau werdende Mann in der zweckdienlichen Windjacke kam ihr bekannt vor. Und als er seinen Namen nannte, fiel ihr wieder ein, dass er damals die Ermittlungen in der Schule geleitet hatte.

Sie versuchte, seinem Gesicht abzulesen, was er gleich sagen würde, aber es gelang ihr nicht. Erst als er mit mitleidigem Blick den Flur betrat, wusste sie, dass alles in Ordnung war.

Sie erinnerte sich, wie sie sich vor den durchdringenden blauen Augen und seiner ruhigen Effizienz gefürchtet hatte. Sie erinnerte sich, wie klein sie sich gegenüber diesem bürokratischen Apparat gefühlt hatte, der sich durch ihr Verschulden in Bewegung gesetzt hatte. Und am meisten erinnerte sie sich an diese Mischung aus Panik und Reue, die sie verspürt hatte. Aber die Reue hatte nicht daher gerührt, dass sie Janson getötet, sondern dass sie Majas Zukunft aufs Spiel gesetzt hatte.

Als dann klar wurde, dass sie nicht von ihm, sondern von der jungen Rothaarigen mit den Sommersprossen verhört werden würde, hatte ihre Angst nachgelassen. Sie hatte allerdings nicht den Fehler begangen, sie zu unterschätzen. Offenkundig verdächtigte man sie jedoch nicht. Auch nicht, nachdem sie ihre Geschichte erzählt hatte.

Ihr war klar gewesen, dass sie die Fakten nicht verdrehen konnte. Sie hatte draußen vor dem Fahrradschuppen mit Eddy gesprochen, was Eddy bestätigen würde. Unter Umständen wäre das durchaus vorteilhaft für sie. Sie hatte über ihre Kaltblütigkeit gestaunt und war dankbar dafür gewesen.

Seitdem hatte sie sich viele Male mit der Krücke in der Hand durch den Flur rennen, sich mit aller Macht gegen die Tür werfen sehen, die quälend langsam aufging – auch noch, als sie beide Hände zu Hilfe genommen hatte. Danach nichts als Verzweiflung und Unentschlossenheit. Über Fingerabdrücke hatte sie nicht nachgedacht, sie wusste nur, dass die Krücke verschwinden musste, nie gefunden werden durfte. Es war kein Kanal in der Nähe, und es gab weder Sträucher noch Gärten. Es gab die Dachrinne, aber das bisschen Verstand, das ihr noch geblieben war, sagte ihr, dass Dachrinnen regelmäßig gereinigt wurden.

Sie hatte sich verflucht, nicht das Auto genommen zu haben. Dann hätte sie die Krücke in den Kofferraum legen und später auf dem Nachhauseweg irgendwo in eine Böschung, einen Müllcontainer oder eine Gracht werfen können.

Blieben nur noch die Bäume. Zweimal hatte sie werfen müssen, bis die Krücke zwischen den frischen jungen Blättern hängen geblieben war. Sie hatte sogar noch kurz gewartet, weil sie gesehen hatte, wie das Laub im Wind flatterte. Sie hatte eine Riesenangst gehabt, die Krücke könnte gleich wieder herunterfallen.

Erst nach Tagen war ihr klar geworden, dass es bald Herbst wurde. Vielleicht fiele sie auch längst vorher aus dem Baum. Trotzdem hatte sie nicht den Mut gehabt, zurückzugehen. Sie verstand nichts von Spurensicherung, und ihre Versuche, sich diesbezüglich schlauzumachen, waren wenig ergiebig gewesen. Sie hatte in der Bibliothek recherchiert, während Maja in der Kiste mit den Bilderbüchern wühlte. Sie hatte im Internet nachgeschaut, aber das bisschen, das dort zutage getreten war, hatte ihr eher Angst gemacht.

Beide Medien hatten ihr allerdings sehr bei ihren Recherchen über Diabetes geholfen. Es war erstaunlich, wie einfach herauszufinden war und wie erschütternd, zu erfahren, dass sich eine Überdosis Insulin nach dem Tod nicht nachweisen ließ. Erst war ihr das die passende Lösung erschienen, bis ihr klar wurde, dass David niemals eine Überdosis nehmen würde. Sie hatte gesehen, wie penibel er seine Spritzen aufzog. Ein Zuviel wäre ihm sofort aufgefallen.

Aber ein Zuwenig, das müsste funktionieren! Das Ergebnis war letztlich dasselbe. Sie konnte kaum glauben, wie einfach es war. Und als sie das Insulin in den bereits von ihm präparierten Spritzen durch Wasser ersetzt hatte, war sie fest entschlossen gewesen, den Plan durchzuziehen. Sie hatte alles über Hypo- und Hyperglykämie gelesen und kapiert, wie leicht der Insulinspiegel durcheinandergerät. Erst recht bei großen körperlichen Anstrengungen, wenn die Dosis nicht entsprechend angepasst ist.

Wenn es nicht wirkte oder nicht ausreichend wirkte, würde er ihr nichts nachweisen können. Und wenn die Wirkung ausreichte, gäbe es keine Beweise für eine Manipulation.

Trotzdem würde sie diesen schrecklichen Sonntag irgendwie herumbringen müssen, indem sie unerträglich normale Dinge tat und passiv auf seine Rückkehr, auf das Klingeln wartete. Sie wusste, wie es war, Angst zu haben, aber diesmal war es so, dass alle Wärme aus ihrem Körper wich. Sie hatte schon den ganzen Tag Tee getrunken und vergeblich versucht, sich damit aufzuwärmen. Die ganzen endlosen Stunden hatte sie es vermieden, sich vorzustellen, wie er sterben würde. Aber sterben würde er. Sie wollte die Bilder nicht sehen, die undurchsichtige, kalte Welt, mit der er konfrontiert wäre. Die Schwäche, die geistige Verwirrung, die Desorientiertheit und schließlich die Bewusstlosigkeit. Dafür war einfach keinen Platz. Sie musste sich mit aller Kraft darauf konzentrieren, ihre Angst zu unterdrücken, diese Rolle zu spielen, wenn die Polizei käme.

Und plötzlich war er da, dieser Inspektor Vegter, und alles, was sie in seinen Augen sah, waren Mitleid und Verständnis.

Die Erleichterung war so groß, dass sie beinahe in Ohnmacht fiel. Anschließend musste sie sich beherrschen, nicht in hysterisches Gelächter auszubrechen, obwohl sie wusste, dass ihn das nicht wundern würde.

Sie schnitt ihm das Wort ab, als er ins Detail gehen wollte, und Majas Unterbrechung gab ihr Gelegenheit, sich den Schilderungen zu entziehen. Der schlafwarme Körper, das vertraute Zubettbringen und das Festklopfen der Decke hatten ihr geholfen, sich wieder zu beruhigen.

Als Maja ängstlich-erfreut fragte, ob sie von nun an wieder allein wären, erfasste sie ein freudiges Kribbeln. Sie würde noch viele schlaflose Nächte haben, Nächte voller Gewissensbisse, aber im Moment beherrschte sie die Überzeugung, aus bloßer Notwehr gehandelt zu haben.

Leicht wie eine Feder war sie ins Wohnzimmer zurückgeschwebt und hatte sich fast über die Anwesenheit des

Polizisten gewundert, der keine Ahnung davon hatte, dass sie Maja und sich selbst eine neue Zukunft geschenkt hatte.

Seine formelle Beileidsbekundung und seine unbeholfene Sorge beim Abschied hatten sie erstaunt. Sie hatte sogar noch mitbekommen, wie er auf dem Laubengang verharrte. Es verwirrte sie, dass sie das rührte. Diesen Mann, so einen Mann, hätte sie gern kennengelernt.

28

Talsma kam herein und knallte die Tür hinter sich zu. »Ich bin ein Idiot.«

Vegter zog mit gespieltem Erstaunen die Brauen hoch. Er hatte ein ausnehmend schönes Wochenende gehabt. Ein so schönes Wochenende, dass er an diesem Montagmorgen eine gesunde Abneigung gegen die Arbeit verspürte.

Ingrid und Thom hatten das anvisierte Haus gekauft. Aber es musste noch so viel daran gemacht werden, dass seine Tochter ihn angerufen und gebeten hatte, ihnen zu helfen. Er hatte gemeint, dass er sich nicht aufdrängen wolle, woraufhin sie ihm klargemacht hatte, dass das Gegenteil der Fall war. Wenn es nach ihr ginge, dürfe er sich ruhig mehr wie ein Vater benehmen.

Daraufhin hatten sie zwei Tage lang völlig harmonisch Tapeten entfernt und alte Farbschichten abgekratzt. Sie hatten sich die Arbeit mit Bier, Wein und Essen vom Chinesen versüßt. Nach diesem Wochenende hatte er das Gefühl, sich durchaus mit Thom anfreunden zu können. Der Junge redete keinen Blödsinn, und das war schon mal viel wert.

»Seit wann diese Selbsterkenntnis?«

»Seit jetzt.« Talsma nahm einen Stuhl, drehte ihn um und setzte sich rittlings darauf. Die Ellbogen stützte er auf die

Lehne. »Es kann einfach nicht wahr sein! Seit dem Fund der Krücke. Die Sache geht mir schon seit zwei Wochen nicht mehr aus dem Kopf. Sie wissen ja, wie so etwas ist, Vegter.«

Vegter nickte. Wie erwartet, hatten sie keine brauchbaren Spuren mehr daran finden können. »Und?«

»Neulich habe ich mit einem der Techniker zu Mittag gegessen. Ich saß also eine geschlagene Stunde vor der Suppe und den Kroketten und habe mir diese Computergeschichten angehört, weil diese Typen nun mal kein anderes Gesprächsthema haben. Lange Rede kurzer Sinn: Ich habe mir mit ihm noch einmal Jansons Computer angeschaut.« Talsma seufzte laut.

»Und?«

»Überall Kinderpornos.«

Vegter fluchte.

»Genau.« Talsma fuhr sich mit beiden Händen über das Gesicht. »Man lässt ein Programm ›drüberlaufen‹, wie diese Jungs das nennen, und bringt damit alles zum Vorschein, was jemand gelöscht zu haben glaubt.« Er zog seinen Tabak hervor, drehte sich eine Zigarette und zündete sie an. Erst dann fiel ihm ein, das Fenster aufzumachen. »Wir sind eigentlich schon mit dem Fall Melling beschäftigt, wie Sie wissen. Aber das lässt den Fall Janson doch in einem ganz anderen Licht erscheinen. Insofern hat sich die Mühe gelohnt.«

»Ich seh's mir an«, versprach Vegter.

Talsma nickte. »Vielleicht war noch mehr drauf, als wir gefunden haben, aber er wird auch vieles überschrieben haben. Verdammt, ich wusste schon die ganze Zeit, dass da etwas nicht stimmt. Und jetzt das!«

»Du musst dich deswegen nicht vor mir in den Staub werfen«, sagte Vegter. »Ich hätte dich danach fragen müssen. Letztlich bin ich verantwortlich.«

Aber auch das war Talsma kein Trost. »Normalerweise lasse ich natürlich immer einen der Jungs draufschauen. Diesmal habe ich einfach nicht daran gedacht. Auch weil dieser Janson so wahnsinnig ordentlich war. Ein so akkurater Mensch.« Er verzog den Mund zu einem gequälten Grinsen. »Es gab keinerlei Motiv. Und dann habe ich mich von seinen Mails an diese Aalberg ablenken lassen. Ich dachte, mit der kommen wir weiter.«

»Und wo befindet sich dieser Computer jetzt?«

»Hier in der Asservatenkammer. Ich an Ihrer Stelle würde mir die Sachen jedoch nicht zu genau ansehen. Ich gehe mir jetzt die Augen mit Seife auswaschen.«

»Du bist ein Dichter!«, sagte Vegter.

Talsma warf seinen Zigarettenstummel aus dem Fenster. An der Tür drehte er sich noch einmal um. »Vielleicht wird es Zeit, dass ich in Pension gehe. Und Gedichte schreibe.«

Vegter betrachtete die Fotos mit wachsendem Widerwillen. Renée kam herein, warf einen Blick über seine Schulter, drehte sich um und nahm hinter einem Schreibtisch Platz.

Vegter fuhr den Computer herunter und stand auf. »Das ist Jansons Computer.«

Sie schwieg einen Moment. Aber sie hatte eine schnelle Auffassungsgabe. »Die Töchter.«

»Und nicht nur die.«

»Nein«, sagte sie. »Nein, bestimmt nicht.« Sie warf einen Blick auf den Stapel Unterlagen auf dem Schreibtisch. »Soll ich mitkommen?«

Er schüttelte den Kopf. »Du hast Wichtigeres zu tun. Und ich muss erst noch ein paar Dinge klären.«

Obwohl der Fehler in erster Linie bei Talsma lag, wäre es nicht fair, ihm so einen Schnitzer allein anzulasten.

In seinem Büro schloss er das Fenster. Es dämmerte bereits, obwohl es noch nicht einmal vier Uhr war, und die nasse Straße glänzte im fahlen Laternenschein. Autos zischten vorbei, und ein Radfahrer versuchte zu verhindern, dass sein Regenschirm umklappte, wenn auch vergeblich. »*Ein elender Novemberabend, mit einem Nieselregen, der auch die Tapfersten von der Straße fegt*«, wie es in einem Roman von Willem Elsschot hieß.

Er bekam Lust, Elsschot wieder zu lesen. Zusammen mit einem guten Burgunder würde ihm das viele schöne Abende bescheren. Geistesabwesend betrachtete er einen alten Mann, der zögernd am Bordstein stand und sich nicht traute, die Straße zu überqueren. Eine junge Frau hinter einem Kinderwagen mit Regenschutz blieb neben ihm stehen. Sie sagte etwas, und der alte Mann nickte. Gemeinsam gingen sie über die Straße. Vegter musste wieder an Manon Rwesi denken. Sie hatte etwas gesagt, das ihn hellhörig gemacht hatte, aber jetzt fiel es ihm nicht mehr ein. Er würde es im Vernehmungsprotokoll nachlesen können, aber das konnte warten. Die Exfrau konnte auch warten. Erst würde er den Rektor anrufen und ihm seinen Besuch ankündigen.

Das Haus war unverändert, obwohl das Buntglasfenster diesmal keine tanzenden Flecken auf den Marmorboden warf. Der Rektor trug nur ein Hemd und eine abgewetzte Manchesterhose. Vegter fiel ein, dass er inzwischen in Pension war.

Im Wohnzimmer gab ihm Mevrouw Declèr die Hand, und er erschrak, wie sehr sich ihr Gesundheitszustand verschlechtert hatte. Höflichkeitshalber hätte er fragen müssen, wie es ihr gehe. Aber er beschloss, sich die Floskeln zu sparen, denn sie würden sie nur in Verlegenheit bringen.

Neben dem Sofa, auf dem sie saß, stand ein Rollstuhl.

Er musste lächeln, als er sah, dass statt der üblichen im Schottenkaro eine bunt gestreifte Decke darin lag.

Ihre Augen begannen zu glänzen. »Alles hat seine positiven Seiten.«

Er setzte sich. »Falls man bereit ist, sie zu sehen.«

Der Rektor stellte ihm ungefragt einen roten Portwein hin und deutete nach draußen, während der Regen gegen die Fenster prasselte. »Zu dieser Jahreszeit ist Portwein so etwas wie eine unverzichtbare Medizin.«

Vegter sah sich in dem gemütlichen, altmodischen Wohnzimmer um und nickte. »Obwohl sie sich hier gut verschanzt haben.«

»Was führt Sie zu mir?«

»Die Toiletten, auf denen Eric Janson gefunden wurde.« Vegter nippte an seinem Portwein und stellte das Glas zurück auf den Tisch. »Waren das schon immer Herrentoiletten?«

Der Rektor schwieg einen Moment. »Nein«, sagte er schließlich. »Es gab Umbaumaßnahmen, bei denen die Toiletten vertauscht wurden. Wo heute die Herrentoiletten sind, waren früher Damentoiletten. Aber weil die bekanntlich immer zu klein sind oder Damen mehr Platz zu brauchen scheinen ...«

Seine Frau lachte.

»Wie dem auch sei, die Damentoiletten sind jetzt hinter den Herrentoiletten statt umgekehrt.«

»Seit wann?«

Der Rektor überlegte. »Seit etwa sieben, acht Jahren.« Er sah seine Frau an. »Du hast für so etwas ein besseres Gedächtnis, Janna.«

Sie nickte gelassen. »Seit acht Jahren, denn damals hat Véronique geheiratet, und ich weiß noch, dass dir der ganze Trubel zu viel war.« Sie wandte sich an Vegter. »Véronique ist unsere Tochter, und sie hat sich eine stilvolle Hochzeit gewünscht. Ich weiß nicht, was anstrengender war, aber ich fürchte, die Waagschale neigt sich zu Lasten des Umbaus.«

Im Grunde hatte er es längst geahnt. Er hatte nur eine Bestätigung gebraucht, die seine Theorie untermauerte. »Da ist noch etwas, das ich Sie fragen will. Es hat nichts mit meiner vorherigen Frage zu tun, obwohl es sich vielleicht so anhört.«

Hier saßen ihm zwei intelligente Menschen gegenüber, und er hatte schon überlegt, Mevrouw Landman die zweite Frage zu stellen. Doch dann hatte er das Gefühl gehabt, dass das keinen Unterschied machte. Der Rektor hatte noch Kontakt zu ihr und würde sicherlich mit ihr darüber sprechen.

»Ich habe Grund zur Annahme, dass Eva Stotijn eine nützliche Zeugin für uns sein kann. Falls ich Ihrem Gedächtnis auf die Sprünge helfen muss: Sie hat vor dreizehn Jahren bei Ihnen Abitur gemacht.«

Sie sahen ihn abwartend an.

»Aber vorher müsste ich erst noch mehr über ihren familiären Hintergrund wissen. Mit anderen Worten: An was erinnern Sie sich noch?«

»Seltsam, dass Sie das fragen!«, sagte Mevrouw Declèr lebhaft. »Ich habe mich auf dem Klassentreffen mit dem Mädchen unterhalten, und der Name ist hängen geblieben. Erst später fiel mir ein, dass ihr Vater in einen schrecklichen Skandal verwickelt war. Wir haben noch darüber gesprochen, Robert.«

»Betrug«, sagte der Rektor. »Die Sache war damals in allen Zeitungen. Für das Mädchen war das natürlich schlimm, wobei solche Nachrichten bald durch neue verdrängt werden.«

»Haben Sie ihr angemerkt, dass sie darunter gelitten hat?«

»Sie ist krank gewesen, beziehungsweise sie hatte psychische Probleme. Sie wurde über einen langen Zeitraum wegen Magersucht behandelt, ich glaube seit der achten Klasse. Die Eltern geschieden, der Vater gestorben – das Kind hat ganz schön was mitgemacht. Trotzdem hat es sein Abitur geschafft, was angesichts der Umstände wirklich beachtlich war.« Der Rektor schenkte sich nach.

»Können Sie sich noch an die Eltern erinnern?«

»Nicht an den Vater. An die Fotos in der Zeitung natürlich schon. Und ihre Mutter …« Er überlegte einen Moment. »Keine einfache Frau. Stets unzufrieden und fordernd, auch im Hinblick auf ihre Tochter. Aber ich weiß nicht, ob Evas Probleme damit zusammenhingen. Sie war außerordentlich verschlossen. Eine gute Schülerin, aus der weniger wurde als erwartet. Sie hat eine Tochter, die sie allein erzieht, und soweit ich weiß, geht es ihr gut.« Er lachte. »Obwohl ich sie nach wie vor zu dünn fand. Damals war sie phasenweise nur noch Haut und Knochen. Sie war monatelang in einer Klinik, danach schien es ihr besser zu gehen. Zumindest war sie wieder in der Lage, dem Unterricht zu folgen.«

Mit Bitterkeit dachte Vegter daran, dass Janson dem Rektor zufolge wieder hatte unterrichten wollen, weil ihm der direkte Kontakt zu den Schülern gefehlt habe. Er trank sein Glas aus und stand auf. »Es tut mir leid, dass ich Ihnen nichts über den Fortgang unserer Ermittlungen sagen kann. Der Fall ist komplizierter als gedacht.«

Sie nickten verständnisvoll, und wieder gab er Janna Declèr so vorsichtig wie möglich die Hand. Sie sah ihn mit wachen Augen an. »Sie haben keinen leichten Beruf, Inspektor. Ich beneide sie nicht darum.«

Während er dem Rektor in die Halle folgte, bedauerte er, dass Handküsse aus der Mode gekommen waren. Zu dieser Frau hätten sie gepasst.

Zu Hause schenkte er sich sofort einen Schnaps ein, um den süßen Geschmack des Portweins hinunterzuspülen. Im Wohnzimmer lag Johan bereits an seinem Schlafplatz auf dem Sofa und machte keine Anstalten, um Futter zu betteln.

»Du hast ja recht«, sagte Vegter. »Bei diesem Wetter sollte man früh zu Bett gehen.«

Regenböen schlugen gegen die Scheiben, und der Wind war noch stärker geworden. Vegter beschloss, dass russische Leidenschaft zu seiner Stimmung passte, und legte Rachmaninow auf. Sein viertes Klavierkonzert, bei dem er schließlich eine Balance zwischen Schwermut und Lebenslust gefunden hatte.

Er schenkte sich nach und stellte sich ans Fenster. Auf der gegenüberliegenden Seite leuchteten die erhellten Fensterrechtecke wie ein riesiger Adventskalender.

Der Rektor und seine Frau hatten David Bomers Tod nicht erwähnt, aber vielleicht wussten sie auch noch nichts davon. Es hatte nur ein zehnzeiliger Artikel in der Zeitung gestanden. Ein Unfall wie so viele andere. Für ein derartig großes Ego war es ein mickriger Nachruf. Komisch, dass jemand mit solchen Möglichkeiten so wenig aus sich gemacht hatte und auf so banale Weise gestorben war.

Er verdrängte die existenzialistischen Gedanken, setzte sich aufs Sofa und streichelte Johan, der den Kopf dermaßen erschöpft auf sein Knie legte, als ob auch er am Sinn des Lebens zweifelte.

29

Er ging davon aus, dass Manon Rwesi zu Hause war. Kindergeschrei begrüßte ihn hinter der Haustür. Noch während er die Treppe hochstieg, hatte er das Gefühl, gleich ein Gespräch fortzusetzen, das nur kurz unterbrochen worden war. Er hatte sich noch einmal Renées Vernehmungsprotokoll durchgelesen, in dem sie sämtliche Fakten vermerkt hatte. Es verschaffte ihm eine gewisse Befriedigung, dass sie das als Frau ebenfalls übersehen hatte. Trotzdem war es möglich, dass er mit seiner Intuition völlig danebenlag, auch wenn er das nicht glaubte.

Manon stand in der Tür, das Baby auf dem Arm. Vor einem halben Jahr war es noch ein Säugling gewesen, jetzt war es mit seinen dicken Bäckchen und dem gelockten Haarkranz schon beinahe ein Kleinkind. Die Augen waren dieselben geblieben, das Weiß darin schimmerte hellblau wie bei allen kleinen Kindern.

Sie setzte es aufs Sofa, wo es sich sofort auf alle viere fallen ließ und loszukrabbeln versuchte. Sie nahm daneben Platz, damit es nicht herunterstürzen konnte, und sah Vegter mit demselben leicht verängstigten Blick an wie damals. Sie hatte inzwischen eine kurze Igelfrisur, die sie noch jünger und besorgter aussehen ließ.

»Ich werde mich kurz fassen«, sagte er. »Bei unserem letzten Gespräch haben Sie erzählt, dass sie sich auf einem Sportfest den Fuß verletzt haben. Und dass sich Meneer Janson um sie gekümmert hat.«

»Meinen Knöchel«, sagte sie. »Ich hatte mir den Knöchel verstaucht, und er hat ihn verbunden.«

Er nickte. »Sie haben auch ausgesagt, dass er Ihnen anbot, Sie nach Hause zu bringen, was Sie jedoch ablehnten. Ich wüsste gerne, warum.«

Sie wiederholte, was sie schon damals gesagt hatte. »Ich wollte lieber an der Schule bleiben.«

»Aber sie konnten doch gar nicht mehr beim Sport mitmachen.«

»Nein, aber ...« Sie hob das Kind hoch und umarmte es.

»Wie sind Sie anschließend nach Hause gekommen? Als das Sportfest vorbei war?«

»Mit dem Fahrrad.«

»Konnten Sie mit diesem Knöchel überhaupt Rad fahren?«

»Gerade so«, sagte sie verlegen. »Aber laufen wäre erst recht nicht gegangen.«

»Wäre es nicht deutlich angenehmer gewesen, sich von Meneer Janson fahren zu lassen?«

Wie schon beim letzten Mal verfiel sie in ein langes Schweigen. Er lehnte sich in seinem Stuhl zurück und wartete geduldig.

»Wahrscheinlich schon«, sagte sie schließlich.

»Und warum haben Sie es dann nicht getan?«

Sie fuhr mit der Hand durch die krausen Löckchen, zog sie lang und ließ sie durch die Finger gleiten. »Er ist tot. Und man soll schließlich nicht schlecht über die Toten reden ...« Sie verstummte.

Vegter behalf sich, indem er etwas tat, was er sich nur selten erlaubte: Er stellte eine Suggestivfrage.

»Kann es sein, dass Sie befürchteten, Meneer Janson könnte sich ungehörig benehmen? Hat er sie vielleicht angefasst, als er Ihren Knöchel verband?«

Sie nickte unglücklich.

»Was hat er gemacht?«

»Ich hatte eine kurze Hose an. Eine Sporthose«, fügte sie treuherzig hinzu. Sie verstummte, schien sich dann aber doch zum Reden durchzuringen. »Er hat mich nach drinnen getragen. Da war alles noch normal, aber als er mich auf einen Stuhl setzte, hat er so gemacht.« Sie strich sich vom Schritt aus über die Oberschenkelinnenseite. »Und nachdem er meinen Knöchel verbunden hatte, hat er mir aufgeholfen, den Arm um mich gelegt und ...«, sie suchte nach Worten, »... überall angefasst.«

»Und deshalb hatten Sie das Gefühl, dass es gefährlich sein könnte, zu ihm ins Auto zu steigen?« Vegter bemühte sich um einen möglichst neutralen Tonfall.

Sie nickte erneut. »In der Klasse hat er das auch gemacht. Da hat er sich über einen gebeugt oder ganz nah neben einen gesetzt, um etwas zu erklären. Solche Sachen.«

»Hat er das nur bei dir gemacht?«

Sie schüttelte den Kopf. »Bei den meisten Mädchen.« Auf einmal grinste sie. »Außer bei den hässlichen.«

Vegter lächelte. »Haben Sie je gehört, dass Janson deswegen Probleme bekam?«

Sie schüttelte den Kopf. »Aber wir Mädchen wussten alle Bescheid.« Sie lachte erneut. »Bei ihm haben wir nie etwas angestellt, denn keine wollte bei ihm nachsitzen.«

Er staunte noch immer, mit welcher Selbstverständlichkeit Frauen so etwas als unvermeidlich betrachteten, ganz einfach, weil man nun mal eine Frau war. Natürlich gab es inzwischen Verhaltensmaßregeln, und die Gesetze waren verschärft worden. Aber viele Frauen und Mädchen hatten nicht den Mut, sich öffentlich zu wehren. Sie ergriffen eigene Vorsichtsmaßnahmen und lebten weiter, als wäre nichts geschehen. Obwohl das wahrscheinlich nicht für Eva Stotijn gegolten hatte, dachte er mutlos.

Er stand auf und gab ihr die Hand. »Das war's auch schon. Sie haben mir sehr geholfen.«

Manon wollte ebenfalls aufstehen, aber er winkte ab. »Ich finde schon hinaus.«

Er hatte sich höchst schonend telefonisch angekündigt, trotzdem empfing ihn Jansons Exfrau äußerst misstrauisch. Vegter fühlte Groll in sich aufsteigen. Sie hatte geglaubt, ihre Töchter zu beschützen, und in gewisser Weise hatte sie das auch getan. Aber gleichzeitig hatte sie Janson die Gelegenheit gegeben, seine Praktiken fortzusetzen. Zur Hölle mit Verständnis und Taktgefühl! Egal, was er sagte – sie würde es als Einbruch in ihre Privatsphäre auffassen, die sie mit Klauen und Zähnen verteidigt hatte.

Er folgte ihr ins Wohnzimmer und dachte mit derselben Unwilligkeit, dass er keine Lust hatte, sich auf das blöde Sofa zu setzen. Er suchte sich einen Stuhl aus, stellte ihn vor das Sofa und wartete, bis sie Platz genommen hatte.

»Im Grunde interessiert mich nur eines.«

Sie nickte und griff nach ihren Zigaretten. Er sah den überquellenden Aschenbecher. Bestimmt hatte sie die Stunden bis zu seinem Besuch mit Kettenrauchen verbracht.

»Haben Sie sich von Eric Janson scheiden lassen, weil er ein inzestuöses Verhältnis zu Ihren beiden Töchtern oder zu einer von ihnen hatte?«

Es dauerte eine halbe Zigarette, bis sie darauf antwortete. »Ja.«

»Darf ich fragen, warum Sie ihn nie angezeigt haben?«

Sie rauchte mit hastigen Zügen. »Ich dachte, Sie wollten nur eines wissen.«

Er schwieg, bis sie schließlich sagte: »Sie können sich die Frage sicherlich selbst beantworten, aber anscheinend wollen sie es von mir hören. Ich wollte meine Töchter nicht vor Polizisten, Richtern und Anwälten bloßstellen, geschweige denn vor der Sensationspresse. Ich habe ihn rausgeworfen und danach versucht, die Scherben zusammenzukehren, indem ich sie zum Therapeuten geschickt habe.« Sie schüttelte das glatte graue Haar zurück. »Denken Sie darüber, was Sie wollen. Ich habe nur versucht, ihnen ein Gefühl von Sicherheit zurückzugeben, noch etwas von ihrer Kindheit zu retten, soweit das überhaupt möglich war. Ob mir das gelungen ist, steht auf einem anderen Blatt.« Ein zynisches Lächeln umspielte ihre Lippen. »Aber ich habe nicht zu viel erwartet. Auf jeden Fall habe ich dafür gesorgt, dass sie nichts mehr mit ihm zu tun haben, ihn nie mehr sehen mussten. Und soweit ich weiß, ist das auch nie geschehen, ansonsten müsste ich mich schwer täuschen.«

Er musterte sie nachdenklich, wobei ihm auffiel, dass alle diese Frauen zwei Dinge gemeinsam hatten: einen harten Kern und ein kindlich-wehrloses Äußeres. Die Töchter, Eva Stotijn, aber auch Etta Aalberg. Letztere hatte alles gewusst und sich dadurch gerächt, dass sie Janson ausnahm wie eine Weihnachtsgans und sich zum Trost mit schönen Dingen umgab. Auf Talsmas Frage, ob Janson verliebt in sie gewesen wäre, hatte sie geantwortet: »Höchstens in meine Jugend.«

»Wie ist das Verhältnis zwischen Ihnen und Ihren Töchtern?«

Sie zündete sich eine neue Zigarette an. »Sie haben es mir jahrelang übel genommen, dass ich es nicht früher gemerkt habe. So gesehen war unser Verhältnis anfangs nicht gerade optimal.«

»Und jetzt?«

»Wir sehen uns in regelmäßigen Abständen, und solange ich mich nicht in ihr Leben einmische, verstehen wir uns gut.«

»Haben Sie sich nie gewünscht, dass er bestraft wird?«

»Und ob ich mir das gewünscht habe!« Das Lächeln kehrte zurück. »Aber das ist ja jetzt geschehen.«

Er sah sich in dem schmucklosen Raum um, in dem nur das grüne Chaos vor den Fenstern so etwas wie Lebenslust ausstrahlte. Dann dachte er an die beiden Mädchen, die in ihrem Hexenhäuschen ein Schattendasein führten, und zweifelte an ihrer Entscheidung.

Er wollte nicht aufs Revier zurück, wo er effizient sein musste und nicht richtig nachdenken konnte. Aber nach Hause wollte er auch nicht. Ziellos fuhr er durch die Gegend, bis er sich in dem Dorf wiederfand, in dem die Töchter lebten. Er kam an der Kirche vorbei, am Spar-Supermarkt, wo sich ein paar Männer, über ihre Fahrradlenker gebeugt, unterhielten.

Das Häuschen wirkte kahl im Winter, die Geranien waren verschwunden, der Gemüsegarten war unbepflanzt und umgegraben. Der Hund lag in der Auffahrt und hob wachsam den Kopf, als er langsam vorbeifuhr.

Am Ende des Weges kehrte er um. Ein Huhn überquerte seelenruhig die Straße und lief ihm pickend fast vor den Kühler. Er überlegte, ob er sich an einen Immobilienmakler wenden sollte.

Er begegnete einer Radfahrerin und wich ihr in einem großen Bogen aus. Erst im Vorbeifahren stellte er fest, dass es eine der Töchter war. Gwen. Da fiel ihm endlich wieder ein, wo und wann er den Satz, den Eva Stotijn gesagt hatte, schon einmal gehört hatte. »Es ist also vorbei.«

Kein Richter würde das als Beweis akzeptieren, aber noch nie war er sich so sicher gewesen, recht zu haben.

Es war noch viel zu früh für einen Genever, ja generell für Alkohol, aber er schenkte sich ein Glas randvoll und nahm es mit ins Wohnzimmer.

Er zählte die Fenster, bis er das von Eva Stotijn gefunden hatte. Doch dahinter gab es nichts zu sehen, weil sie arbeiten war. Sie hatte ihr Leben wieder aufgenommen. Eva Stotijn, die so geschockt über David Bomers Tod gewesen war, dass ihre Linke das Feuerzeug nicht hatte bedienen können. Jene Linke, die mit der Krücke ausgeholt hatte. Er dachte an Macht und die Menschen, die ihr zum Opfer fielen. Anschließend überlegte er, was eine zu hohe oder zu niedrige Medikamentendosierung anrichten konnte. Vielleicht gab es doch so etwas wie eine Gerechtigkeit außerhalb des Gesetzes.

Er kippte den Schnaps auf einmal hinunter und betrachtete die Zimmerlinde, die selbst bestimmt hatte, wann sie wachsen wollte, und jetzt bis an den oberen Rand des Regals reichte. Er sah, dass sie Wasser brauchte.

Er ging in die Küche, wo Johan neben seinem noch vollen Fressnapf lag. Vegter hob ihn auf und stellte ihn auf seine vier Pfoten, aber das Tier legte sich sofort wieder hin. Er füllte den Trinknapf mit Milch und hielt sie ihm hin, aber Johan sah sie nur an, mit viel zu großen schwarzen Pupillen für den kleinen Kopf. Vegter schob die Hände unter den warmen Körper, trug ihn ins Wohnzimmer und legte ihn aufs Sofa. Anschließend suchte er im Bücherregal nach dem Telefonbuch.

30

»Ein prächtiges Mädchen«, sagte die Hebamme. »Wollen Sie sie kurz begrüßen?«

Sie legte das glitschige Kind auf Mariëlles Bauch. Kein Winterkind, sondern ein Herbstkind.

Mariëlle betrachtete das rote Runzelgesicht mit den bösen Stirnfalten, die geballten Fäuste. Wer von ihnen beiden hatte es schwerer gehabt?

Sie hob den Kopf und schnupperte behutsam an den klebrigen Härchen, spürte den schnellen Puls an der Fontanelle.

Die Augen gingen auf. Das Kind sah sie mit einem ernsten, forschenden Blick an. Früher hatte der Mann, der dieselben Augen hatte, sie manchmal genauso angesehen, allerdings nie mit dieser Aufmerksamkeit.

Sie versank in diesem Blick.

»Wie soll sie heißen, Mevrouw?« Die Hebamme hielt eine Schere in ihrer behandschuhten Hand, mit der sie gleich die Nabelschnur durchtrennen würde.

Die Augen gingen zu, und der kleine Körper entspannte sich. Mariëlle legte ihre Hand schützend um das Köpfchen.

»Felicia«, sagte sie. »Sie heißt Felicia.«

31

Vegter hatte auf gut Glück einen Tierarzt herausgesucht. Die Arzthelferin gab seinen Namen und seine Adresse in den Computer ein. Währenddessen untersuchte der Arzt den Kater, der zusammengesunken auf dem Behandlungstisch saß.

»Wie alt ist er, Meneer?«

Vegter versuchte sich zu erinnern. Er wusste noch, wie er Johan als sechs Wochen altes Fellknäuel zu sich geholt hatte. Ein Kollege hatte Kätzchen gehabt und versucht, sie loszuwerden. Stef war sofort begeistert gewesen, und Ingrid entzückt. Wie alt war Ingrid damals, zehn, elf? Auf jeden Fall noch ein Kind, lang und schlaksig. Kurz davor hatte sie einen Hamster besessen, ein nerviges Ding, dessen einzige Aktivität darin bestanden hatte, mit der Nase zu zucken. Trotzdem war Ingrid untröstlich gewesen, als es eines Morgens tot in seinem Käfig gelegen hatte. Der Kater war eine willkommene Abwechslung, ein intelligentes Tier, das seine Mitbewohner mit kühler Zurückhaltung beobachtete.

»Siebzehn Jahre«, sagte er. »Vielleicht achtzehn.«

Der Arzt zog an einer Hautfalte und ließ sie wieder los. »Ich werde ein paar Untersuchungen durchführen. Trinkt er viel, frisst er mehr als früher?«

Vegter nickte. »Beides.«

Johan wurde auf eine Waage gelegt. »Trotzdem ist er viel zu dünn. Nicht zuletzt wegen seines Alters denke ich an Diabetes.«

Der Arzt fing an, ihm alles zu erklären, während sich Vegter verblüfft fragte, wie Katzen Zucker bekommen konnten. Johan miaute kläglich, und er streckte die Hand aus und kraulte ihn hinter den Ohren.

Der Tierarzt kniff und piekste. Die Arzthelferin machte ein besorgtes Gesicht.

Beide zogen sich in eine Ecke des Sprechzimmers zurück. Vegter wartete.

Der Arzt kam mit einer Tabelle zurück. »Sehr hohe Werte«, sagte er. »Das hatte ich bereits befürchtet. Und bei so einem alten Kater ...« Er lächelte, um seine Worte etwas abzumildern.

»Was kann man da tun?«

»Zweimal am Tag Insulin spritzen. Aber erst muss er richtig eingestellt werden, und das kann mehrere Wochen dauern.«

»Was raten Sie mir?«

»Er muss von nun an zu festen Zeiten Spritzen bekommen. In der täglichen Praxis ist das gar nicht so leicht, aufgrund der Arbeit oder des Urlaubs. Aber Diabetes erlaubt keine Abweichungen.«

»Das ist mir klar.« Vegter versuchte, nicht ganz so ironisch zu klingen.

»Haben Sie jemanden, der das für Sie übernehmen kann?«

Er schüttelte den Kopf.

»Tja.« Der Arzt sah Johan an, der flach atmend auf der Seite lag. »Um ehrlich zu sein, Meneer, geht es ihm ziemlich schlecht.«

Vegter starrte auf seine Schuhe, die dringend geputzt werden mussten.

Der Arzt fuhr fort: »Andererseits erholen sich manche Tiere erstaunlich gut. Eventuell könnte er noch ein Jahr oder vielleicht sogar etwas länger ...« Als er Vegters Blick sah, verstummte er.

In der Wohnung roch es muffig. Im Flur kullerten Katzenhaarbüschel wie Buschkugeln über das Laminat.

Er stellte den leeren Transportkäfig auf den Küchenboden. Das Fenster klemmte, und er schlug mit der flachen Hand so lange dagegen, bis es aufsprang. Ein kalter Luftzug drang herein.

Er riss einen Müllsack von der Rolle und warf den Katzenkorb hinein. Dann überlegte er, dass dies eigentlich nicht nötig wäre. Er spülte den Fressnapf, schüttete die Milch weg und kratzte die Kalkränder aus dem Trinknapf.

Auf dem Balkon schüttelte er die Decke des Transportkäfigs aus und faltete sie ordentlich zusammen. Er sah den dunklen Haaren hinterher, die vom Wind fortgetrieben wurden. Dann ging er wieder hinein und schloss die Tür.